Nella Beinen

Game Time — Winning the Game

Das Buch

Wenn die Liebe wie ein Puck einschlägt.

Nach dem plötzlichen Tod seiner Eltern übernimmt Tyler das US Pharmaunternehmen seines Vaters. Eine Aufgabe, die ihm schnell über den Kopf wächst. Als der Druck übermächtig wird, entschließt sich Tyler überstürzt zu einer Reise in die Geburtsstadt seines Vaters in Deutschland.

Dort angekommen, läuft Tyler dem gutaussehenden Felix in die Arme. Ein durchtrainierter Eishockeyspieler mit sanften blauen Augen, die Tyler alles andere vergessen lassen. Es soll eine kurze heiße Urlaubsaffäre werden, mehr nicht. Doch je näher sie sich kommen, je mehr Privates sie miteinander teilen, umso quälender wird die Vorstellung ihn wieder loszulassen. Wie soll eine Beziehung über den Ozean hinweg gut gehen?

Die Autorin

Nella Beinen stammt aus Norddeutschland und hat ein bewegtes Leben hinter sich, das sie über Essen, Spiekeroog und Bonn an den Niederrhein geführt hat.

Dort hat sie begonnen den Geschichten in ihrem Kopf Leben einzuhauchen.

Ihre Protagonisten stoßen an ihre Grenzen, lernen Vertrauen zu fassen, streiten und versöhnen sich wieder.

Nella Beinen

Game Time – Winning the Game

ROMAN

Lektorat & Korrektorat: Daniela Seiler www.textkabinettchen.de
Cover: A+K Buchcover www.akbuchcover.de
Illustrationen: Adobe Stock Jan Stopka, gomixer, Zoran Milic, stas111
Maryart@depositphotos.com
AndreyYurlov@shutterstock.com

Verlag: BoD · Books on Demand GmbH, In de Tarpen 42, 22848 Norderstedt
Druck: Libri Plureos GmbH, Friedensallee 273, 22763 Hamburg

ISBN: 978-3-7597-8847-4

Kapitel 1

Tyler

Dezember

Schnee bedeckte den Boden, der über Nacht gefallen war und knirschte unter unseren Füßen. An einigen Stellen weiß wie Puderzucker, an anderen schmutzig und zertreten. Die kalte Luft schmerzte bei jedem Atemzug in den Lungen. Aber im Gegensatz zu der tiefen Trauer, die mich umgab und nicht loslassen wollte, war das ein geringes Übel.

Wir gingen von den Autos den kurzen Weg zu den Gräbern. Wenn ich aufsah, konnte ich die ausgehobenen Löcher sehen, die für meine Eltern bereitstanden. Die marmornen Särge, die ich mit meinen Großeltern ausgesucht hatte. Wie konnten sie die Löcher bei der Kälte ausbaggern? Ich schlug den Kragen meines Mantels hoch und umklammerte ihn mit meinen Fingern. Trotz der Handschuhe waren meine Hände eiskalt und ich konnte sie kaum bewegen. Ein Schluchzen brannte sich meine Kehle hinauf. Mehrfach schluckte ich dagegen an.

Meine Großeltern gingen neben mir und ich ließ meinen Blick zu ihnen gleiten. Grandpa hatte einen stoischen Gesichtsausdruck aufgesetzt. Wie immer, wenn er nicht zeigen wollte, was in ihm vorging. Er entstammte der Generation, in der Männer keine Gefühle zeigten, egal was passierte.

Grandma weinte, seit uns der Absturz des Jets meiner Eltern mitgeteilt worden war. Niemand hatte überlebt und ihr Tod machte mich zu einem Vollwaisen. Begriffen hatte ich das noch lange nicht. Ich fröstelte in meinem Mantel, zog ihn dichter um mich.

Als endlich die Leichen meiner Eltern im Bestattungsinstitut von Coldpine eingetroffen waren, hatte es mich wie ein Schlag in den Magen getroffen. Da lagen sie, würden nie wieder mit mir scherzen, lachen, zu Abend essen oder mein Vater mir Bilanzen erklären. Warum er diese oder jene Entscheidung für sein Unternehmen getroffen hatte. So sehr es mich oft genervt hatte, heute würde ich noch einmal alles dafür geben, bei Dad im Büro zu sitzen und mir von ihm begreiflich machen lassen, wie Firmenführung funktionierte.

Auch wenn alle mir abgeraten hatten, sie noch einmal anzusehen, ich musste es. Wollte unbedingt von ihnen Abschied nehmen, bevor sie begraben wurden.

Ich schluckte gegen den Kloß in meinem Hals an, der sich dort schmerzhaft festgesetzt hatte. Kurz bevor wir am Grab ankamen, blieb ich stehen. Mein Blick starr auf die Särge gerichtet. Es hatte etwas von Endgültigkeit, wenn ich mich jetzt dort hinsetzen und die Beerdigung beginnen würde. Nichts konnte dann mehr zurückgenommen werden.

Connor, mein bester Freund, der hinter mir ging, legte mir eine Hand auf die Schulter. »Ich bin hier«, flüsterte er. »Du bist nicht allein.«

Meine Lippen zitterten. Ohne ihn hätte ich die letzten Tage nicht überstanden. Zwei Stunden nach meinem Anruf bei ihm stand er mit einem gepackten Koffer auf meiner Schwelle und war mir bis jetzt nicht von der Seite gewichen. Hatte viele organisatorische Dinge erledigt, damit meine Großeltern und ich Zeit zum Trauern hatten.

Grandma nahm meine Hand, sie schluchzte leise. Nun konnte ich auch nicht mehr. Die Tränen liefen mir über die Wangen und versanken in meinem schwarzen Schal. Connor drückte meine Schulter. Ich spürte seine Präsenz noch näher hinter mir. Hätte ich mich nach hinten gelehnt, wäre er da gewesen. Ich zwang mich, weiterzugehen, mechanisch einen Fuß vor den anderen zu setzen. Wir nahmen auf den für uns bereitgestellten Stühlen vor den Gräbern Platz. Connor und die restliche Gesellschaft hinter uns.

Ich starrte auf die Särge, wünschte mir, sie würden sich öffnen und mein Vater sich mit seinem verschmitzten Lächeln darin aufsetzen, laut »Scherz« rufen. Ich würde ihn so anschreien. Ihm sagen, was für ein mieser Streich das wäre. Einer seiner schlechtesten. Er konnte noch nie gute.

Der Reverend begann stattdessen mit seiner Grabrede, von der ich kein Wort mitbekam. Connors Hand ruhte die ganze Zeit auf meiner Schulter, reichte mir Taschentücher.

Meine Gedanken kreisten in meinem Kopf. Nie wieder würde Dad mit mir zum Eishockey gehen. Sich mit mir über einen Sieg *unserer* Mannschaft freuen oder über eine Niederlage ärgern. Sich über die Gegner beschweren und sie beschimpfen. Ein kleines Schmunzeln huschte über meine Lippen. Eishockey war eine Sache, die wir gemeinsam entdeckt hatten, nachdem ich als Kind mit meinen Eltern den Film *Mystery – New York: Ein Spiel um die Ehre* gesehen hatte.

Mum würde mich nie wieder fragen, was es Neues bei mir gab, wenn ich sonntagmittags bei ihnen zum Essen kam. Mich darüber ausfragen, ob ich jemanden kennengelernt hatte. Ob ich immer noch mein striktes mir selbstauferlegtes Sport- und Ernährungsprogramm durchhielt, damit ich fit blieb. Sie tat das jedes Mal mit einem liebevollen Seitenblick zu Dad, der um den Bauch herum rund geworden war.

»Im Moment, Mum, mache ich gar nichts«, murmelte ich.

Mein Herz zog sich zusammen, als ob jemand eine scharfe Schlinge darum geschlungen hatte und kontinuierlich daran zerrte. Jedes Mal, wenn ich auf diese Särge aus hochpolierten Mahagoniholz starrte, auf denen sich die Dezembersonne spiegelte, riss es mir aufs neue meine Seele aus dem Leib.

Erneut traf mich die Erkenntnis: Ich war nun Waise. Es tat jedes Mal so fucking weh und hörte nicht auf, genauso wie die vielen Male, wenn mir etwas in den Sinn kam und ich es unbedingt meinem Dad sagen wollte.

Die Anwälte aus Mums Kanzlei waren alle gekommen. Viele Mitarbeiter aus Dads Unternehmen ebenso. Ich kannte sie fast alle, mit einigen hatte ich bereits zusammengearbeitet. Sie alle sahen, wie ich hier am Grab mit gebeugten und bebenden Schultern saß und mir immer wieder die Tränen über die Wangen liefen.

Grandma schluchzte leise neben mir. Ich atmete tief durch, wischte mir zum zigsten Mal mit einem Taschentuch über das Gesicht, das vor Kälte brannte. Sie saß zwischen Grandpa und mir und ich ergriff ihre Hand, drückte sie. Mein Großvater tat dasselbe auf der anderen Seite.

Irgendwann war der Reverend zum Schluss gekommen, denn meine Großeltern standen auf. Ich erhob mich ebenfalls, meine Beine steif vor Kälte. Die Gesichter meiner Großeltern waren eingefallen, sie hatten tiefe Augenränder, trotzdem hielten sie sich kerzengerade. Grandma hatte rote Flecken auf den Wangen und am Hals. Sie zitterte, ich konnte nicht sagen ob vor Kälte oder Trauer. Hätten wir doch auf eine klassische Bestattung bei diesen Temperaturen verzichten sollen?

Sie reichten dem Reverend die Hand, sprachen leise Worte mit ihm, die ich nicht verstand. Dann war ich an der Reihe.

Zog meinen Handschuh aus, um dem Geistlichen die Hand hinzuhalten.

»Mein Beileid. Wenn Sie reden möchten, scheuen Sie sich nicht zu mir zu kommen. Trauer ist ein langer Prozess.«

Ich nickte. »Danke, Ihnen.« Dann wandte ich mich ab, folgte meinen Großeltern zum Auto, welches uns zum Haus meiner Eltern bringen sollte, da dort die anschließende Trauerfeier stattfand.

»Den Rest schaffen wir auch.« Connor wich noch immer nicht von meiner Seite. Nie in meinem Leben war ich so froh wie heute, ihn meinen besten Freund nennen zu können.

Am Auto angekommen, drehte ich mich ein letztes Mal um, sah zu den Särgen. Bereits morgen würde dort nur noch Rasen zu sehen sein. Nichts würde außer den Steinen, die später aufgestellt werden würden, an sie erinnern. Mein Magen verknotete sich und bei dem Gedanken an all das Essen im Haus meiner Eltern wurde mir schlecht.

Ich riss mich vom Anblick der Särge los und stieg hinter meiner Grandma ins Auto. Der Chauffeur fuhr los, sobald die Autotür sich geschlossen hatte.

Die vielen Leute verliefen sich in den weitläufigen Räumen. Leise murmelnd bewegten sich die Gäste durch die Zimmer, bedienten sich im Esszimmer vom Buffet mit dem Lieblings-Fingerfood meiner Eltern. Einige Gäste hatten zusätzlich selbstgemachte Kuchen und Aufläufe dazu gestellt.

Ich beobachtete die Gäste, die sich ganz selbstverständlich bewegten, sich unterhielten oder sogar lachten. Gehörte ich wirklich hierhin? Es wirkte alles so fremd und doch vertraut. Wie durch einen Nebel drang alles zu mir.

Mit einem Glas Wasser in der einen und einem Teller mit kleinen Häppchen in der anderen Hand stand ich im Esszimmer, neben dem langen Buffet. Connor befand sich mit weiteren unserer Freunde in der Nähe und unterhielt sich. Seine Freundin, die heute angekommen war, wich ihm nicht von der Seite.

Ständig blieb jemand bei mir stehen, bekundete mir sein Beileid oder teilte eine Anekdote über meine Eltern mit mir. Keiner von ihnen bekam mit, wie ich sie innerlich anschrie, sie sollten verschwinden und mich in Ruhe lassen. Ich wollte um meine Eltern trauern und keine lustigen Geschichten über sie hören.

Ich wandte meinen Blick von den Leuten ab, starrte stattdessen auf meinen Teller mit den unangetasteten Häppchen. Wieder entstand ein Kloß in meinem Hals, als ich die Frühlingsrollen darauf entdeckte. Mum hatte sie geliebt und hätte sich nur von ihnen ernähren können. Ich schüttelte den Kopf. Bloß nicht darüber nachdenken.

Automatisch blickte ich bei dem Gedanken zu einem Bild meiner Eltern, welches in mehreren Ausführungen in allen Räumen aufgestellt worden war. Darum hatte Connor sich ebenfalls gekümmert. Dunkel konnte ich mich daran erinnern, wie er meinen Großeltern und mir das Kleinformat gezeigt hatte. Sie lächelten auf dem Bild, hielten sich im Arm. Sie hatten sich immer so sehr geliebt. Ich seufzte.

Wieso Mum und Dad? Weshalb war ich nicht der beschissene Pilot gewesen? Seit ich die Pilotenlizenz erhalten hatte, hatte ich den Firmenjet meines Vaters geflogen. Nur dieses eine Mal nicht, weil ich unbedingt mit diesem Typen ins Kino wollte, der mir dann doch abgesagt hatte.

»Hallo Tyler, wie geht's dir?« Ethan, der Partner aus der Kanzlei meiner Mutter, schreckte mich aus meinen Gedanken.

»Debra und Julius waren so gute Menschen.« Er trug wie alle Männer einen schwarzen Anzug. Keiner trug fröhliche, bunte Klamotten, wie meine Mutter es in ihrer Freizeit so gerne getan hatte. Das hätte ich anziehen sollen, statt diesen schrecklich schwarzen Anzug mit der noch schlimmeren Krawatte, die mir die Luft zum Atmen abschnürte.

Wie sollte es mir schon gehen? Super, genial, könnte nicht besser sein und ich mache vor Freude Luftsprünge.

»Ich schlag mich so durch. Muss ja.« Sogar ein Lächeln rang ich mir ab.

Wyatt nickte. »Wir sollten uns so bald wie möglich zusammensetzen und über die Anteile deiner Mutter sprechen.«

»Ja, ich melde mich bei dir.« Noch mehr auf meiner Liste, die überhaupt nicht kleiner wurde. Stattdessen kam immer mehr oben drauf.

»Denk daran, wenn du Hilfe benötigst, ich bin für dich da. Jederzeit.« Er klopfte mir auf die Schulter, bevor er sich abwandte. Zwar sprach jeder mit mir, aber es schien, als hielten sie es alle nicht lange in meiner Nähe aus.

»Danke dir.« Wyatt hatte uns bereits unfassbar geholfen. Alleine die Überführung meiner Eltern zurück nach Hause war ein Kraftakt gewesen, den wir ohne ihn nicht geschafft hätten. Er schenkte mir ein Lächeln, tätschelte mich noch einmal am Oberarm, bevor er sich anderen Gästen zuwandte. Da entdeckte ich Grandma durch die Tür zum Salon, die mit einer alten Schulfreundin meiner Mutter sprach. Sie lachten. Es tat so gut, Grandma wieder lachen zu sehen und nicht nur weinen. Ein klein wenig Hoffnung für mich keimte dadurch in mir auf. Irgendwann konnte ich das ebenfalls wieder.

Von der Familie meines Vaters war niemand hier. Er war ein Einzelkind gewesen wie ich, seine Eltern waren bereits verstorben, als ich noch klein gewesen war. Zur Beerdigung seiner Mutter waren wir gemeinsam in Deutschland gewesen, aber viele Erinnerungen hatte ich an damals nicht. Irgendwann wollten wir erneut nach Krackers reisen, damit er mir zeigen konnte, wo er aufgewachsen und zur Schule gegangen war. In welcher Apotheke er gelernt hatte, aber das war nun alles passé.

Abrupt stellte ich den Teller und das Glas auf dem Buffettisch ab. Eilte durch die Eingangshalle zur Treppe, die am Ende neben der Tür zu den Arbeitsräumen meiner Eltern lag und stieg hinauf. Ignorierte die zig Familienfotos an der Wand. Von der Hochzeit meiner Eltern bis zu meinem Abschluss am College. Dies war die Wand der Meilensteine, wie Dad zu sagen pflegte. Für mich war es zurzeit die Wand der zu vermeidenden Erinnerungen, um die ich mich allerdings irgendwann genauso, wie um das Haus zu kümmern hatte.

Das Hausmädchen und die Köchin hielten das Haus weiterhin in Ordnung. Grandma hatte gestern anklingen lassen, ich müsste mir bald überlegen, wie es weitergehen sollte. Ob ich hier einziehen und mein kleines Appartement aufgeben oder dieses Haus verkaufen wollte. Wie sollte ich nur all die Entscheidungen treffen? Wie konnte ich das Haus, in dem wir als Familie glücklich gewesen waren, gestritten und uns versöhnt hatten, veräußern? Nur drin leben wollte ich auch nicht. Es zog mir jedes Mal das Herz zusammen, wenn ich daran dachte.

Kurz stoppte ich vor der Tür meines alten Kinderzimmers. Ich stieß sie auf. Meine Eltern hatten nichts verändert, seit ich für das College ausgezogen war. Während der Zeit hatte ich es noch genutzt, doch nach meinem Abschluss hatte ich mein kleines Appartement bezogen. Ich musste unwillkürlich lächeln. Mum hatte es nicht übers Herz gebracht, diesen Raum als mein Kinderzimmer aufzugeben.

Die alten Poster von Wayne Gretzky und Mario Lemieux hingen noch an der Wand, mittlerweile verblichen. Alte Schulbücher standen im Regal und das schmale Bett hielt weiterhin die Stellung in der Ecke neben dem Fenster. Der Schreibtisch war leer. Ebenso der Kleiderschrank.

Müde und erschöpft sank ich auf das Bett. Die Matratze gab unter mir nach bis ich auf dem Lattenrost saß. Sie hätte längst ausgewechselt werden müssen. Nur wozu? Ich hatte hier seit dem Ende des Colleges nicht mehr geschlafen.

Mit den Händen fuhr ich mir übers Gesicht, rieb über meine Augen, die höllisch brannten. Hier fühlte ich mich sicher genug und das Schluchzen, das in meiner Brust seit dem Eintreffen hier geduldig gewartet hatte, entkommen zu lassen und ließ meinen Körper erzittern. Es war mir egal. Tränen rannen mir über die Wangen, nur dieses Mal unterdrückte ich sie nicht.

Endlich Ruhe. Es war alles, wonach ich mich seit Beginn der Trauerfeier gesehnt hatte. Keiner, der mir irgendeine Geschichte über Dad erzählen wollte, wie er dieses oder jenes bei einer Firmenfeier gemacht hatte. Niemand, der meiner Mutter den tausendsten Heiligenschein verpasste, weil sie gegen welche Firma auch immer in einer Sammelklage angegangen war und so hunderten Menschen geholfen hatte. Ich konnte es nicht mehr hören. Wollte es nicht mehr hören.

Ich schlüpfte aus meinen Schuhen, kroch auf das Bett und rollte mich zusammen. Das kleine zerdrückte Kuschelkissen drückte ich an meine Brust, hielt es festumklammert, als könnte es mich retten vor der Welt da draußen, vor dem Ertrinken in meiner Trauer.

Nur heute noch würde ich mir gestatten mich so gehen zu lassen. Ab morgen musste ich in der Firma meines Vaters erscheinen und die Leitung übernehmen. Wie konnten sie mich ab morgen als ihren CEO ansehen, nachdem sie mich an meinem Tiefpunkt erlebt hatten? Sie sollten viel eher sehen, wie stark ich war und durchaus in der Lage, die Firma zu leiten. Auch wenn ich eine riesen Angst davor hatte.

Dad's Assistentin Mara hatte mir erst vorhin versprochen, mir zur Seite zu stehen. Mason, der beste Freund meines Vaters, und sein Stellvertreter Jonathan wollten mich mit Rat und Tat unterstützen. Laut deren bescheidenen Meinung war ich bereit diese Verantwortung zu übernehmen. Trotzdem fühlte es sich an, vor einem Berg zu stehen, den alle anderen schon erklommen hatten und ich wusste nicht einmal, wohin ich den ersten Schritt setzen sollte.

Es klopfte leise. Grandma erschien im Türrahmen. Sie sagte kein Wort, kam zu mir und setzte sich neben mich auf das Bett.

»Komm her, Ty.« Sie öffnete die Arme, in die ich mich bereitwillig schmiegte. Wir trösteten uns gegenseitig, saßen eine ganze Weile still auf dem Bett und hielten uns. Sie war sehr hager geworden. Früher fühlte sie sich nicht so knochig an, wie heute. Ich hatte beinah Angst, sie zu fest zu drücken und ihr Knochen zu brechen.

»Die ersten Gäste gehen und wollen sich verabschieden. Wir sollten wieder nach unten. Nicht mehr lange, bis alle fort sind«, sagte sie leise an meiner Schulter.

»Auf in den Kampf«, murmelte ich und holte tief Luft. Sie reichte mir ein Taschentuch. Ein echtes aus Stoff mit Spitze. Viel zu schade, um es zu benutzen, trotzdem schnäuzte ich mich. Wischte mir die Wangen trocken. Dann gingen wir nach unten und stellten uns erneut den Leuten, die meinen Eltern so eng verbunden waren.

Kapitel 2

Felix

Anfang Januar

Automatisch spannte sich mein Körper an, als der Verteidiger der Domhauer Steelers auf mich zu kam und mich in die Bande checkte. Sollte er doch, die Scheibe bekam er nicht. Ich schirmte den Puck ab, sah mich um. Mein Gegner stocherte danach und bevor er ihn erreichen konnte, passte ich ihn zu Geller. Grimmig gönnte ich dem Kanadier, der mich gecheckt hatte, für eine Sekunde ein Grinsen. Bevor ich ihm die Scheibe überlassen würde, müsste erst die Welt untergehen.

Ich warf dem Würfel unter dem Hallendach einen Blick zu. Noch knapp fünf Minuten im letzten Drittel zu spielen. Wenn nicht einer von uns endlich ein Tor schießen würde, kämen wir in die Verlängerung. Auf dem Jumbotron leuchtete mir das Unentschieden mahnend entgegen.

Ich konzentrierte mich wieder auf das Spiel. Unsere Gegner, die Domhauer Steelers, hatten auch in diesem Jahr einen tollen Lauf und kaum verloren. Ich platzierte mich in der Nähe des Netzes, der Goalie und sein Verteidiger beäugten mich misstrauisch. Hätte ich mehr Zeit gehabt, würde ich sie fragen, ob sie mich toll fanden, weil sie ihre Blicke nicht von mir abwenden konnten.

Ich setzte mich wieder in Bewegung, synchron zu meinen Mitspielern, jeder von uns nun bedrängt von einem Gegenspieler. Natürlich hatte ich mit meinem kanadischen Freund zu tun. Sie hatten heute anscheinend das Bedürfnis, uns besonders auf die Nerven zu gehen, also alles wie immer. Die Steelers kannten das Wort *verlieren* gar nicht, doch heute mussten sie es im Wörterbuch nachschlagen. Als die Referees nicht hinsahen, checkte ich meinen Gegner mit dem Ellenbogen und lief mich frei.

Stanni passte die Scheibe zu mir, die ich sofort an unseren Kapitän Geller zurückgab, da mein *Beschützer* wieder neben mir auftauchte. Ich lief um das gegnerische Tor herum. Geller schoss den Puck die Bande entlang und ich nahm ihn auf der anderen Seite entgegen. Den Kanadier, der mich blockierte direkt hinter mir.

»Wenn du mit mir ausgehen willst, sag es doch einfach.« Ich grinste ihn an. »Deine Mutter darf allerdings nicht mit.« Ich befreite die Scheibe, schoss sie in den freien Slot vor dem Tor. Er kam nicht dazu zu antworten, denn Geller fuhr auf den Goalie zu, täuschte an, war aber direkt wieder von Gegnern umkreist.

Ich löste mich von meinem Gegenspieler und drehte eine weitere Runde um das Tor herum. Im richtigen Moment war ich zur Stelle, um den Puck in Empfang zu nehmen und ihn im Netz zu versenken. Völlig zur Überraschung des Goalies, der auf Stanni konzentriert war.

Ich riss die Arme in die Höhe, jubelte, streckte meinem lieb gewordenen Kanadier die Zunge heraus, was zugegebenermaßen sehr kindisch und ein wenig unsportlich war. Ich konnte mir das leisten, führte die Torschützenliste der DEL an. Keine Sekunde später umringten mich Stanni, Geller, Poggi und Scotsman.

Die Steelers sahen nicht glücklich aus, wir dafür umso mehr. Nun mussten wir nur das Ergebnis halten oder besser noch, ein weiteres Tor schießen, was schwer genug war. Wir spielten hier nicht gegen eine Mannschaft aus Puselmuckel, sondern gegen den amtierenden deutschen Meister.

Sie hatten schon fast dieselbe arrogante Mentalität entwickelt, wie eine sehr bekannte deutsche Fußballmannschaft, die ebenfalls wie die Steelers aus dem Süden kam. Wir fuhren zur Bank, klatschten unsere Mitspieler ab. Heute lernten sie, es gab kein Monopol auf den Pokal, wir erhoben ebenso unsere Ansprüche.

Wir wechselten, ich setzte mich auf die Bank, holte eine Flasche hervor und trank schnell, musste meinen Flüssigkeitshaushalt auffüllen, damit ich nicht dehydrierte.

»Ab jetzt kurze Wechsel von dreißig Sekunden, verstanden?« Unser Trainer lief hinter uns hin und her. Wir nickten, tranken oder spritzten uns das Nass ins Gesicht, die Augen ausschließlich aufs Eis und das Geschehen dort gerichtet. »Keine Strafen provozieren, wenn wir weiterhin klug spielen, gewinnen wir.«

Coach Smith hatte so recht mit seiner Ansage. Das holten wir nach Hause und gaben die drei Punkte nicht mehr her.

Unser Co-Trainer Karl stand mit der Stoppuhr neben ihm. Dann klopfte er der nächsten Reihe auf die Schulter. Ich trank noch einen Schluck, ruckte mein Trikot zurecht, da wurden wir angetippt, schwangen unsere Beine über die Bande und waren wieder mitten im Geschehen. Die Fans auf den Rängen klatschten laut und feuerten uns an.

O Mann, wie ich dieses Spiel liebte. Mit raschen Zügen nahm ich Tempo auf, stürzte mich auf meinen Gegenspieler. Dieses Mal stand der Kanadier nicht auf dem Eis. Der Puck hing bei den Steelers fest, doch Martin eroberte ihn zurück und nun ging es schnell. Mit der Scheibe, die an seinem Schläger zu kleben schien, fuhr er zum Tor der Gegner, spielte kurz davor einen Drop Pass für Geller. Unser Kapitän und ich befanden uns auf einer Linie, Geller passte den Puck zu mir und positionierte sich selbst im Slot vor dem Tor. Das Schussfeld war für uns beide nicht frei, dafür kam Stanni ohne gegnerische Belagerung vor das Netz. Ich spielte den Puck zu ihm und er zog ab.

Der Goalie sah die Scheibe auf sich zukommen und riss im richtigen Augenblick seine Fanghand hoch. Ein kollektives enttäuschtes Stöhnen brauste durch die Arena, das sofort wieder von Trommelschlägen und Anfeuerungsgesängen abgelöst wurde.

Ich schlug mit dem Stock aufs Eis, hatte aber keine Zeit mich weiter zu ärgern, da wir wieder wechseln mussten.

»Gut gespielt«, lobte John, Co-Trainer, zuständig für uns Stürmer, als wir auf der Bank Platz nahmen.

Bei der nächsten Schicht war ich wieder mit meinem neuen Lieblingsgegner auf dem Eis.

»Hey Honey, fickst du genauso schlecht, wie du aussiehst?«, rief ich ihm zu. Er hing wieder wie Alleskleber an mir. Die Antwort bestand aus einem Bodycheck in die Bande. Kein Mann der großen Worte, sondern Taten. Das würde morgen einige blaue Flecken geben. »Das kann deine Mami besser«, zog ich ihn weiter auf.

»Pass mal lieber auf, dass deine Mami nicht mit meinem Daddy durchbrennt.«

Ah, er konnte doch reden. »Wenn dein Daddy ebenso hässlich ist wie du, mache ich mir keine Sorgen.« Ich konzentrierte mich wieder auf meine Mitspieler und die Scheibe, die mir zugespielt wurde und mit der ich mich auf den Weg zum gegnerischen Tor machte. Für meinen Geschmack waren wir viel zu lang in unserer Verteidigungszone. Wurde Zeit, das Spiel in unsere Angriffszone zu verlagern.

Gerade als ich den Puck an Stanni abgeben wollte, traf mich ein besonders harter Check hinten in die Seite, auf den ich nicht vorbereitet war. Es hob mich von den Kufen. Ich verlor den Halt, hatte keine Chance, mich abzufangen. Mit Wucht prallte ich gegen die Bande, stöhnte auf, weil ich mich nicht anspannte und der Aufprall schmerzte.

Wieder knallte mein Gegner gegen mich. Ich schaffte es nicht, mich aufzufangen. *Knack*. Meine linke Schulter war zuerst auf das Eis getroffen. Wellen von Schmerz strömten wie Elektrostöße durch meinen Körper. Es pochte so schnell im Schultergelenk, als ob jemand mir eine vierhundertfach stärkere Stoßwellentherapie geben würde als normal.

»Scheiße!« Ich versuchte, mich zu drehen, um wieder aufzustehen, was den Schmerz vervielfachte und mir völlig unvermittelt die Tränen in die Augen trieb. Das Spiel war für mich gelaufen und ich hätte auf das Eis einschlagen können, wäre es möglich gewesen.

Geller kniete sich neben mich. »Hey Felix, alles gut? Kannst du aufstehen?«

Ich schüttelte den Kopf. »Da stimmt was nicht mit meiner Schulter.«

Ein Referee kam zu uns und beugte sich zu mir herunter. »Brauchst du einen Arzt?«

Widerwillig nickte ich.

Der Kanadier stand in meiner Nähe, beobachtete mich und kam zu mir. »Tut mir leid, das wollte ich nicht.« Er machte Anstalten, mich zu tätscheln, unterließ es allerdings.

Im Stadion wurde gebuht. Unsere Heimfans gaben den Steelers laut zu verstehen, was sie von dieser Aktion hielten. Stanni kniete an meiner anderen Seite.

»Schon gut«, presste ich zwischen meinen Zähnen hervor. »Wir wissen alle, was in diesem Sport passieren kann.«

Der Kanadier nickte und fuhr zu seinen Teamkollegen, die auf ihrer Seite des Eises warteten.

»Das wird schon, ruckzuck stehst du wieder auf dem Eis.« Stannis russischer Akzent stach stärker als sonst hervor. Er war eindeutig besorgt. Ich biss auf meinen Mundschutz, den ich quer zwischen den Zähnen hielt und wartete auf unseren Mannschaftsarzt. Sogar unser Goalie Konny kam zu mir, umfuhr uns und funkelte die Gegenspieler böse an.

Der Schmerz ließ nach. »Ich will aufstehen«, meinte ich, als unser Mannschaftsarzt Ulf uns erreichte.

Stanni und Geller halfen mir vorsichtig, was sofort das Stechen und Pochen in meiner Schulter verstärkte. Erneut trieb es mir die Tränen in die Augen, leise stöhnte ich. Um mich herum brachen die Fans in Jubel aus, als ich endlich stand. Doch beim Versuch, den Arm zu heben, bewegte sich kaum etwas. Stattdessen wurde mir schwarz vor Augen und ich schwankte. Geller und Stanni hatte ich es zu verdanken, nicht wieder auf dem Eis zu liegen, da sie sofort zugriffen. Meine Schutzkleidung engte mich ein, drückte, malträtierte meine Schulter noch mehr. Ich wollte raus aus dem Panzer.

»Hast du etwas auf dem Kopf abbekommen?« Ulf stand vor mir.

Ich schüttelte den Kopf. »Die Schulter. Ich kann den Arm nicht mehr heben.«

»Gut, ab in den Behandlungsraum. Wir gehen trotzdem das Protokoll für Gehirnerschütterungen durch.«

Ulf führte mich vom Eis. Ich hielt meinen Arm vor der Brust. Bei Coach Smith blieben wir kurz stehen.

»Sehr schlimm?«, fragte er. Ich hätte mit der Schulter gezuckt, aber das war nicht mehr möglich.

»Ich kann den Arm nicht bewegen«, sagte ich nur, wollte mir nicht ausmalen, was das bedeutete, solange wir keine Diagnose hatten. Niedergeschlagen ließ ich den Kopf hängen. Was für eine Scheiße! Hoffentlich fingen wir uns wenigstens in den letzten zwei Minuten nicht noch ein Tor.

In der Kabine halfen mir Ulf und Karl, der uns gefolgt war, aus meinen Sachen. Ich unterdrückte die Schmerzenslaute, biss mir auf die Lippen,. Der Doc tastete mich vorsichtig ab.

»Ah«, stieß ich laut aus und verzog das Gesicht vor Schmerzen, als er meinen Arm nun systematisch bewegte und nicht nur leicht anwinkelte, wie beim Ausziehen. »Hör auf, bitte.«

»Das muss geröntgt werden«, beschloss der Doc. »Wir fahren ins Krankenhaus. Da lassen wir auch Bilder von deinem Kopf machen.« Sicherheitshalber ging er hier vor Ort mit mir das Gehirnerschütterungsprotokoll durch. Leuchtete mir in die Augen, fragte nach den Tagen, Bundeskanzler, Bundespräsident und noch einige andere Dingen. Eine Kopfverletzung konnte selbst ich ausschließen, denn da hatte ich nichts abbekommen. Danach verließ Ulf den Raum und ließ mich mit Karl allein.

Nebenan kamen die Spieler in unsere Kabine. Sie klatschten sich ab, johlten, die Musik wurde angestellt. Die ausgelassene Stimmung konnte nur eins bedeuten: Wir hatten den Sieg tatsächlich nach Hause geholt. Die Musik wurde leiser. Gellers Stimme drang bis zu uns. Seine Worte verstand ich nicht, aber was er sagte, klang trotzdem in meinen Ohren nach. Nach einem Sieg verkündete er meist dasselbe in der Kabine: »Gutes Spiel, Jungs. Wir haben die Nerven behalten und es denen gezeigt.«

Lautes Klopfen mit den Stöcken auf den Boden folgte.

Traurig lächelte ich. Wie gern wäre ich jetzt unter ihnen, würde den Spirit, der nach einem Sieg zwischen uns herrschte, fühlen, ihn aufsaugen und davon zehren, bis zum nächsten Spiel. In diesen Momenten fühlten wir uns unbesiegbar. Vor allem, wenn man den Titelkandidaten im eigenen Haus vor heimischen Fans geschlagen hatte.

Gleich würde der Trainer noch ein paar Worte sagen und dann gingen sie wieder raus aufs Eis, feierten mit den Fans den Sieg. All das würde ich verpassen, weil der elendige Kanadier mich aufs Eis geschickt hatte.

»Hey, Kopf hoch, bald bist du wieder unter ihnen.« Karl klopfte mir auf die gesunde Schulter. Nicht mal sein Anblick konnte mich aufheitern, dabei gab es mal eine Zeit, in der ich heimlich für ihn geschwärmt hatte.

»Du hast gut reden, du musst nicht ins Krankenhaus.« Ich griff nach der Wasserflasche, doch Karl nahm sie mir ab. Richtig, bei Verdacht auf Gehirnerschütterung durfte man nichts trinken. Ich seufzte. Fast zwei Jahre war ich komplett ohne Verletzungen durchgekommen. Nur ein Schnupfen hatte mich zwischendurch für ein paar Tage ausgebremst. Nun wusste ich nicht mal, was ich genau hatte. Doch was Gutes bestimmt nicht und so wie es sich anfühlte, würde es ein paar Wochen dauern, bis ich wieder aufs Eis durfte.

»Okay, zieh dir was über, hol deine Jacke und dann ab ins Krankenhaus. Wir kommen direkt ran.« Ulf kam zu mir. Ich nickte. Es klopfte an der Tür und kurz darauf kam Coach Smith rein. Seine grauen Haare lagen nicht mehr so brav am Kopf wie zu Beginn des Spiels. Dafür saß sein Anzug noch so glatt an ihm, als hätte er ihn erst vor zwei Minuten angezogen.

»Wie sieht's aus?«

»Wir fahren ins Krankenhaus. Das muss geröntgt werden«, informierte Ulf ihn.

»Alles klar, ruft mich an, sobald ihr mehr wisst.« Coach Smith wandte sich mir direkt zu. »Kopf hoch, Felix, du bist schneller wieder auf dem Eis, als wir Alaaf und Helau singen können.« Er klopfte mir auf die gesunde Schulter.

Das brachte mich unvermittelt zum Lächeln. Aus dem Mund des Coaches, der aus Kanada stammte und mit Karneval überhaupt nichts am Hut hatte, klang es immer lustig, wenn er über die fünfte Jahreszeit sprach. Vor allem konnte er sich nie merken, was man in unserer Stadt traditionell beim Straßenkarneval rief.

Er verließ den Raum und ich ging mit Karl durch unsere im Moment sehr leere Kabine, um in die Nächste für unsere Straßenkleidung zu gelangen. Die Jungs feierten mit den Fans auf dem Eis. Ich hörte die Gesänge bis hierhin und es zog mir das Herz zusammen. Ich gehörte zu ihnen aufs Eis und nicht ins Krankenhaus.

Der vertraute Geruch von Hockeyschweiß und alten Socken schlug mir entgegen. Welch tolle stinkende Erinnerung an den schönsten Sport der Welt und ich durfte ihn bis jetzt beruflich ausführen, konnte meiner Leidenschaft folgen und musste sie nicht aufgeben wie viele andere, die es nach der Jugend im Erwachsenenbereich nicht geschafft hatten.

Ich blieb an meinem Platz stehen, bevor wir in die weniger duftende Kabine gingen. Strich über meinen Namen, auf dem wohl in nächster Zeit ein Tape mit einem anderen geklebt werden würde. Hoffentlich fiel ich nicht zu lange aus oder musste, was für eine Horrorvorstellung, operiert werden. Mir lief es kalt über den Rücken und ich schauderte.

Trostlos starrte ich auf den feuchten Boden, überall lagen Flaschen oder Tapeband herum. Manni, einer unserer Betreuer, versuchte etwas Ordnung ins Chaos zu schaffen. Er war ein schweigsamer Typ, dennoch immer da, wenn man ihn brauchte. Nun hielt er mir meine Sachen hin, die er aus meinem Fach nebenan geholt hatte und half mir hinein. Wieder biss ich mir auf die Lippen, um bloß keinen Laut von mir zu geben. Dann packte er rasch meine Sachen zusammen.

Karl ließ uns alleine und kam kurz darauf umgezogen und mit seinen Sachen zurück.

»Alles Gute«, wünschte Manni mir, als wir gingen.

»Danke dir. Drück mir die Daumen.«

»Wie immer.« Er lächelte mir zu und reckte seinen Daumen nach oben.

Irgendwann nach Mitternacht betrat ich meine Wohnung. Aus dem Wohnzimmer drang ein Lichtschein in den Flur und ich blieb abrupt stehen. Karl prallte gegen mich, was mich nach vorne stolpern ließ. Zischend sog ich Luft ein und hielt meinen Arm fest, der in einer Schlinge gepackt worden war, die sich über den Nacken erstreckte und meinen Oberarm fixierte.

»Was ist los?«, fragte er.

Ich deutete auf den Lichtschein aus dem Wohnzimmer. »Ich habe kein Licht angelassen. Da ist jemand«, flüsterte ich. Leise legte ich meinen Schlüssel auf der Kommode ab und schlich bis kurz vor die Tür. Karl immer auf den Fersen.

»Komm rein, hier sind keine Angreifer.« Eine mir wohlbekannte Stimme erscholl aus dem Raum in den Flur. Ich riss meine Augen auf, stellte mich in den Türdurchgang und starrte auf meinen Bruder, der müde aussah und auf meinem Sofa lag, die Beine von sich ausgestreckt auf dem Futonteil. Seine Falten auf der Stirn wirkten noch eingegrabener als sonst schon, unter seinen Augen schimmerten dunkle Ringe und seine Geheimratsecken wuchsen. Nicht mehr lange und eine Halbglatze prangte auf seinem Kopf. »Ich hoffe, du wirst nie bei einem Geheimdienst genommen, bei dem du dich anschleichen musst. Du würdest auf ganzer Linie versagen.« Er rang sich zu einem Lächeln durch.

»Was machst du hier?« Es klang pampiger als ich beabsichtigt hatte, aber Carsten war der letzte Mensch, den ich hier erwartet hatte und nicht unbedingt sehen wollte. Am Ende hielt mir wieder nur Vorträge, weshalb ich mich so selten melden, geschweige denn mal zu unseren Eltern kommen würde.

Auf jeden Fall war es von seinem Wohnort bis zu mir eine vierstündige Autofahrt. Außerdem … »Wie bist du hier reingekommen? Du hast doch …« Da fiel der Groschen. »Mama.« Ich verdrehte die Augen. Sie hatte einen Ersatzschlüssel, obwohl meine Eltern nicht in der Nähe wohnten. Sollten sie mich jedoch mal besuchen, brauchten sie keine Rücksicht auf mich nehmen und konnten jederzeit rein. Carsten musste von ihr losgeschickt worden sein, kurz nachdem der Unfall passiert war.

»Hättest du einmal auf dein Handy geschaut, wären dir die zig Anrufe von ihr nicht entgangen.«

Ich holte tief Luft, ging ins Wohnzimmer und ließ mich auf den Sessel fallen, der neben der Tür vor dem Sofa stand. Erneut zog ich zischend die Luft ein, da das überhaupt nicht gut war. Um an das Handy zu gelangen, musste ich mich wieder bewegen. Dazu hatte ich keine Lust. Der Tag war lang gewesen, außerdem ließ die Wirkung der Schmerztabletten nach und ich wollte nur noch ins Bett.

»Du scheinst zurecht zu kommen. Ich mach mich dann mal vom Acker. Übrigens, hallo Carsten.« Karl erschien im Türrahmen und lächelte. Den hatte ich ob der Überraschung meinen Bruder im Wohnzimmer vorzufinden, vergessen.

Carsten hob die Hand zum Gruß. »Hallo und Tschüss.«

»Bis morgen.« Ich sah ihm hinterher, hörte, wie die Wohnungstür ins Schloss fiel, und blickte dann erneut auf meinen Bruder, der sich aufsetzte. »Also, wieso bist du den ganzen Weg hierher gefahren?«

»Du wirst es nicht glauben, wir haben uns Sorgen um dich gemacht.« Carsten fuhr sich über das Gesicht und stand auf, umrundete meinen niedrigen Wohnzimmertisch. »Mama konnte dich nicht erreichen. Wir haben im Fernsehen nur gesehen, wie du auf dem Eis gelegen hast und als du endlich wieder senkrecht gestanden hast, konnte sogar ich sehen, was für Schmerzen du hast. Dein Arm hing komisch herunter und du wurdest vom Eis geschoben.«

Ich schwankte zwischen einem schlechten Gewissen und Ärger. Konnte mich nicht entscheiden. Einerseits war ich froh, ein vertrautes Gesicht zu sehen, andererseits hätte er nicht sofort herkommen müssen.

»Keine Sorge, ich bleibe nur solange, wie es nötig ist. Mama wäre selbst gekommen, aber du weißt ja, wie es ist.« Sein Gesicht verdunkelte sich. »Ach nein, das kannst du gar nicht wissen. Der feine Herr hat es seit fast einem Jahr nicht mehr nötig, uns zu besuchen.« Das Letzte kam sarkastisch hervor und traf mich mitten im Herz.

»Du weißt genau, warum ich nicht gekommen bin.« Ich richtete mich auf, verzog das Gesicht. Jede noch so kleine Bewegung schien das Pochen und Stechen in der Schulter auszulösen. »Glaubst du etwa, ich hätte das Angebot aus Schweden erhalten, wenn ich nicht so hart und viel trainiert hätte, um auf mein jetziges Level zu kommen?«, erwiderte ich bissig. »Falls du nur gekommen bist, um mir Vorwürfe zu machen, kannst du wieder gehen.« Ich deutete in Richtung Wohnungstür. »Außerdem habe ich kei…« Ich stoppte mitten im Satz. Schweden, Vertragsangebot. Fuck, fuck, fuck. Ein weiterer

Stich ins Herz. Das konnte ich mir mit meiner Verletzung abschminken. Ich war mindestens fünf bis sechs Monate außer Gefecht gesetzt. Die Schulter konnte erst dann voll belastet werden. Ich würde eine Menge Physio benötigen, um sie wieder beweglich zu bekommen.

»Außerdem was?«, setzte mein Bruder an. Wut und Erschöpfung klangen bei diesen zwei Worten mit.

»Ich habe keine Lust zu streiten. Können wir ins Bett gehen und schlafen?«

»Erst rufst du Mama an.« Er setzte sich wieder, dieses Mal ans Ende des Futonteils, fast neben mich. »Was ist denn jetzt überhaupt mit dir?« Carsten zeigte auf meine Schlinge.

»Ein Oberarmkopfbruch. Etwas, was nur alte Menschen bekommen, oder Eishockeyspieler, die mit Wucht auf ihre Schulter fallen.« Vorsichtig lehnte ich mich an das Rückenpolster meiner Couch. »Was ist mit Mama und Papa? Warum können sie nicht kommen?«

»Weil sie nicht mehr so weit alleine fahren. Papas Augen sind schlechter geworden und Mama schlägt sich von einer Erkältung zur nächsten durch.« Carsten nahm das Festnetztelefon vom Wohnzimmertisch, das ich damals nur wegen meiner Eltern gekauft hatte.

»Das wusste ich nicht. Sie hat nie was gesagt.« Ich nahm ihm das Telefon ab. Das schlechte Gewissen brannte sich tiefer in mir ein. Meine Mutter hatte schon immer versucht, miese Dinge von mir fernzuhalten, damit ich mich auf meinen Sport konzentrieren konnte. Carsten badete es regelmäßig aus. Das war wahrscheinlich auch der Grund, weshalb ich mir oft genug seine Vorträge anhören musste. »Ist sie überhaupt noch wach?«

Carsten sah mich mit seinem Ich-bin-der-große-Bruder-du-tust-was-ich-sage-Blick an, der mich als Kind extrem eingeschüchtert hatte. Immerhin war er zehn Jahre älter als ich. Meine Eltern hatten damals gedacht, er bliebe ein Einzelkind, doch plötzlich kam ich Nachzügler, mit dem niemand gerechnet hatte.

Heutzutage konnte er mich nicht mehr einschüchtern, trotzdem hatte ich keine Lust auf eine weitere Tirade von ihm. Also wählte ich. Es klingelte nur ein Mal, bis meine Mutter das Gespräch entgegennahm.

»Schatz, wie geht's dir? Ich habe mir solche Sorgen um dich gemacht.«

»Gut, nur müde und kaputt. Du hättest Carsten nicht schicken müssen.«

»Papperlapp. Erzähl mir alles, was der Arzt gesagt hat.«

Die nächsten fünf Minuten klärte ich sie auf, auch über die kommenden Monate, die der Chirurg im Krankenhaus nur grob angerissen hatte. Alles kam auf meinen Heilungsverlauf an. Nun galt es erst einmal die Schulter ruhig zu halten und nicht zu belasten.

»Gut, dass Carsten da ist. Er kann dir helfen«, sagte sie. Ich unterdrückte ein Gähnen. Nun, da ich zur Ruhe kam, überfiel mich die Müdigkeit, die Schmerzen kehrten im Schnelldurchlauf zurück, wie ein unwillkommener Gast. Wobei, der saß neben mir und beobachtete mich. Vielleicht konnte er mir gleich die Tabletten aus meiner Tasche geben. Karl musste sie im Flur abgestellt haben.

»Ja, hast recht, Mama.« Ich wollte mich mit meiner Mutter nicht streiten. Sie sollte sich keine Sorgen um mich machen, hatte anscheinend selbst genug, von denen sie mir nicht erzählte. »Mama, ich will ins Bett. Ihr seid bestimmt auch müde. Wollen wir morgen in Ruhe reden?«

»Natürlich, Schatz, machen wir. Schlaf gut und erhol dich. Gib mir bitte noch einmal Carsten.«

»Klar. Schlaf auch gut.« Ich reichte das Telefon weiter, ließ meinen Kopf nach hinten sinken und schloss die Augen. Carsten beendete das Telefonat und tippte mich an.

»Na komm.«

Ich öffnete die Augen, da stand er bereits vor mir. »Musst du nicht arbeiten?«

»Weißt du, völlig unvorstellbar, wenn man einen eigenen Laden hat. Ich kann sagen, ich bin nicht da, Stellvertreter übernehme du.« Erneut dieser sarkastische Unterton. Dabei kannte Carsten mein *Game Time*, ein Fast-Food-Restaurant, welches ich mit zwei meiner Mitspieler besaß.

Carsten dagegen gehörte der einzige Lebensmittelladen in dem kleinen Ort, aus dem wir stammten. Er hatte dort schon gelernt, hinterher weiter gearbeitet und als sein Chef in den Ruhestand gegangen war, hatte er ihn übernommen und führte ihn nun mit seiner Frau. Wobei sie im Moment mehr mit den Kindern beschäftigt war und sie noch einen weiteren Stellvertreter eingestellt hatten.

»Was ist mit Lena und den Kindern? Sie ist doch jetzt ganz allein. Die Kleinste ist nicht mal ein Jahr alt.«

Wieder dieser Großer-Bruder-Blick. »Die Kleinste läuft fast. Was du auch wüsstest, wenn du dich nur ein wenig neben dem Eishockey für deine Familie interessieren würdest.«

Ich seufzte. »Bitte, nur noch Schlaf und keine Vorwürfe, okay? Wir vertagen das auf morgen. Könntest du mir vielleicht nur meine Schmerztabletten aus der Tasche holen?« Ich stand ebenfalls auf, was garantiert nicht so anmutig aussah, wie bei ihm.

Das Pochen nahm zu. Ich kniff die Lippen zusammen. Hoffentlich konnte ich überhaupt schlafen.

»In Ordnung. Du hörst dir allerdings morgen alles an, was ich zu sagen habe. Mir ist egal, ob du das willst oder nicht.«

Ich lächelte. Carsten klang fast versöhnt. Sobald er sich morgen Luft gemacht hatte, die Tirade plante er bestimmt schon seit Ewigkeiten, wie ich ihn kannte, wäre er wieder mein beschützender großer Bruder.

Plötzlich überkam mich das irrationale Gefühl, von ihm in den Arm genommen und gehalten zu werden. Aber ich traute mich nicht zu fragen. Wir machten so was nicht. Hatten wir noch nie. Selbst unter den besten Umständen umarmten wir uns nicht mal zur Begrüßung.

Kurz bedauerte ich das, denn heute Abend konnte ich Trost gebrauchen. Wahrscheinlich platzte ein großer Traum von mir. Ich hätte in einer der besten Eishockeyligen nach der NHL spielen können. Aber welches Team wollte schon einen Spieler, der lange verletzt war und eine Menge Training benötigte, um wieder auf sein bestes Level zu kommen?

Ich seufzte, ließ die gesunde Schulter hängen und legte meinen inneren Panzer wieder an. Wahrscheinlich wären wir beide völlig überfordert, wenn ich ihn bitten würde, mich zu halten.

Ich folgte meinem Bruder aus dem Zimmer. Er steuerte die Tasche an, die Karl tatsächlich auf dem Flur hatte stehenlassen und kramte darin herum, bis er die Packung mit den Schmerztabletten fand.

Er erhob sich, kam zu mir herüber und stellte das Licht im Flur an. Den Zettel vom Arzt aus dem Krankenhaus hatte er ebenfalls dabei und las ihn nun lautlos durch.

»Zwei Tabletten jeweils morgens, mittags, abends und zur Nacht«, sagte ich und verdrehte die Augen.

»Ich lese es lieber nach.« Er drehte das Schreiben um. »Ah ja, hier steht es.«

»Yeah. Gibst du mir jetzt bitte zwei? Es tut weh.« Ich zeigte auf meine Schulter. Er kam meiner Bitte nach, holte noch ein Glas Wasser aus der Küche und ich schluckte sie herunter.

Carsten löschte das Licht im Wohnzimmer und ging zum Gästezimmer, in dem er bestimmt seine hastig zusammengepackte Tasche abgestellt hatte. Bevor er die Tür öffnete, blieb er stehen, drehte sich zu mir um. Ich war bereits fast in meinem Schlafzimmer, das direkt neben seinem lag.

»Brauchst du Hilfe beim Ausziehen?«

»Schätze, das wäre für den Anfang nicht schlecht.« Dankbar für seine Frage, führte ich ihn in mein Zimmer. Mein gemütliches großes Doppelbett stand einladend unter dem Dachschrägenfenster. Ich konnte es nicht erwarten, endlich dort zu liegen, meine Augen zu schließen und mich bedauern zu können. Erst holte ich Schlafsachen aus meinem langen Schrank an der Wand gegenüber.

Carsten half mir aus meinen Klamotten, wobei er sich geschickter anstellte, als ich es wahrscheinlich getan hätte.

»Du scheinst deine Kinder öfter an und wieder auszuziehen«, meinte ich mit einem schiefen Grinsen.

Auf seinem Gesicht zeichnete sich ein feines Lächeln ab. »Tja, ich habe verborgene Talente.«

Rein theoretisch müsste ich noch duschen gehen, aber dazu fehlte mir die Kraft. Das konnte ich morgen erledigen.

Als ich endlich in meinem Bett lag und alleine war, erlaubte ich mir ein paar Tränen und Selbstmitleid ob meiner wahrscheinlich geplatzten Hoffnungen und Träume.

Kapitel 3

Tyler

Mit dem Rücken zum Schreibtisch saß ich im Stuhl und starrte aus dem Panoramafenster im Büro meines Vaters. Meines korrigierte ich mich und runzelte die Stirn. Auch vier Wochen nach der Beerdigung wehrte sich alles in mir, diesen großen Raum nun als mein Büro zu bezeichnen. Das sollte noch Jahre dauern, wenn es überhaupt je dazu gekommen wäre. Meine Eltern hatten nie von mir erwartet, eines ihrer Unternehmen zu übernehmen. Ich sollte immer meinen Weg gehen.

Doch ehe ich mich versah, saß ich als CEO an dem großen Tisch. Total überfordert las ich jeden Tag die hereinflatternden Papiere durch und wäre Mara nicht, die sie bereits nach Prioritäten vorsortierte, wäre ich völlig verloren. Es bestand ein absoluter Unterschied zwischen der Finanzabteilung, in der ich bis zum Tod meines Vaters saß, und dem Posten des CEO. Hier bekam ich alles zu sehen, nicht nur ein paar Zahlen und das Budget.

Ich drehte mich mit meinem Stuhl einmal um die Achse, bis ich wieder hinaus auf das gegenüberliegende Haus guckte. Dieses Gebäude war während meiner Jugend gebaut worden. Mein Vater und ich hatten einen Abend hier oben im Dunkeln gestanden, als gerade die Fenster eingebaut worden waren und sahen auf die hell durch Reklametafeln erleuchtete Stadt unter uns, den vorbeifahrenden Autos auf den Straßen und die Laternen. Mein Vater hatte mir einen Arm um die Schulter gelegt und gelächelt. »Irgendwann einmal wirst du vielleicht in diesem Büro sitzen, Tyler. Überlege dir gut, wie du dann als Chef sein willst. Der Fisch stinkt immer vom Kopf her.«

Ich hatte über das deutsche Sprichwort gelacht. Er liebte es, baute es ständig ein, bis es mich nur noch genervt hatte. Nun vermisste ich es.

Jetzt saß ich hier ohne jedwede Vorstellung wie ich als Chef sein sollte oder ob ich meine Arbeit gut machte. Aber dreiundsechzig Prozent der Aktien sagten, mir gehörte *Roth Pharmacy Corporation*. Bisher hatte ich immer unter dem Schutz meines Vaters gestanden, er hatte jede Entscheidung seit ich in der Finanzabteilung auf der Chefetage angekommen war, mit mir durchgesprochen. Wieso er es was genau machte. Wie er seine Ideen dem Vorstand vorstellte.

Es war noch alles präsent, trotzdem fühlte es sich falsch an hier zu sitzen. Viel zu früh musste ich die Entscheidung treffen, wie ich als CEO sein wollte, dabei war mir immer noch nicht klar, ob ich überhaupt in diesem Unternehmen bleiben wollte. Die Arbeit hatte mir Spaß gemacht, doch im Gegensatz zu meinem Vater brannte ich nicht dafür. Mein Dad hatte es gewusst, trotzdem hatte er mich deswegen nicht verurteilt oder mich zu seiner Entscheidung gedrängt.

»Tja Dad, nun hast du es unbewusst doch getan«, murmelte ich. Ich stand auf, trat an die Glasscheibe und blickte auf die mit Autos überfüllte Straße hinunter. Hätte ich ein Fenster öffnen können, wären nur Verkehrsrauschen und die Sirenen von Feuerwehrfahrzeugen oder Rettungswagen bis zu mir nach oben gedrungen. Aber es blieb ruhig, nur das leise Summen der Klimaanlage hörte ich.

Wie so häufig in den letzten vier Wochen überfiel mich der Drang fortzulaufen. Dieses Unternehmen brauchte mich nicht, kam ohne mich klar. Dessen war ich mir sehr bewusst. Mason, der beste Freund meines Vaters, der auch Finanzmanager und Operationsmanager in Personalunion war, leistete normalerweise gute Arbeit und hatte alles im Griff.

Langsam jedoch hasste ich sein beständiges Drängen, mich vollumfänglich in alles einzulesen und einen Überblick über die Vorgänge in diesem Unternehmen zu erhalten, um endlich meine Rolle als CEO wahrzunehmen.

Seit dem Tod meines Vaters veränderte sich Mason zunehmend. Wurde fordernder, gereizter und ließ das alle um ihn herum spüren. War es seine Art zu trauern? Leider die Falsche, denn er brachte die Mitarbeiter durch seine Ausbrüche durcheinander.

Vielleicht brauchte ich eine Luftveränderung und es kam mir nur so vor. Die Idee nach Deutschland zu gehen, die mich seit dem Tag nach der Beerdigung immer wieder befiel, um die Heimatstadt meines Vaters ohne ihn zu erkunden, nahm immer mehr Formen an.

»Alles gut bei dir?« Mason betrat mein Büro. Er hatte die unangenehme Angewohnheit, das ohne anzuklopfen zu machen. Allerdings mochte ich ihm das nicht vorschreiben. Es war eine Routine, die er und mein Dad gepflegt hatten.

Ich drehte mich zu ihm um und zuckte mit den Schultern. Meinte er das ernst oder war es nur Smalltalk? Die meiste Zeit in den letzten Wochen hatte ich das Gefühl, er hörte mir gar nicht richtig zu oder es interessierte ihn nicht, was ich dachte, solange es nicht mit der Firma zu tun hatte.

Trotzdem, ich versuchte es noch einmal. »Ich frage mich, was ich hier mache. Seien wir doch mal ehrlich, wegen jedem Scheiß komme ich zu dir oder Jonathan, habe keine Ahnung von dem, was gemacht werden muss. Im Prinzip leitest du die Firma und ich unterschreibe nur.«

»Deswegen sollst du die Unterlagen, die ich dir gegeben habe, lesen. Aus den Geschäftsberichten und Jahresbilanzen wirst du eine Menge lernen.« Er zeigte auf die vielen Stapel auf dem Konferenztisch. »Du hast noch nicht in einen hineingelesen, oder?«

»Keine Zeit«, murmelte ich, fuhr mir durch die Haare und brachte sie bestimmt durcheinander. Ich schob die Hände in die Hosentaschen. Wobei ich die Berichte aus den letzten Jahren mit erstellt hatte, wie Mason sehr wohl wusste. Dafür brauchte ich sie nicht lesen. Viel eher bereitete mir Sorgen, wie ich dieses Amt ausfüllen sollte. Das konnte mir niemand beibringen. Auch keine Zahlen.

»Dir mag es nicht auffallen, aber du triffst die Entscheidungen hier.« Nun klang Mason streng und hörte sich an, wie ein Lehrer, der mit einem ungehorsamen Schüler sprach.

Ich lachte trocken auf. »Ja, genau, rede mir das nur ein.« Leise seufzte ich. »Ich unterschreibe, was du entschieden hast. Lese es mir durch und verstehe es. Aber hätte ich nicht darauf kommen sollen?« Ich schüttelte den Kopf, wandte mich wieder dem Fenster zu. Die Fahnen vor dem gegenüberliegenden Bürogebäude zerrten in dem zunehmenden Wind an ihren Halterungen. Vielleicht brauchte ich Abstand zur Firma und all dem, was damit verbunden war, um einen klaren Kopf zu bekommen. »Was würdest du sagen, wenn ich nach Deutschland fahre?« Drei, vier oder mehr Wochen. Aber das sprach ich nicht aus.

Mason stellte sich neben mich.

»Ihr kommt auch ohne mich aus.«

»Natürlich kannst du fahren, wir bringen die Fusion hinter uns und danach wird es ruhiger.« Nun wandte er sich mir zu.

Betrachtete mich aufmerksam. »Du willst länger wegbleiben, oder?« Mason seufzte und verschränkte die Arme vor der Brust. »Für die Moral und das Geschäft wäre es besser, wenn du präsent wärst. Gerade nach dem Tod deines Vaters sollten wir keine Schwäche zeigen, in dem der neue CEO sofort verschwindet und nicht ansprechbar ist.«

Ich konnte geradeso ein Augenrollen unterdrücken. Was erwarteten alle von mir? Business as usual? Als ob ich mit der Beerdigung meine Trauer abgelegt und das Wissen meines Vaters über Nacht aufgesaugt hatte?

Holy Crap, ich hatte auf einen Schlag beide Elternteile verloren. Nicht nur meinen Vater. In meinem Bauch ballte sich eine kleine heiße Kugel zusammen.

»Es läuft doch. Die Zahlen stimmen und ob ich nun den Stuhl meines Vaters warmhalte oder nicht, merkt eh keiner.« Das kam heftiger heraus, als gedacht. Ich drehte mich um, schüttelte hilflos den Kopf und schob meine Hände in die Anzughose.

»Wir können das Büro umgestalten, während du dich zwei Wochen in Deutschland erholst, damit es mehr zu deinem wird. Neue Farbe, andere Möbel, Gemälde an den Wänden.« Mason deutete mit den Armen einen Kreis an, der sowohl den großen aus Eiche bestehenden Konferenztisch neben der Eingangstür für zehn Leute einschloss als auch den dazu passenden Schreibtisch, hinter dem wir standen.

War das sein Entgegenkommen? Zuckerbrot und Peitsche? Ein Lachen kroch mir die Kehle hinauf, das ich unterdrückte. Als ob ein wenig Farbe und ein paar neue Möbel alles ändern würden.

In den letzten Wochen lernte ich Seiten an ihm kennen, die ich vorher nie zu sehen bekommen hatte. Er war nicht mehr der wohlwollende Onkel aus meiner Kindheit, sondern der fordernde Geschäftsmann, der unbedingt weiterkommen wollte. Nicht immer auf die nette und erklärende Weise meines Vaters.

»Was ist, wenn ich keine Lust darauf habe? Auf all den ganzen fucking Scheiß hier?«, platzte es aus mir heraus und fasste in zwei Sätzen meine Gefühlslage zusammen. Es kam aus tiefstem Herzen.

Mason sah mich ernst an. »Ich dachte, dir macht die Arbeit hier Spaß. Warum hättest du sonst seit dem College hierbleiben sollen? Was ist auf einmal los mit dir?«

Verdutzt hielt ich den Atem an. Wo hatte er die letzten Jahre gelebt? Er wusste doch, weshalb ich hier angefangen hatte.

»Es hat mir Spaß gemacht. Die Zusammenarbeit mit meinem Vater, unter ihm zu lernen. Aber das alles mit dem Wissen, jederzeit aufhören zu können, um etwas anderes zu machen, sobald ich weiß, was das ist. Dad hat mich nie als den Kronprinzen behandelt, wie es jetzt alle machen. So wie du redest, werde ich hier nie mehr rauskommen.«

Verzweiflung breitete sich in mir aus. Ich kam mir gefangen in einem Leben mit Jahren voller Arbeit vor, die ich nicht mal eben so aufgeben konnte.

»Was ist, wenn ich jemanden an meine Stelle einsetze? Wir halten eine Rede vor der versammelten Mitarbeiterschaft, schicken sie an unsere Dependancen, die Presse und erklären, ich wäre noch nicht bereit die Führung zu übernehmen. Zu jung, unerfahren, whatever. Oder ich trauere noch um meine Eltern.«

Mason runzelte die Stirn. Seine Falten um den Mund und auf seiner Stirn gruben sich tiefer in seine Haut. Sein Adamsapfel hüpfte in seinem dünnen Giraffenhals auf und ab.

Mason klatschte plötzlich in die Hände und riss mich aus seiner Betrachtung. »Vorschlag. Du fährst nächste Woche nach Deutschland. Per Videokonferenz nimmst du an den wichtigen Sitzungen teil und ich sende dir alle relevanten Unterlagen zu. So bekommst du Ablenkung und kannst in Ruhe über deine nächsten Schritte nachdenken. Wenn du zurück bist, reden wir noch einmal drüber.« Mason verschränkte seine Arme vor der Brust und zog die Augenbrauen nach oben.

Sein Vorschlag änderte nichts daran, wie gefangen ich mich zurzeit fühlte, es war jedoch seit langem mal wieder ein brauchbarer.

Ich nickte. »In Ordnung.«

Nun sah er mich auffordernd an. »Ich kann nur noch einmal darauf hinweisen, wie wichtig es ist, dich hier zu haben. Präsent zu sein für unsere Konkurrenten und die Mitarbeiter. Es könnte uns sonst als Schwäche ausgelegt werden. Von daher plane nicht länger als drei Wochen ein. Vor allem mit der kommenden Fusion. Darüber sollten wir im Übrigen dringend reden. Ich habe mir die Zahlen erneut angesehen und …« Er brach ab.

»Da ist doch alles klar.« Nun runzelte ich die Stirn. »Sie lagen uns längst vor, inklusive der vorläufigen für das letzte Jahr und mein Vater hat ein Konzept erstellt, wie wir das kleine Unternehmen wieder auf die Beine stellen.«

»Du hast recht«, wiegelte er ab. »Fahr nach Deutschland und lerne das Geburtsland deines Vaters kennen.«

Ich nickte, nicht ganz überzeugt von seinen Worten. Er wollte etwas anfügen, hielt es jedoch anscheinend nicht für wichtig, mir mitzuteilen. Was war mit den Zahlen? Ich hatte sie ebenfalls gesehen und keine Auffälligkeiten vorfinden können. Allerdings würde ich nichts herausbekommen, wenn ich jetzt nachhakte, ansonsten hätte Mason seine Meinung preisgegeben.

Erst gestern hatte ich noch mit Jonathan darüber gesprochen und er war auch zufrieden mit dem, was wir bekommen hatten. Sehr merkwürdig. Ich machte mir eine mentale Notiz, zukünftig mehr darauf zu achten.

»Gib Bescheid, wann du genau weg sein wirst.« Mason drehte sich auf dem Absatz um und ging. Seine Schritte wurden vom dicken Büroteppich verschluckt. Ich sah ihm hinterher, kniff die Augen zusammen. Vor acht Wochen hatte der graue Anzug an ihm maßgeschneidert gesessen, nun schlackerte er leicht an ihm.

Die letzten Wochen hatten nicht nur mir zugesetzt und das schlechte Gewissen kickte rein. Wie konnte ich die ganze Verantwortung auf seinen Schultern abladen? Mason hatte das Unternehmen mit meinem Vater aufgebaut, war immer an seiner Seite gewesen, aber nie finanziell mit eingestiegen. Warum hatte Dad mir nie gesagt und nur abweichend auf meine Fragen geantwortet, immer wieder war ich bei ihm auf eine Wand geprallt.

Auch Mum hatte sich in der Hinsicht bedeckt gehalten. Bis irgendwann bei einem gemeinsamen Abendessen sie nur sagte: »Mach dir über Mason keine Gedanken. Es ist alles gut so, wie es ist. Er und Dad sind sich einig und das genügt.« Es kam mir damals sehr merkwürdig vor und war es bis heute. Sie waren beste Freunde, trotzdem schien es da etwas zwischen ihnen zu geben, was ich nicht greifen konnte.

War es selbstsüchtig von mir, wenn ich aussteigen würde? Die Leitung anderen überließ und mich aus der Verantwortung zog? Nur noch die Aktienmehrheit behielt und mich auszahlen ließ?

Die schwere, dicke Tür fiel hinter Mason ins Schloss und ich war alleine. Sofort griff ich zum Hörer und wählte die Assistentin meines Vaters an. Fuck, meine Assistentin.

»Mara, könntest du bitte alles für einen Urlaub in Deutschland in die Wege leiten?«

»Mach ich, Tyler. Für wann und wie lange?«

»So schnell wie möglich und erst einmal nur ein Hinflugticket. Du weißt, wo mein Vater gelebt hat?«

»Ja. Möchtest du einen Leihwagen haben?«
Eine gute Idee. Dann war ich unabhängig. »Sehr gerne. Nichts Großes oder Schnelles. Einen unauffälligen Wagen bitte. Wenn ich mich verfahre, fällt es nicht so auf.«

»Alles klar, Chef.« Mara legte auf. Ich setzte mich wieder auf den Stuhl und öffnete den Internetexplorer. Die nächsten Stunden verbrachte ich damit, alles über die Heimatstadt meines Vaters herauszufinden, statt mich wie von Mason gefordert mit den Jahresbilanzen zu beschäftigen.

Kapitel 4

Felix

»Ja … genau … Sie liefern also morgen?«

Carsten zog seine Kreise im Wohnzimmer. Er telefonierte mit einem seiner Lieferanten und klärte mit ihm was auch immer schief gelaufen war. In diesem Moment beglückwünschte ich mich einmal mehr zu unserem Geschäftsführer im *Game Time*, den Stanni, Juli und ich eingestellt hatten. Ich wüsste nicht, woher ich neben dem Eishockey die Zeit noch nehmen sollte, mich um den geschäftlichen Alltag zu kümmern.

Ich sank tiefer in die Couch, mein Arm gefesselt in der nervigen Schlinge und bewegungsunfähig. In der anderen hielt ich eine Kaffeetasse.

Wegen Carsten war ich ganz durch den Wind. Er bemutterte mich nicht nur, nein, er versuchte, trotz seines fähigen Stellvertreters von hier aus seinen Supermarkt zu managen. Er behandelte mich wie einen Angestellten oder eines seiner Kinder und schrieb mir vor, was ich zu tun und zu lassen hatte, damit er weiter arbeiten konnte.

Laut seiner bescheidenen Meinung sollte ich am besten in der Wohnung bleiben und sie nur für meine Arzttermine verlassen und wenn ich im Trainingscenter sein musste. Das wäre der sicherste Ort für mich, um wieder gesund zu werden.

Mein Argument, die meisten Unfälle passierten im Haushalt, ließ er nicht gelten.

»… dran, uns in Zukunft rechtzeitig Bescheid zu geben, sollte etwas nicht sofort lieferbar sein.« Carsten knurrte fast in den Hörer, schrie aber nicht. Anscheinend hatte er irgendwann seit unserer Kindheit und heute dazu gelernt, der olle Hitzkopf. Mit Anschreien kam man nicht immer weiter. Dann beendete er das Gespräch.

»So, ich rufe noch Lena an, danach fahre ich ein paar Supermärkte ab, die ich mir ansehen will. Wenn ich schon mal in der Großstadt bin, kann ich die Zeit nutzen.« Er blieb vor dem Wohnzimmertisch stehen und sah mich an.

»Du hast seit gestern nichts anderes gemacht als gearbeitet. Gehst deinem Stellvertreter auf die Nerven, anstatt ihm mal zu vertrauen und schickst Lena zum Spionieren hin. Können wir nicht mal einen Spaziergang machen? Ich muss raus aus der Bude.« Ich richtete mich auf.

Carsten warf mir einen bösen Blick zu. »Er ist jung und ihm fehlt es an Erfahrung.«

Ich verdrehte die Augen, schüttelte gleichzeitig den Kopf und war enttäuscht, da er nicht mal auf meinen Einwand einging. »Und du denkst, wenn du ihm auf den Nerv gehst, wird es besser? Lass ihn doch mal machen und schau, was dabei rauskommt.«

»Sagt der Mann, der alle Spielzüge vom Coach vorgegeben bekommt.«

Ich starrte ihn an. Dieses Arschloch. Der hatte doch … »Weißt du Carsten, wenn du mitreden willst, einfach mal Ahnung haben. Der Coach lässt uns gerne ausprobieren und testen. Wir sind ein Team, arbeiten zusammen und nicht gegeneinander. Inklusive Auseinandersetzungen. Aber das wüsstest du, wenn du deine Angestellten einmal von der Leine lassen würdest und nicht so kontrollsüchtig wärst.« Ich lächelte meinen Bruder liebenswürdig an, trank einen Schluck Kaffee. Seine Kiefer mahlten, trotzdem hielt er sich mit einer Erwiderung zurück. Aha, da schien ich einen wunden Punkt getroffen zu haben. Wahrscheinlich hatte unsere Mutter oder Lena ihm bereits dasselbe vorgeworfen. Die einzigen zwei Personen, deren Meinung ihm wirklich wichtig war. Zumindest glaubte ich das.

Hoffentlich fuhr er bald wieder nach Hause und ich hatte meine Ruhe.

»Soll ich etwas mitbringen? Brauchst du noch Medikamente?«, fragte er, nachdem er sich beruhigt hatte.

»Vor allem muss ich aus der Bude raus.« Ich stand auf, schaltete den auf lautlos gestellten Fernseher aus, der mittig an der Wand neben der Tür hing. Durch das Fenster schien die Sonne und versprach einen schönen Tag, den ich auskosten wollte. Ich konnte meine Wohnung nicht mehr ertragen.

»Du sollst dich schonen. Wie kannst du das, wenn du draußen herum turnst?« Carsten verschränkte die Arme vor der Brust und sah mich herausfordernd an.

»Ich habe keine Ahnung, was dir deine Fantasie über mich so vorspielt, aber ich turne unter Garantie nicht. Setz mich am Trainingscenter ab. Dann kann ich den anderen beim Training zusehen.«

Carsten seufzte. Ihm war deutlich ins Gesicht geschrieben, wie gerne er mir widersprochen hätte. Er konnte mich jedoch nicht in der Wohnung festsetzen.

»Ich bin erwachsen. In der Lage, meine eigenen Entscheidungen zu treffen. Wenn du mich nicht dort absetzt, werde ich mit der Bahn fahren.« Bitte sag, du nimmst mich mit, bat ich still, würde mir allerdings nie die Blöße geben und es laut aussprechen.

»Ich will dasselbe wie du, eine geheilte Schulter und dich schnell wieder auf dem Eis sehen. Schweden steht doch noch immer, oder?«

Ganz selten konnte er mich tatsächlich rühren. So wie jetzt, wenn er durchblicken ließ, wie wichtig ich ihm war und er sich Sorgen machte. Bisher hatten sie mir nicht abgesagt. Ab spätestens Juli konnte ich meine Schulter wieder voll belasten, von daher bestand Hoffnung. Bei dem gestrigen Telefonat waren sie vorsichtig optimistisch, hatten sich von mir berichten lassen, was die Ärzte sagten. Zwar hatten sie im Vorfeld natürlich mit meinem Agenten gesprochen, ich rechnete es ihnen jedoch hoch an, auch mit mir selbst zu sprechen.

»Noch ist Schweden Thema.« Ich griff nach meiner Tasse auf dem Tisch trank sie aus. »Ich kann deine Intention verstehen, aber ich muss hier raus.«

»Gib mir zehn Minuten, dann fahren wir.« Er verschwand aus dem Raum, wartete nicht mal meine Antwort ab. Wenn er mit Lena telefonierte, ging er jedes Mal in sein Zimmer.

Ich atmete erleichtert aus. Mit Bus und Bahn fuhr ich nicht gerne, hatte jedes Mal Angst, meine Haltestelle zu verpassen oder sogar in die falschen Linien einzusteigen. Da kam das Dorfkind in mir durch. In den sechs Jahren, die ich nun in Krackers lebte, trainierte und spielte, schien sich diese Angst nie zu verdrücken.

Alles nur, weil ich in meiner Kindheit vom Eishockeytraining als Neunjähriger mal in den falschen Bus gestiegen war. Normalerweise hatten meine Eltern mich die eine Stunde zum Training gebracht und abgeholt. Doch da wollte ich zeigen, wie erwachsen ich bereits war und mit dem Bus nach Hause fahren. Das war grandios schief gelaufen. Jedes Mal, wenn ich ab da in den Schulbus steigen musste, hatte ich zweimal nachgesehen, ob ich richtig war.

Ich stand auf, ging in die kleine Küche, die meine Mutter eingerichtet hatte, als ich hierher gezogen war und stellte meine Tasse in die Spülmaschine.

Zwanzig Minuten später setzte Carsten mich ab und ich verschaffte mir mit meiner Karte Zutritt zum Trainingsbereich. Es gab um die Ecke des Haupteingangs, der zum Shop, Café, zwei Konferenzräumen und dem Zugang der Fans zum Trainingseis führte, unseren eigenen kleinen Eingang.

Sofort strömte mir der Geruch nach Schweiß und Eishockey entgegen. Gierig sog ich ihn auf. Rufe der Coaches vom Eis, auf dem zurzeit das Morgentraining stattfand, schollen zu mir. Unwillkürlich lächelte ich. Dies war mein Zuhause. Hier gehörte ich hin.

Kurz hinter dem Eingang blieb ich stehen, ließ alles auf mich wirken, schloss die Augen und hörte auf die Stimmen. Ja, das war meine Welt, auf die ich einige Monate verzichten musste, bis ich wieder auf dem Eis stehen durfte. Das tat so unendlich weh, den Mitspielern zuschauen zu müssen, statt mit ihnen auf dem Eis um Punkte und die Meisterschaft kämpfen zu können. Nicht einmal trainieren durfte ich.

»Felix, was machst du denn hier?« Rainer, einer unserer zwei Athletiktrainer unterbrach mein kleines Willkommen. »Was für eine Frage. Ihr könnt gar nicht anders.«

»Ich halte es zu Hause nicht aus. Da kann ich nur rumsitzen. Darf ich nicht wenigstens ein paar Kilometer auf dem Ergometer abreißen?«

Rainer schüttelte den Kopf. »Tut mir wirklich leid, das geht nicht. Du bewegst nicht nur deine Beine. Vielleicht in drei Monaten. Wir werden allerdings schon viel früher mit

Physiotherapie beginnen, aber solange du den Gilchristverband trägst, hältst du die Füße still.«

Ich schnaubte enttäuscht.

»Geduld. Du bist schneller wieder auf dem Eis, als du denkst.« Rainer schmunzelte. Ich war nicht der erste Spieler, den eine Verletzung ausbremste und der es nicht abwarten konnte, wieder auf dem Eis zu stehen. Ich würde auch nicht der Letzte bleiben. Trotzdem, man litt mit allen aus der Mannschaft mit, denen es passierte, nun war ich mal an der Reihe. Und hasste jede Minute.

»Du hast gut reden, musst nicht gefesselt herumlaufen.« Ich deutete auf den Verband.

Rainer lachte und ging weiter. Ich wandte mich dem Eingang zur Eisfläche zu, um dem Training zu folgen. Dadurch lernte ich ebenfalls. Ich setzte mich auf die Bank direkt hinter der Bande, sah zu, wie sie Spielzüge übten, die sie für das Heimspiel morgen einsetzen wollten.

»Hey.« Karl setzte sich zu mir. »Wie geht's dir?«

»Ich könnte Bäume ausreißen, wenn ich nicht gefesselt wäre.« Erneut deutete ich auf meinen Arm.

Karl lachte leise. Er war noch jung mit seinen knapp über vierzig Jahren und sah verdammt gut aus. Ein vollkommen symmetrisches Gesicht. Dazu die blonden Haare, die er kurz trug und die blauen Augen. Ich wettete, unter dem Trainingsanzug verbarg sich außerdem ein Muskelpaket.

Ich zwang mich, wegzusehen und wiederholte mein ständiges Mantra, wenn ich mich hinreißen ließ, ihn eingehender zu mustern: Never fuck the company.

»Bald kannst du wieder Bäume ausreißen. Hast du was von Prinsbo gehört?«

»Gestern erst. Sie werden es besprechen, da ich ab spätestens Juli wieder voll einsatzfähig wäre, spräche es für mich.«

»Gut.« Karl nickte. »Wie geht's dir emotional?«

Warum musste Karl das nun aufbringen? Ich schüttelte trotzig den Kopf. Er hob die Augenbrauen. Es gehörte zu ihm, sich um jeden Spieler im Team zu sorgen, nicht nur um seine Verteidiger. Wir hassten und liebten es gleichzeitig, wenn er mit uns über unsere Gefühle sprach. Dank seiner Anregung wurden wir von der Teamleitung angehalten, mindestens vier Termine pro Jahr bei unserem Teampsychologen wahrzunehmen.

»Du weißt doch, mir geht's immer gut.« Ich grinste ihn breit an und nickte. Er zog skeptisch die Augenbrauen hoch.

»Und jetzt Realtalk?«

Ich verdrehte die Augen. »Was glaubst du denn? Muss ich dir wirklich sagen, was es für einen Spieler bedeutet, den anderen zu zusehen? Wie hart es ist, Geduld zu haben, bis man sich wieder fordern kann? Es sind erst zwei Tage um, ich habe keine Ahnung, wie ich die weiteren Wochen, ach Monate, überstehen soll.« Es war so unendlich frustrierend. Wie ein Kind vor Weihnachten, dem man jeden Tag aufs Neue sagte: Bald kommt der Weihnachtsmann. Und dann geschah doch nichts und es musste weiterwarten.

Karl musterte mich aufmerksam und nickte. »Arbeite in der Zeit an deiner mentalen Stärke. Doktor Lucher ist nicht nur Psychologe, sondern auch Mentaltrainer. Das kommt dir später auf dem Eis zu Gute.«

Wohlwissend, wie recht er hatte, schnaubte ich. »Ich denke drüber nach.«

»So kannst du weiterhin dem Eis nahe sein.« Karl schmunzelte, was ein kleines Grübchen an seinem Kinn zutage förderte, über das ich zu gerne gestreichelt, es geküsst und mich dann weiter nach unten gearbeitet hätte. Er bekäme von mir den besten Blow-Job, den er jemals hatte. Abrupt wandte ich mich ab. Die Hitze kroch mir in die Wangen und in meiner Hose regte es sich.

Verdammt, ich musste dringend mal wieder flachgelegt werden. Das letzte Mal war zu lange her, wenn ich jetzt schon Fantasien mit dem Co-Trainer hatte. Ich räusperte mich.

Wir wandten uns dem Geschehen auf dem Eis zu. Meine Mannschaftskollegen kamen zu uns auf die Bank, begrüßten und foppten mich. Wir klatschten uns mit den Fäusten ab und sie setzten sich neben mir. Karl stand auf und ging seiner Arbeit nach.

Coach Smith pfiff ein Trainingsspiel an. Ich saß da, beobachtete mein Team und wünschte mir so sehr, unter ihnen zu sein, mit meiner Reihe trainieren zu können. Es schmerzte schon körperlich, hier sitzen bleiben zu müssen. Einmal ertappte ich mich dabei, wie meine Füße sich im Rhythmus meiner Kollegen bewegten.

»Finn ist aus der zweiten Liga für dich als Ersatz gekommen.« Stanni, der soeben vom Eis kam und sich neben mich setzte, holte mich aus meinen Gedanken. »Neue Besen kehren besser.«

»Stanni, der Spruch ist völlig unpassend.« Mahnend sah ich ihn an. »Ich sitze hier verletzt und du sagst mir damit, ich hätte keine Chance gegen den Jungspund.«

Stanni lachte. »Das wollte ich nicht. Aber was denkst du über ihn? Während der Saisonvorbereitung hat er sich nicht schlecht angestellt.« Er deutete auf den jungen Spieler, der mit Feuereifer dabei war. Er füllte den Kader wieder auf die zweiundzwanzig Mann auf. Immerhin übernahm er nicht meine Position wie Stanni angedeutet hatte, dafür war er zu unerfahren und nicht gut genug.

Ich beobachtete ihn eine Weile. »Er ist nicht mies. Muss noch viel lernen. Wozu er die Chance hat, da ich bis Ende der

Saison aus dem Rennen bin.« Trotz meiner Worte konnte ich die aufkommende Enttäuschung nicht unterdrücken. Meine gesunde Schulter sackte nach unten und ich kniff die Lippen zusammen. Natürlich mussten sie den Kader auffüllen, um wettbewerbsfähig zu bleiben. Finn, der seit dieser Saison bei uns einen Kontrakt erhalten hatte, spielte in unserem Vertragsteam der DEL2, um sich dort Spielpraxis zu holen.

»Mal sehen, wen Coach Smith in unsere Reihe steckt.«

»Natürlich den Tiroler. Ihr habt doch eben schon miteinander trainiert.«

»Mann, du fehlst echt, Glücksbärchi.« Stanni stupste mich leicht mit seiner Schulter an. »In der Not frisst der Teufel Fliegen. Der Tiroler ist gut, aber nicht du.«

Seine Worte waren Balsam auf meiner sehr geschundenen Seele, wobei das Sprichwort hier erneut nicht passte, doch das war Stanni.

Mein Blick fiel auf Anton Egger. Ich gönnte es ihm, ab der nächsten Saison hätte er wahrscheinlich eh dort gespielt, allerdings nahm er nun meinen Platz ein. Ich wurde bereits ersetzt, obwohl ich noch nicht in Schweden spielte. Anton war ein sehr guter Spieler, trainierte hart und passte mit seiner Art hervorragend ins Team. Ja, ich gönnte es ihm, so schwer es mir auch fiel.

Karls Tipp rumorte in mir. Vielleicht sollte ich doch mal einen Termin mit Doktor Lucher ausmachen.

»Ich muss los.« Ich stand auf, verabschiedete mich von den Kollegen, die auf der Bank saßen und machte mich auf den Weg zum Büro unseres Psychologen.

Kapitel 5

Tyler

Es hatte anderthalb Wochen gedauert, bis ich ins Flugzeug Richtung Deutschland gestiegen war. Aber nun fuhr ich endlich in meinem Leihwagen über die Autobahnen. Die erste Nacht hatte ich noch in einem Hotel am Flughafen verbracht, mich ausgeschlafen, in Ruhe gefrühstückt und war dann gestartet.

Fast zwei Stunden später kam ich meinem Ziel näher. Das Kribbeln im Bauch nahm zu und zum wiederholten Male stellte ich meine deutschen Sprachkenntnisse infrage. Auch wenn ich es beinahe akzent- und fehlerfrei sprach dank Dad und der Highschool, war das eine. Das andere auf einmal Fremden gegenüberzustehen und mit ihnen zu reden. Aber bisher lief es wunderbar und ich nahm es als gutes Omen.

Bei der nächsten Ausfahrt wies Sandy, so hatte ich das Navi getauft, mich darauf hin, die Autobahn zu verlassen. Ich setzte mich aufrechter hin, das Kribbeln nahm zu und breitete sich im Körper aus. Gleich würde ich in die Stadt fahren, in der mein Vater aufgewachsen war.

Leider begrüßte sie mich nicht in strahlendem Sonnenschein. Der Himmel war grau und es nieselte. Der Temperaturmesser weigerte sich beharrlich, über ein Grad zu wandern.

Große Sehnsucht nach meinem Vater ergriff mich, förderte Traurigkeit zutage, die ich in den letzten Wochen nach der Beerdigung unterdrückt hatte. Es fühlte sich richtig und falsch an, hier zu sein. Dad hätte neben mir sitzen und mich auf Highlights in der Gegend hinweisen oder Häuser zeigen sollen, während er mir seine Geschichten dazu erzählte.

Mum hätte hinten gesessen, sich alles mit einem Lächeln angehört, wie immer, wenn Dad von seiner deutschen Heimat sprach. Seine Eltern waren nur einmal in Amerika gewesen. Das war zu seiner Hochzeit. Mum und Dad waren dagegen vor meiner Geburt öfter nach Deutschland geflogen, doch irgendwann nahmen ihre Karrieren an Fahrt auf und sie hatten kaum noch Zeit.

»Nehmen Sie nun die rechte Spur«, informierte Sandy mich und ich setzte den Blinker. Reihte mich ein und folgte ihrer Beschreibung. Bis jetzt konnte ich keine Stadt entdecken, nur Felder und Wiesen. Führte sie mich falsch? Sollte man eine Großstadt nicht schon von weitem erkennen, statt kahler Äcker? Ein Wald folgte und danach kamen die ersten Häuser in Sicht. Allerdings stand auf dem Ortsschild nicht Krackers, wo ich hin wollte, sondern ein anderer Name, den ich nicht so schnell entziffern konnte. Es entlarvte sich allerdings als ein kleines Dorf.

Laut Sandy befand ich mich auf dem richtigen Weg und Krackers sollte kurz bevor stehen. Ich drehte das Radio leiser, in dem ein alter Song aus den Achtzigern von Phil Collins spielte. Normalerweise hätte ich mitgesummt, aber nun war ich viel zu gespannt darauf, was mich erwartete. Doch erst einmal fuhr ich weiter durch Wiesen. Hörte das denn nie auf?

Nach einer gefühlten Ewigkeit, in der ich bereits dachte, nie anzukommen, wichen die Felder Einfamilienhäusern und wurden zu Vororten. Der Verkehr nahm kontinuierlich zu, die Anzahl der Häuser ebenfalls und auf einmal öffnete sich die Straße in eine Vierspurige und ich war in der Stadt.

Sandy manövrierte mich mitten in eine Baustelle und es ging nur noch langsam voran. Ich bremste ab, konzentrierte mich auf das Navi.

»Damn! Fuck!«

Sie wies mich an, rechts rauszufahren, doch die Abfahrt war gesperrt und ich folgte weiter dem Verkehr. Sandy berechnete die Route neu und ich war völlig orientierungslos. Wie sehr ich es doch hasste, durch für mich fremde Städte zu fahren. Jedes Mal eine Herausforderung für mich. Da flog ich lieber mit dem Jet als den Straßen auf der Erde zu folgen mit dem vielen Verkehr. Dort oben hatte ich aus welchen Gründen auch immer eine bessere Orientierung als hier unten.

Ich hatte keine Möglichkeit zu halten. Den Straßenrand säumten hohe Bürogebäude oder Wohnhäuser. Sandy war inzwischen komplett durcheinander, ständig korrigierte sie ihren Kurs und wollte umdrehen.

Endlich fand ich eine Abfahrt, um von der Schnellstraße herunterzukommen und befand mich in einem Wohngebiet, fuhr an kleinen Läden vorbei. Aus dem Nieselregen wurde ein ausgewachsener Schauer, der die Menschen auf den Gehwegen dazu antrieb, schneller zu laufen.

Ich suchte nach einer Parkbucht, doch alle Parkmöglichkeiten waren besetzt. Also schlich ich dahin, hielt den Verkehr hinter mir auf und hatte ein schlechtes Gewissen.

Völlig unvermittelt musste ich über mich selbst lachen. In meiner Geburtsstadt herrschte dichterer Autoverkehr und ständig hupte jemand. Dagegen war das hier Kindergarten, brachte mich allerdings ins Schwitzen. In meiner Heimatstadt kannte ich mich jedoch von klein auf an aus, hier nicht. Normalerweise fuhr ich nicht alleine in fremde Städte, sondern hatte jemanden dabei. Ich hätte Connors Angebot, mich zu begleiten annehmen sollen, statt stur darauf zu beharren, alles allein zu erkunden.

Ich wollte unbedingt halten und einen Passanten fragen, wie ich zu meiner Ferienwohnung kam. Mein Puls beschleunigte sich, Schweiß lief mir den Nacken hinunter. Holy Shit. Sandy redete auf mich ein, ich sollte wenden, links oder rechts abbiegen und ich fuhr geradeaus weiter und suchte nach einer fucking Haltemöglichkeit, denn das Vertrauen zu Sandy schwand.

Ich atmete tief ein, ignorierte das Hupen hinter mir, das mir böse zuzurufen schien: Beweg deinen Arsch oder fahr rechts ran.

Plötzlich ertönte mein Phone, das in der Mittelkonsole lag. Jetzt nicht. Das Klingeln erstarb. Mit dem Ärmel meines Hoodies wischte ich mir über die Stirn, stellte die Heizung aus. Mir war so heiß, als ob ich Fieber hätte.

»Okay, Tyler, ganz ruhig. Du folgst jetzt Sandy und hörst auf, so ein Jammerlappen zu sein. Dies ist nur eine Stadt wie jede andere. Auch wenn alles enger wirkt als in Amerika.« Jetzt war es also so weit, ich redete mit mir selbst.

Wieder begann mein Phone zu klingeln, erneut missachtete ich es und konzentrierte mich auf die Straße. Dieses Mal hielt der Anrufer hartnäckig aus, bis er auf meiner Mailbox landete.

Endlich, nach der Umfahrung einer weiteren Baustelle, stand ich vor einem dreistöckigen Haus, von dem Sandy behauptete, dies wäre mein Ziel. Erleichtert atmete ich aus.

Ich nahm mein Phone aus der Konsole, sah auf das Display. Mason hatte sich gemeldet. Ich verdrehte die Augen. War das ein Kontrollanruf, ob ich auch schön parierte, wenn ich unterwegs war? Der musste jetzt warten. Stattdessen rief ich die Unterlagen für die Ferienwohnung auf, verglich noch einmal die Hausnummer. Alles richtig.

Mit eingezogenem Kopf lief ich durch den Regen und die Kälte ohne Jacke zur Tür. Gerade, als ich auf die Klingel drücken wollte, öffnete sich die Tür.

»Tyler Roth?« Eine korpulente junge Frau, die mir bis zur Brust reichte, stand vor mir. Meinen Nachnamen hatte sie auf deutsche Art ausgesprochen, was in meinen Ohren verkehrt klang, gleichzeitig freute ich mich, ihn so zu hören, wie ihn manchmal mein Vater ausgesprochen hatte, wenn er mit einem deutschen Geschäftspartner telefoniert hatte.

»Ja, der bin ich.« Stolz darauf in der Landessprache antworten zu können.

»Sehr gut. Die Wohnung ist bereit für Sie. Ich bin Evelin Meister.« Sie hielt mir ihre Hand hin, die ich ergriff. »Folgen Sie mir, ich zeige sie Ihnen und erkläre alles.«

»Danke sehr.«

Auf dem Weg in die zweite Etage fragte sie mich über den Flug aus, ob ich sehr erschöpft sei, Hilfe beim Gepäck bräuchte, gab mir Empfehlungen für Einkaufsläden und so vieles mehr, worauf ich ihr höflich antwortete.

»Ich mag Ihren Akzent«, endete sie, als sie vor einer verschlossenen Wohnungstür stehenblieb. Dabei dachte ich immer, ich spräche akzentfrei und musste darüber schmunzeln. »Sind Sie Amerikaner oder Deutscher?«

»Amerikaner, allerdings stammt mein Vater von hier. Er hat mir Deutsch beigebracht.«

»Ah, kommt er nach?«

»Nein, er ist letztes Jahr verstorben.« Es zog mir noch jedes Mal das Herz zusammen, wenn ich es Fremden erzählte.

Sie nahm einen mitleidigen Blick an, worauf ich nur müde lächelte. Gerade diese Reaktion wollte ich vermeiden, da es den Verlust nur noch schmerzhafter machte. »Das tut mir leid.« Sie drehte sich zur Tür, schloss sie auf und wir betraten mein Zuhause für die nächsten drei Wochen. Solange hatte ich mir Zeit gegeben, bevor ich wieder zurück musste, trotz des One-Way-Tickets.

Laut Beschreibung war es keine große Wohnung. Sie bestand aus einem Schlafzimmer, Wohnzimmer, Küche und Bad, doch für mich reichte es. Hinter der Wohnungstür stand man sofort im Wohnzimmer, von dem aus die Küche abging. Auf dem Küchentisch entdeckte ich einen Blumenstrauß, eine Flasche Wasser und ein kleines Willkommenskärtchen. Alles sehr liebevoll hergerichtet. Von der Küche kamen wir ins Schlafzimmer, von dem aus man das Bad betreten konnte. Allerdings war das Bad so klein, wenn ich auf der Toilette saß, konnte ich mir bereits die Zähne über dem Waschbecken putzen und die Hände waschen.

»Im Keller stehen eine Waschmaschine und ein Trockner. Kostet pro Wäsche 3,50 €. Sollten Sie weitere Fragen haben, ich wohne direkt unter Ihnen. Einfach klingeln.« Sie drückte mir den Schlüssel in die Hand und lächelte.

»Dankeschön.«

»Sehr gerne. Einen schönen Aufenthalt.« Sie verließ die Wohnung, zog die Tür hinter sich zu und ich war alleine. Sah mich im Wohnzimmer um und ließ mich auf das beige Sofa fallen, das gegenüber der Eingangstür stand.

Ich war angekommen. Sah aus dem Fenster in den grauen Himmel, Regen prasselte gegen das Glas. Meine Sachen würde ich später holen.

Stattdessen kuschelte ich mich in die Sofaecke, zog die Schuhe aus und die bereitliegende weiche Fleecedecke über mich. Es fehlte nur noch ein Feuer. Allerdings scheiterte das am fehlenden Kamin.

Als mein Phone klingelte, schreckte ich aus dem Schlaf und sah mich irritiert um, bis ich wieder wusste, wo ich mich befand. Der Regen klatschte noch immer stakkatoartig gegen das Fenster. Ich angelte nach meinem Telefon auf dem Wohnzimmertisch und sah auf das Display. Es war erneut der hartnäckige Mason. Konnte er mich nicht mal am ersten Tag in Ruhe lassen? Es konnte bestimmt nichts Dringendes passiert sein.

»Schläfst du auch mal?«, sagte ich zur Begrüßung, als ich den Anruf entgegennahm und wischte mir über die Augen. So ganz wach war ich noch nicht.

»Natürlich.«

»Ich wollte nur sichergehen. Ihr seid sechs Stunden zurück und wir haben hier gerade mal Mittag durch. Also, wo brennt es?«

»Nirgendwo. Es ist alles in Ordnung. Du bist erst zwei Tage fort, was denkst du, was in dieser Zeit passiert ist?«

»Weiß ich nicht, sag du es mir. Ansonsten frag ich mich, warum wir telefonieren.« Ich setzte mich auf und legte die Decke beiseite.

»Ich wollte nur mal hören, ob du gut angekommen bist. Ist die Wohnung gut?«

Ich unterdrückte ein Seufzen. Er versuchte mal wieder, mein väterlicher Freund zu sein. In der letzten Zeit hing das immer mit irgendwelchen Forderungen zusammen und ich wappnete mich.

»Der Flug war angenehm und die Wohnung ist in Ordnung. Klein, aber sauber. Für drei Wochen reicht es.«

»Das klingt gut. Dann genieße deinen Urlaub. Ich gelobe, dich nicht mehr zu stören, außer es geht um die Übernahme.

Die Meetingtermine hast du dir notiert? Nur damit du auch dabei bist.«

Zack, da war es. Ich sollte mich auf den richtigen Pfad begeben und alles für die Firma geben. Erneut schlich sich das schlechte Gewissen heran, neuerdings gepaart mit dem Gefühl, meinen Vater zu verraten, sollte ich nicht als CEO weitermachen. Dabei wäre es für ihn kein Problem gewesen, doch er hatte nie die Chance, einen Nachfolger zu wählen. Vielleicht war er zum Schluss auch davon ausgegangen, ich bliebe, da ich mir nichts Neues gesucht hatte. Ich kämpfte beides nieder.

»Ich habe es nicht vergessen.«

Es wurde kurz still zwischen uns.

» Wir sehen uns spätestens Mitte Februar. Wandel auf den Spuren deines Vaters.« Er klang amüsiert mit einem Unterton, den ich nicht zuordnen konnte.

»Das werde ich Mason. Danke dir.« Wir verabschiedeten uns. Als ich mein Telefon zur Seite legte, blickte ich wieder aus dem Fenster. Der Regen prasselte unvermindert dagegen. Wenn ich weiter darauf wartete, bis er aufhörte, saß ich wahrscheinlich noch Stunden hier. Also erst den riesigen Koffer aus dem Auto holen, danach einkaufen. Frau Meister hatte einen Supermarkt in der Nähe erwähnt. Wäre doch gelacht, wenn ich den nicht finden würde.

Kapitel 6

Felix

»Hast du jetzt bald jeden Markt durch? Die sind doch alle gleich.« Ich tappte meinem Bruder bereits durch den vierten hinterher, der bedächtig die Gänge entlang ging und sich genau umsah. Hin und wieder murmelte er zustimmend oder verzog missbilligend das Gesicht.

»Du hättest nicht mitkommen müssen.« Carsten holte sein Handy hervor und fotografierte einen Aufbau, der mitten im Gang stand. Allerdings musste ich ihm recht geben. Ich hätte zu Hause bleiben und mich langweilen können. Also erwiderte ich nichts, ließ ihn stehen und ging zu den Süßigkeiten.

Sie hatten eine Ecke nur mit Gummizeugs, Bonbons, Keksen und jeder Menge Schokolade aufgebaut. Ich kam mir vor wie im Paradies. Das waren alles verbotene Dinge auf meiner Liste mit Lebensmitteln, dennoch passten sie zu meinem derzeitigen Gemütszustand.

Trotz der Sitzungen bei Doktor Lucher hing ich zurzeit durch, war sehr froh, nicht alleine zu Hause zu sitzen, sondern hatte es zu schätzen gelernt, Carsten bei mir zu haben. Er nahm mir so vieles ab im Haushalt, was man normalerweise eben nebenbei erledigt hatte. Wir schauten unsere Lieblingsfilme und lachten gemeinsam. Niemals hätte ich gedacht, wir könnten uns noch einmal so annähern.

Unser Kapitän besuchte mich ebenfalls regelmäßig, versuchte, mich aufzumuntern. Das gesamte Team tat es, Stanni und Juli sowieso, da wir uns nebenher um unser *Game Time* kümmerten und überlegten einen zweiten Laden zu eröffnen. Unsere privaten Gespräche drehten sich immer häufiger darum. Das wäre schon ziemlich genial, wenn wir das schafften und der Laden ebenso gut gehen würde, wie der erste.

Ich schritt die Reihen der Süßigkeiten ab, das Wasser lief mir im Mund zusammen. O lecker, Salzlakritze. Ich liebäugelte mit ihr, konnte den sauren und bitteren Mix auf der Zunge schmecken. Eine Tüte davon würde mir schon nicht schaden. Ich streckte die Hand danach aus.

»Holy Crap.« Hinter mir krachte es und ich zuckte zusammen. Drehte mich um und erblickte den wohl schönsten Mann, den ich bisher in meinem Leben gesehen hatte. Braune Haare, die an den Enden anfingen sich zu locken, einen wunderschönen Mund mit vollen Lippen, die unbedingt geküsst werden mussten und eine Stupsnase, die gerade dazu einlud, berührt zu werden. Er bückte sich und ich folgte seiner Bewegung mit meinem Blick.

Ihm war der überquellende Einkaufskorb heruntergefallen. Wurst, Käse, Milch, Kaffee und weitere Dinge verteilten sich auf dem Gang.

»Es gibt Tage, da verliert man und es gibt Tage, da gewinnen andere.« Ich hockte mich neben den fremden Mann, lächelte ihn an.

»Wie bitte?« Er sah auf, wirkte müde und ich wollte ihn unbedingt zum Lächeln bringen, damit es den traurigen Blick aus seinen Augen vertrieb. Trotzdem musterte er mich eindeutig, ebenso, wie ich ihn erst Sekunden vorher. Bingo, wenn nicht schwul, dann wenigstens bi oder interessiert.

»Das ist nur so ein Spruch. Vergiss ihn.«

»Den habe ich noch nie gehört. Verliert man nicht in beiden Fällen? So wie ich gerade.« Ein Lächeln zeichnete sich auf seinen Lippen ab. Da war es und ich erwiderte es automatisch. Er hatte einen süßen Akzent, ähnlich dem, den unser Amerikaner in unserem Team hatte, wenn er Deutsch sprach.

»Stimmt. Aber das eine ist positiv gesehen und das andere negativ.«

Falten erschienen auf der Stirn des Fremden und er kratzte sich am Kinn über seinen Drei-Tage-Bart. Oh, wie ich das bei Männern liebte.

»Ihr Deutschen habt eine Menge Sprüche, über die man erst nachdenken muss.«

Ich grinste und griff nach der Butter, die ich zurück in seinen Korb legte. »Bei einem Abendessen können wir gerne darüber reden.« Ich erschrak und die Hand, die gerade nach der Wurst greifen wollte, verharrte in der Luft. Wo kam das her? Ich ging nicht mit Männern aus. Das höchste der Gefühle waren heimliche Arrangements, im Eishockey war man nicht schwul. Zumindest nicht offen. Nicht mal mein Team wusste Bescheid, geschweige denn meine Eltern oder mein Bruder.

»Das wäre bestimmt nett, ich bin allerdings zurzeit nicht die beste Begleitung. Sorry.« Er griff nach den Äpfeln.

»Alles klar, schade.«

Schweigend sammelten wir die auf dem Boden verteilten Lebensmittel auf. »Falls du es dir überlegst, hier ist meine Nummer.« Ich tastete meine Jackentasche nach dem Kugelschreiber ab, den Carsten mir aus irgendeinem Grund in die Hand gedrückt hatte und schrieb meine Handynummer mit meinem Vornamen auf die Milchpackung. »Falls du dich nur über komische deutsche Sprüche unterhalten willst, stehe ich ebenfalls zur Verfügung.«

»Danke dir.« Er sah auf die Packung, die ich obenauf in den Tragekorb legte. »Felix.« Wir erhoben uns.

»Felix? Wo bist du?« Carstens Stimme hallte über den Gang. Mein Bruder hatte kein Schamgefühl. Er konnte so peinlich sein, dabei war ich keines seiner Kinder, sondern ein erwachsener Mann.

»War schön, dich zu treffen.« Ich schenkte dem namenlosen Mann ein letztes Lächeln, der mir zunickte, bevor ich mich meinem Bruder zuwandte. »Hier.« Ich winkte Carsten, der auf mich zukam. Als ich noch einmal zur Seite sah, war der Fremde auf den Weg in den nächsten Gang.

»Hast du alles? Können wir fahren?«

Ich grinste. »Müsste nicht eher ich die Frage stellen?«

Carsten schnaubte nur und hob die Augenbrauen.

»Lass uns verschwinden, bevor ich noch Süßigkeiten einpacke und dick und rund werde.« Im Vorbeigehen musterte ich den Fremden ein letztes Mal. Viel konnte ich nicht sehen, da er in einen anderen Gang einbog.

Unterwegs zu den Kassen warf ich in jeden Gang einen Blick, bis ich den Mann wiederentdeckte, der parallel zu uns gelaufen sein musste. Er beschäftigte sich mit der Auswahl an Waschmitteln. Hielt eines in der Hand und sah ratlos ins Regal.

»Geh vor. Du willst bestimmt bei den Kassen ausgiebig gucken, oder?«

»Schon.« Irritiert sah Carsten mich an, doch ich winkte ab.

»Da ist ein Bekannter. Wir treffen uns dort.« Ich wartete, bis Carsten weitergegangen war und ging zu dem Fremden, der mittlerweile ein anderes Waschmittel in der Hand hielt. Normalerweise war ich nicht so forsch und ging auf Männer zu, doch dieser schien mich anzuziehen, trotz der Abfuhr. Abgesehen davon konnte ein wenig Hilfsbereitschaft nicht schaden, wenn jemand nicht weiterkam, oder?

»Ich würde dieses hier nehmen.« Ich griff über seinen Arm zu einer Marke, die ich immer kaufte.

»Was ist daran gut?« Der Fremde schmunzelte.

»Es riecht gut.«

Er lachte. Es klang volltönend und mitreißend. Ich zuckte mit der gesunden Schulter, fiel in sein Lachen mit ein.

»Ein eindeutiges Qualitätsmerkmal.« Nun glänzten auch die Augen des Mannes vor Freude.

»Du kannst natürlich zig verschiedene kaufen. Hier wäre eines für schwarze Wäsche, eines für bunte und eines für die weiße.« Ich deutete auf die einzelnen Packungen. »Aber ich bevorzuge dieses Vollwaschmittel für alles. Meine Mutter hat mir zwar vor Ewigkeiten mal die ganzen Unterschiede erklärt, nur wer behält das schon?«

»Dann werde ich das wohlriechende von dir empfohlene nehmen, bevor ich ein Studium absolvieren muss.« Wieder schmunzelte er.

»Sehr gute Entscheidung, du wirst es nicht bereuen.« Ich wusste nun, wie in Zukunft seine Kleidung riechen würde. Fuck, was tat ich hier? Wahrscheinlich würde ich den Mann nie wieder sehen, warum stellte ich mir dann vor, wie seine Klamotten rochen?

»Du scheinst ein Experte auf gleich mehreren Gebieten zu sein.«

»Ich gebe mein Bestes.« Und mein Grinsen wollte gar nicht mehr gehen, als ob jemand meine Mundwinkel hochgezogen und festgetackert hatte.

»Wie ist das passiert?« Er deutete auf meine Schulter. »Worin bist du kein Experte?«

»Ein Sportunfall. Mies gelaufen, aber geschieht manchmal.« Ich hielt es gezielt vage. Bis jetzt schien er nicht zu wissen, wer ich war. Zugegebenermaßen kam das zu über siebzig

Prozent vor, aber einige in der Stadt erkannten mich mittlerweile schon, worauf ich ehrlich stolz war.

Sobald ich allerdings jemandem, der mich nicht kannte erzählte, ich sei Profisportler, erlebte ich all zu oft, wie sich ihr Verhalten änderte. Anscheinend dachten viele, Eishockeyspieler verdienten ebenso viel wie Fußballer. Da konnte ich nur lachen. Wahrscheinlich würde ein Fußballer der ersten Liga für unser Jahresgehalt nicht mal auf dem Trainingsplatz erscheinen.

»Vielleicht solltest du dir das mit dem Sport überlegen?«, riss mich der Unbekannte aus meinen Gedanken.

»Wäre eine Idee, aber eher nicht.« Auf keinen Fall würde ich Eishockey aufgeben. Die absolut schönste und schnellste Teamsportart der Welt. Im Gegensatz zu Fußballern gingen wir nicht zwischendurch auf dem Eis spazieren. Wir waren in Bewegung, konnten uns keine Nachlässigkeit erlauben.

Ich seufzte. Die Begegnung mit ihm hatte mich davon abgelenkt, wie sehr mir mein geliebter Sport fehlte. Sogar das tägliche Aufreiben im Training und die Frotzeleien meiner Teamkameraden vermisste ich, obwohl ich doch jeden Tag im Trainingszentrum erschien.

»Das kam aus tiefster Seele. Du scheinst deinen Sport sehr zu mögen.«

Ich fuhr über meinen Arm in der Schlinge. »Ja, sehr.«

»Dann werde schnell gesund, Felix.«

Ich mochte, wie er meinen Namen auf amerikanische Art aussprach.

»Also, ich muss zu meinem Bruder. Mach's gut und denk an deinen persönlichen Experten.«

»Mal sehen.« Der Fremde hob die Milch an und lächelte.

Kapitel 7

Tyler

Da stand ich also. Auf dem Bürgersteig gegenüber dem Elternhaus meines Vaters. Ein merkwürdiges Gefühl hier zu sein ohne Dad. So oft hatte er davon gesprochen, mir zu zeigen, wo er im Garten vom Baum gefallen war und sich den Arm gebrochen hatte. Oder bei welchem Nachbarn die Nachbarskinder und er die Kirschen geklaut hatten.

Ich schluckte den aufkeimenden Kloß hinunter. Als Kind war ich dafür zu klein gewesen. Nun würde ich es nie mehr erfahren. All die vielen Orte seiner Begebenheiten, von denen er mir erzählt hatte, würden nun für mich für immer verborgen bleiben.

Ich blickte in den Himmel, blinzelte die Tränen in meinen Augen fort. Das Wetter war mir wohlgesonnener als gestern. Heute lugte zumindest hin und wieder die Sonne zwischen den dunklen Wolken hervor.

Als ich mich im Griff hatte, senkte ich den Kopf, sah erneut auf das ehemalige Heim meines Dads. Ein Reihenmittelhaus, unscheinbar und klein. Kaum vorstellbar, wie er in solch einem kleinen Haus gelebt haben könnte. Unseres in Amerika dagegen konnte man als Palast bezeichnen, in dem drei Leute genügend Platz fanden, um sich wochenlang aus dem Weg zu gehen. Hier wäre das nicht möglich, obwohl ebenfalls nur drei

Personen darin gelebt hatten. Dad war ein Einzelkind gewesen, meine Großeltern konnten aus irgendeinem Grund, den ich vergessen hatte, keine weiteren Kinder bekommen.

Der rote Klinker war über die Jahre dunkel geworden. Hier und da stachen einige nachträglich gesetzte Steine heraus. Ob es hinten noch den kleinen Garten gab, in dem früher laut den Erzählungen meines Vaters Gemüse gezogen wurde? Wahrscheinlich schon.

Ich konnte mich leider an nichts mehr aus der Zeit meines Besuchs erinnern. Nur an einige Spiele, die ich mit den anderen Kindern aus der Nachbarschaft gespielt hatte. Vor allem Fußball. Es gab kaum Bilder von diesem Besuch.

Ein Auto fuhr vorbei, mitten durch eine Pfütze und ich sprang zurück. Sah dem Fahrer böse hinterher, da meine Jeans Spritzer abbekommen hatte.

Eine Frau mit einem Kinderwagen trat aus dem Haus heraus, blickte kurz zu mir herüber, ging dann aber nach rechts.

Auf einmal breitete sich in mir eine nie gekannte Einsamkeit aus, abgeschnitten von allen, die mir lieb waren. Ich kannte hier niemanden, war auf mich gestellt. Natürlich hatte ich mir das selbst zuzuschreiben. War der festen Überzeugung gewesen, wenn ich das Land meines Vaters allein kennenlernen würde, wäre ich ihm näher. Was für ein Trugschluss. Er war mir ferner als jemals zuvor.

Nun breitete sich der Kloß in meinem Hals endgültig aus. Trauer überwältigte mich. Was wollte ich hier die restlichen zweieinhalb Wochen machen? Ich holte mein Phone hervor, wählte Connors Nummer.

»Wer stört? Was ist passiert?«, erklang seine typische Begrüßung, trotz der Anruferanzeige, mit einer vom Schlaf kratzigen Stimme. Fuck, sie hatten es mitten in der Nacht.

»Sorry. Hatte ganz vergessen, wie spät es bei euch ist.«

»Wer ruft denn jetzt mitten in der Nacht an?«, hörte ich Connors Freundin im Hintergrund reden. Ich schloss die Augen. Na toll, das half meiner Beliebtheit bei ihr nicht. Sie war noch immer sauer, weil Connor nach dem Tod meiner Eltern so lange bei mir geblieben war.

»Ty. Schlaf weiter, Schatz, ich geh raus.«

Es raschelte im Hintergrund, seine Freundin murmelte etwas, dann war es still.

»Alles in Ordnung bei dir?« Ich sah Connor vor mir, wie er sich aufs Sofa setzte und sich übers Gesicht fuhr, wie immer, wenn er wach wurde.

»Ja, ich fühlte mich nur auf einmal so einsam und wollte … Keine Ahnung. Tut mir leid, du solltest schlafen.«

»Schon gut. Ich habe doch gesagt, ruf an. Wie ist es in Deutschland?«

»Kalt, nass, einsam.« Diese drei Worte trafen meine Empfindungen auf den Punkt. »Stehe vor Dads Elternhaus. Anscheinend wohnt eine junge Familie jetzt darin. Eine Frau mit Kinderwagen kam heraus.«

»Ich kann noch nachkommen.«

Ich lächelte. Natürlich bot er mir das an. »Und Cynthia? Die wird dich verlassen. Sie denkt jetzt schon, wir hätten was miteinander.«

»Die versteht das, mach dir darüber keine Gedanken.«

Ich sagte nichts darauf. Der Streit, den sie eine Woche nach der Beerdigung meiner Eltern am Telefon hatten und den ich nur durch Zufall mitbekommen hatte, deutete nicht auf Verständnis hin.

»Wie ist es vor dem Haus zu stehen, in dem dein Vater aufgewachsen ist?«, wechselte Connor das Thema.

»Komisch. Ich kann ihn mir einfach nicht als Kind vorstellen. Merkwürdigerweise gehört er für mich nach Amerika, ist

Amerikaner durch und durch, dabei hatte ich früher immer das Gefühl, er wäre nie ganz in dem Land angekommen. Vor allem, wenn er auf Deutsch geflucht hat oder Bekannte aus seiner Jugend vorbeigekommen sind und sie über alte Zeiten gesprochen haben. Total ambivalent, schwer zu beschreiben.« Ich löste mich von dem Anblick des Hauses und ging zu meinem Auto. »Sie fehlen mir so, Connor. Es tut noch immer so weh, an sie zu denken.« Meine Stimme brach und ich schluckte gegen den dicken Kloß in meinem Hals an.

Es gab nur wenige Personen, mit denen ich so offen sprach, Connor war einer davon. Zwei waren gestorben und meine Großeltern mochte ich nicht damit belasten. Wobei sie mir ebenfalls angeboten hatten, mich zu begleiten, um die Reise nicht allein antreten zu müssen.

»Irgendwann lässt der Schmerz nach. Aber du darfst ihn zulassen und trauern.«

Ich gab nur einen zustimmenden Laut von mir. Hätte ich etwas gesagt, wäre ich sofort in Tränen ausgebrochen. Bei meinem Auto angekommen setzte ich mich hinein.

»Ich habe mir vorhin die Apotheke angesehen, in der Dad gelernt hat. Sie sieht genauso aus, wie er sie mir immer beschrieben hat. Ein graues Eckhaus mit großen Fensterfronten, bin sogar reingegangen und habe mir Bonbons gekauft. Nur der alte Apotheker, bei dem Dad gelernt hat, war nicht da, habe mich allerdings auch nicht getraut, nach ihm zu fragen. Zwei jüngere Frauen standen dort.«

»Wo geht es als nächstes hin?«

»Keine Ahnung. Ich würde mir zu gerne seine Schulen ansehen, auf die er als Kind und Jugendlicher gegangen war. Leider habe ich nichts dazu gefunden in seinen Unterlagen.«

»Schau dir die Schulen in der näheren Umgebung an. Auf einer von denen wird er schon gewesen sein.«

Das brachte mich zum Schmunzeln. Der praktisch veranlagte Connor. Plötzlich wünschte ich ihn doch bei mir. Fast hätte ich ihn gebeten, sofort in ein Flugzeug zu steigen und herzukommen. Geradeso konnte ich mich zurückhalten. Er hatte sein eigenes Leben, konnte sich nicht rund um die Uhr um mich kümmern. »Wahrscheinlich.«

Connor gähnte am anderen Ende und mich befiel das schlechte Gewissen.

»Geh ins Bett, Connor. Ich habe dich lang genug aufgehalten. Wir telefonieren die Tage noch mal.«

»Erstens, du hast mich nicht aufgehalten, zweitens, ruf mich jederzeit an, wenn dir danach ist. Ich laufe nicht fort.«

»Danke dir. Schlaf gut.«

»Viel Spaß in Deutschland.«

Wir legten auf und ich steckte mein Phone weg. Immer noch einsam und allein. Vielleicht sollte ich doch den Typen aus dem Supermarkt anrufen? Das war zumindest eine Person, von der ich behaupten konnte, sie in Deutschland zu kennen. Wobei, wir müssten uns wohl erst noch kennenlernen. Zwei Sätze beim Einkaufen zählten eher nicht, oder? Andersherum, was brachte es mir, ihn anzurufen? Meine Zeit hier war begrenzt, wozu mit jemandem anfreunden, wenn ich doch bald wieder fortging.

Ich kratzte mich am Kinn. Oder wollte Felix nur Sex und den Rest stempelte er unter Vorgeplänkel ab? Obwohl, warum auch nicht? Felix sah gut aus mit seinen kurzen Haaren und dem frechen Grinsen, war ein paar Zentimeter größer als ich und ein wenig Spaß schadete nie. Ich konnte ihn zurzeit gut gebrauchen.

»Ach nein«, murmelte ich und schüttelte den Kopf. »Lieber nicht.« Ich war nicht hier, um Sex zu bekommen, das konnte ich zu Hause genauso gut, ich war hier, um die Heimat meines Vaters kennenzulernen. In der es gerade wieder zu regnen begann. Sie präsentierte sich nicht im besten Licht, sondern passte sich meiner Stimmung an.

Ich seufzte, startete den Wagen und fuhr los. Ohne Ziel bog ich mal links, mal rechts ab. Es war viel entspannter ohne Sandy zu fahren. Ich hatte zwar keinen Schimmer, wo ich mich befand, aber ich bekam etwas von der Stadt zu sehen. Was sich wohl alles seit Dads Auswanderung verändert hatte? Ob viele neue Häuser dazu gekommen waren? Andere dafür weichen mussten?

Auf einmal tauchte ein großes Schild an einem riesigen Komplex vor mir auf. Ein Eishockeyspieler in voller Montur prangte darauf mit einem Pfeil, der geradeaus zeigte.

»Eishockey. Das wäre mal wieder was.« Ich fuhr auf den Parkplatz des Komplexes, auf dem ein paar Autos standen und parkte.

Als ich aus dem Auto stieg, hatte es aufgehört zu regnen und die Sonne kämpfte sich durch die Wolken hindurch. Ich blieb stehen, sah hinauf und stellte mir meinen Vater vor, wie er auf mich hinabsah. »Für uns«, murmelte ich, bevor ich weiterging. Dabei glaubte ich nicht einmal an den Himmel oder Gott. Doch in diesem Moment tat die Vorstellung von Dad da oben, der ein Auge auf mich hatte, so gut.

Durch eine gläserne Doppeltür betrat ich ein großes Foyer und blieb stehen. Lebensgroße Pappaufsteller von einigen Spielern säumten die Ecken, Bilder mit Spielszenen hingen an den Wänden. Geradeaus befand sich ein Shop, ebenfalls nur mit Glas abgetrennt vom Foyer. Ein paar Leute stöberten durch die Regale, eine Verkäuferin tippte hinter der Theke auf einem Monitor herum.

Ich ging auf den Eingang des Shops zu. Daneben führte eine Treppe eine Etage nach oben, mit einem Hinweisschild auf ein Café und Konferenzräume. Auf einer großen beleuchteten Tafel waren die kommenden Spiele und Gegner aufgeführt. Sie sagten mir alle nichts, was kaum verwunderlich war. Mit der Liga in Deutschland hatte ich mich noch nie beschäftigt. Ich kannte mich in der NHL und zum Teil in den Minor Leagues in Amerika aus, wozu mit den Ligen in Europa beschäftigen? Auch wenn einige US-Spieler hier spielten. Die NHL war nun mal die Beste der Welt.

Ich trat an die Tafel heran. Das nächste Heimspiel fand bereits morgen statt. Da musste ich nicht lange überlegen und betrat den Shop. Steuerte direkt die Theke an.

»Gibt es noch Karten für das Spiel morgen?«

»Einen Moment bitte.« Die Mitarbeiterin tippte auf ihrer Tastatur herum. »Wie viele benötigen Sie?«

»Nur eine.« Ich holte mein Portemonnaie hervor, unterdrückte den Gedanken, wie erbärmlich das klang. Wer ging schon alleine zu einem Spiel? Das war ein Ding, das man mit Freunden oder der Familie teilte.

»Wo möchten Sie sitzen?«

»Ähm, ich habe absolut keine Ahnung? Ich bin zum ersten Mal hier.«

Die Mitarbeiterin blickte mich direkt an und lächelte. »Kennen Sie eine der beiden Mannschaften?«

»Nein.« War das jetzt noch bemitleidenswerter?

»Nicht schlimm, ich habe einen Platz im Heimblock zwischen unseren Fans frei. Sie müssen nur für die richtige Mannschaft jubeln.«

»Das wären dann die Krackersner Kraken?« Ich hatte leichte Probleme, den Namen auszusprechen. Es fühlte sich fremdartig auf meiner Zunge an.

»Bingo, der Kandidat hat hundert Punkte.« Sie lachte, ich fiel mit ein. Dann nannte sie mir den Preis und ich reichte ihr meine Kreditkarte. Innerhalb weniger Minuten war alles erledigt und ich verstaute die Eintrittskarte im Portemonnaie.

»Damit Sie für die richtige Mannschaft jubeln, können wir auch ganz sichergehen und Sie kaufen sich für morgen eine Mütze und einen Schal.« Sie lächelte liebenswürdig. »Über die Jacke könnten Sie dann noch ein Trikot anziehen. Zum Beispiel sind im Moment die von Felix Amsel im Angebot.« Sie kam um den Tresen herum und führte mich zu dem Ständer mit den Trikots. Schätzte mich ab, bevor sie eines herauszog.

»Warum nur die? Weshalb keine Trikots eines anderen Spielers?«

»Vielleicht, weil ich eventuell nach Ende der Saison den Verein verlasse.«

Abrupt drehte ich mich zu der Stimme um. Da stand er. Felix aus dem Supermarkt. Ein Lächeln zeichnete sich auf meinen Lippen ab.

»Sportunfall, huh?« Ich trat näher an ihn heran.

»Wie ich sehe, kennt ihr euch.« Die Verkäuferin hängte das Trikot zurück auf den Ständer.

»Was? Ich habe nicht gelogen.« Felix strich über seinen Arm in der Schlinge. Er wandte sich der Verkäuferin zu und lächelte. »Ja, tun wir.« Sie nickte nur und ging zu zwei anderen Shopbesuchern.

»Training oder Spiel?«

»Spiel. Harter Bodycheck mit Fall. Werde in dieser Saison nicht mehr auf dem Eis stehen.«

Ich verzog das Gesicht. Das war bestimmt nicht ohne. Wenn er bis Ende der Saison ausfiel, und wir hatten erst Januar, musste er eine schlimme Verletzung davongetragen haben. Er sah sich um, ich folgte seinem Blick. Einige Fans standen in höflicher Entfernung, schienen nur darauf zu warten, mit ihm reden zu können.

»Bist du noch einen Moment hier?«, fragte er mich.

»Ja. Ich muss einen Schal und eine Mütze kaufen, damit ich weiß, welchem Team ich zujubeln muss.«

Da, wieder dieses freche Grinsen, das etwas in mir auslöste. Ein Flattern im Magen, welches ich seit einem Jahr nicht mehr gespürt hatte.

Felix ging zu den wartenden Fans, redete und lachte mit ihnen, machte Selfies und gab Autogramme. Ich beschäftigte mich derweil mit der Auswahl eines Schals. Danach griff ich mir eine Mütze und kehrte zu den Trikots zurück. Behielt Felix dabei unentwegt im Auge. Es juckte mich in den Fingern, mein Smartphone hervorzuholen und ihn zu googeln, aber wäre das fair? Ich würde das auch nicht über mich wollen.

Felix hatte keine Starallüren, er gab sich völlig normal und liebenswert, als er mit den Fans interagierte. Ganz anders, als ich es schon bei dem ein oder anderen Footballspieler erlebt hatte. Obwohl mein Vater ein Eishockeyfan war, das größere Geld bei Werbungen und Sponsoring war im Football zu holen. Das brachte ihm den einen oder anderen Besuch in einer VIP-Lounge bei einem Spiel ein. »Außerdem, Ty, will ich mir Hockey nicht durch ein Muss versauen lassen, nur weil es gut für die Firma ist«, meinte er einmal zu mir. Wir hatten inmitten der Fans auf der Tribüne bei einem Eishockey Spiel gesessen, als ich ihn danach gefragte hatte.

»So, ich bin fertig.«

Ich zuckte zusammen, ließ Schal und Mütze fallen.

»Bei dir herrscht anscheinend jeden Tag Fallendienstag.« Felix lachte, bückte sich umständlich, um meine Sachen aufzuheben. Ich kniete mich ebenfalls hin und wir stießen fast mit den Köpfen zusammen.

»Entschuldige, aber du musst nicht ständig meine Einkäufe einsammeln.« Ich kratzte mich verlegen am Hinterkopf.

»Lass sie nicht fallen und ich hebe sie nicht auf.«

Wir erhoben uns und Felix reichte mir die Sachen.

»Also, welches Spiel und wo sitzt du?« Er fuhr sich mit der Hand durch den Nacken. »Und wie heißt du überhaupt?«

»Das morgige gegen die Wanheimer Tigers.« Ich holte meine Karte hervor und hielt sie ihm hin. »Tyler Roth.«

»Freut mich dich kennenzulernen, Tyler Roth.« Er sah auf das Ticket. »Du sitzt im Fanblock. Perfekter Platz. Dafür brauchst du unbedingt ein Trikot.« Wieder dieses Grinsen und der Griff in den Ständer mit den Angeboten. »Wenn du das nicht kaufst, hole ich es dir und bringe es höchstpersönlich an deinem Platz vorbei.«

Ich riss die Augen auf. Meinte er das ernst? Die Versuchung lag nahe, es auszuprobieren.

»Woher willst du wissen, ob ich überhaupt eines trage, wenn du ganz woanders bist? Außerdem sollte ich mich erst mit den restlichen Spielern des Teams auseinandersetzen, bevor ich eine Entscheidung treffe.« Ich ging zur Kasse, ließ ihn mit dem Jersey in der Hand stehen und bezahlte den Schal und die Mütze.

»Hast du Zeit, eine Kleinigkeit zu essen?«

Erneut schrak ich zusammen, als ich die Tüte mit dem Logo der Krakens entgegennahm.

»Holy Shit, kannst du dich vielleicht etwas leiser anschleichen und mich weniger erschrecken?«

Felix lachte. »Mein Bruder behauptet genau das Gegenteil. Laut seiner geschätzten Meinung sollte ich nie beim Geheimdienst oder einer anderen Sondereinheit anfangen.«

»Du scheinst deine Fähigkeiten verbessert zu haben.«

»In nur wenigen Tagen. Nicht schlecht.« Zufrieden lächelte er und klopfte sich vorsichtig auf die lädierte Schulter.

Wir gingen aus dem Laden ins Foyer.

»Was ist mit Essen? Ich lad dich ein.«

Ich betrachtete ihn prüfend. »Ist das eine Bestechung, damit ich dein Trikot kaufe? Erhältst du Provision, wenn ich das mache?«

Er lachte erneut. Ein offenes, von Herzen kommendes Lachen. Es schien die tief vergrabenen Schmetterlinge hervor zu holen, nachdem Simon ihnen vor einem Jahr alle Flügel gebrochen hatte.

»Okay. Aber ich lade dich ein. Sollte ich doch dein Jersey kaufen, kommt es mir weniger wie Bestechung vor.«

»Damit kann ich leben. Am Ende bist du voreingenommen, wenn du dir mein Trikot holst.« Felix führte mich die Treppe hinauf und wir kamen in den nächsten hellen offenen Raum.

Leises Geklapper kam uns von den drei besetzten Tischen entgegen. An der Theke stand ein Mitarbeiter und polierte Gläser. Die Mitte war frei, dort prangte das Logo der Krakens groß auf dem Fußboden.

»Wollen wir ans Fenster?« Felix winkte der Bedienung zu, die ihn zurück grüßte.

»Gerne.«

Er ging los, ich neben ihm.

»Halt!« Entrüstet griff er nach meinem Oberarm. Seine Hand umfasste mich fest und riss mich zurück. »Du kannst doch nicht auf das Logo treten! Das bringt Unglück. Keiner läuft über die Krake.«

»Entschuldigung.« Ich löste seinen Griff von mir, bückte mich und streichelte über eine der Tentakel. Das Logo bestand aus einem großen Kreis mit einer Krake, die mit ihren Tentakeln zwei K's formte und im Hintergrund die Silhouette der Stadt. Alles in blau und weiß gehalten. »Sorry, Kraken, my fault.« Ich stand auf. »Wieder gut?«

»Hoffentlich. Egal wo, du wirst nie auf eines unserer Logos treten.« Sogar einen Zeigefinger erhob er mahnend. Wie konnte ich nur vergessen, wie abergläubisch Sportler waren. Ich schüttelte den Kopf und lachte leise.

Felix blieb stehen, sah sich um und entschied sich für einen Tisch. »Was hältst du von dem da?« Er zeigte auf einen am Fenster. Auch so ein Ding in Deutschland, an das ich mich gewöhnen musste. Hier wartete man nicht, bis man an einen Tisch geführt wurde, wir konnten uns frei entscheiden.

»Der ist gut.« Wir setzten uns und die Bedienung trat an unseren Tisch, nahm unsere Getränkebestellungen auf und reichte uns eine Mittagskarte.

»Warum bist du nur noch bis Ende der Saison da?« Ich sah von der Karte auf, wusste bereits, dass ich einen Salat essen wollte und legte sie beiseite.

»Weil ich wechseln werde, wenn alles gut geht und die Verletzung mir keinen Strich durch die Rechnung machen wird.«

»Wohin?«

»Schweden.«

»Ha, die haben viele gute Spieler.«

Felix runzelte die Stirn. »Haben wir in Deutschland auch. Einige spielen in eurer tollen NHL oder haben dort gespielt. Sogar den berühmt berüchtigten Stanley Cup gewonnen. Unser Co-Trainer Karl zum Beispiel.«

Ich hob beschwichtigend meine Hände. »Ich weiß, das sollte kein Affront gegen euch sein.«

»Gut. Wir Deutschen mögen vielleicht nicht die schnellsten, stärksten und technisch ausgereiftesten Spieler sein, aber wir haben Kampfgeist. Der ist oft wichtiger.«

»Und spielentscheidend.« Ich beschloss, das Gespräch auf sicheres Eis zu verlagern. »Also, bevor ich dich frage, wieso du Hockey liebst, musst du mir erst etwas von deinem

Team erzählen, damit ich entscheiden kann, welches Jersey oder Trikot, wie ihr es hier nennt, ich kaufen soll.«

Er sah mich großen Augen an. »Ehrlich jetzt? Anstatt mich kennenzulernen, willst du Einzelheiten über die Mannschaft erfahren?«

Ich nickte ernst. »Ich habe für morgen eine schwere Entscheidung zu treffen.«

»Ich hätte dich nicht einladen sollen.«

»Hast du nicht, ich zahle.« Dann konnte ich ein Grinsen nicht mehr unterdrücken.

»Nun gut, die Mannschaft.« Felix stand abrupt auf, ging zur gegenüberliegenden Wand und nahm ein Bild ab. »Dies ist das aktuelle Team. Wir machen jedes Jahr ein Foto und hängen es hier auf.« Er begann von ihr zu erzählen, nannte Namen und Positionen, deutete auf die entsprechende Person auf dem Foto und erklärte wie sie spielten, hob ihre positiven Seiten hervor. Zwischendurch bestellten wir Essen. Es kam und wir aßen.

Die ganze Zeit über hörte ich zu, hätte nie damit aufhören können. Er strahlte beim Erzählen, seine Augen funkelten, wenn er besondere Spielzüge erklärte. Dieser Mann lebte für das Spiel, seine Mannschaft und es musste hart für ihn sein, im Moment nur vom Seitenrand aus zuzusehen. Aber ich hütete mich, das anzusprechen. Ich wollte dieses Lächeln, das Strahlen behalten.

Unsere Teller waren längst abgeräumt, frischer Kaffee stand vor uns. Regelmäßig fuhr ich mir über den Mund, um zu überprüfen, ob ich nicht sabberte.

»Was?«, fragte er, als er geendet hatte.

»Ich mag es, wie du vom Spiel, der Mannschaft und dem Verein schwärmst. Als wärst du kein Teil davon, sondern ein großer Fan. Du lebst für das hier.«

Er griff nach seiner Tasse, drehte sie auf der Untertasse.

»Ich bin seit meiner Kindheit ein großer Fan dieses Teams. Als ich mit neunzehn hier spielen konnte, ging mein größter Traum in Erfüllung.«

»Warum willst du dann wechseln?« Ich trank einen Schluck von dem dampfenden Kaffee. Felix drehte weiter seine Tasse, sah in sie hinein, als ob dort die Antwort liegen würde.

»Ich will wissen, ob ich es in einer anderen Liga, einer besseren schaffen kann. Will meine Grenzen testen, sehen, wie schnell ich mich in eine neue Mannschaft einfüge, mich auf ihr Spiel einstellen kann.«

Ich nickte verstehend. Er sah auf das Logo in der Mitte des Raumes und ich folgte seinem Blick.

»Das hier wird immer eine Herzensangelegenheit sein, deswegen kann ich trotzdem weiter wandern, wenn ich die Möglichkeit bekomme. Alle verstehen das.«

»Ihr seid halt Leistungssportler, wollt euch austesten, immer gewinnen und die besten sein.«

Er wiegte seinen Kopf hin und her. »Vielleicht.« Dann lächelte er. »Nun zu dir. Erzähl mir was von dir.«

Der abrupte Themenwechsel brachte mich aus dem Konzept. »Was willst du wissen?«

»Wo kommst du her? Was machst du hier? Dass du Eishockeyfan bist, nehme ich jetzt mal an.«

Ich begann ihm von mir zu erzählen, nur unterbrochen durch seine Zwischenfragen. Als ich vom Tod meiner Eltern erzählte, folgte kein mitleidiger Blick, wie so oft. Stattdessen überraschte er mich, indem er nach meiner Hand griff und sie drückte. Er zeigte mir seine Anteilnahme so herzlich und nah, obwohl wir uns überhaupt nicht kannten. Kurz saßen wir einen Moment still da, ich genoss die Nähe, die durch diese Berührung entstand, bis ich mich räusperte und weitererzählte.

Ehe ich mich versah, waren auf einmal über zwei Stunden verstrichen, die mir wie fünf Minuten vorkamen.

Plötzlich sprang Felix auf. »Scheiße, es ist schon vierzehn Uhr durch. Ich muss doch zur Teambesprechung.« Er zog seine Jacke von der Stuhllehne, blieb vor mir stehen. »Sehen wir uns wieder?« Er wartete meine Antwort nicht ab, lief schon vom Tisch weg. »Schreib mich an oder ruf an. Wie du willst. Ich zeig dir die Stadt, in der dein Vater groß geworden ist.«

»Alles klar«, rief ich ihm nach. »Beeil dich, du bist jetzt schon zwanzig Minuten zu spät.«

Er hob die Hand und eilte davon. Felix hatte die Hälfte des Logos umrundet, als er sich halb umdrehte. »Danke für die schöne Zeit.«

»Danke dir.« Meine Antwort hörte Felix nicht mehr. Er rannte fast. Kopfschüttelnd lächelte ich. Ja, ich rief ihn definitiv an. Wie konnte ich mich von ihm fernhalten, nachdem wir so tolle Stunden miteinander verbracht hatten?

Kapitel 8

Felix

Nach dem schönen Mittagessen mit Tyler sollte ich heute Abend in Hochstimmung sein. Es lief jedoch bei der Teambesprechung nicht, selbstverständlich hatte ich Ärger bekommen, weil ich zu spät gekommen war und danach kam der befürchtete Anruf aus Schweden. »Es tut uns leid, aber wir haben uns aufgrund der Verletzung doch gegen dich entschieden. Wir benötigen einen topfitten Spieler, der mit uns in die Sommervorbereitung geht und keinen Trainingsrückstand hat.« Immerhin hatten sie genügend Arsch in der Hose, nach dem Telefonat mit meinem Agenten, auch mich direkt anzurufen.

Jetzt durfte ich für mein Zuspätkommen eine gehörige Strafe in die Teamkasse zahlen und gehörte ab Juli keinem Team an. Konnte ein Tag noch mieser werden? Ich sah nach rechts, Carsten saß neben mir auf dem Sofa, hatte soeben ein geschäftliches Telefonat beendet. Ich ließ meinen Kopf nach hinten gegen die Rückenlehne sinken.

»Das regelt sich schon«, versuchte Carsten mich zu beruhigen und tätschelte unbeholfen meine Schulter.

»Du solltest allein für deine Kinder an deinen Aufmunterungsfähigkeiten arbeiten«, erwiderte ich und griff nach dem Glas, in dem sich neben dem Orangensaft eine große Menge Vodka befand.

»Und du solltest keinen Alkohol trinken. Ich habe zwar null Ahnung vom Profisport, aber Bier und alles andere hochprozentige wird nicht gerne gesehen, oder? Zudem nimmst du noch Schmerzmittel.«

»Ist doch egal. Bin eh auf der Verletztenliste und darf nicht mal auf ein elendes Ergometer.« Ich trank einen großen Schluck. Das Zeug sollte schnell wirken, damit es mich ausknockte und ich nicht weiter darüber nachdenken musste, wie es weitergehen würde. Bisher wusste niemand etwas außer Carsten und mir von der Entscheidung der Schweden. Nicht mal die Kraken könnten mir zurzeit einen neuen Vertrag ab der kommenden Saison anbieten.

»Wie läuft das bei euch? Rufst du andere Vereine an?«

»O ja, ich schalte eine riesige Anzeige in allen gängigen Jobbörsen: Eishockey Profispieler Felix Amsel, linker Flügel, bisher erste Reihe bei den Krackersner Kraken sucht neues Engagement. Preisvorstellung zwischen 150 und 200tausend Euro jährlich. Bei Interesse bitte an folgende Chiffre schreiben.« Ich trank das Glas leer.

»Du brauchst jetzt nicht sarkastisch werden.« Carsten erhob sich und verließ das Wohnzimmer.

»Wozu habe ich einen Agenten?«, rief ich ihm hinterher.

»Schon gut«, kam es aus der Küche zurück. Danach hörte ich nur Geklapper. Wahrscheinlich wärmte Carsten das restliche Essen von gestern auf. Das musste ich ihm lassen, kochen konnte er wirklich gut. Ob er das zu Hause auch machte? Garantiert nicht, eher müsste Lena ihn für die Mahlzeiten aus dem Laden zerren.

Mit dem leeren Glas in der Hand stand ich auf und schleppte mich in die Küche, um es aufzufüllen. Mein Bruder enthielt sich dieses Mal jeglicher Meinung, sein Blick sprach jedoch Bände.

»Lass mich, okay? War ein Scheißtag.« Bis auf die Mittagsstunden. »Ich habe ein Recht auf Selbstmitleid.« Nur leider wäre das mit Tyler eine absehbare Sache, wobei … Ich kippte langsam Vodka in den Orangensaft im Glas.

Der Ami würde in gut zwei Wochen wieder verschwinden und hätte garantiert kein Interesse unsere in meinem Kopf noch imaginäre Affäre in die Tat umzusetzen. Dafür müsste er sich mal melden. Seine Nummer hatte ich nicht bekommen. Auch nicht nachgefragt.

Mit meinem fertigen Drink schlappte ich zurück ins Wohnzimmer, ließ mich aufs Sofa fallen und schaltete den Fernseher ein. Fand einen Kanal, auf dem ein Eishockey-Spiel übertragen wurde.

Neid stieg in mir auf, als ich die Spieler ihre Züge machen und übers Eis flitzen sah. Sie waren nicht eingeschränkt, konnten die schwarze Scheibe durch die Gegend schießen, auf dem Eis frotzeln, während ich hier festhing. Erst in zwei Tagen war meine nächste Untersuchung, bei der sich entschied, ob ich die Schlinge weitertragen oder mit der Physio beginnen konnte.

»Scheiße.« Ich griff nach einem Kissen und warf es gegen den Fernseher. Zumindest versuchte ich es, aber bereits nach der Hälfte des Weges fiel es auf den Boden. »Noch nicht mal das kann ich.« Frustriert trat ich gegen Tisch, der erzitterte und ein paar Zentimeter verrutschte. Es klirrte und das Glas mit meinem Vodka-Orangensaft Gemisch kippte um.

»Was ist los?« Carsten stand in der Tür, drehte sofort wieder um. Der Saft lief am Tischbein auf den Boden und bildete eine Pfütze. Ich sollte ein Kühlsystem unter sie packen, dann könnte ich auf einer Orangensaftpfütze laufen. Das konnte mir niemand verwehren. Sie war so klein, ich würde garantiert nicht wegrutschen.

Carsten kehrte mit einem Lappen und Trockentuch zurück. »So schlimm ist das nicht. Du wirst schon ein anderes Team finden.«

»Du weißt doch gar nicht, was du da plapperst«, warf ich meinen Bruder an den Kopf. Der Alkohol des ersten Drinks machte sich bemerkbar. Ich trank so selten welchen, bereits nach zwei Flaschen Bier fühlte ich mich betrunken.

»Dann erkläre es mir. Ich bin durchaus in der Lage, komplexe Zusammenhänge zu verstehen. Sogar, wenn sie mit Sport zu tun haben.« Carsten entfernte die Pfütze und wischte den Tisch sauber. Dann erhob er sich. Er stöhnte und seine Knochen knackten dabei. Meine Güte, der Mann war fünfunddreißig und keine fünfundsechzig.

»Lass mich in Ruhe.« Ich warf die Fernbedienung Richtung Fernseher, die kurz vorher auf dem Boden landete. Die Klappe platzte ab und eine der Batterien kullerte heraus.

»Sag mal, geht's noch? Bist du nach einem verlorenen Spiel auch so?«

»Nein.« Ich stand auf, griff nach meinem Handy. Tyler hatte sich noch immer nicht gemeldet. Ich fluchte leise und ging in mein Schlafzimmer.

»Felix, du kannst nicht abhauen, wenn es ungemütlich wird«, hörte ich durch die von mir geschlossene Tür.

Ich verdrehte die Augen, könnte jetzt einen guten Kampf auf dem Eis gebrauchen. Mein Gegner hätte keine Chance gegen mich. Mit Schmackes riss ich meine Tür zum Schlafzimmer auf, hinter der Carsten stand, die Fäuste in die Hüften gestemmt.

»Du willst es also wirklich wissen, ja?«, brüllte ich ihn an. Mir war scheißegal, ob die Nachbarn uns hören konnten, oder er überhaupt nicht für meine Situation verantwortlich war. Er war schlicht zur falschen Zeit am falschen Ort. »Dann sperr mal deine Lauscher auf: Im Gegensatz zu dir, weiß ich nicht, wie es mit mir weitergeht. Ich hänge ab Sommer in der Luft, habe keine Ahnung, wo und wie ich mein Geld verdienen soll. Ist schön und gut, wenn ich bei den Krakens meine Physio und den Aufbau machen kann, aber wie geht's dann weiter? Kein Team verpflichtet einen nicht fitten Spieler ohne Spielpraxis, egal ob Ausland oder Deutschland.« Ich holte Luft, hob dann die Hand mit dem Handy. »Der beschissene Ami meldet sich auch nicht. Hält mich nicht mal fürs Ficken gut genug.« Mit Wucht knallte ich die Tür vor Carstens Nase zu, warf mich auf mein Bett und starrte an die Decke. Leider stand dort auch nicht die Lösung meiner Probleme.

Wenn ich ehrlich war, schmerzte es sogar mehr, nichts von Tyler zu hören als meine ungewisse Zukunft. Wir hatten so ein tolles Mittagessen gehabt, ich wollte ihn wiedersehen. Zum ersten Mal fühlte ich so etwas wie eine Connection. Nicht nur körperliche Anziehungskraft, sondern mehr.

Um meine Zukunft machte ich mir gar nicht so viele Sorgen. Irgendwo kam ich schon unter. Es würde vielleicht ein paar Wochen dauern, bis ich wieder auf Top Niveau war, dennoch kannte ich meinen Wert und meine Arbeitsmoral.

»Felix?«, erklang Carstens Stimme vorsichtig durch die Tür. »Was meinst du mit Ami, der dich nicht ficken will?«

Shit, hatte ich das laut ausgesprochen?

»Felix? Können wir reden?«

Warum will mein Bruder in letzter Zeit immer alles besprechen? Früher hatten wir auch gestritten und hinterher war alles wieder in Ordnung, ohne lang und breit darüber gesprochen zu haben.

»Felix, kann ich reinkommen?«

Der Türgriff bewegte sich nach unten. Abrupt setzte ich mich auf. Ich hielt den Atem an. Soeben hatte ich mich vor meinem Bruder geoutet. Mir wurde schlecht und gleichzeitig verknotete sich mein Magen.

»Ja«, antwortete ich nur und schloss die Augen. Drehte mich mit dem Gesicht zur Wand. Ich wollte Carsten nicht ansehen. Wir hatten nie darüber gesprochen, wie er zu gleichgeschlechtlicher Liebe stand. Es war nie Thema zwischen uns. Schon aus Sorge, etwas Falsches zu sagen, hatte ich es nie von mir aus angesprochen.

Angst kroch mir das Rückenmark hinauf, als ich seine leisen Schritte näherkommen hörte. Ich versteifte mich, atmete flach. Dann räusperte er sich. Schien neben mir zu stehen.

»Mit dem beschissenen Ami ist ein Mann gemeint?«

»Was glaubst du denn? Ein Alien bestimmt nicht«, sagte ich mit belegter Stimme und räusperte mich.

»Okay.«

Mehr hatte er nicht zu sagen? Nur ein Okay? Kein, wie widerlich oder unnatürlich das war? Oder ich trotzdem noch sein Bruder wäre, was auch immer statt nur eines *Okays*?

Die Stille zwischen uns dehnte sich aus. Ich öffnete die Augen und starrte die weiße Wand an, erkannte kleine Muster auf der Raufasertapete. Streckte die Hand aus, fuhr sie nach, war nicht in der Lage ihn zu fragen, was er dachte.

»Wissen Mama und Papa es?«

Ich schüttelte den Kopf.

»Dein Team?«

Erneutes Kopfschütteln.

»Weiß es irgendjemand?«

Dieselbe Reaktion wie vorher. Dann sackte die Matratze neben mir ein.

»Felix, sieh mich an.«

Langsam drehte ich mich um, blickte in seine Augen, die mitfühlend auf mich hinabsahen.

»Wie konntest du das solange für dich behalten? Du bist zwar kein Fußballer, aber ganz unbekannt auch nicht. Spielst sogar in der Nationalmannschaft. Ich kann mir nicht mal vorstellen, wie es wäre, wenn ich das mit Lena geheim halten müsste.«

Meine Lippen zitterten. Ich hatte mit vielem gerechnet, nur nicht mit einem mitfühlenden Bruder. Die Enge in meinem Hals hinderte mich am Sprechen.

Carsten musste mir ansehen, was in mir vorging. Er lehnte sich zu mir und zog mich in eine Umarmung. Die wahrscheinlich erste in unserem Leben. Wie nahe musste ihm mein Geständnis gehen, wenn er sich zu dieser Geste hinreißen ließ? Aber ich fühlte mich aufgefangen, nicht mehr allein, wenn es um meine versteckte Seite ging. Da konnte ich mich nicht mehr zurückhalten und weinte.

Nach einigen Minuten beruhigte ich mich wieder. Carsten hielt mich nur, wiegte uns gemeinsam, wie ich es einmal bei ihm mit seinem Sohn gesehen hatte. Das imaginäre Gewicht auf meinen Schultern war verschwunden. Erleichterung strömte durch mich. Zum ersten Mal in meinem Leben brauchte ich nicht aufpassen, was ich sagte oder tat. Diese Last lag latent auf mir, gehörte mittlerweile zu mir wie das Eishockeyspielen. Auf einmal wusste ich nicht, wie ich damit umgehen sollte, da dieses Gewicht gegenüber meinem Bruder verschwunden war.

»Ich habe außerhalb vom Sport meine Bekanntschaften gesucht«, ging ich auf seine Ausführungen schließlich ein. »Denen habe ich meist gar nicht vom Eishockey erzählt.«

»Bekanntschaften. Was für ein merkwürdiges Wort für Partnerschaften.«

»Ich hatte noch nie eine Beziehung, geschweige denn ein echtes Date. Alles was mit Frauen war, habe ich nur gemacht, damit es kein Gerede in der Kabine gibt. Da bin ich als jemand mit sehr hohen, nicht erfüllbaren Ansprüchen verschrien.« Ich fuhr mir übers Gesicht, wischte die restlichen Tränen fort, bevor ich mich aufsetzte. »Es waren meist nur Fickbekanntschaften. Es gab nie etwas Persönliches.«

»Scheiße, Felix, wie kann man so leben?« Carsten sah mich mit einer Mischung aus Entsetzen und Mitleid an. Ich zuckte mit den Schultern.

»Ich habe Eishockey. Das füllt meine Tage.«

»Willst du dich nie outen?«

»Kennst du irgendeinen deutschen schwulen Eishockeyspieler? Oder Fußballer? Im Profisport ist man nicht schwul. Da herrscht immer noch diese unglaublich stereotypische Maskulinität vor.« In meiner Stimme lag eine Härte, die ich selbst hasste.

»Thomas Hitzlsperger.«

Ich schnaubte. »Er hat sich erst nach seinem Rücktritt geoutet.«

»Aber du kannst doch nicht auf ewig so leben!« Carsten setzte sich auf.

»Ich habe es jahrelang hinbekommen. Da werde ich es noch zehn Jahre oder so schaffen, wenn alles gut läuft. Behalte es einfach für dich.«

Carsten wollte etwas erwidern, öffnete bereits den Mund, doch im Gegensatz zu sonst, hielt er sich zurück. Strich mit der Hand über die zerknautschte Bettdecke.

»In Ordnung. Trotzdem solltest du es zumindest Mama und Papa sagen, oder? Kann ich es wenigstens Lena gegenüber erwähnen?«

»Irgendwann werde ich es ihnen sagen. Aber noch bin ich nicht bereit dafür. Sag es Lena bitte erst, wenn es Mama und Papa wissen.«

»Gut. Wie du möchtest.« Er stand auf, schob die Hände in die Taschen. »Ist das der Grund, warum du so selten zu uns kommst? Selbst in der spielfreien Zeit?«

»Nein, ich habe wirklich durchtrainiert. Es ist mein Traum, mich irgendwann in einer der stärksten Ligen zu messen. Schweden, Schweiz, vielleicht sogar Amerika? Aber dafür bin ich schon zu alt. Also um es in die NHL zu schaffen.«

»Eishockey steht über allem bei dir, oder?«

»Schon immer.« Ich lächelte, war sehr froh, weil Carsten kein Brimborium wegen meines Outings veranstaltete. »Was glaubst du wohl, wie man sonst dort hinkommt, wo ich mich bereits befinde?«

Carsten nickte bedächtig. »Komm, du musst was essen.« Er deutete mit dem Kopf in Richtung Wohnzimmer, dann verließ er mein Zimmer. Ich verschwand noch einmal im Bad, wusch mir das Gesicht und gesellte mich zu ihm. Mein Teller stand auf dem Tisch mit einem Glas Wasser und ich schmunzelte. Carsten war gar nicht so schlecht und hatte das Bemuttern gut drauf. An einem Tag wie heute wurde mir die Seele dadurch gestreichelt und es machte alles erträglicher.

Im Fernsehen lief ein Krimi aus Amerika, die er liebte.

»Also, der Ami, wo hast du ihn kennengelernt?«, fragte er, als wir uns über das Essen hermachten.

»Carsten, nein, versau es doch nicht wieder«, rief ich aus und ließ meine Gabel sinken.

»Was denn? Darf ich nicht fragen, wo du jemanden kennenlernst?«

Ich seufzte, doch es war auch schön, so was gefragt zu werden. Deswegen erzählte ich ihm von meinen Treffen mit Tyler im Supermarkt und dem heutigen Mittagessen.

Kapitel 9

Tyler

Als ich an der Arena ankam, strömten die Fans zu den Eingängen. Ein Meer von blau und weiß, kleinere Gruppen von rot und weiß. Überall wurde diskutiert, wie das Spiel laufen würde, wer sich in dieser Saison schon bewiesen hatte, welche Einkäufe sich bewährten oder von wem man lieber die Finger gelassen hätte.

Obwohl das hier Krackers war, fühlte ich mich sofort heimisch unter diesen völlig fremden Menschen. Hier ging es um Hockey, eine Leidenschaft, die man miteinander teilte, die einen zusammenführte. Obwohl ich niemanden kannte, fühlte ich mich mit einem Schlag nicht mehr allein, sondern als Teil eines größeren Gefüges. Wildfremde Menschen nickten mir zu, lächelten mir zu oder begrüßten mich sogar mit einem »Hallo«.

Väter erklärten ihren Kindern die Regeln, beantworteten Fragen. Alle hatten diesen aufgeregten Gesichtsausdruck, freuten sich auf die kommenden Stunden in der Arena.

Ich holte mein Phone hervor. Noch gestern Nachmittag hatte ich die Nummer von Felix eingespeichert. Wahrscheinlich war er auch beim Spiel. Saß in einer der VIP-Logen, die für den Verein reserviert war. Zumindest lief es in Amerika so, so viel anders konnte es hier bestimmt nicht sein.

Warum ich ihm noch nicht geschrieben hatte, vermochte ich nicht zu sagen. Doch jetzt, hier vor seiner Wirkungsstätte, war der richtige Augenblick.

»Hörst du das?« Ich hielt den Button für die Sprachnachricht gedrückt und das Phone kurz hoch, um die Geräuschkulisse einzufangen. »Ich steh vor der Arena. Wirkt im Gegenzug zu den riesigen Hallen in Amerika winzig. Aber die Nervosität vor einem Spiel ist dieselbe wie bei uns. Sie alle wollen den schönsten Sport der Welt sehen.«

Ich schickte die Nachricht los und machte mich auf den Weg in die Arena. Buden mit Essen und Getränken waren geöffnet, an anderen wurden Fan-Artikel verkauft. An einer stellte ich mich an, kaufte das Jersey mit Felix' Namen drauf und zog es über. Als ich ein Bier und etwas zu essen hatte, suchte ich meinen Platz auf.

Immer wieder kontrollierte ich mein Phone, aber Felix hatte meine Nachrichten noch nicht abgehört. Nun gut, ich hatte mir auch Zeit gelassen. Seit gestern Nachmittag hielt ich mich zurück, im Internet nach Felix zu suchen. Ich wollte ihn so kennenlernen.

Die Reihen füllten sich schnell, alle hatten unterschiedliche Jerseys an, doch jedes hier im Block zierte das Logo der Krakens.

»… das der Geller endlich Kapitän ist. Der macht einen Superjob.«

Ich spitzte die Ohren, wollte wissen, was die Fans über die Heimmannschaft zu sagen hatten, nachdem ich gestern Felix' Sicht gehört hatte.

»Schade nur, dass Felix diese Saison nicht mehr spielen wird.«

»Was hat er denn? Weiß man das?«, mischte ich mich in das Gespräch ein. Normalerweise gab ein Team nicht bekannt, welche Verletzungen ein Spieler erlitten hatte, sondern nur, ob sie sich am Ober- oder Unterkörper befand. Galt das auch für Deutschland?

»Sie haben nur gesagt, er fällt bis Ende der Saison aus und es wäre etwas mit der Schulter. Trägt auch diesen Verband.«

»Bestimmt ein Bruch«, wandte ein Fan eine Reihe über uns ein, der sich vorgebeugt hatte.

»Das vermute ich auch. Hast du die Bilder vom Check gesehen?« Die Frage ging an mich.

»Sorry, nein. Ist mein erstes Spiel in Deutschland.«

»Woher kommst du?«

Ich sah den Fan über mir an. »USA. Ich verfolge die NHL seit meiner Kindheit.«

»Cool. Erzähl mal, wie ist es dort? Ich gucke die Spiele hin und wieder im Fernsehen.«

Ehe ich mich versah, befand ich mich in einer angeregten Diskussion über die Unterschiede von Hockey in Amerika und Europa. Leider konnte ich kaum etwas beitragen, was sich außerhalb der NHL abspielte. Holy Crap kannten diese Fans sich aus.

»Männer, ich ziehe meine Mütze vor eurem Wissen.« Ich verbeugte mich vor ihnen. »Ich dachte immer, ich wäre ein totaler Eishockey Nerd, der Statistiken und Spieler runterbeten kann, aber ihr schlagt mich um Längen. Ich bin tief beeindruckt.«

Die zwei Herren neben und der eine über mir lachten und klopften mir auf die Schulter. Dann begann die Show. Die Lichter wurden gedimmt und die Spieler einzeln aufgerufen. Danach folgte die Vereinshymne, bei der Fans die Taschenlampen an ihrer Smartphones einschalteten und sie im Takt wie bei einem Konzert mitschwenkten. Gänsehaut kroch mir über den gesamten Körper. Es war sehr bewegend, die Melodie, der

Text und über die Hälfte der Fans in der Arena, die aus vollen Kehlen mitsangen. Am Ende gab es einen lauten Knall, Feuerstöße beim Eingang und plötzlich fuhr die Mannschaft über das Eis. Jubel brach aus. Das Team hier konnte mit der Show definitiv mit denen in Amerika mithalten.

Dann kam es endlich zum Bully und wir sahen eine völlig desolate Heimmannschaft. Was mir angesichts des vierten Platzes, den sie in der Tabelle hatten, ungewöhnlich vorkam.

»Was ist da los?«, fragte ich meinen Nebenmann. Ich musste schreien, um gegen die Lautstärke in der Halle anzukommen. Die deutschen Fans waren der Hammer. Das war ich aus den USA nicht gewohnt. Zumindest nicht in der Intensität. Hier sangen sie durchgängig Fangesänge, trommelten, feuerten ihre Mannschaft an.

»Spielen die immer so unkonzentriert? Das sieht eher nach einem Trainingsspiel für die Tigers aus.« Sofern ich die Tabelle richtig in Erinnerung hatte, standen sie weit hinter den Krakens. Normalerweise sollten sie das Spielgeschehen kontrollieren.

»Ich weiß es auch nicht. Es sind gerade mal zehn Minuten gespielt und wir liegen schon drei null zurück. Das ist nicht unser typisches Spiel. Vor allem ist es noch ein Derby. Die versucht man immer unter allen Umständen zu gewinnen.«

Die Menge stöhnte auf, als ein Spieler der Heimmannschaft übel in die Bande gestoßen wurde.

Als das erste Drittel zu Ende war und die Mannschaften in ihren Kabinen verschwanden, ging ein kollektives Aufatmen durch die Reihen.

»Hey, wollt ihr noch was zu trinken?«, fragte ich die drei Fans, die angeregt diskutierten. So wie überall, wenn die Leute ihre Plätze nicht verließen, um Nachschub zu holen oder auf die Toilette zu gehen.

»Gerne. Bier.« Kam es von den dreien zurück und sie reichten mir ihre Becher. Ich zog los und stellte mich an eine der zahlreichen Schlangen an. Aber es ging erstaunlich schnell vorwärts.

Auf einmal raunte es um mich herum, wer sein Phone noch nicht in der Hand hielt, holte es hervor. Die Leute tippten wild darauf herum.

»Nicht zu fassen. Hast du das auch gelesen?«

»Wenn das stimmt, ist das eine große Sauerei!«

»Wie soll es denn weitergehen?«

Irritiert sah ich mich um.

»Was darf es für Sie sein?« Eine Frau lächelte mich an.

»Vier Bier bitte«, bestellte ich, stellte unsere leeren Becher vor sie hin, die sie ergriff und reichte mir vier zurück. Ich bezahlte und machte mich auf den Weg zum Platz. Nun sah ich nicht nur in traurige oder wütende Gesichter ob des Spiels, Entsetzen hatte sich darunter gemischt.

»Was ist los? Warum ist es auf einmal so still?« Ich verteilte das Bier. Mein Nebenmann reichte mir sein Phone, auf dem eine Insider-Hockeyseite geöffnet war. Rasch überflog ich den Artikel.

Der Investor Poppa Lightning Motors der Krackersner Kraken wird sich zum Ende der Saison zurückziehen, ließ soeben eine anonyme Quelle verlauten.
Erst im vorletzten Jahr war der große Autokonzern eingesprungen, als die Kraken die finanziellen Vorgaben der DEL nicht erfüllen konnten.

Schon länger kursieren Gerüchte, der Konzern stecke in finanziellen Schwierigkeiten, nun scheint es bestätigt zu sein.
Er wird nicht nur sein Geld bei den Krackersner Kraken herausziehen, sondern auch das Krackersner Werk innerhalb der

nächsten Jahre schließen, wobei ein großer Teil der ansässigen Bewohner ihre Arbeitsstellen verlieren werden.

Es stellt sich die Frage, wie es mit den Kraken weitergeht. Wird der Verein im Februar die Finanzunterlagen rechtzeitig einreichen können, um die Lizenz für die nächste Saison zu erhalten? Oder werden sie Insolvenz anmelden und den Spielbetrieb einstellen müssen? Was wird aus den Spielern, Coaches, Betreuern und Mitarbeitern des Vereins? Wie wird es sich auf die weiteren Spiele der Krakens auswirken?

Die Fragen häufen sich. Hockey-Insider wird weiter recherchieren und Sie auf dem Laufenden halten.

»Holy Shit, das ist heftig. Die Spieler wissen garantiert schon davon. Anders kann ich mir nicht erklären, warum sie so desolat drauf sind.«

»Genau unsere Vermutung.«

Wurde das gestern im Teammeeting besprochen, zu dem Felix zu spät gekommen war?

Ich setzte mich auf meinen Platz, holte mein Phone hervor und wollte Felix schreiben. Er hatte noch immer nicht auf meine Sprachnachricht reagiert und eine weitere von mir hätte bei dem Lärm keinen Sinn ergeben.

Die Meldung über den möglichen Rückzug des Sponsors verbreitete sich wie ein Lauffeuer, immer mehr Leute starrten auf ihre Phonedisplays und sprachen miteinander.

Ich konzentrierte mich auf die Nachricht, nippte an meinem Becher. Das Bier schmeckte hier viel bitterer, herber als in den USA und ich verzog das Gesicht.

Dann sah ich wieder auf meinen dunkler werdenden Bildschirm. Was sollte ich ihm nur schreiben? Wir kannten uns überhaupt nicht. War es überhaupt richtig, wenn ich ihm schrieb?

Mitten in meine Überlegungen begann das zweite Drittel. Die Krakens spielten fokussierter, verloren trotzdem jeden zweiten Pass. Sie kamen nicht an und der Zug nach vorne zum Tor war überhaupt nicht vorhanden. Meist kämpften sie in ihrer Verteidigungszone, schafften es nicht bis in die neutrale Zone. Immerhin hielt der Goalie die Schüsse auf sein Tor, was mir einigen Respekt abverlangte, wenn ich teilweise sah, was für Paraden er dort ablieferte. Goaltender mussten verdammte Ballerinas sein, so wie sie sich in ihrer Ausrüstung bewegten.

Das brachte mich nicht weiter in meinen Überlegungen, was und ob ich Felix schreiben sollte. Shit, ich ließ es lieber und schob das Phone zurück in meine Hosentasche. Wartete ab, was er mir antworten würde und versuchte, mehr auf das Spiel zu achten. Die Heimfans hatten sich gefangen, sangen noch lauter, feuerten ihr Team noch frenetischer an.

»Wir werden eine Fansammlung veranstalten. Poppa Lightning ist eh ein Drecksverein. Mein Nachbar arbeitet dort, der hat das schon angedeutet. In spätestens vier Jahren ist das komplette Werk geschlossen. Wahrscheinlich bekommt er eine ordentliche Abfindung und kann in Frührente gehen, meint er.«

»Sauhunde. Gehen alle ins Ausland, um billiger zu produzieren. Aber das mit dem Spendensammeln ist gut. Vielleicht können wir sogar ein Meet and Greet mit der Mannschaft versteigern und so mehr Gelder einnehmen.«

»Sehr gute Idee. Ich schreibe das dem Fanbeauftragten. Die sammeln bestimmt alles und klären das mit der Geschäftsführung.«

Die drei Fans neben und über mir beobachteten das Spiel und überlegten gleichzeitig, wie sie ihre Mannschaft retten konnten. Das rührte mich, denn sie waren mit Herz, Seele und Leidenschaft dabei, würden wahrscheinlich sogar für ihren Verein durchs Feuer gehen.

Am Ende des Spiels verloren die Kraken mit sieben zu null. Sie hatten sich zwar nach dem ersten Drittel gefangen, aber nicht genug, um die niederschmetternde Niederlage zu verhindern. Ohne ihren großartigen Goalie wäre diese noch höher ausgefallen.

»Hey, wie lange bist du nochmal in Deutschland? Besorg dir Tickets für die Heimspiele. Wir sind immer an diesem Platz. Hat Spaß gemacht, mit einem Eishockeyfan aus Amerika zu reden.«

»Mal sehen«, ich nahm meine Mütze ab und wuschelte durch meine Haare. »Vielleicht mache ich das. Alles Gute für eure Mannschaft. Ich hoffe für euch, das sind Fake-News. Passiert doch täglich im Internet. Wir hatten sogar mal einen Präsidenten, der hat das zu seinem persönlichen Sport erklärt.«

Meine neuen Freunde lächelten traurig. »Meistens liegt der *Hockey-Insider* richtig.«

»Leider.«

»Das tut mir leid. Ich drücke euch die Daumen, damit ihr es in die nächste Saison schafft.«

»Danke dir, bist in Ordnung für einen Ami.«

»Danke.« Mehr wusste ich nicht darauf zu erwidern. Was hatten sie bisher für Amerikaner kennengelernt? Nur miese Typen? Dabei waren wir ein umgängliches Volk.

Wir verabschiedeten uns und gingen unserer Wege. Ich war mir nicht sicher, ob ich schon fahren durfte, denn ich fühlte mich leicht beschwipst. Das Bier hier hatte es in sich.

Gerade als ich im Auto saß, vibrierte mein Handy in der Hosentasche. Mein Herz machte einen kleinen Freudenhüpfer, obwohl es noch gar nicht wusste, von wem die Nachricht kam. Ich holte es hervor und grinste. Eine Sprachnachricht von Felix.

»Hey, du wirst es mitbekommen haben. Scheiße, ganz Eishockeydeutschland wird es gelesen haben. Hast du Lust auf eine Kneipe, um den Scheiß runterzuspülen? Ab Juli bin ich arbeitslos.«

Holy Shit, dann hat der schwedische Verein ihm ebenfalls abgesagt und die blöde Nachricht stimmte. Der arme Felix. Ich hätte ihn gerne in den Arm genommen und getröstet.

Ich drückte auf den Knopf, um mit einer Sprachnachricht zu antworten: »Bin dabei. Das letzte Mal habe ich das zwar während der Collegezeit gemacht, aber das verlernt man nicht, richtig? Ich bin im Parkhaus und mir nicht sicher, wie lange ich brauche, rauszukommen. Hier stehen sie Schlange. Wo treffen wir uns? Schick mir einen Standort, dann komme ich dahin.«

Kaum hatte ich die Nachricht abgeschickt, war sie geöffnet. Lange musste ich nicht auf eine Antwort warten.

»Wir treffen uns am Spielerausgang.«

Er schickte mir den Standort und ich machte mich zu Fuß auf den Weg. Froh darüber, mich nicht in die lange Blechschlange einzureihen, durch die die Gästefans noch fröhlich singend liefen.

Kapitel 10

Felix

Geller, Stanni, Anton und unser Goalie Juli standen bei mir, als Tyler um die Ecke kam. Sofort grinste ich, was ich schnell zu unterdrücken versuchte. Meine Mannschaftskollegen waren die Letzten, die mitbekommen sollten, wie heiß ich diesen Ami fand. Zudem war es völlig unangebracht, da keiner von uns wusste, wie es ab Saisonende weiterging und wir uns eine historische Niederlage eingefangen hatten.

Warum zum Teufel hatte ich Tyler bloß eingeladen? Mit dem Sturz hatte wahrscheinlich nicht nur meine Schulter gelitten, sondern auch mein Verstand. Aber ich wollte ihn unbedingt wiedersehen. Diese besondere Verbindung zwischen uns spüren, wenn er in meiner Nähe war. Scheiße, du bist doch kein Romantiker, schimpfte ich mit mir.

Trotzdem konnte ich mein Herz nicht davon abhalten, schneller zu schlagen oder das Flattern in meinem Magen unterdrücken, als er näher kam. Völlig überschätzte Körperfunktionen.

»Hi.« Tyler war bei uns angekommen, sah erst mich fragend an, dann zu meinen Teamkollegen.

»Sie kommen mit. Hätte ich dir vielleicht sagen sollen, oder? Ein paar Frauen und Freundinnen der Männer sind ebenfalls dabei.« Verlegen kratzte ich mich am Kopf. Ich wäre tatsächlich lieber alleine mit ihm unterwegs gewesen oder besser mit zu ihm gegangen. Zu mir hatte ich noch nie jemanden mitgenommen. Derjenige könnte meinen Wohnort ausplaudern und die Gefahr war mir zu groß. Die Presse oder Fans wollte ich von mir fernhalten. Außerdem wohnte noch immer Carsten bei mir.

Geller hatte vorhin in der Kabine vorgeschlagen, einen Trinken zu gehen. Viele absolvierten nur ein kurzes Cool-Down Programm und ließen das Essen sausen. Das holten sie gleich in der Kneipe nach.

Seit gestern hatte vor allem Geller richtig miese Laune, ließ sie allerdings nicht an uns aus, sondern an den Fitnessgeräten. Nach dem heutigen katastrophalen Spiel, zu dem die Mannschaft nicht mal von Coach Smith etwas zu hören bekommen hatte, außer »Morgen ist Ruhetag, verdaut das und übermorgen geht's weiter«, wollte unser Kapitän die Nachrichten über unseren Sponsor auf seine Weise verarbeiten und hatte das Team eingeladen.

»Wir warten auf ein paar, die mitwollen. In fünf Minuten gehen wir los.«

»In Ordnung«, sagte Tyler, sah aber enttäuscht aus. Wahrscheinlich hatte er gehofft, mit mir alleine loszuziehen.

Ich stellte sie gegenseitig vor. Tyler als einen entfernten Bekannten, der zurzeit alleine Urlaub in Deutschland machte. War noch nicht mal groß gelogen. Da niemandem zum Reden zumute war, blieb es ruhig, bis alle, die mitwollten, beisammen waren. Fast die komplette Mannschaft.

»Sag mal, müsst ihr euch nicht nach dem Spiel auslaufen und bekommt etwas zu essen?«, fragte Tyler mich leise.

»Normalerweise schon, aber heute verschieben wir das Essen und das Cool-Down wurde verkürzt. Keiner hat Lust sich hier länger als nötig aufzuhalten.«

»Los geht's.« Geller unterbrach unser Gespräch, ging mit Stanni voraus. Von der großen Multifunktionshalle brauchten wir nur fünf Minuten, bis wir in der Innenstadt mit den vielen kleinen Kneipen waren.

Die ersten Bars ließen wir immer aus, wenn wir zum Feiern oder aus Frust loszogen. Direkt nach dem Spiel befanden sich gerade dort die meisten Fans. So gern ich sie und ihre Unterstützung hatte, heute musste keiner von uns mit ihnen näher ins Gespräch kommen.

Für sie kam der Schlag in die Magengrube durch das Aus unseres Sponsorings erst während des Spiels, für uns bereits gestern und wir konnten nicht damit umgehen, wie meine Teamkollegen auf dem Eis eindrucksvoll bewiesen hatten. Einige hatten ihre Agenten kontaktiert, andere sprachen nur noch darüber. Alles war unklar, für alle die Zukunft offen, wenn der Verein es finanziell nicht geregelt bekam. Dann könnte ich meine Hoffnung, hier eine Vertragsverlängerung zu bekommen, begraben. Wieder zog sich mein Magen zusammen. Wurde zu eng, für das bisschen, was ich eben in der VIP-Lounge runterbekommen hatte. Ich hätte heulen können, stundenlang.

»Hey, alles in Ordnung mit dir?« Tyler stupste mich sanft an und holte mich aus meinen düsteren Gedanken. »Das ist ein ziemlicher Brocken, den ihr da verdauen müsst.«

Uns kamen größere und kleinere Gruppen von Leuten entgegen, die feiern wollten. Sie lachten, witzelten miteinander, das totale Gegenteil zu uns, die eher still daher liefen.

»Klar. So in Ordnung, wie man sein kann mit einer offenen Zukunft und einer Verletzung, die einen außer Gefecht setzt.« Das war nicht fair. Tyler schien ehrliches Interesse zu haben und ich ging ihn an. Ich setzte eine entschuldigende Miene auf. »Ach, ich bin so frustriert, der Mannschaft auf dem Eis nicht helfen zu können. Wer weiß, vielleicht spornt uns das Thema mit dem Investor an, über uns hinauszuwachsen und Meister zu werden.« Ich holte Luft. »Mal abgesehen von diesem Spiel könnten wir den anderen Teams und den Verantwortlichen bei der DEL in Zukunft zeigen, wie sehr sie mit uns zu rechnen haben.«

Die Gruppe hielt vor einer unserer Stammkneipen.

»Hört mal her«, rief unser Kapitän und die Gespräche um uns herum verstummten. Wir rückten näher zusammen, damit die Passanten an unserer großen Gruppe vorbeikamen und nicht alle zuhörten. Die paar Frauen und Freundinnen, die mitgekommen waren, hielten sich etwas abseits, um uns Platz zu geben. »Heute Abend ertränken wir unser Selbstmitleid, morgen kurieren wir uns aus und ab übermorgen greifen wir an. Wir werden das Geld zusammenbekommen. Durch unsere Ideen und harte Arbeit. Dieser Verein wird definitiv nicht untergehen.«

Mir war schleierhaft, woher Geller seinen Optimismus nahm, aber ich würde gern eine Prise davon abbekommen.

»Habt ihr gehört Männer? Wir werden nicht untergehen«, rief er noch lauter und reckte eine Faust in die Höhe. Ich bewunderte ihn dafür, sich hier hinzustellen und solch eine Rede zu halten. So viel Kampfgeist zu verströmen, nachdem, was gestern und heute passiert war. Dennoch ließen wir uns davon mitreißen, vielleicht hatte Geller recht und wir konnten das Ruder herumreißen. Möglichen Investoren durch tolle Spiele zeigen, was sie erwarten würde. Ich richtete mich auf, straffte die gesunde Schulter. Sogar ein Lächeln schlich sich auf meine Lippen. Alle reckten wir unsere Fäuste in die Höhe und stimmten ihm lautstark zu.

Danach stürmten wir in die Bar, in der die Angestellten uns kannten, schnell einige Tische zusammenschoben und anstatt Getränkebestellungen aufzunehmen hatten wir alle innerhalb kürzester Zeit unsere Lieblingsgetränke vor uns stehen. Alles begleitet von freundlichen und aufmunternden Worten. Sie wussten also ebenfalls Bescheid, was zu erwarten war. Komplett Eishockey Deutschland verfolgte den *Hockey-Insider*. Sie alle hatten bestimmt den Bericht gelesen.

Tyler unterhielt sich mit Stanni und Anton über die NHL, als er plötzlich stockte und sich umsah.

»Äh, warum sitzen die Frauen an einem Ende des Tisches und ich mitten unter euch?«

»Keine Ahnung, war schon immer so.« Und ich habe dich extra neben mich geholt, damit ich dir nah sein konnte.

»Vielleicht sollte ich …«

»Nein, ich möchte dich hier haben.« Ich legte Tyler unter dem Tisch eine Hand aufs Bein und drückte zu. Ertastete einen harten, trainierten Oberschenkel und wäre am liebsten sofort mit ihm verschwunden.

Mir wurde heiß und Blut rauschte in Gegenden, in denen ich es gerade nicht brauchte. Rasch zog ich meine Hand zurück, bevor es noch jemand mitbekam. Blickkontakt hielten wir einen Moment länger.

Scheiße Mann, in was manövrierte ich mich hier hinein? Wie töricht konnte ich sein? Nahm den Mann mit auf Trosttour, den ich viel lieber unter oder über mir im Bett haben wollte. Ich griff nach meinem Bier und trank einen großen Schluck aus dem Glas.

Am Tisch wurden sich Frotzeleien zugeworfen, einige diskutierten über das Spiel und Geller, der mir gegenüber saß, beobachtete mich. Tyler wurde wieder vom Tiroler in ein Gespräch über Eishockey verwickelt.

»Was?«, motzte ich Geller an, als er nicht wegblickte.

»Nichts. Überlege nur, wie es dir geht. Wirklich geht.«

Ich seufzte, verdrehte die Augen dabei. »Warum fragt mich das jeder?«

»Weil du alleine bist und niemanden zum Reden hast, oder sehe ich das falsch?« Nur kurz schweifte sein Blick zu Tyler und dann zurück zu mir. Angst schnürte mir die Kehle zu und ich versank tiefer auf dem Stuhl. Hatte er gemerkt, was ich in Tyler sah? Wie sehr ich mich zu ihm hingezogen fühlte? Dabei kannte ich den Typen überhaupt nicht. Wir hatten einmal miteinander zu Mittag gegessen.

»Carsten ist da und du kommst regelmäßig vorbei«, antwortete ich patzig.

Geller trank einen Schluck. »Du musst deine negative Energie loswerden, die dich seit der Verletzung umgibt.«

»Sandro Gellermann, könntest du heute weniger Kapitän sein und mehr Saufkumpan? Ja? Ist das möglich?« Ich leerte mein Glas auf einen Schlag und winkte mit dem Leeren zur Theke, an der verstehend genickt wurde. In dem Tempo hielt ich nicht lange durch, doch das war mir im Moment egal.

»Hey Glücksbärchi, ganz ruhig. Du bist sonst derjenige, der voran geht, alle aufmuntert und für jeden einen Spruch parat hat. Wo ist das geblieben?«

Einen Augenblick sahen wir uns an.

»In einer ungewissen Zukunft.« Ich schob brüsk den Stuhl nach hinten, musste hier weg, da die Luft zum Atmen zu dünn wurde. Ich griff mir an die Kehle und eilte, lief fast zur Toilette. Übersah dabei eine Frau, die denselben Weg einschlug und rempelte sie um.

»Scheiße.« Ich bückte mich zu ihr und reichte ihr meine Hand. »Es tut mir leid.«

»Ach ja, ich bin klein und werde öfter übersehen. Du bist nicht der erste«, erwiderte sie, als sie meine Hand ergriff und sich von mir hochziehen ließ.

»Entschuldige bitte. Das war keine Absicht.«

»Das will ich schwer hoffen, denn das hätte ich dir übel genommen. Gute Besserung, hoffentlich kommst du bald wieder aufs Eis.«

»Danke dir.« Wir kamen an den Toiletten an und gingen durch die jeweils für uns vorgesehenen Türen getrennte Wege. Am Waschbecken stützte ich mich ab. Wie einfach wäre es, vor der Mannschaft zuzugeben, schwul zu sein, statt ihr etwas vorzuspielen? Ich fuhr mir übers Gesicht. Die Übelkeit, die mich seit gestern Nachmittag begleitete, kehrte zurück. Hing zwischen Magen und Kehle fest und wollte nicht verschwinden.

Geller war lustig, negative Energie loswerden. Wie denn, wenn man nicht wusste, was man dagegen machen sollte? Ich durfte nicht an die Geräte, konnte es nicht am Ergometer ausstrampeln oder auf dem Eis bei einem ordentlichen Kampf Dampf ablassen.

Hinter mir öffnete sich die Tür und ich räusperte mich, stellte den Wasserhahn an und wusch meine Hände. Im Spiegel erkannte ich Tyler und die Anspannung wich aus meinen Schultern.

»Wir kennen uns erst seit gestern, haben erst ein Gespräch miteinander geführt, aber ich will dir helfen. Sag mir, was ich tun kann, um es besser zu machen.« Tyler trat ganz nah hinter mich. Ich konnte die Wärme seines Körpers spüren und wollte mich so unbedingt bei ihm anlehnen, gehalten werden und dieses elendige Klischee hören, das alles wieder gut werden würde. Wie konnte mein Leben nur so aus der Bahn geworfen werden, angefangen mit dieser fiesen Verletzung?

»Irgendwann heute Abend, wenn wir vielleicht mal alleine sind, könntest du mich dann in den Arm nehmen?« Das kam raus, bevor ich überhaupt darüber nachgedacht hatte. Ich sah auf, begegnete seinem Blick im Spiegel und er lächelte. Kam näher, berührte mich am Rücken.

»Wie wäre es mit jetzt?« Er schlang seine Arme um mich und zum ersten Mal seit der Verletzung fühlte ich mich geborgen. Bisher brauchte ich das nicht. Zumindest hatte ich das Bedürfnis ständig unterdrückt. Und nun kam ein Fremder daher, machte das, worum ich nicht einmal meinen Bruder bitten konnte und es hätte nicht schöner sein können.

Ich lehnte mit dem Kopf an seiner Schulter, schloss die Augen und sog seinen Geruch ein. Mein Herz pochte direkt schneller in meiner Brust und vollführte kleine Bocksprünge vor Freude.

Es durfte jedoch nicht länger dauern. Zwar standen die Kabinentüren alle offen, trotzdem könnte jederzeit jemand hereinkommen und uns erwischen. Dann würde es ruckzuck die komplette Mannschaft wissen. Inklusive derjenigen, die heute nicht dabei waren. Wozu gab es einen Gruppenchat? Wir waren schlimme Klatschweiber.

Ich öffnete die Augen, drehte den Kopf seitlich an Tylers Schulter und erblickte seine vollen Lippen, sehnte mich danach, meine darauf zu legen. Herauszufinden, wonach er schmeckte. Auch das musste warten, bis wir alleine waren.

»Besser?«, fragte er flüsternd, nah an meinem Ohr und drückte mir darüber einen Kuss auf. Kleine Blitze zuckten durch meinen Körper und ich musste mich zusammenreißen, um mich nicht gehen zu lassen. Schon lange hatte ich keine solch starke Anziehung bei einem Mann empfunden.

»Ja, danke.« Ich löste mich aus der Umarmung. »Behalt das bitte für dich. Ich bin nicht geoutet.«

Tyler nickte, drückte einen Kuss auf meine Stirn. »Profisportler halt.« Noch ein Schmetterlingskuss auf die Nase. Verdammt, sollte ich ihm einen Kompass schenken, der zu meinem Mund führte? Doch dafür war es nicht die Zeit und der richtige Ort.

»Geh raus. Ich komme gleich nach.«

»Danke dir.« Seufzend löste ich mich von ihm.

Ich schenkte ihm ein letztes Lächeln, drehte mich um und verließ die Toilette. Kam mir dabei dreckig vor. Nun musste er meinetwegen lügen. Ein weiterer Grund, weshalb ich nie eine Beziehung einging, sondern es immer nur bei Fickbekanntschaften beließ.

Hinter der Tür blieb ich kurz stehen, schüttelte das miese Gefühl ab und strich über die Stellen, an denen Tyler mich geküsst hatte.

Ich wollte mehr. Mehr von ihm, mehr von uns. Würde ihn durch die komplette Stadt zerren und ihm jeden Winkel zeigen, um so viel Zeit wie möglich mit ihm zu verbringen. Er wusste nicht ein bisschen von mir und trotzdem bot er mir seine Hilfe an. Ging es uns beiden nicht nur um den Sex?

Zurück an meinem Platz stand mein neues Bier und wartete mit eingefallener Schaumkrone darauf, getrunken zu werden. Wie lange hatte ich auf der Toilette zugebracht?

Geller zog die Augenbrauen hoch, als ich mich setzte, enthielt sich jedoch jeden weiteren Kommentars, wofür ich ihm sehr dankbar war. Er verhielt sich mir gegenüber heute so merkwürdig. Hoffentlich ahnte er nichts. Die Stimmung am Tisch hatte sich zumindest gehoben. Viele lachten über einen Witz oder so, ich hatte es nicht mitbekommen.

Kurz darauf kehrte Tyler zurück, setzte sich wieder neben mich. Seine Hand strich über meinen Oberschenkel, bevor er sie züchtig auf den Tisch legte und seinen Cocktail umklammerte. Kurz darauf kam das Essen. Die Köche hier kannten sich mit unseren Mengen aus und trotz der miesen Nachrichten schlugen wir hungrig zu.

Mit zunehmender Stunde tranken wir schneller und mehr. Obwohl ich mich zurückhielt, zwischendurch statt Bier Wasser bestellte, drehte sich langsam alles. Sogar Stanni, unser trinkfester Russe, begann zu nuscheln. Tyler war definitiv betrunken. Dem würde es morgen so was von schlecht gehen. Er schwankte im Sitzen auf seinem Stuhl und hielt sich an der Tischkante fest. Geller hatte schon vor einer Stunde den Kellnern Bescheid gegeben, nur noch Wasser oder Cola auszuschenken.

»Wisst ihr was?«, rief Tyler, um alle anderen zu übertönen. Er lallte so heftig, es war schwer ihn mit seinem starken Akzent zu verstehen. Ich stützte einen Ellenbogen auf dem Tisch ab, den Kopf auf der Hand und wandte mich ihm zu.

»Los, klär auf«, forderte ich ihn lautstark auf. Bienensummgeräusche erklangen von unterschiedlichen Stellen des Tisches. Versautes Volk.

»Mein Pharmaunternehmen investiert in euren Verein, damit ihr euch nicht mehr sorgen müsst. Dann könnt ihr machen, was Sportler so machen. Essen, schlafen, trainieren und spielen. Oder so. Ich habe doch keine Ahnung.« Tyler hob die Arme hilflos an.

Ich setzte mich auf, geriet dabei ins Schwanken, konnte mich allerdings noch abfangen, indem ich nach der Tischkante griff. Tyler gehörte ein Pharmaunternehmen? Er wirkte gar nicht wie ein Chef. Ob es wohl groß war?

»Du hast eine Firma?« Anton hickste und schlug Tyler auf die Schulter. »Alter, Mann, du bist doch so jung.«

»Kann ich nichts für.« Er schwankte nun sehr gefährlich, riss die Augen auf und rülpste. »Die ist von meinem Vater. Der musste unbedingt vor einem Monat sterben.«

Am Tisch wurde es still. Vom Tod seiner Eltern hatte er mir erzählt, nicht von der Erbschaft. Was hatte er alles nicht erwähnt? Wobei das keine Kleinigkeit war, allerdings verschwieg ich Fremden gegenüber meine Eishockey Karriere auch.

»Du hast eine Firma geerbt, die in unseren Verein investieren könnte?« Geller durchbrach die Stille, beugte sich vor, schmiss dabei sein Wasserglas um und wischte die Flüssigkeit beiseite. Ich kicherte, als ich das sah und reichte ihm das Ende der viereckigen Tischdecke.

»Ja, das könnte ich.« Auf einmal hellte sich Tylers Gesicht auf. »Die Möglichkeit für mich, dem Büro meines Vaters und der Firmenleitung zu entkommen. Ich könnte hier zweiter Geschäftsführer werden oder einen anderen Posten einnehmen. Euch Wasser bringen.« Er drehte sich zu mir. »Was hältst du davon, Felix?«

Sehr viel. Dann hätte ich genügend Zeit, jedes kleinste Detail von dir kennenzulernen. Ich biss mir auf die Unterlippe, um es nicht auszusprechen. Stattdessen war ich noch damit beschäftigt, mit der Tischdecke das Wasser aus Gellers Glas aufzuwischen, das ständig woanders hinfloss, nur nicht in den Stoff. Beschissener Stoff.

»Gute Idee. Dann stellst du mich ein und ich kann wieder Eishockey spielen.«

Tyler lachte. »Das kannst du auch jetzt, Sweetie.« Unbeholfen tätschelte er meine Wange, traf meistens mein Ohr. Ich versteifte mich, zwang mich dazu, mich nicht umzublicken. Das würde mich garantiert verraten.

Stanni kicherte neben mir, ebenso wie unsere Goalies, die den ganzen Abend ihr eigenes seltsames Ding durchzogen und ständig zwei volle Gläser vor sich stehen hatten, aus denen sie abwechselnd tranken. Verstehe einer Goalies.

»Sweetie, ich will dich in unserer Reihe haben.« Stanni legte mir schwerfällig einen Arm um die Schulter. Ich entspannte mich. Um einiges nüchterner als noch vor wenigen Sekunden. Niemand hatte es ernst genommen.

»Ich will auch mit dir in einer Reihe spielen.« Ich zog einen Schmollmund und zupfte an meiner Binde. »Bald wieder Stanni.« Wir grinsten uns schief an.

»Ich möchte nicht ungemütlich sein, aber das ist die letzte Runde. Möchte noch jemand was?« Unser Kellner stand am Kopf des Tisches und verschaffte sich mit lauter Stimme Gehör. Von allen Seiten bekam er Protestgeschrei. »Gut, ihr seid also bedient. Dann mach ich eure Rechnungen fertig.« Er verschwand kurz, um mit der Abrechnung wiederzukommen.

»Ihr seid alle eingeladen«, rief Tyler und winkte mit beiden Armen den Kellner zu sich, wobei er dabei ziemlich ins Schwanken geriet. Anton und ich griffen beherzt zu, um ihn davon abzuhalten vom Stuhl zu fallen. Die anderen jubelten und bedankten sich bei ihm.

Als wir endlich alle vor der Kneipe standen, riefen sich einige Taxis, verabschiedeten sich lautstark und liefen in die von Laternen erleuchtete Nacht Richtung unserer Spielstätte.

»Wo musst du hin?«, fragte ich Tyler, den Anton und ich stützten.

»Zum Parkhaus. Mein Auto steht da.«

»O nein, du wirst nicht mehr fahren.« Ich holte mein Handy hervor und rief ein Taxi. Dann machten wir uns auf den Weg zur Arena. Der Weg, für den wir normalerweise fünf bis zehn Minuten benötigten, dauerte heute ewig. »Wo wohnst du? In welchem Hotel?«

»Wohnung. Aber ich weiß nicht mehr wo.« Tyler sah mich erschrocken an.

»Das kann ja heiter werden.«

Ich musste so über Antons Schweizer Dialekt lachen, der so süß klang und jedes Mal, wenn er getrunken hatte, stärker durchkam. Wir mussten anhalten, weil ich mich krümmte und meinen Bauch hielt.

»Ey, alles gut?« Tyler beugte sich zu mir herunter und fiel hin, was mich nur noch mehr zum Lachen brachte. Mir kamen schon die Tränen. Anton ebenfalls. So fand uns der Taxifahrer, der alles andere als erfreut aussah.

»Habt ihr ein Taxi gerufen?«, fragte er missmutig.

»Ja«, brachte Anton hervor.

»Wieso immer ich?«, murmelte der Fahrer. »Los, steht auf. Ich habe nicht die ganze Nacht Zeit.«

Anton und ich halfen Tyler auf und stolperten zum Auto. Zu dritt quetschten wir uns auf die Rückbank.

»Aber wo schlafe ich denn jetzt?« Tyler sah mich mit sehr großen Augen an.

»Auf meiner Couch. Da gibt es morgen auch Aspirin.«

Tyler lächelte und dämmerte weg. Anton und ich gaben unsere Adressen durch und das Taxi fuhr los.

Kapitel 11

Tyler

Mein Schädel brummte heftig. Das Hämmern darin hätte jeder Baustelle Konkurrenz machen können. Mein Mund fühlte sich pelzig und ausgetrocknet an. Ich hatte so schrecklichen Durst. Gleichzeitig rumorte mein Magen.

Meine Augenlider zu öffnen, erwies sich als unglaublich schwierig, so schwer waren sie. Da hingen garantiert Gewichte an den Wimpern, die sich nicht lösen ließen. Aber nach einigen Minuten gewann ich den Kampf.

Was ich nicht hätte machen sollen. Das Gehämmere in meinem Kopf verschlimmerte sich und ich stöhnte. Ein paar Lichtstrahlen schafften es durch die geschlossenen Vorhänge, die mehr Deko als Verdunkelung waren. Anscheinend entschied die Sonne, sich heute mal in voller Gänze zu zeigen, so hell, wie es draußen wirkte.

Ich sah mich um. Die Umgebung kannte ich nicht, die Matratze war schmal und neben mir stand ein Tisch. Ein Papier, mit einem Smiley und einer Nachricht darauf klebte an der Tischkante.

Schwerfällig hob ich den Arm und riss es ab. Die Hand ließ ich auf meinen Bauch sinken, als die Buchstaben verschwammen. Der Versuch zu lesen, stach wie tausend kleine Nadelstiche in meinen Augen.

Lieber kramte ich in meinen Erinnerungen, wie ich hierhergekommen war und wo ich mich überhaupt befand. Es war nicht das Wohnzimmer meiner Ferienwohnung, ergo auch nicht das Sofa. Ich war mit Felix und seinem Team in eine Bar gegangen. Wir hatten gegessen und getrunken und danach verschwand alles im Matsch meines Kopfes. Sobald ich einen Gedanken greifen konnte, versank er wieder wie ein großer Stein im Sumpf. Nur schneller.

Ich legte einen Arm über meine Augen, um sie zu schützen, aber das zusätzliche Gewicht tat meinem Kopf überhaupt nicht gut. Das Hämmern nahm noch einmal an Intensität zu. Wieder entkam mir ein Krächzen. Laute, die ich schon lange nicht mehr aus meinem Mund gehört hatte. Wie konnte ich nur vergessen, wie ein Kater sich anfühlte?

Mein Phone klingelte. Nun wusste ich wieder, was mich geweckt und die Höllenqualen heraufbeschworen hatte, statt mich schlafen zu lassen. Ich tastete danach.

Hatte ich mich bis auf die Unterhose ausgezogen und zugedeckt? Langsam richtete ich mich auf, fand meine Sachen in unerreichbarer Entfernung auf der Ecke des Sofas. Unter normalen Umständen nur eine Armlänge von meinem Kopf entfernt. Irgendwo dort lag mein Telefon.

»Ruhe«, flüsterte ich und stöhnte direkt wieder. Bloß nicht zu laut reden. Das konnte nur schlimm aus gehen. Wo war überhaupt der Bewohner dieser Wohnung? Der Zettel fiel mir wieder ein. Ich hob ihn auf. Das Lesen war fucking schwer, aber ich wollte wissen, was darauf stand und ob es mir offenbarte, wo ich gelandet war.

Guten Morgen ›Sweetie‹,

falls du dich nicht mehr an letzte Nacht erinnerst, nicht erschrecken, ich hab dich mit zu mir, Felix, genommen. Leider wusstest du nicht mehr, wo du wohnst. Auf dem Tisch steht ein Glas mit Wasser, daneben findest du Aspirin und eine Flasche zum Auffüllen. Solltest du zu den Menschen gehören, die keinen Kater, dafür großen Hunger haben, der Kühlschrank ist gefüllt. Im Bad liegen eine frische Zahnbürste und Klamotten von mir, falls du nicht die alten von gestern anziehen willst.

Carsten und ich sind unterwegs und gegen Mittag wieder da. Falls du auf uns warten möchtest, können wir dich später zu deinem Auto bringen.

(Ich würde mich sehr freuen, wenn wir uns noch sehen.)

Bis später vielleicht.

Liebe Grüße Felix

Aspirin, meine Rettung. Das Phone war mittlerweile verstummt. Ganz langsam richtete ich mich auf, griff nach den Tabletten auf dem Tisch, schmiss sie ein und spülte sie mit dem Wasser nach. Leerte das Glas in einem Rutsch. Dann nahm ich die Wasserflasche und trank direkt aus ihr. Flüssigkeit kann so was tolles sein, wer hätte das gedacht?

Langsam lichtete sich der Nebel in meinem Kopf.

Felix. Er hatte mich mit zu sich genommen. Ein sanftes Lächeln schlich sich auf meine Lippen, das eine Sekunde später wieder erlosch.

Stattdessen riss ich die Augen auf. Hatte er mich ausgekleidet? Nur wie mit seinem Arm in diesem komischen Verband. Ich las den Zettel erneut. Carsten. Wer war das? Er hatte doch keinen Freund, oder? Nein, den Namen hatte er gestern irgendwann erwähnt, ich wusste nur nicht mehr in welchem Zusammenhang. Nie wieder so viel Alkohol. Der Tag danach war anstrengend.

Ich trank noch etwas Wasser. Eine kleine Erinnerung blitzte auf, wie Felix mit einem Tuch oder so auf dem Tisch herum wischte. Warum hatte er das gemacht? Ich wusste es nicht, barg lieber meinen Kopf in meinen Händen.

Wieder Telefongeklingel. Wer wollte mich denn unbedingt erreichen? Ich suchte das elendige Ding in meinen Sachen, fand es und erkannte Masons Namen auf dem Display.

»Was will der denn?« Ich drückte ihn weg und schaltete das Phone aus. Jetzt nicht. Sollte sich gefälligst gedulden. Ich legte mich wieder hin und schloss erleichtert die Augen. Das war so viel besser.

Als ich die Augen das nächste Mal öffnete, ging es mir erheblich besser. Das Hämmern in meinem Kopf war auf ein erträgliches Maß zurückgefahren und die Pelzproduktion in meinem Mund hatte ihre Arbeit aufgegeben. Die Vorhänge waren noch immer geschlossen, aber Tellergeklapper drang an mein Ohr.

»Guten Morgen, du Schnapsleiche.«

Ich drehte meinen Kopf in die Richtung der Stimme. Sogar Geräusche konnte ich wieder ertragen. Felix saß am Ende des Sofaflügels, in seinem Gesicht das freche Grinsen, das ich so mochte.

»Morgen.« Ich setzte mich auf und versuchte mich an einem Lächeln. »Wie spät ist es?«

»Zwei Uhr oder so.« Seine Stimme klang amüsiert. »Du bist nicht trinkfest, oder?«

Ich fuhr mir über mein Gesicht, griff nach der halbleeren Wasserflasche und trank erneut. Meine Kehle war immer noch trocken und meine Zunge fühlte sich klebrig an.

»Du warst auch nicht mehr sattelfest, wenn ich mich richtig erinnere.«

»Woran erinnerst du dich noch?«

»Es hört dort auf, als einer der seltsamen Goalies mir zeigen wollte, wie beweglich er ist und vor mir irgendwelche Verrenkungen gemacht hat.«

Felix lachte laut. Er wirkte anders, befreiter als die letzten Tage. Mein Blick fiel auf seine verletzte Schulter, wanderte den Arm hinab.

»Du bist sie los?« Ich zeigte auf seinen Arm.

»Ja, eben im Krankenhaus.« Er hob seinen Arm, was nicht sehr hoch war, bis ihm die Schmerzen im Gesicht anzusehen waren. »Im Moment soll ich nur leichte Übungen ausführen. Ab Montag geht es mit der Physio los, damit meine steife Schulter wieder beweglich wird. Es ist allerdings noch nicht ganz verheilt.«

»Aber auf dem Weg zurück aufs Eis.«

»O ja und vor allem«, Felix beugte sich vor, mit einem verschwörerischen Gesichtsausdruck, »morgen reist endlich mein Bruder wieder ab. Jetzt, da ich beide Arme benutzen kann, ist er der Meinung, mich alleine lassen zu können.«

Besagter Bruder, zumindest hoffte ich das, kam ins Wohnzimmer, in der Hand einen Teller mit Gemüsesticks, die er auf den Tisch stellte. Ob das Carsten war?

»Sieh an, wer wieder unter den Lebenden weilt.« Er grinste und hielt mir die Hand hin. »Carsten, hey.«

»Tyler. Hi.« Ich reichte ihm meine zu einem kurzen Handschlag.

»Vielleicht verträgt dein Magen schon eine Kleinigkeit. Felix, ich bin in meinem Zimmer und telefoniere.«

»Ja, gehe deinen Mitarbeitenden mal schön auf die Nerven, anstatt sie arbeiten zu lassen.«

»Halt den Mund. Nicht jeder kann sich einen Geschäftsführer leisten und anderen die Arbeit überlassen.« Carsten verschwand aus dem Zimmer und ich hörte in der Nähe eine Tür schließen.

Felix lachte leise. »Also, wie sieht's aus? Kannst du schon etwas essen? Oder lieber erst duschen und Zähne putzen?« Er griff nach einer Möhre und biss beherzt hinein.

»Letzteres.« Ich betrachtete Felix einen Moment. »Was meinte dein Bruder eben? Wofür kannst du dir einen Geschäftsführer leisten?«

»Ich habe mit Stanni und Juli, dem seltsamen Goalie, ein Fast-Food-Restaurant. Burger, Salate, Muffins und so. Läuft ganz gut.«

»Du bist also nicht nur ein Hockey-Spieler, sondern auch Geschäftsmann. Respekt.« Den hatte ich wirklich. Viel Freizeit hatten sie bestimmt nicht zwischen Training und Spielen außer im Sommer in der kurzen spielfreien Zeit.

»Kaum zu glauben, aber sogar Profisportler haben Grips.« Felix lächelte, dann erklärte er mir, wo das Badezimmer lag und ich machte mich auf den Weg.

Nach der Dusche und in der frischen Kleidung fühlte ich mich direkt menschlicher. Nur das Essen ließ ich aus, traute meinem Magen nicht über den Weg.

Da Felix' Bruder noch am Telefonieren war und uns deswegen nicht fahren konnte, als ich aus dem Bad kam, bestellte Felix ein Taxi und begleitete mich.

»Übrigens, hier hast du dich vor Lachen auf dem Boden gekringelt.« Felix zeigte auf einen Platz vor der Treppe, die zum Haupteingang der Arena führte.

»Ich habe was? Auf dem Boden gekri…« Ich hatte das Wort schon wieder vergessen.

»Vor Lachen auf dem Boden gerollt. Gekringelt sagt man auch dazu.«

»Holy Shit. Ich war total weg.« Hitze kroch mir vor Scham den Rücken hinauf, trotz der trockenen Kälte. Obwohl die Sonne schien, sank die Temperatur.

Felix stupste mich an der Schulter an. »Nicht schlimm, wir waren alle drei ziemlich betrunken.«

Ich runzelte die Stirn und mein Schamlevel stieg. »Wer war denn dabei?«, fragte ich vorsichtig.

»Anton.« Felix lachte. »Ich sage dir mal lieber nicht, was du so alles erzählt hast.«

»Nein, ich will es nicht wissen.« Das wollte ich wirklich nicht. Dann durchzuckte es mich heiß und kalt. »Ich habe dich nicht diskreditiert, oder?«

»Nein, hast mich nur ›Sweetie‹ genannt.«

Mein Gesicht war bestimmt hochrot, mir war so heiß, ich stand kurz vor der Explosion.

»Du willst übrigens unseren Verein retten, damit wir machen können, was Sportler so machen. Anscheinend ist deine Definition von den Aktivitäten von Profisportlern sehr eng gesteckt.« Er lachte immer lauter.

»Ich will euren Verein retten?« Meine Augen wurden groß, ich holte mein Phone hervor und schaltete es ein. Noch mehr verpasste Anrufe und einige Nachrichten von Mason. Ich öffnete unseren Chat, ignorierte die letzten Mitteilungen von ihm, die alle einen wütenden Unterton hatten und scrollte zu meiner. »Fuck, ich habe tatsächlich Mason, unserem Finanzmanager, eine Nachricht geschrieben.«

Felix schmunzelte. »Wir hätten nichts dagegen, wenn du als rettender Engel daherkämst.«

»Wenn das so einfach wäre«, murmelte ich. Wäre hier irgendwo eine Versteckmöglichkeit, hätte ich sie genutzt, um mich so klein wie möglich zu machen. Mason musste stocksauer sein, solch eine Nachricht von mir zu bekommen und dann ignoriert zu werden. »Mason ist mein Finanzchef, Operationsmanager und Stellvertreter in Personalunion und gar nicht begeistert darüber.« Ich fuhr mir durch die Haare.

Mason war garantiert nicht aufgebracht, weil ich ihm das mit der Investition geschrieben hatte, sondern weil ich ihm völlig unverblümt mitgeteilt hatte, dies wäre meine Chance, nicht bei *Roth Pharmacy Corporation* als CEO zu bleiben.

»Hey, mach dir keine Gedanken. So was sagt man daher im besoffenen Kopf und vielleicht haben die anderen es schon vergessen«, versuchte Felix mich zu trösten und lächelte mich an. »Na komm, das Parkhaus ist offen. Suchen wir dein Auto.«

»Es tut mir leid.« Ich hielt ihn am Arm zurück. »Ich hoffe, ihr macht euch jetzt keine Hoffnung.« Mir war das alles so unangenehm. Ich musste Mason unbedingt anrufen und mit ihm reden.

»Tyler, wir waren alle betrunken. Da sagt man vieles. Die anderen erinnern sich wahrscheinlich wirklich nicht mehr daran.« Er sah mich einen Moment an und seufzte dann. »Natürlich hoffen wir alle auf einen rettenden Engel, der auf einem weißen Pferd im Abendrot daher geritten kommt und mit Geld nur um sich wirft. Jeder möchte diesen Verein vor dem Ruin bewahren.«

Nun fühlte ich mich noch mieser. »Ich wollte euch nicht enttäuschen.«

»Wirklich, Ty, es ist in Ordnung.« Er wandte sich ab und ich folgte ihm geknickt.

Wir gingen durch das leere Parkhaus, unsere Schritte hallten durch die Etagen.

»Ist es das? Das einsame Auto?« Felix deutete auf einen schwarzen Kleinwagen, der wunderbar symbolisierte, wie ich mich zurzeit zu neunzig Prozent der Zeit fühlte. Einsam und niemanden zum Reden da. Obwohl, das stimmte nicht ganz. Connor und meine Großeltern könnte ich jederzeit anrufen. Doch ich wollte ihnen auch nicht auf die Nerven gehen.

Connor hatte so viel in den letzten Wochen für mich getan, er brauchte mal wieder Zeit mit seiner Freundin und meine Großeltern hatten mit ihrer eigenen Trauer zu tun. Ich wollte sie nicht mehr belasten, als nötig.

»Hast du Lust, was mit mir zu essen?«, fragte ich Felix.

»Natürlich.« Sein Gesicht begann zu strahlen. »Dann kann ich dir einen Teil der Stadt zeigen.«

Wir stiegen ein und er dirigierte mich mitten durch die Stadt. Der Verkehr floss gut dahin, doch Felix meinte, es würde nicht mehr lange dauern und die Stadt wäre verstopft vom Feierabendverkehr. Freitags sogar früher als an den anderen Wochentagen.

Wir kamen an den Stadtrand, zu einem See, der in einem Wald verschwand. Felix zeigte mir, wo ich parken konnte und stieg aus.

»Unser Naherholungsgebiet.«

»Fährst du hier im Winter auf dem See Schlittschuh?«

Felix sah mich amüsiert an, bevor er lachte. »Kumpel, hast du eine Ahnung von deutschen Wintern? Sollte der jemals zufrieren, dann nicht tief genug. Hier dürfte bestimmt niemand jemals drauf laufen.«

»Wenn es so kalt wie heute bleibt«, gab ich zu bedenken.

»Ja, heute, aber das ist nicht die Regel. Dafür müsste es ein paar Wochen so bleiben.«

»Okay. Hier gibt es keine kalten Winter mehr.«

»Schon, aber nicht dauerhaft hier im Westen. Dann musst du in die Alpen nach Bayern.« Felix ging los und wandte sich zu mir um, gab mir ein Zeichen, ihm zu folgen. »Ich habe hier eine Joggingstrecke. Wenn mir die Stadt zu viel wird, laufe ich hier eine große Runde.«

Wir gingen in den Mischwald hinein, über die gefrorenen Blätter und Zweige, die unter unseren Schuhen leise knackten. »Lass uns den Kater aus den Knochen spazieren. Mitten im Wald ist ein gutes Restaurant versteckt. Die müssten gleich öffnen.« Er schob seine Hände fest in die Taschen und lief weiter. Ich schloss zu ihm auf und genoss die Ruhe.

Felix war heute besser drauf als gestern, lachte viel, erzählte noch mehr. Vor allem aus seiner Kindheit und Jugend, in der er anscheinend nur Hockey gespielt hatte. Seine Eltern hatten ihn dafür in jüngeren Jahren zweimal die Woche, später fast täglich eine Stunde zum Verein gefahren, ihn zu jeder Zeit unterstützt.

»Was ist mit dir? Hast du es als großer Eishockey-Fan mal ausprobiert?«

Ich lächelte traurig. »O ja. Mein Dad hat alles dafür gegeben. Als ich dann ins erste Highschool Jahr gekommen bin, kickte leider die Realität rein. Ich konnte mich zwar recht gut auf Skates halten, wäre allerdings niemals so gut wie die anderen geworden.«

»Das wusstest du da schon?«

»Ja.« Nun lachte ich. »Im fünften oder sechsten Training kam der Trainer zu mir und meinem Dad, druckste etwas herum und meinte dann, ich sollte es doch im Weitwurf versuchen.« Es gab mir wie immer einen Stich ins Herz, wenn ich von den Erlebnissen mit meiner Mutter oder meinem Vater erzählte. Ob das jemals aufhören würde?

Felix zog die Augenbrauen zusammen. »Hast du den Puck durch die Gegend geworfen oder was?«

»Nein, mir ist ständig der Schläger aus der Hand gerutscht. Ich weiß bis heute nicht, weshalb.«

Felix brach in Lachen aus. »Okay. Du kannst also keinen Schläger halten. Hättest du das nicht längst lernen sollen?«

»Ich bin kein Eishockeytalent. Aber das ist in Ordnung.«

Wir unterhielten uns weiter. Felix fragte mich über das Leben in den USA aus, doch alles, was mit meinen Eltern zu tun hatte, sparte er aus, wofür ich ihm sehr dankbar war. Ob er mir angesehen hatte, wie schwer es noch immer für mich war über sie zu reden? Auf jeden Fall mochte ich die Leichtigkeit zwischen uns sehr.

Als wir den See halb umrundet hatten, standen wir auf einmal vor einem Holzhaus, welches sich langgezogen über zwei Etagen erstreckte, mit einer umzäunten Terrasse vor dem Gebäude. Am Eingangstörchen hing das für Deutschland typische Glasschränkchen mit der Karte.

»Da sind wir. Aber dieses Mal lade ich dich ein und nicht andersherum.«

»Ich werde mich nicht dagegen wehren.«

Felix öffnete die Tür und hielt sie für mich auf. Wohltuende Wärme strömte mir entgegen. Nach dem Spaziergang in der Kälte genau das Richtige. Dazu einen heißen Kaffee, etwas Leichtes zu Essen und ich war aufgewärmt.

Ich trat durch die Tür. Kaum stand ich in der Wärme klingelte mein Phone. Ich musste gar nicht nachsehen, um zu wissen, wer mich erreichen wollte.

»Such schon mal einen Tisch aus, da muss ich rangehen«, meinte ich zu Felix, der hinter mir eingetreten war, seine Mütze abnahm und den Reißverschluss seiner Jacke öffnete. Ich fischte mein Phone hervor. Felix hob zwar die Augenbrauen, ging allerdings weiter.

»Hi Mason«, begrüßte ich meinen Stellvertreter und beobachtete Felix, wie er einen Tisch aussuchte. Es war noch früh und wir die bisher einzigen Gäste.

»Sag mal, bist du krank? Soll ein Neurologe sich mal dein Gehirn ansehen? Was ist los bei dir?«, motzte Mason ohne Begrüßung. Ohne Zweifel, er war stinkwütend. Ich hielt das Telefon einige Zentimeter von von meinem Ohr, trotzdem verstand ich ihn klar und deutlich.

Felix hatte einen Tisch gefunden, deutete auf ihn, sah zu mir und ich nickte. Sofort zog er seine Jacke aus und setzte sich mit dem Blick zu mir.

»Bist du fertig?«, fragte ich Mason, als Stille durch das Telefon strömte und ich nur die leise Klaviermusik im Restaurant hörte.

»Ja.« Er hatte noch immer einen wütenden Unterton.

»Ich war mit dem Eishockeyteam der Krackersner Kraken unterwegs, sie haben mir von den finanziellen Schwierigkeiten des Vereins erzählt, weil ihr Sponsor abspringt. Wir haben etwas getrunken und eines führte zum anderen. Es ist mir rausgerutscht.«

»Warum bist du mit einer deutschen Eishockeymannschaft unterwegs und betrinkst dich mit ihr? Wie kommst du nur auf die beschissene Idee, wir könnten einen deutschen Verein unterstützen? Reichen nicht schon die unnötigen Ausgaben für das Football Franchise? Wir sind keine verdammte Wohlfahrt, sondern ein Wirtschaftsunternehmen.« Mason holte tief Luft. »Dann hast du die unverhohlene Frechheit, mir zu schreiben, wie sehr du deine Position im Unternehmen und das Büro hasst. Es kommt nicht darauf an, ob du CEO sein willst oder nicht, sondern auf Stabilität und die ist durch deine Nachfolge gegeben. Wann kapierst du das endlich?«

Ich hörte mir den zweiten Teil seiner Tirade an, wobei sich bei mir die Nackenhaare aufstellten. Ihm war vollkommen egal, wie es mir ging oder wie ich mich fühlte. Das ich mit allem, was er von mir verlangte, unglücklich und überfordert war. Von Anfang an hatte er mir nicht zugehört. Hauptsache die Zahlen stimmten.

Holy Crap! Mein Puls stieg an und Wut breitete sich in mir aus. Für ihn drehte sich alles nur um Rentabilität, Stabilität, Wirtschaftlichkeit, neue Ideen, die von ihm stammten und Gewinnmaximierung. Ich konnte es nicht mehr hören.

»Was bin ich froh, dreiundsechzig Prozent der Firma inne zu haben und dem Vorstand selbst von der Idee erzählen zu können«, fiel ich ihm kalt in die Parade. Es mag gestern eine Schnapsidee gewesen sein, durch Masons Verhalten wurde es für mich zu einer reellen. »Du magst CFO und COO sein, worüber wir im Übrigen einmal reden müssen, aber bei Investitionen in solch einer Höhe dürfen weder du noch ich eine Entscheidung alleine treffen.«

Zu Felix war eine Frau in Rock, weißer Bluse und schwarzer Weste getreten. Er sprach mit ihr, deutete auf mich und die beiden sahen zu mir. Sie lächelte, nickte und entfernte sich wieder.

Mason lachte trocken und sarkastisch am anderen Ende auf. »Wie willst du die Investition in einen beschissenen, mickrigen und dazu noch deutschen Verein begründen? Wenn du unbedingt ein Hockeyteam haben willst, kauf dir ein Franchise, das in der NHL spielt und keinen Nobody in Europa, der niemanden interessiert.«

»Das Gespräch ist beendet. Du wirst von mir hören, wenn es um die Fusion geht. Ich habe jedoch keine Lust, mir weiter anzuhören, wie du meine Vorstellungen ignorierst und mir stattdessen lediglich deine aufdrücken willst.« Ich legte auf, bevor er einen Ton erwidern konnte.

Ich atmete einmal tief in, musste mein schnell klopfendes Herz beruhigen und schluckte meine Wut auf Mason hinunter. Nun benötigte ich einen kühlen Kopf und ganz dringend einen Termin mit der Geschäftsführung der Krackersner Kraken und dem Board of Directors in meinem Unternehmen. Vor allem wollte ich Zeit mit Felix verbringen.

»Alles in Ordnung? Du wirkst so ernst.« Felix stand auf, als ich zu unserem Tisch kam und meine Jacke auszog. Er nahm sie mir ab und hängte sie auf den Stuhl ihm gegenüber.

»Ein Gentleman, oder wie?«, fragte ich.

»Wenn ich dich schon einlade, dann richtig.« Er blieb vor mir stehen und lächelte.

»Danke dir.« Es hatte hier den Anschein eines Dates. Felix lud mich zum Essen ein, in ein Restaurant, das romantisch in einem Wald lag. Die Aussicht ging sogar zum See hinaus. Die Einrichtung rustikal, trotzdem gemütlich mit frischen Blumen auf den Tischen und Kerzen, die abends bestimmt entzündet werden würden.

Das wichtigste, ich stand einem wirklich heißen und gutaussehenden Mann gegenüber, zu dem ich mich mehr als nur hingezogen fühlte.

Genau das würde ich mit meinen nächsten Worten zerstören, denn ich musste über das Telefonat reden und das war alles andere als romantisch gewesen.

»Das war Mason, er ist nicht nur mein Stellvertreter und für die Finanzen zuständig, sondern auch der beste Freund meines Vaters, der mit ihm die Firma aufgebaut hat. Wobei ich mich mittlerweile frage wie die beiden befreundet sein konnten oder ob Mason uns jahrelang etwas vorgespielt hat.« Ich schüttelte noch immer ungläubig den Kopf über das eben geführte Gespräch.

Felix hörte mir aufmerksam zu, während er zu seinem Stuhl zurückging.

»Egal, ich brauche so schnell wie möglich einen Termin mit eurer Geschäftsleitung. Wenn ich es bei uns im Vorstand durchbekomme, werden wir in deinen beschissenen, mickrigen und deutschen Verein investieren. Masons Worte, nicht meine.«

Felix Augen weiteten sich und sein Mund klappte auf. »Ernsthaft?«

»Ernsthaft.« Wir setzten uns und ich erzählte Felix von dem Telefonat. Ich konnte mir nicht helfen, aber zum ersten Mal fühlte ich mich erwachsen. Nicht nur volljährig, mit eigenem Geld verdienen und eigene Wohnung erwachsen, sondern verantwortungsvoll und entscheidungsfreudig erwachsen. Shit, das machte mir Angst.

Kaum hatte ich geendet, zückte Felix sein Phone, wählte eine Nummer und organisierte uns einen Termin für den nächsten Vormittag. Ich machte dasselbe, allerdings schrieb ich Mara, um mir einen Termin bei unserem Boards of Director in etwa zwei Wochen zu besorgen.

Die Frau kam derweil zu uns an den Tisch, nahm unsere Getränkebestellungen auf und reichte uns die Speisekarten.

Mara hatte in der Zwischenzeit positiv geantwortet und bat um nähere Informationen, die ich ihr später in Ruhe mailen würde. Beruhigter lehnte ich mich zurück. Sollte ich sie ebenfalls bitten, einen Blick auf Mason zu haben? Oder käme das falsch an?

»Auf das ich mir keinen anderen Verein als Spieler und Fan suchen muss«, riss Felix mich aus meinen Gedanken. Er strahlte über das gesamte Gesicht. Allein das Lächeln und die funkelnden blauen Augen waren es wert, um die Investition zu kämpfen.

»Da das nun geklärt ist, willst du über diesen mickrigen Fisch in deiner Firma sprechen?«

Ich schmunzelte, ging aber auf das Angebot ein. Es tat so gut, mit jemandem über Mason und den Druck, den er mir machte zu reden. Vor allem, da Felix ihn nicht kannte. Connor hieß zwar nicht gut, wie Mason mich behandelte und was verlangte, doch ich bemerkte immer einen Funken Skepsis bei ihm. Immerhin hatte er Mason ebenso wie ich als einen gutmütigen Onkel kennengelernt.

Bei Felix fühlte ich mich aufgehobener bei dem Thema. Er hörte zu, stellte die richtigen Fragen. Er bestärkte mich, meinen Weg zu gehen und mir keinen aufzwingen zu lassen.

Zum ersten Mal seit Wochen wich ein Stück des Drucks, der auf mir lastete und mich manchmal unangespitzt in den Boden zu rammen schien.

Kapitel 12

Felix

Seit drei Tagen sahen Tyler und ich uns regelmäßig. Allerdings saß er oft mit unserem Geschäftsführer, dem Leiter der Finanzen und all den anderen wichtigen Leuten im Büro zusammen, um ein Konzept auszuarbeiten, welches sie dem Vorstand in Amerika vorstellen wollten. Dieser Termin stand ebenfalls und unsere gemeinsame Zeit hatte somit ein reales Ablaufdatum bekommen. Knapp zwei Wochen blieben uns noch und ich wollte endlich den nächsten Schritt gehen und mit ihm schlafen.

Er holte mich sogar vormittags ab und gemeinsam fuhren wir zum Trainingszentrum. Abends setzte Tyler mich wieder zu Hause ab. Autofahren war mir noch nicht gestattet und Carsten bereits abgereist, doch jedes verdammte Mal hatte Tyler zig Ausreden, weshalb er nicht mit zu mir in die Wohnung konnte.

Wir gingen zwar essen oder ich zeigte ihm Besonderheiten der Stadt, doch sobald wir bei mir ankamen, musste er wichtigen Konferenzen in Amerika beiwohnen, Dokumente für irgendeine Fusion durchlesen oder sonstigen Kram erledigen. So langsam frustrierte es mich. Ich wollte endlich diese fast greifbare Anziehung zwischen uns auch körperlich ausleben und ihm nicht nur nahe sein.

Immerhin konnte ich ganz offiziell mit der Physiotherapie beginnen und die hatte es in sich. Unser Physio legte es darauf an, mich zu quälen, da war ich mir hundert Prozent sicher. Aber ich biss die Zähne zusammen und stand die Zeit durch. Es half, die ungestillte sexuelle Lust abzubauen. Zudem stieg langsam die Hoffnung in mir, wieder auf dem Eis stehen zu können, bei wem auch immer ich ab Sommer unter Vertrag stand. Mein Agent, mit dem ich die Tage telefoniert hatte, wollte die Füße stillhalten, bis er wusste, wie es hier im Verein weiterging.

»Mach die Übungen heute Abend zu Hause bitte noch einmal. Morgen wird es leichter gehen.«

»Können wir jede vor dem Spiegel durchgehen und du korrigierst mich? Damit ich sicher bin und sie nicht falsch durchführe.«

»Dann fang an.« Mein Physio deutete auf die große Spiegelfläche an einer Wand und ich begann. Zweimal griff er ein, aber ansonsten schien ich alles zu seiner Zufriedenheit auszuführen.

»Ich bin im ultimativen Folterkeller gelandet.« Tyler hatte den Raum betreten und begutachtete die Ringe und Gerätschaften skeptisch. Unser Physio lachte.

»Ein Folterkeller, der mich fit macht und aufs Eis bringt«, presste ich hervor, während ich die letzte Übung ausführte. Wer hätte gedacht, wie steif ein Schultergelenk in kürzester Zeit werden konnte.

»Soll ich draußen warten?«, fragte Tyler, der uns amüsiert beobachtete.

»Nein, wir sind fertig. Ihr könnt eure Stadtbesichtigung weiterführen.«

»Dann lassen wir die Altstadt nicht länger warten.«

»Viel Spaß euch beiden.«

»Danke dir. Muss mich nur noch umziehen. Bis gleich.« Auf dem Weg zur Umkleide blieb ich am langen Fenster, das sich über die komplette Wand zog, zum Trainingseis stehen, denn die Mannschaft trainierte zurzeit. Sie waren bei Geschwindigkeitsdrills angekommen, eines der Dinge, die ich überhaupt nicht vermisste. Dieses ewige Linienlaufen, so schnell wie möglich gegeneinander antreten. Trotzdem wünschte ich, ich wäre unter ihnen, statt hier oben.

Die Stimmung war ausgelassen trotz der angespannten Situation, sie scherzten zwischen den Läufen, lachten und feuerten sich gegenseitig an. Wir hatten zwei Auswärtssiege gefeiert und den vierten Platz in der Tabelle zurückerobert, den wir zwischenzeitlich verloren hatten.

»Na, vermisst du es ebenso wie ich?« Paul, einer unserer Verteidiger war an meine Seite getreten. Er hatte sich gestern beim Sonntagsspiel eine Prellung am Oberschenkel zugezogen und sollte ein paar Tage aussetzen.

»Überhaupt nicht. Wenn es nach mir gehen würde, hätten wir nur Spiele.«

Wir lachten beide. Ohne das Training wären wir gar nicht erst in der Lage spielen zu können.

»Immerhin kommst du schneller wieder dorthin als ich.«

»Ja, meine Frau ist so unglücklich, wenn ich viel zu Hause bin, weil ich alles durcheinander bringe.« Er grinste. »Trotzdem ist sie froh, wenn ich mich um die Kinder kümmere.«

»Wie herrlich es ist, alleine zu leben.«

»Ach, es hat doch alles ein Für- und Wider. Vielleicht triffst du irgendwann die Richtige.«

Oder den Richtigen. Was würde wohl in der Kabine passieren, wenn ich das jemals laut aussprechen würde? Paul hätte wahrscheinlich kein Problem damit, doch man wusste nie, wie sie sich am Ende wirklich verhielten.

»Wie auch immer, wir sehen uns.« Paul nickte mir zu und ging Richtung Ausgang. Ich riss mich von den schwitzenden und laufenden Kollegen los, um mich endlich umzuziehen. Unterdrückte ein Seufzen, da es noch dauern würde, bis ich auch wieder dort unten mitlaufen durfte.

Als ich aus der Umkleide trat, sah ich Tyler mit Karl auf dem Flur stehen. Ich konnte nicht hören, worüber sie sprachen, es schien auf jeden Fall ein ernstes Gespräch zu sein. Ich nutzte die Gelegenheit, die beiden völlig unterschiedlichen Männer miteinander zu vergleichen.

Einige kleine Schmetterlinge wagten sich hervor, als ich Tyler musterte. Er und Karl waren gleich groß, während Tyler jedoch schlank und langgliedrig war, fand ich Karl dagegen bulliger. Beide würde ich nicht von der Bettkante stoßen.

Ich hoffte allerdings darauf, den Kerl mit den braunen Haaren und dem Lockenansatz tatsächlich ins Bett zu bekommen, Karl jedoch war für mich tabu, worüber ich nie wirklich traurig gewesen war. Karl war immer nur ein Traum, Tyler konnte dagegen etwas Reelles werden.

»Na, das muss aber ein todernstes Gespräch sein. Habt ihr euer Lächeln im Safe eingeschlossen?«, rief ich laut genug, damit sie mich bemerkten und ging auf sie zu. Sie wandten gleichzeitig ihre Köpfe zu mir.

»Na, wer ist denn da wieder besser drauf?« Karl musterte mich. »Wurde auch Zeit. Gehst du noch zum Doc?«

»Jeden zweiten Tag.«

»Es wird sich auszahlen für dich. Da bin ich mir sicher.« Dann sah er Tyler an. »Wir sprechen später weiter.«

»Danke erst einmal für deine Einschätzung.«

»Dafür nicht.« Karl verabschiedete sich von uns und ging wieder in die Eishalle zum Training, in der Coach Smith vier Spieler auswählte, die gegeneinander antreten sollten.

»Worum ging es?«, fragte ich, da meine Neugierde geweckt war.

»Nur was für unser Konzept, das wir erarbeiten. Ich rede mit jedem, stelle ein paar Fragen, weil ich die Stimmung einschätzen möchte.«

Ich zog die Augenbrauen hoch. »Okay. Auch mit den Spielern, den Verkäufern im Shop, den Bediensteten im Café und den Reinigungskräften?«

Er lächelte. »Ja, allen.«

Ich kniff die Augen zusammen. »Mit allen, auch den Spielern? Mit mir?«

»Mit euch ebenfalls. Natürlich auch mit dir.«

»Hast du dann überhaupt Zeit, mit mir die Altstadt und altehrwürdigen Stadtmauern zu besuchen?«

Vom Eis war das Kratzen von Kufen zu hören, die sich schnell bewegten, kurz darauf das unmissverständliche Bremsgeräusch. Eis stob auf, als die Spieler sekundenschnelle Drehungen vollführten, um die Bahn zurückzufahren. Anfeuerungsrufe der Teamkollegen erhoben sich.

»Für dich habe ich fast immer Zeit.«

Ich konnte mir nicht helfen, doch das brachte mein Herz dazu schneller zu schlagen und zauberte mir ein breites Lächeln ins Gesicht.

»Dann mal los.«

Wir liefen die Stadtmauer entlang. Vorher hatten wir uns einen Salat zum Mittag gegönnt. Tyler drängte mich seit Tagen, endlich mit ihm zum *Game Time* zu fahren, denn er wollte nicht ohne mich hin, was ich ihm hoch anrechnete. Dennoch konnte ich mich nicht durchringen, mit ihm hinzufahren. Es war kein nobles Restaurant. Es gab dort Fast-Food und ein paar gesündere Gerichte. Was, wenn es ihm nicht gefiel, es nicht seinen Ansprüchen genügte?

Ich war stolz darauf und wollte nicht riskieren, es aus seinen Augen zu sehen, sollte es unter seiner Würde sein. Zwar schien er wie der Nachbar von nebenan zu sein und kam nicht snobistisch rüber. Trotzdem war er laut seinen Erzählungen nicht gerade in Fast-Food-Restaurants aufgewachsen. Das *Game Time* war genau das, was ich mir als Jugendlicher in unserem Dorf gewünscht hatte, das wollte ich mir bewahren.

»Ist es nicht herrlich, wie seit Tagen die Sonne scheint? Das macht den Besuch nochmal besonders.« Tyler riss mich aus meinen Gedanken. Er hatte recht. Es tat so gut, mal wieder die Sonne im Gesicht zu spüren, obwohl sie noch keine Wärme schenkte.

Ein paar Passanten liefen an uns vorbei, zwei Mütter kamen uns entgegen, deren Kinder vor ihnen liefen und sich gegenseitig jagten. Von der Hauptstraße wehte der Verkehrslärm herüber.

»Absolut, nur könnte es sehr viel wärmer sein.«

Tyler lachte. »Du dürftest nicht bei mir zu Hause sein. Dagegen ist es hier fast Sommer.« Er beäugte mich amüsiert von der Seite. »Du bist doch Eishockeyspieler und ständig auf dem Eis unterwegs. Sollte gerade dir die Kälte da nichts ausmachen?«

»Das ist was ganz anderes. Wenn ich spazieren gehe, darf es ruhig warm sein.«

»Du wirst mich also nie im Winter besuchen kommen.« Tyler seufzte. Er hatte keine Ahnung, was er gerade in meinem Inneren anrichtete. Wobei es mich selbst überraschte, wie sehr die Anzahl der Schmetterlinge dort wuchs. Ich wollte so unbedingt mehr von ihm.

»Hab da eh keine Zeit. Fordernder Beruf und so.«

Tyler lachte erneut und es wärmte mich von innen. Ich mochte sein offenes und herzliches Lachen. Das wäre die perfekte Gelegenheit anzusprechen, ob wir weitergehen wollten. Dieses auf der Stelle treten behagte mir überhaupt nicht.

»Überleg mal, die steht seit Jahrhunderten hier, was die uns alles erzählen könnte.« Tyler fuhr mit den Händen die Steine der Stadtmauer entlang. »Ich war auf dem Holy Oaks, eines der ältesten Colleges Amerikas, aber im Vergleich zu dieser Mauer steckt das noch in den Kinderschuhen.«

»Wahrscheinlich würde sie uns Geschichten von glücklichen Paaren, Raubzügen, Überfällen, Kriegen und Mördern erzählen, nur nichts mehr in die richtige Reihenfolge bekommen. Die ist uralt. Allerdings wird es sie nicht mehr lange geben, wenn jeder, der an ihr vorbei läuft sie anfasst.«

Tyler lachte leise, streifte mit seiner kalten Hand meine, was mir eine Gänsehaut bescherte. Es reichte. Ich musste es ansprechen, wollte endlich mehr.

»Mal was anderes, auch wenn du eine begrenzte Sichtweise der Aktivitäten von uns Profisportlern hast, machen wir mehr als nur Schlafen, Essen, Trainieren und Spielen. Manche schaffen es sogar, einem Bettsport zu frönen.«

»Tatsächlich? Das war mir gar nicht klar. Wie machen die das? Sind sie danach völlig erschöpft?«

»Ich weiß es nicht. Du könntest das mit auf deine Frageliste schreiben.« Ich sah Tyler ernst an, um dessen Mundwinkel es zuckte.

»Werde ich machen, damit ich mein Weltbild erweitere.«

»Du könntest es auch am lebenden Objekt herausfinden. Ich stelle mich freiwillig für dich zur Verfügung.«

Tyler blieb stehen und starrte mich an. Mein Herz klopfte auf einmal sehr viel schneller. War ich zu weit gegangen?

Oder lag es in der Herrentoilette neulich am Alkohol, als er mich umarmt und dreimal geküsst hatte? Man läuft normalerweise nicht durch die Gegend und küsst fremde Leute auf den Kopf, die Stirn und die Nase.

»Ich dachte, das wäre klar.« Seine Schultern spannten sich unter seinem Stoff an und er schob seine Hände in die Jackentasche. »Jetzt, da ich womöglich bei euch im Verein einsteige, wäre das ein No-Go.«

Nun war es an mir, ihn verständnislos anzustarren. »Das bist du noch nicht. Ich mein, klar, never fuck the company. Aber hallo, nichts ist geklärt. Wir können Sex haben, übereinander herfallen, Spaß haben.«

»Trotzdem wäre es ein Machtgefälle.« Tylers Stimme wurde eine Nuance kühler, geschäftsmäßiger.

»Ein Machtgefälle?« Ich stemmte meine Hände in die Hüften, Ärger und Wut stiegen in mir auf. »Weil ich Spieler bin und du der Typ mit dem Geld, der ganz vielleicht in unseren Verein investiert? Also nur die Kohle zur Verfügung stellt und sonst nichts weiter damit zu tun hat? Hin und wieder einen Bericht erhält und das war's?« In den letzten Tagen hatte ich mir still und heimlich vorgegaukelt, es könnte etwas zwischen uns wachsen. Was ich nie zugegeben hätte. Wie närrisch von mir. »Du triffst keine Entscheidungen, gar nichts, aber wir haben zwischen uns ein Machtgefälle? Ich verstehe es nicht, erklär's mir als wäre ich fünf Jahre alt.«

Tyler fuhr sich durch seine Haare. »Sollte das mit uns rauskommen, und so was kommt immer raus, könnte man dir unterstellen, du schläfst dich hoch oder so. Ich hätte Strippen für dich gezogen, damit du eine bessere Behandlung als die anderen bekommst.«

»Bullshit.« Ich machte eine wegwerfende Handbewegung. »Es ist alles offen, ihr habt nicht mal euer Konzept fertig. Du kannst mich nicht aufs Eis stellen, mir Hoffnung machen, spielen zu können und eine Minute vorm Bully auf die Ersatzbank setzen. Zudem habe ich mir meinen Stand im Verein ganz allein erarbeitet, als ich dich noch nicht kannte.«

Tyler wand sich unter meinem bohrenden Blick.

»Wer verdammt soll es rausbekommen? Du bist bald wieder in Amerika, ich in Deutschland. Meine Güte, wir verstehen uns, finden uns attraktiv, lass uns Spaß haben und nicht jede einzelne Handlung durchdenken. Abgesehen davon würdest du eh keine Entscheidungen treffen, sondern es weiterhin anderen überlassen, oder?«

Ich konnte in der Ferne schwach die Sirene eines Rettungswagens hören, zwei Fahrradfahrer fuhren an uns vorbei, dann waren wir wieder allein. Tyler sah ihnen hinterher, sog seine Lippen ein, die ich so unglaublich gerne küssen wollte, jeden Zentimeter von ihm kosten.

Sein Blick richtete sich wieder auf mich. »Ich würde nichts an den Strukturen ändern«, murmelte er. Er musterte mich. »Nur für die Zeit, die ich hier bin?«

Ich nickte und wartete gespannt auf Tylers Antwort.

»Wehe es kommt ein Sterbenswörtchen raus! Ich will mir nichts verspielen, weil ich mit einem Spieler ins Bett gehe.«

»Ich habe ebenfalls etwas zu verlieren, sollte ich für die kommende Saison den Vertrag erhalten. Im Gegensatz zu dir, bin ich finanziell nicht so gut abgesichert.« Wer weiß, ob meine zwei Kompagnons Stanni und Juli dann noch mit mir das *Game Time* weiterführen wollten, wobei Juli derjenige der beiden war, der garantiert keine Probleme hätte. Es war Stanni, bei dem ich mir nicht sicher war. Sein Bruder hatte sich vor einiger Zeit bei einem Besuch sehr abfällig geäußert und Stanni hatte nichts dagegen gesagt. Das *Game Time* war unsere Absicherung für später, wenn wir unsere aktive Karriere an den

Nagel hängen müssten. Im Gegensatz zu den völlig überbezahlten Fußballern konnten wir nicht mit Mitte Dreißig in Rente gehen. »Wir suchen also mein Bett auf, sobald wir bei mir ankommen?«

»Damn, ja.«

Ich konnte mir ein breites Grinsen nicht verkneifen. Wie gerne hätte ich ihn sofort gepackt und ins Auto verfrachtet. Den Freudentanz führte ich nicht auf, erstens kamen Leute auf uns zu und wer wusste schon, wie sie das auffassen würden. Zweitens brauchte ich keine zusätzlichen gebrochenen Füße und Beine, die meine Rückkehr aufs Eis nur unnötig aufhalten würden.

Wir gingen still weiter. Ich malte mir aus, was ich alles mit Tyler später anstellen würde. Ihn von seiner Kleidung befreien, über seinen Körper streicheln, ihn als nächstes mit der Zunge ablecken und verwöhnen. Seine erotischen Stellen finden und ausgiebig erkunden.

»Scheiße«, murmelte ich. Wenn ich nicht aufhörte, bekam ich einen Ständer.

»Was ist?«, fragte Tyler.

»Nichts Wichtiges.« Ich winkte ab, spürte seinen Blick auf mir. Ich sah nur mit den Augen zur Seite, bewegte meinen Kopf keinen Millimeter. »Okay gut, ich habe mir vorgestellt, wie es nachher werden wird.«

»O gut, wollen wir fahren?« Erleichterung klang aus seiner Stimme.

»Sofort.« Da brauchte er mich nicht zweimal zu fragen. Du meine Güte, ich war ein kleiner notgeiler Hockeyspieler, der es gar nicht erwarten konnte, mit dem heißen Typen neben ihm ins Bett zu kommen.

Kapitel 13

Tyler

ie konnte es nur so weit kommen? Ich hatte mir nach meiner Entscheidung in dem Waldrestaurant fest vorgenommen, nur freundschaftlich mit Felix zu verkehren. Trotzdem stand ich nun in seinem Schlafzimmer, das zeitlos und gemütlich eingerichtet war, fast so groß wie das Wohnzimmer. An einer Wand befand sich ein langer Kleiderschrank. Wie viel Kleidung besaß der Mann? Am beeindruckendsten fand ich allerdings das riesige Bett, zu dem Connor wahrscheinlich Spielwiese sagen würde und das direkt unter einem Doppelfenster stand.

Ob man in der Nacht die Sterne sehen konnte? Ich bezweifelte es, denn gegenüber entdeckte ich ein weiteres Haus, ebenso dreistöckig. Jetzt am frühen Nachmittag würde ich es nicht herausfinden. Aber vielleicht in ein paar Stunden, wenn es dunkel wurde?

Felix lehnte am Schrank, neben der Spiegeltür, und nestelte an seinem blauen Kraken Hoodie. Eventuell befanden sich auch nur Vereinspullover in dem Schrank. Ich hatte ihn bisher ausschließlich in denen gesehen.

»Ist das Zimmer in Ordnung?«, fragte Felix nach einigen Sekunden mit einem breiten Grinsen im Gesicht. Ich fuhr mir durch die Haare. Sollte ich das hier wirklich durchziehen?

Vorhin an dieser Stadtmauer konnte ich gar nicht schnell genug herkommen, nachdem Felix jeden meiner Einwände gekontert hatte. Oder wollte denen eher nichts entgegensetzen, suchte selbst nach Ausreden, um endlich hier zu landen.

Trotzdem zögerte ich jetzt. Dabei hatte ich alles, was ich wollte. Konnte mit Felix reden, er zeigte mir die Stadt, wir verbrachten so viel Zeit wie möglich miteinander und nun präsentierte er sich mir auf dem Silbertablett. Trotzdem meldeten sich nun, da es ernst werden sollte, Zweifel.

Instinktiv trat ich zurück.

»O nein, du wirst nicht weglaufen. Erst redest du mit mir.« Er stieß sich vom Schrank ab und war mit zwei großen Schritten bei mir.

»Das wollte ich nicht.« Ich blieb stehen und hob abwehrend die Hände. »Versteh mich nicht falsch, ich will das hier und erst dachte ich, ein kleiner Urlaubsflirt, warum nicht? Aber jetzt?« Ich schluckte. »Es gibt kein Zurück, sobald wir die Schranken überwinden, ist dir das klar? Wenn alles so klappt, wie euer Geschäftsführer und ich mir das vorstellen, werden wir uns immer wieder über den Weg laufen.« Ich schob die Hände in die Taschen.

»Ich dachte, das hätten wir geklärt.« Felix hob die Augenbrauen. »Wir haben ein bisschen Spaß, kosten die Anziehung zwischen uns aus und danach schauen wir weiter.« Er griff in den Stoff meines Hemdes, zog mich näher zu sich, bis nur noch eine Kreditkarte zwischen uns passte. Ein würzig-holziger Geruch mit Zitrusnote stieg mir in die Nase.

Ich sog die Lippen ein. »Scheiß drauf.« Ich warf alle Bedenken über das Schiff, nein, Reling, egal, über eine Begrenzung von etwas über Wasser Fahrendes. Ich erinnerte mich nicht mehr an das Sprichwort, das mein Vater immer genutzt hatte, wenn die Zweifel rein kickten ob meiner Entscheidung.

Felix lag mit seiner Meinung vollkommen richtig. Wer sollte es herausfinden, wenn wir uns in der Öffentlichkeit zurückhielten? Es wussten eh alle im Verein, wie viel wir gemeinsam unternahmen und noch war unter keinem Dokument eine getrocknete Unterschrift. Warum sich allen Spaß im Leben vergrämen, wenn er zum Greifen nahe war?

»Jetzt? Worauf?« Felix grinste frech und ich konnte mich nicht mehr zurückhalten. Ich drückte meine Lippen auf seine, meinen Körper enger an seinen. Meine Hände umfassten seinen Kopf, hielten ihn an Ort und Stelle. Ich wurde fordernder, schob ihn zum Bett, was er willig mit sich machen ließ. Dieser viel stärkere und größere Hockeyspieler, der mich sofort und ohne Probleme loswerden konnte, wurde zu Wachs unter meinen Berührungen. Erwiderte begierig meine Küsse, wie ein Durstiger, der nach Wasser gierte.

Als er gegen das Bett stieß, löste ich mich von ihm und schubste ihn darauf, krabbelte hinterher und verwickelte ihn in einen weiteren Kuss, mit sehr viel Zunge. Seine Lippen passten perfekt zu meinen.

Er zog Hemd und T-Shirt aus meiner Hose, fuhr darunter und strich über meine Haut am Rücken, brachte meinen Körper zum Vibrieren. Seine Finger waren so sanft, erkundeten mich, bis sie auf der Schulter ankamen. Der Stoff ballte sich am Hals und ich zog Hemd und Shirt aus, warf es fort.

Dann setzte ich mich auf, betrachtete Felix, rot im Gesicht, mit seinen vom Küssen geschwollenen Lippen, in seinen Augen brannte die Lust. Er war so wunderschön, wie er da lag, darauf wartete, wie es weiterging.

Mit seinen Händen tastete er über meine Brust, spielte mit meinen Nippeln, was sie hart werden ließ und von dort die Erregung bis in meinen Schwanz schickte. Der beschwerte sich in der engen Hose.

»Zieh dich ganz aus«, bat Felix atemlos. Er beschäftigte sich bereits mit dem Öffnen des Gürtels. Ich schob seine Hände beiseite, stellte mich auf das Bett, seine Beine zwischen meinen Füßen.

»Und dann?«

»Legst du dich hin und ich nehme jeden Zentimeters deines Körpers unter die Lupe.«

Holy Shit, so schnell wie möglich zog ich mich aus, wollte herausfinden, was er vorhatte. Als ich endlich die Socken abstreifte und ins Zimmer pfefferte, gab es diesen einen Augenblick, in dem ich mich verletzlich und angreifbar fühlte. Ich stand nackt vor ihm, mein Schwanz steif abstehend, doch Felix, noch komplett angezogen, sah mich bewundernd an. Fast wirkte er erstaunt, als ob er nicht glauben könnte, was sich gerade abspielte. Ich, nackt in seinem Bett. Er setzte sich auf, umfasste sanft meine Beine.

»Bleib so stehen. Beweg dich nicht.« Er beugte sich vor und küsste ausgiebig meine Füße. Diejenigen, die bis eben in stinkenden Socken gesteckt hatten, doch das schien ihm nichts auszumachen. Jeder meiner Zehen bekam einen Kuss, er leckte sogar drüber. Arbeitete sich vor bis zu meiner Wade. Streichelte sie. »Du bist so wunderschön«, murmelte er zwischen zwei Küssen. Er krabbelte um mich herum, knabberte sich meine Beine nach oben.

Ich schloss die Augen, wankte zwar leicht auf der Matratze, genoss es trotzdem, wie er mich behandelte, als wäre ich das Kostbarste, Schönste und Wunderbarste, was ihm je untergekommen war.

Er kam bei meinem Hintern an, knetete ihn. Die Lust strömte in Wellen durch meinen Körper. Lange konnte ich nicht mehr stehen, meine Beine begannen zu zittern. Als er meine Eingang fand, ihn umkreiste und plötzlich dran saugte, war ich kurz vor dem Orgasmus. Ich riss die Augen auf, suchte mit den Händen Halt, konnte ihn nirgends finden und stemmte sie in die Hüften. Ein lautes Keuchen entfuhr mir.

Holy Fuck, das wäre garantiert mein Rekord seit meiner Teenagerzeit. Ich saß zu lange auf dem Trockenen.

»Felix, stopp. Ich …«

Ein Finger fand seinen Weg in mich und ich stöhnte laut. Konnte meinen Satz nicht zu Ende bringen.

»Halt noch durch.« Seine Stimme klang belegt. Stückchenweise und gezielt nahm er mich auseinander. Ich griff nach meinem Schwanz, fuhr mit der Hand in schnellem Rhythmus auf und ab, es fehlte nicht mehr viel. Felix legte seine Hand auf meine.

»Nein, du wirst dich nicht anfassen. Du wirst erst kommen, wenn er in mir ist.«

»Damn, musst du so was sagen? Was, wenn ich mich nicht zurückhalten kann?« Mir wurde noch heißer, meine Haut prickelte und ich brannte innerlich lichterloh vor lauter Lust, die nicht wusste, wohin sie sich entladen sollte.

Sein Finger fand meine Prostata, bearbeitete sie. »Dann bekommt dein Hintern meine Hand zu spüren.«

»Fuck. Felix.« Es war nicht mehr als ein Krächzen, das mir entwich, zu mehr war ich nicht fähig. Dafür fickte ich mich selbst auf seinem Finger.

»Du scheinst auf beides zu stehen.«

»Ja.«

Er biss mir in den Hintern, was in schmerzhafter Lust in meinen Schwanz schoss und ihn zum Tropfen brachte. Überrascht schrie ich auf. Bedeckte meinen Mund mit meiner Hand.

Der Finger verschwand aus mir und sofort fühlte ich mich leer, aber er wurde sofort durch Felix' Zunge ersetzt. Ich legte meinen Kopf in den Nacken, konnte mich nur darauf konzentrieren, meinen Schwanz nicht zu berühren, der schmerzhaft nach Aufmerksamkeit schrie.

Meine Beine mutierten zu Gummi. Was auch immer sie aufrecht hielten, ich war dankbar dafür. Denn ich wollte auf keinen Fall einen sehr fähigen Felix dabei unterbrechen, mich in Sphären zu tragen, die ich bisher selten in meinem Leben erlebt hatte.

Seine Finger fanden meine Eier, drückten zart zu. Das war zu viel für mich, meine Knie knickten ein, ich schaffte es nicht, Felix vorzuwarnen und kniete mit dem Rücken vor ihm, fiel mit dem Oberkörper auf seine Matratze. Mein Schwanz begrüßte die Reibung freudig und ich stöhnte erleichtert. Rieb mich, bis auf einmal Felix' Hand laut und schmerzhaft auf meinem Hintern klatschte. Erneut durchzuckte mich ein süßer Lustschmerz.

»Ich habe gesagt, erst, wenn du in mir bist.« Es klang mehr nach dem Knurren eines Hundes, denn nach Felix. Sofort hielt ich inne. Fuck, ich liebte diese Spielchen im Bett. »Dreh dich um.«

Ich tat es, krallte meine Hände in die Bettdecke, um mich davon abzuhalten, mich anzufassen. Felix saß neben meinen Beinen, zog sich in aller Seelenruhe aus.

»Wie kannst du so ruhig bleiben?«, fragte ich auf Englisch. Die deutschen Wörter waren mir entfallen, in meinem Kopf herrschte eine angenehme Leere, ich war vollkommen auf Felix fokussiert.

»Glaub mir, sehr viel Selbstbeherrschung.« Er entledigte sich umständlich seines Hoodies, den er achtlos beiseite warf und öffnete seine Hose. Nun war es an mir seinen vom vielen Training gestählten und trainierten Körper zu bewundern. Ich war noch nie mit jemandem im Bett gewesen, der so definierte

Muskeln hatte wie er und so oberflächlich es auch war, ich mochte diesen Anblick. »Außerdem muss ich etwas ruhiger machen.« Er deutete auf seine Schulter.

»Lass mich dir helfen.« Die Pause tat mir gut, ich kam wieder etwas runter und hatte berechtigte Hoffnung, durchzuhalten, bis ich Felix ficken durfte.

»Nein, du bleibst liegen.« Er strich über meine Oberschenkel, meine Eier, um die Basis meines Schwanzes, ohne ihn zu berühren. Ich wimmerte leise, wünschte mir, er würde ihn fest packen und reiben. »Ich bin noch nicht fertig mit dir.«

Es dauerte ewig, bis er ausgezogen war. Seine Boxershorts hatten bereits einen feuchten Fleck. Ich grinste. Er war genauso geil wie ich, besaß jedoch eine viel größere Willenskraft. Wie sonst konnte er so lange durchhalten, ohne sich zu berühren? Ich dagegen wimmerte schon die ganze Zeit.

»So, dann geht's weiter. Bist du bereit?« Ein diebisches Grinsen erschien in seinem Gesicht.

»So bereit ich sein kann.«

Er beugte sich vor und leckte über meine Oberschenkel, fuhr mit den Lippen über sie. Wie konnte jemand nur so viel Ausdauer haben? Ach ja, er trainierte es regelmäßig.

Ich schloss die Augen, krallte meine Hände erneut ins Bettlaken. Felix erreichte meine Eier. Verwöhnte sie. Um meinen Schwanz herum arbeitete er sich nach oben, widmete meinen Nippeln besondere Aufmerksamkeit. Ich war nur noch ein Knäuel Mensch, wartete darauf, auseinanderzufallen. Aus mir kamen Laute, die ich bisher nie von mir gegeben hatte. Noch nie hatte sich jemand so viel Zeit gelassen, um jeden Zentimeter meines Körpers zu lecken, küssen oder an ihm zu knabbern.

»Du schmeckst so toll.« Felix küsste mich, verwickelte mich in einen ausgiebigen Zungenkuss. »Nun gehöre ich ganz dir. Mach mit mir, was du willst«, flüsterte er, als er sich von mir löste. Legte sich mit seinem Körper auf meinen. Unsere Schwänze rieben aneinander, was mir schon fast reichte.

»Leg dich auf den Bauch, ich muss dich endlich ficken.«

Felix lächelte. »In der Schublade vom Nachttisch sind Kondome und Gleitgel.« Er legte sich neben mich, sah mich mit einer Mischung aus Erwartung und purer Lust an und ich holte die Sachen schnell hervor.

Fast schon ehrfürchtig streichelte ich seinen Hintern, küsste jede Arschbacke und begann ihn zu rimmen. Ich nahm mir nicht mal ansatzweise so viel Zeit wie er vorhin. Es schien ihm trotzdem zu gefallen. Er keuchte, seufzte und stöhnte, zuckte mir mit seinem Becken entgegen, wenn ich kurz von ihm abließ. Einen Arm hatte er über seinem Kopf liegen, während der seiner kaputten Schulter neben ihm lag.

Ich bereitete ihn langsam und vorsichtig vor, er zog seine Beine an, gab mir mehr Raum. »Bist du so weit? Kann ich?«, fragte ich, drückte ihm einen letzten Kuss auf den Hintern.

»Mach schon, sonst komme ich, bevor du überahupt angefangen hast.«

Schmunzelnd zog ich mir das Kondom über. »Es wird kein langes Vergnügen mehr.«

Er lachte leise, wodurch sein kompletter Körper vibrierte, was sich auf die Matratze und mich übertrug. Ich setzte meine Spitze an und drang langsam ein. Leicht verspannte er sich und ich hielt an, streichelte ihn, küsste seine Schultern.

»Weiter.«

»Du bist fucking eng.« Ich kämpfte mit mir, nicht sofort zu kommen. Ich war im Himmel. So musste sich das anfühlen, wenn man dort ankam und sogar daran glaubte.

»Alles nur für dich.« Felix griff mit seiner gesunden Hand nach mir, erwischte meinen Arm, mit dem ich mich neben ihm abstützte und hielt sich an mir fest. »Fang an«, bat er mit fast schon flehendem Unterton. Ich ließ mich nicht zweimal bitten. Wie angekündigt, brauchte ich nicht lange, nach wenigen Stößen, zog sich in mir alles zusammen. Es ging so schnell, ich konnte ihn nicht mal warnen. Mit einem Schrei kam ich, fickte ihn durch meinen Orgasmus, bis ich neben ihm zusammenbrach.

»Entschuldige«, flüsterte ich, als ich aus dem Nachbeben auftauchte. »Ich konnte nicht mehr. Tut mir leid, ich hätte auf dich warten sollen.«

Felix lächelte, streichelte zärtlich mit dem Zeigefinger über meine Wange.

»Du musst dich für nichts entschuldigen. Außerdem liege ich in einer Pfütze. Du hast es gar nicht bemerkt.«

»Ich bin ein egoistischer Mistkerl.« Da, ich hatte mein Deutsch wieder gefunden und konnte vollständige Sätze bilden.

»Nein, du bist wundervoll. Es war perfekt. Wirklich. Ich finde es schön, wenn sich mein Partner so gehen lassen kann.« Er rutschte zu mir herüber, entfernte das Gummi, knotete es zusammen und warf es vor das Bett. Dann küsste er mich und kuschelte sich an mich, streichelte mit den Fingerspitzen über meine Brust, umkreiste meine Nippel. Die schienen es ihm angetan zu haben. »Du bist der Erste, den ich mit hierher genommen habe«, flüsterte er.

»Der Erste?« Ich konnte es nicht glauben.

Er küsste meine Brust. »Ja. Ich habe immer Angst, meine Adresse könnte weitergetragen werden und ich habe auf einmal einen Fanauflauf hier. Oder die Presse.« Nun sah er mir in die Augen, blickte ernst drein. »Der Hauptgrund sind die Nachbarn. Ich habe Angst, was sie denken könnten, wenn sie zu den verschiedensten Tages- und Nachtzeiten hier Männer ein und ausgehen sehen.«

»Jetzt nicht mehr?« Sollte ich mich geehrt fühlen, da er mich für etwas Besonderes hielt oder hatte er mich nur mitgenommen, weil ich bald wieder fort war? Es lief mir heißkalt über den Rücken.

»Doch, ich habe keine Ahnung, was sich geändert hat. Wir kennen uns kaum, trotzdem vertraue ich dir.«

Das rührte mich, Wärme breitete sich in mir aus. Definitiv fühlte ich mich geehrt, wollte ihn fest an mich drücken, doch seine lädierte Schulter hielt mich ab.

»Ich werde nie etwas sagen. Versprochen.« Ich fuhr durch seine Haare, zog ihn an mich, um ihn zu küssen. Dann kuschelte er sich wieder an mich.

»Können wir das wiederholen ohne das stundenlange Vorspiel?«, durchbrach ich die sich ausbreitende Stille. Er lachte leise an meiner Schulter.

»Klar. Jederzeit, gib mir nur ein paar Minuten.«

»Na gut, kann es kaum erwarten.« Ich drückte ihm einen Kuss auf seine Haare, war so glücklich, wie schon lange nicht mehr. Könnte ich das Gefühl für bessere Zeiten einfrieren, ich hätte es sofort getan.

Kapitel 14

Felix

Tyler hatte die Nacht bei mir verbracht. Zum ersten Mal in meinem Leben war ich neben jemandem aufgewacht, mit dem ich geschlafen hatte. Er lag an mich gekuschelt und hatte mich gehalten. Ein merkwürdiges und doch so unbeschreiblich schönes Gefühl.

Leider war die Nacht bereits um sieben Uhr beendet, weil Tyler unbedingt arbeiten musste. Nun hockten wir in seiner Ferienwohnung, ich war mitgegangen, da ich mich nicht von ihm trennen wollte. Mit einer Falte zwischen den Augenbrauen saß er vor seinem Laptop, las ein Dokument und machte sich Notizen. Dem Kaffee, den ich neben ihn gestellt hatte, schenkte er keine Beachtung und er wurde kalt. Ich trank mittlerweile meine zweite Tasse, hockte auf einem Sessel, der neben der Couch stand und beobachtete Tyler. Merkwürdigerweise wurde mir dabei nicht langweilig.

»Was liest du da so konzentriert?«

»Finanzberichte eines kleinen Pharmaunternehmens, das wir übernehmen wollen.«

»Und jetzt entscheidest du, ob ihr sie wirklich haben wollt oder nicht?«

Tyler lehnte sich zurück, fuhr sich über die Augen und wirkte müde, dabei waren wir früh eingeschlafen.

»Nein, die Entscheidung hat Dad schon getroffen. Das sind jetzt die letzten Absprachen. Mason hat es mir vorhin geschickt, dies ist die vorläufige Bilanz aus dem kompletten vergangenen Jahr, die uns noch fehlte.«

»Du bist nicht zufrieden mit ihr?«

»Ich habe nicht gedacht, dass sie innerhalb eines Jahres so abbauen. Man sollte doch meinen, wie einträglich Pharmaunternehmen sind, egal welcher Größe. So viele Tabletten wie die Menschen heutzutage konsumieren.«

Ich setzte mich neben Tyler, reichte ihm meine Tasse. »Hier trink Kaffee.«

»Glaubst du, die Zahlen sehen dann besser aus?« Tyler fuhr sich durch die Haar und lächelte.

»Nein, aber du hast was getrunken.«

Tyler stupste mich sanft an. »Sehr aufmerksam von dir.« Er trank einen Schluck und stierte auf die Zahlenreihen auf dem Display seines Laptops.

»Ändert das denn jetzt etwas?«

Er schüttelte den Kopf. »Nein, wir werden sie übernehmen und gemeinsam das Unternehmen wieder profitabel aufstellen. Somit erhalten wir Arbeitsplätze und verdienen alle daran.«

»Sehr nobel. Es gibt anscheinend doch noch so etwas wie Menschlichkeit in dieser Welt. Selbst in den großen Unternehmen.«

»Das war meinem Dad immer wichtig.« Tyler trank und seufzte. »Ich vermisse ihn so sehr. Seinen Rat und überhaupt, mit ihm reden zu können. Oder mit Mum.«

Ich legte einen Arm Tylers Schultern und er ließ sich gegen mich sinken.

»Manchmal greife ich nach dem Phone, um Dad anzurufen und ihm etwas zu erzählen. Dann fällt es mir wieder ein.

Oder wenn ich ein tolles Bild sehe, will ich es abfotografieren und meiner Mum schicken. Lese ich einen Zeitungsbericht über ein besonderes Urteil, möchte ich mit ihr darüber reden, es mir erklären lassen und ihre Meinung hören.«

»Du kannst es ihnen alles noch erzählen, sie können nur nicht mehr reagieren.« Es tat mir so in der Seele weh, ihn leiden zu sehen.

Tyler sah mich traurig an. Er zeigte nicht oft, wie sehr er um seine Eltern trauerte, daher war dieser Moment umso wertvoller für mich. Er öffnete ein Fenster in sein Inneres.

»Das sagen alle. Aber wozu? Sie sind fort, gestorben, was bekommen sie noch mit?«

»Glaubst du nicht, sie schauen jetzt auf dich hinab und schütteln den Kopf darüber, wie du Fehler machst oder freuen sich mit dir, wenn du etwas Schönes erlebst?«

»Eine tolle Vorstellung, aber nein.«

»Glaubst du nicht an Gott? Habe ich etwa mit einem Atheisten geschlafen?« Ich rückte etwas von Tyler ab, um ihn besser ansehen zu können.

»Und du?« Tyler lachte.

»Ich glaube an mein Können auf dem Eis und dass ich dadurch irgendwann eine Meisterschaft gewinne. Aber an Gott? Nein. Wie kann jemand so mächtig sein, um die ganze Welt im Blick zu haben?«

Tyler schüttelte den Kopf und grinste. Na immerhin, die Traurigkeit war aus seinen Zügen verschwunden. »Er teilt es sich mit anderen Religionen.«

Ich schnaubte. »Trotzdem. Ich kann mir nicht vorstellen, wie eine höhere Macht dort oben im Himmel weilt.«

»Also sind wir zwei Atheisten.«

»Sieht so aus.« Ich tippte gegen die Tasse auf dem Tisch. »Darauf gebe ich ein Frühstück im *Game Time* aus. Wir haben sogar ein amerikanisches mit Pancakes und allem, was dazu gehört.«

»Das ist ein Wort. Danach muss ich zu Gerald, um an dem Konzept zu arbeiten. Nicht jeder hat so ein leisure life wie du.«

»Ich kann dir gerne meine Schulter geben.«

»Lass mal. Ich habe genug am Hals. Da brauche ich das nicht auch noch.« Tyler rappelte sich auf. »Ich ziehe mich um.«

Kurz darauf stand er im Wohnzimmer. Heute trug er ein bordeauxrotes Hemd, das ausgezeichnet an ihm saß, zu einer Blue Jeans. Er sah zum Anbeißen aus. Ich könnte natürlich das Frühstück sausen lassen und … Nein, wir brauchten was Echtes zu essen. Außerdem, ich blickte auf seinen Laptop, verglich sein Gesicht von eben mit dem, welches ich im Trainingscenter immer vor Augen hatte.

»Ty, darf ich dich etwas persönliches fragen?«

»Natürlich. Fragen darfst du, ob ich antworte, behalte ich mir vor.« Er blieb mitten im Wohnzimmer stehen.

»Willst du das hier überhaupt?« Ich deutete auf den Laptop. »Also nicht die Fusion oder Firmenübernahme - ist dasselbe - sondern das Unternehmen deines Vaters? Du wirkst nie wirklich überzeugt, wenn du davon sprichst. Du strahlst nicht, du bist ganz anders dann.«

Tyler zog die Schultern hoch und für eine Sekunde verdüsterte sich sein Gesicht, er hatte sich jedoch schnell wieder im Griff. »Wir wollten doch frühstücken. Komm schon, ansonsten findest du neue Ausreden, weshalb wir nicht in deinem Restaurant essen können.«

Ich seufzte. Er wollte nicht darüber reden. Leicht enttäuscht stand ich auf. Noch vor fünf Minuten dachte ich, er vertraute mir, öffnete sich mir, das war wohl ein Trugschluss. Ich musste ihn besser kennenlernen. Wir schnappten unsere Jacken und gingen zu Tylers Auto.

Im *Game Time* war nicht viel los, als wir ankamen. Nichts Ungewöhnliches um diese Uhrzeit. Viele arbeiteten jetzt und die Jugendlichen saßen in der Schule. Vor dem Unterricht tummelten sie sich hier, holten sich vor allem Muffins und Donuts, Kaffee und Tee.

Wir hatten Sitzecken durch kleine Raumteiler erstellt, große Topfblumen standen in den Ecken und sollten ein wenig Gemütlichkeit verbreiten. An den Wänden hingen Fotos von unseren Eishockeyspielen, signierte Stöcke und Pucks von aktuellen und ehemaligen Spielern der Krackersner Kraken. Sogar ein signiertes Trikot von Alfred Kommer, der Clublegende schlechthin, hing in einem Rahmen an der Wand. Er war zu unserer Eröffnung gekommen, was mich mit großem Stolz erfüllte. Immerhin war er einer der wenigen Spieler, die nie in einem anderen Verein gespielt hatten. Noch heute kam er regelmäßig zu unseren Heimspielen.

Ich beobachtete Tyler, als wir das *Game Time* betraten. Konnte jedoch seinem Gesicht nicht ansehen, wie es ihm gefiel. Er sah sich zumindest neugierig um. Ich gab ihm etwas Zeit, bevor wir zur Theke mit den drei Kassen gingen.

»Herr Amsel, herzlich willkommen.« Eine Mitarbeiterin begrüßte mich wie immer sehr freundlich und ließ keinen Unterschied erkennen, ob sie einen Gast oder ihren Chef vor sich stehen hatte. »Sind Sie heute alleine?«

»Nicht ganz.« Ich deutete auf Tyler, der sich die Menüs über der Theke durchlas. »Das amerikanische Frühstück?«, fragte ich ihn. Er nickte. »Zweimal.«

»Kommt sofort. Ich bringe es Ihnen an den Platz. Wollen Sie den Kaffee schon mitnehmen?«

»Sehr gerne.«

Sie bereitete die Heißgetränke vor. Mein Blick hing dabei an Tyler, der die Karte noch immer studierte. Mit den Fingern tippte ich auf der Theke herum. Was las er denn nur dort so lange? So viel Auswahl hatten wir nicht.

»Ihr bringt das Essen an den Tisch?«, fragte er schließlich und riss sich von den Menüs los.

»Nur bei Juli, Stanni und mir und wenn es länger dauert.«

Die Mitarbeiterin stellte die Tassen vor uns hin und wir nahmen sie.

»Wo willst du sitzen?«

»Dort vorne.« Tyler deutete auf einen Tisch, der in der Fensterecke stand.

»Gute Entscheidung. Da sitze ich auch oft.«

»Um deine Mitarbeiter im Auge zu behalten?«

»Weil ich es mag, einen Raum im Blick zu haben und so keine Überraschungen aus dem Rückraum kommen.«

Tyler grinste. »Ganz der Spieler.«

Ich stupste ihn liebevoll an. Wir setzten uns.

»Was sagst du?«, platzte ich heraus, konnte die Frage nicht mehr zurückhalten.

»Es ist schön und macht seinem Namen alle Ehre. Habt ihr noch Schläger im Verein oder hängen die alle hier?«

»Hahaha. Sehr witzig.« Mir fiel ein kleiner Stein vom Herzen. »Dir gefällt es also?«

»Habe ich doch gerade gesagt.« Er hielt inne, betrachtete mich. »Moment, hast du etwa gedacht, es könnte mir nicht gefallen, weil es ein Fast-Food-Restaurant ist und mich deswegen nicht hergebracht?«

Ich lächelte ihn schief an. »Vielleicht.«

»Zu deiner Beruhigung, es gab Zeiten, da habe ich nur von Fast-Food gelebt. Allerdings hielt ich mich damals auch viel in Fitnessstudios auf, um die Kalorien loszuwerden.« Er lächelte verschmitzt. »Nur weil ich Geld habe, esse ich nicht nur in Fünf-Sterne-Restaurants.«

»So was in der Art habe ich gedacht«, gab ich zu. Der Stein fiel nicht nur zu Boden, er zerbröckelte zu Staub. »Dachte, es wäre nicht gut genug für dich.«

Die Mitarbeiterin kam mit unserem Frühstück und wir unterbrachen unser Gespräch.

»Ich mag solche Restaurants. Eures hat wirklich Charme, es ist nicht genormt. Selbst die Karte ist sehr individuell und das muss man erst mal hinbekommen.«

»Danke dir.« Ich sah mich schnell um, dann legte ich meine Hand auf Tylers und drückte sie. »Lass es dir schmecken.« Hungrig griffen wir zu und für eine Weile aßen wir schweigend unser Frühstück.

»Ich beginne die Arbeit zu hassen«, sagte Tyler auf einmal.

»Okay.« Ich war zu überrascht, um etwas anderes zu sagen.

»Ich war mir von Anfang nicht sicher, ob ich auf ewig in der Firma bleiben würde oder gar sie übernehmen wollte. Dad hatte mir nach dem College vorgeschlagen, erst einmal bei ihm anzufangen und es auszutesten. Wenn ich merke, es wäre nichts für mich und ich wo anders arbeiten oder mir selbst etwas eigenes aufbauen möchte, hätte er kein Problem damit.« Er seufzte.

»Das war sehr cool von deinem Vater.«

Tyler lächelte. »Ja, absolut. Ich habe immer gerne dort gearbeitet, aber jetzt …« Gedankenverloren nahm er eine Scheibe Speck und biss hinein. »Mason verlangt von mir Dinge, bei denen ich mir nicht sicher bin, ob ich in der Lage bin sie zu liefern. Es geht immer nur um Gewinn und Optimierung, das Menschliche bleibt auf der Strecke.« Er griff nach dem nächsten Streifen. »Ich weiß nicht, ob ich so arbeiten will. Dad hat es geschafft, beides zu vereinen. Natürlich war er kein Heiliger.

Niemand ist das, der solch ein Unternehmen aufbaut. Er musste oft genug harte Entscheidungen treffen und Leute entlassen, trotzdem war er beliebt.«

»Es ist doch deine Firma. Kannst du nicht bestimmen, was du machen willst? Musst du da oben stehen? Du könntest doch jemanden einsetzen.« Ich wählte meine Worte mit Bedacht.

Wieder bekam Tyler den traurigen Ausdruck im Gesicht. »Wenn das so einfach wäre. Tatsächlich habe ich schon mit Mason darüber gesprochen. Doch ich kann niemanden für mich einstellen. Das entscheidet der Vorstand, das Board of Directors. Sie haben mich auch nach Dads Tod eingesetzt.«

»Das klingt kompliziert. Was hat Mason gesagt?«

Tyler seufzte und erzählte mir irgendwas von Stabilität und Aktienkursen, die gehalten werden mussten und noch tiefer als nach dem Tod seines Vaters sinken könnten, sollte er als Erbe zurücktreten.

Ich runzelte die Stirn. »Das geschieht ständig. In vielen großen Firmen sitzen doch kaum noch Familienangehörige am Steuer, obwohl die Vorfahren sie aufgebaut haben.«

»Ich weiß es auch nicht.« Er fuhr sich durch die Haare. »Es ist nicht einfach. Je mehr ich darüber nachdenke, desto mehr will ich den Job als CEO nicht mehr machen. Das ist nicht meins. Ich mochte die Arbeit in der Finanzabteilung, vorher im Marketing war auch cool, aber das hier, die Verantwortung, da bin ich noch nicht reingewachsen.« Er trank einen Schluck Kaffee. »Das klingt jämmerlich, oder? Der reiche Unternehmersohn, der plötzlich erbt und keine Verantwortung übernehmen will.«

»Nein, das klingt nach jemandem, der weiß, was er kann und wie weit er im Leben ist.« Ich rutschte mit meinem Stuhl an Tyler heran, unter dem Tisch berührten sich unsere Oberschenkel und ich drückte meinen an seinen. »Du solltest nicht vergessen, dein Vater hat es aufgebaut. Er ist mit der Firma gewachsen, du wurdest ohne Vorwarnung in die Führung reingeschubst. Das ist alles andere als jämmerlich. Ich habe da richtig großen Respekt vor.«

Nicht einmal ansatzweise konnte ich mir vorstellen, wie es sich anfühlte, ein weltweit operierendes Unternehmen zu übernehmen und führen zu müssen. Tagtäglich Entscheidungen treffen zu müssen, die das Leben anderer betrafen. Da war ich froh, nur ein kleines unbedeutendes Fast-Food-Restaurant mit einem Geschäftsführer zu haben. Obwohl, gab es da solch einen großen Unterschied? Wir schufen beide Arbeitsplätze und sorgten für das Wohl der Menschen.

»Danke dir.« Tyler sah mich mit Wärme in den Augen an. »Du bist der Erste, der mir da zu hört. Außer Dad. Er hat mir immer gesagt, meine Entscheidung zu respektieren, sollte ich mich anders orientieren. Trotzdem fühlt es sich so ein wenig wie Verrat an, sollte ich meinen Posten räumen und machen, was ich möchte. Wir haben theoretisch immer darüber gesprochen, aber durch seinen Tod konnte er keinen Nachfolger bestimmen, ich konnte ihm meine Entscheidung nicht mitteilen.«

»Quatsch, das ist doch kein Verrat.« Ich schob nun meinen leeren Teller von mir. »Das ist verantwortungsbewusst. Du hast gerade selbst gesagt, dein Vater hätte deine Entscheidung respektiert. Sollte es einen Himmel geben und er jetzt auf dich hinabschauen, würde er garantiert heftig nicken und zustimmen, ganz egal, ob er einen Nachfolger vorschlagen konnte oder nicht.«

Tyler lächelte. »Vielleicht.«

Die Tür ging auf und neue Kunden kamen herein. Ich schaute kurz auf, konzentrierte mich dann wieder auf Tyler.

»Wenn ich nur wüsste, was ich stattdessen machen könnte. Zu Hause rumsitzen und nichts tun kommt nicht infrage. Dazu bin ich nicht geschaffen. Ich habe keine Idee, was ich mit meinem Leben anfangen soll.«

»Das klingt ganz schön traurig.«

»Ich beneide jeden, der so wie du, genau weiß, was er will.«

Wusste ich das? Natürlich, Eishockey spielen, aber das würde ich nicht ewig machen können. Was kam dann? Im *Game Time* arbeiten? Trainerausbildung, um dem Eishockey treu zu bleiben? Der Gedanke an das Ende meiner aktiven Laufbahn fühlte sich wie immer sehr beängstigend an und ich schob ihn beiseite. Noch spielte ich und brauchte mir darüber nicht den Kopf zerbrechen. Das Ende kam früh genug.

»Irgendwann wachst du auf und weißt es. Dann startest du richtig durch.« Ich klopfte ihm auf die Schulter, dabei hätte ich ihn viel lieber in den Arm genommen. Das Leben war für niemanden leicht, egal, ob man mit dem goldenen Löffel geboren wurde oder nicht. Zurechtfinden musste sich trotzdem jeder für sich.

»Was hältst du davon, wenn du jetzt an dem Konzept bastelst und ich währenddessen meine Übungen im Folterraum erledige? Danach fahren wir zu mir und lassen den ganzen Kram hinter uns. Wir essen Pizza, schauen Filme und eine Menge Süßigkeiten dazu.«

Tyler zog seine Augenbrauen nach oben. »Das klingt für einen Profisportler sehr ungesund.«

Ich zuckte mit der gesunden Schulter. »Na und? Auch wir müssen mal aus der Reihe tanzen.«

»Klingt nach einem guten Plan. Heute ist so ein Lala-Tag. Ich weiß nicht, ob ich mies drauf bin oder nicht.«

»Habe gelesen, so was kommt bei Trauerarbeit vor. Du hast beide Elternteile am selben Tag verloren. Da hat man schlechte Tage. Sei so mies drauf, wie du willst. Ich weiche dir heute nicht von der Seite, wenn wir alleine sind.«

Tyler lächelte. »Danke dir.« Er beugte sich etwas zu mir vor. »Ich würde dich jetzt küssen wollen, aber das hole ich nachher nach.«

Verdammt, das waren die Momente, in denen ich es so sehr verfluchte, einen so wichtigen Teil meiner selbst versteckt zu halten.

»Ich stehe dir zu Hause auch für andere Dinge zur Verfügung.« Ich grinste breit. »Alles, was dir hilft, den Tag besser zu machen.«

»Reden tut schon sehr gut. Aber dein Angebot werde ich nicht ausschlagen.«

Wir hielten den Blickkontakt und meine Hand fand die seine, drückte sie. Dann riss ich mich los, bevor noch jemand, der uns beobachtete, auf falsche Gedanken kam.

Kapitel 15

Tyler

»Die Fanaktionen sind jetzt auch eingebaut. Wir haben alles Wichtige, um Eishockey noch bekannter und beliebter in der Stadt zu machen.« Gerald Böhmer, der Geschäftsführer der Kraken, flog mit dem Zeigefinger über den Bildschirm. »Das ist einfach nicht genug. Es ist nichts Neues drin.« Er seufzte.

»Außerdem keine Besonderheit, mit der sich der Verein aus der Masse herausheben würde. Eine Stunde ausschenken auf dem Weihnachtsmarkt? Kinderhospiz besuchen? Spieltagsführungen? Das machen wir und die anderen seit Jahren. Genauso wie VIP-Karten verkaufen mit Foto auf dem Eis nach dem Spiel und Treffen der Mannschaft. Wir brauchen noch etwas anderes. Einen Knüller, den nicht jeder hat.«

»Was habt ihr denn alles in der NHL?«, fragte Jana aus der Marketingabteilung.

Ich kratzte mich am Kopf. »Die machen vor allem eine riesige Show vor den Spielen. Wir haben die Freiluftspiele, die habt ihr hier auch, richtig? Natürlich das All-Star Game und die All-Star Skills, all die Charity Veranstaltungen nicht zu vergessen.«

»Wenn es doch nur um den Sport gehen würde. Es wäre so schön, würde bei den Fernsehgeldern noch etwas draufgelegt werden.« Gerald setzte sich und griff nach seinem Wasserglas. Seufzend sah er auf den Bildschirm.

»Was ist, wenn …?« Mein Gedankenfluss wurde abrupt unterbrochen, da mein Phone klingelte. »Entschuldigt, da muss ich rangehen.« Ich trat in den Flur. »Was gibt es Mason?«

»Hast du die Zahlen gesehen?«

»Ja, natürlich, vorgestern Vormittag schon. Sehen nicht so rosig aus, aber ich …«

»Warum meldest du dich dann nicht?«, fragte er vorwurfsvoll. »Wir müssen uns eine andere Strategie überlegen.«

Ich runzelte die Stirn. »Weshalb sollte ich mich deswegen melden? Es steht alles und wir haben einen Plan. Da gibt es nichts zu ändern. Wir haben nun alles vorliegen und können damit arbeiten.«

Im Hintergrund plätscherte es leise. Er stand höchstwahrscheinlich in der gläsernen Eingangshalle mit dem Brunnen in der Mitte.

»In einer Stunde habe ich ein Meeting anberaumt. So wie geplant, können wir das Konzept nicht umsetzen. Das wäre viel zu teuer.«

Ich spannte mich an, ballte eine Hand zur Faust. »Mason«, begann ich, stoppte allerdings, weil sich eine Tür öffnete und Renate, Geralds Assistentin, herauskam. Sie nickte mir zu, ich erwiderte es und sie verschwand hinter einer anderen. »Warum erfahre ich erst jetzt davon? Wann hast du die Einladungen verschickt?«

»Gestern Mittag bereits. Ich kann nichts dafür, wenn du deine E-Mails nicht liest.«

»Ich habe keine bekommen.« Ich knurrte fast. Mason wurde unverschämter mir gegenüber und mir war schleierhaft, weshalb er das machte. Auf der einen Seite wollte er, dass ich bleibe, auf der anderen drängte sich mir immer mehr der Eindruck auf, er wollte mich loswerden. Wartete er auf einen eklatanten Fehler, damit er mich verdrängen und selbst die Spitze einnehmen konnte? Wozu dann das Gerede von Stabilität?

»Sieh im Spam nach.« Nun klang er auch noch von oben herab, als ob ich ein kleiner Junge in der Vorschule wäre, dem man alles vorkauen musste. »Aber ich sende sie dir gerne noch einmal. Dort findest du meine Vorschläge, wie wir mit dem Pharmaunternehmen verfahren sollten. Ich habe gestern ein neues, kostensparenderes Konzept notiert. Außerdem bin ich der Meinung, sollten wir auch darüber abstimmen, ob wir die Fusion überhaupt noch möchten. Bisher sind keine Verträge unterschrieben worden.«

Ich begann im Flur auf und ab zu laufen. Wäre ein Boxsack in der Nähe gewesen, hätte ich darauf eingeschlagen. »Es ist das Credo des Unternehmens, auch mündliche Absprachen einzuhalten und wenn wir einer Fusion zugestimmt haben, werden wir das durchziehen«, sagte ich mit unterdrückter Wut, weil ich sonst laut schreien würde. »Außerdem haben wir immer Kleinere vor dem Ruin bewahrt und sie wieder aufgebaut. Gerade diese Fusion lag Dad am Herzen, weil sie sich mit seltenen Krebserkrankungen beschäftigen. Du weißt selbst, wie wenig Fördergelder es dort gibt.«

»Dein Vater ist tot und wir müssen nun das Unternehmen am Laufen halten«, sagte Mason kalt. »Wir können es natürlich in den Ruin treiben oder im Sinne der Firma handeln.«

Ich knirschte mit den Zähnen. Mir wurde heiß, in meinem Bauch ballte sich ein großer Ball aus Wut und gleichzeitig Enttäuschung über Mason zusammen. Das Auf- und Ablaufen im Flur sorgte nicht mal annähernd dafür, meine überschüssige Energie loszuwerden. Ich musste mich beherrschen. Dachte er, ich wäre ein unsicherer Bursche, der alles machte, was er sagte?

»Du und Dad habt diese tolle Firma aufgebaut und du hast immer hinter seinen Entscheidungen gestanden. Ihr habt die Philosophie gemeinsam erarbeitet.« Wieder keimte die Frage auf, weshalb Mason sich nie als Mitinhaber hatte eintragen lassen. Stattdessen hatte er jahrelang nur an der Seite meines Vaters gearbeitet, wenn auch zuständig für die Finanzen und neuerdings für das operative Geschäft, bis wir jemand neues hatten. Der vorherige COO hatte kurz vor Dads Tod aufgehört. Dabei hätte Mason wahrscheinlich in jeder anderen Firma bereits Geschäftsführer sein oder ebenbürtig mit meinem Vater arbeiten können.

»Nur weil du jetzt wie lange? Seit fünf Minuten CEO bist, glaubst du mich zurechtweisen zu müssen? Junge, werde erst mal erwachsen, bevor du anfängst, mir etwas sagen zu wollen. Wir hören uns.« Mason legte auf, ließ mir nicht einmal die Zeit für eine Erwiderung. Sein sarkastischer Ton traf mich.

Was hatte sich bloß bei ihm geändert, seit mein Vater gestorben war?

Mein Phone piepste, die neue Mail von Mason war angekommen. Sofort öffnete ich sie und fand einige Dokumente angehängt. Holy Shit! Ich blickte auf die Uhr. Noch eine dreiviertel Stunde. Die reichte doch nie, damit ich das alles in Ruhe lesen konnte. Er wollte mich von Anfang unvorbereitet in das Meeting gehen lassen. Meine Wut auf ihn wuchs. Rasch ging ich in Geralds Büro zurück.

»Ich muss los, das war der Finanzdirektor. Es ist ein kurzfristiges Meeting anberaumt worden. Entschuldigt bitte.« Ich griff nach meiner Jacke. »Was ich vorhin sagen wollte. In den USA gibt es mehrere Franchises, über die Dokumentationen gedreht wurden. Vielleicht wäre das auch für hier etwas. Wir könnten zumindest bei den führenden Streamingdiensten und Fernsehsendern hier in Europa anfragen.«

»Eine ziemlich gute Idee«, sagte Jana. »Es gibt bisher erst wenige Eishockeyvereine, über die das in Deutschland gemacht wurde.«

»Fragt sie an. Wir müssen noch keine Verträge vorweisen, doch wenn wir aufführen, wie wir mit einigen bereits in Verhandlungen stecken oder zumindest angefragt haben, wirkt sich das bestimmt positiv aus. Wir sehen uns morgen.« Ich hob die Hand zum Gruß und hetzte nach unten, wollte Felix im Folterraum aufsuchen. Atemlos kam ich an, als er seine Kilometer auf dem Ergometer riss.

»Was ist los?«, fragte er völlig entspannt. Ich musste auch unbedingt wieder Sport treiben und mir eine bessere Kondition antrainieren. Doch für Bewunderung blieb keine Zeit.

»Ich muss einem kurzfristigen wichtigen Meeting beiwohnen. Kommst du nach Hause?«

»Klar, gibt so was Komisches, das nennt sich Taxi.«

Ich schmunzelte. »Gut. Sehen wir uns später noch?«

»Klar.« Sein Physiotherapeut kam herein und ich verabschiedete mich. Dann hetzte ich in die Ferienwohnung. Es herrschte nicht so viel Verkehr, sodass ich rechtzeitig in der Wohnung ankam und zumindest das wichtigste Dokument überfliegen konnte.

Nach dem Meeting lehnte ich mich zurück. Mason hatte die Fusion tatsächlich zur Abstimmung gestellt. Alle hatten für dafür gestimmt, noch einmal über die zwei Konzepte, das meines Dads und Masons neues, das ausgearbeitet werden musste, abzustimmen. Vorausgesetzt, sie hatten Zeit, sich mit beiden Vorschlägen auseinanderzusetzen. Ich dankte innerlich Jonathan und dreien seiner Mitarbeiter, die sich vehement dafür eingesetzt hatten, Dads Konzept nicht fallen zu lassen. Mason wollte die Firma kaufen und dann gewinnbringend gestückelt weiterverkaufen. Es bestand noch Hoffnung, die Mehrheit für Dads Philosophie zu erhalten.

Ich kniff mir an die Nasenwurzel, Kopfschmerzen machten sich breit und ich suchte in meiner Reiseapotheke nach Aspirin. Felix hatte in den letzten drei Stunden, die das Meeting gedauert hatte, mehrfach angerufen.

»Hey, geschafft?«, fragte er, als ich ihn zurückrief.

»Ja.«

»Willst du drüber reden? Du klingst erschöpft.«

»Sagen wir, ich habe eine Schlacht gewonnen, weil das Wort meines Vaters immer noch Gewicht hat. Die zweite steht auf der Kippe.«

»Ui, das klingt nach Krieg.«

»So fühlt sich das gerade auch an.« In knappen Worten berichtete ich ihm von Masons Verhalten und wie er sich aufgespielt hatte.

Es tat meiner verwundeten Seele so gut, mich mit Felix, der einerseits neutral und andererseits auf meiner Seite stand, auszutauschen. Mich bei ihm über die Probleme mit Mason auslassen zu können. Ob Mum und Dad sich auch gegenseitig ihr Herz ausgeschüttet hatten? Zumindest sind sie immer in einem ihrer Büros verschwunden, wenn einer von ihnen nach Hause kam und abwesend gewirkt hatte.

»Wir haben noch Nachmittag. Wie sieht es aus? Wollen wir was unternehmen?«, fragte Felix, als ich geendet hatte. »Es ist dein Urlaub. Wir könnten erst im *Game Time* essen und dann zeige ich dir etwas von der Stadt.«

»Es gibt Sehenswürdigkeiten, die ich noch nicht gesehen habe? Wir haben doch mittlerweile jede Schule abgeklappert, auf der mein Vater gewesen sein könnte.«

»Vielleicht geht es dieses Mal um mich.«

»Ich kenne das Trainingscenter, die Arena, das *Game Time* und deine Wohnung. Sogar den Waldpfad und das Restaurant hast du mir gezeigt. Was gibt es da noch mehr?«

Lachen ertönte durch die Leitung. »Du hältst uns Profisportler wirklich für beschränkt. Lass dich überraschen und hol mich ab.«

»Wie der Herr befielt.«

»So lob ich mir das.«

Wir legten auf und ich fuhr zu ihm. Die Kopfschmerzen verzogen sich dank der Aspirin. Bei Felix angekommen, küsste ich ihn zur Begrüßung. Er erwiderte und vertiefte den Kuss.

»So kommen wir nicht los«, warnte ich ihn, als ich mich löste. Meine Hände hatten sich von ganz allein unter seinen Hoodie gearbeitet und strichen über die warme Haut seines Rückens. Ich zog ihn an mich. »Wir könnten auch eine kleine Sexpause einlegen und dann losfahren.«

Felix gab mir einen sachten Klaps auf den Hintern und kniff mir hinein. Das half nicht gerade, meine wachsende Erregung in den Griff zu bekommen.

»Das könnte dir gefallen, was? Nein, dazu haben wir keine Zeit, für das, was ich vorhabe.« Er rieb sich mit seinem Becken an mir. »Das reicht als Vorgeschmack für später.«

»Fuck, das ist …«

Nun griff er mir zwischen die Beine, drückte durch die Hose meine Eier. »Was? Willst du weiter erregt werden und mit einem Steifen durch die Gegend rennen?« Er hatte wieder dieses absolut freche Grinsen aufgelegt, sein Griff wurde fester und mir entkam ein Wimmern.

»Lass uns gehen«, presste ich hervor und wünschte mir eine kalte Dusche. Ich rückte mich unter Felix' Lachen zurecht, der sich eine Jacke anzog.

Er dirigierte mich durch die Außenbezirke von Krackers, bis wir vor einer alten Villa mit gelbem Anstrich standen, die von einem großen Grundstück umgeben war. In einigen Fenstern klebten gebastelte Sterne, Regenbögen und Wolken.

»Was machen wir hier? Das ist nicht das *Game Time*.« Ich wandte mich Felix zu.

»Wir lesen Geschichten vor.«

»Wir … Was?« Hatte ich mich verhört? »Ist das ein Kindergarten?«

»Der hätte längst zu. Nein, das hier ist ein Kinderheim und sofern ich es schaffe, komme ich regelmäßig her, um den Kleinen vorzulesen und mit den Größeren im Hof Eishockey zu spielen. Ich habe allen Inline-Skater geschenkt. Wir haben Tore, Schläger und Tennisbälle. Mit Pucks können wir auf dem Hof leider nicht richtig spielen.«

In meinem Bauch begann es zu flattern, diese Schmetterlinge vermehrten sich mit jedem Tag, den ich diesen Kerl näher kennenlernte. Dieser Mann hatte ein unglaublich großes Herz und verschenkte so viel von sich.

»Bist du der Einzige aus dem Team?«

»Es weiß keiner.« Felix lief rosa an. »Ich bin schon der Glücksbärchi. Will gar nicht wissen, was sie sagen werden, wenn sie das herausfinden.« Er strich sich über die Schulter. Der eben noch selbstsichere Mann aus der Wohnung zeigte auf einmal Unsicherheit. »Das ist meine Möglichkeit, Kindern ein wenig zu helfen, wenn ich wahrscheinlich selbst keine haben kann.«

»Sollte ich richtig informiert sein, ist das sogar in Deutschland mittlerweile kein Problem.«

Nun sah er mich ernst an. »Was glaubst du wohl, was los wäre, wenn ich als alleinstehender Mann ein Kind adoptieren oder ein Langzeitpflegekind aufnehmen würde? Die Fragen, weshalb ich nicht eine Frau heirate und auf diese Weise Vater werden würde, würden nicht abreißen. Nein, dann schon lieber so.« Er seufzte und ich griff nach seiner Hand, drückte einen Kuss darauf und hoffte, niemand würde uns dabei beobachten.

»Dein Team würde dich nicht auslachen. Geller würde alle mobilisieren, damit noch mehr gemacht werden könnte.« Ich lächelte und er seufzte.

»Vielleicht. Im Moment ist es mein Ding.« Er sah zum Haus. »Die Villa Kunterbunt. Na komm, lass uns gehen.«

Wir stiegen aus und gingen hinein. Kindergelächter drang uns entgegen ebenso wie Streitgespräche. Felix lächelte und führte mich durch bunte Flure, an offenen Zimmertüren vorbei bis er auf der anderen Seite wieder ins Freie trat.

»Felix!«, rief ein etwa sechsjähriges Mädchen, das auf ihn zugeeilt kam und ihn umarmte.

»Hey Fenya, wie geht's dir?«

»Du warst lange nicht da«, warf sie ihm mit einem Schmollmund vor. Nun wurden weitere Kinder auf ihn aufmerksam und im Nu war er von den ganz Kleinen bis zu den Großen umringt. Sie alle begrüßten ihn, riefen ihm Fragen zu.

»Okay, okay, wie soll ich antworten, wenn ihr mich nicht lasst?«, rief er über die Köpfe der Kinder und lachte dabei. Seine Augen glänzten. Er schien das hier zu lieben. Zwei Frauen und ein Mann erreichten uns. Felix begrüßte sie ebenfalls.

»Ich bin verletzt und konnte kein Auto fahren. Deswegen war ich nicht hier«, beantwortete er endlich die drängendste Frage der Kinder.

»Es gibt Bus und Bahn«, belehrte ihn ein Jugendlicher.

»Spielen wir heute?«, fragte ein Mädchen.

»Ja.« Begeisterter Jubel brach aus, den Felix schnell eindämmte. »Allerdings darf ich noch nicht mit meiner Schulter, weswegen ich heute nur der Referee bin. Aber ich habe Tyler mitgebracht, der wird mit euch spielen. Er kommt aus den USA und ihr könnt ihn über die NHL ausfragen. Er kann euch endlich Antworten auf eure unzähligen Fragen geben.«

Holy Shit! Bisher hatte ich nicht viel mit Kindern zu tun gehabt, es würde also eine Challenge werden. Ein wenig hatte Felix mich damit überfahren, dennoch freute ich mich auf die Herausforderung. Ich wurde misstrauisch beäugt. Unsicher hob ich die Hand und lächelte ihnen zu.

»Hi.«

»Bist du auch ein Spieler?«, fragte ein Junge skeptisch.

»Dafür ist der gar nicht trainiert«, meinte ein anderer.

»Autsch, Kinder sind immer so ehrlich«, murmelte ich, bevor ich laut dem Jungen antwortete. »Ich habe als Kind auch gespielt, aber nein, ich bin kein Spieler. Ich schaue mir nur Spiele an.«

Ein Betreuer klatschte in die Hände und errang somit die Aufmerksamkeit der Kinder zurück. »Gut, wie wäre es, wenn Felix erst vorliest und wir danach wieder nach draußen gehen?«, schlug er vor. Gleichermaßen erklangen Jubel als auch Murren.

»Welches Buch wollt ihr heute hören?«, fragte Felix an die Kleinen gewandt. Ein Mädchen lief hinein und kam kurz darauf mit einem großen Buch wieder zurück. Es war ein Bilderbuch, *Hildes Regenzauber – ein Ausflug ins Wolkenschloss* stand auf dem Cover.

»Hier, das mit der Maus drauf und der Reise mit Cora und ihrer Oma im Urlaub.« Sie überreichte Felix das Buch, der daraufhin mit den kleineren Kindern reinging. Ich lief ihnen hinterher. In einem großen gemütlichen Zimmer, das einem Wohnzimmer gleichkam, setzte er sich in die Nähe der Heizung auf den Boden. Die sieben oder acht Kinder, die uns begleitet hatten, verteilten sich um ihn herum. Ich nahm auf dem Sessel in der Nähe Platz. Eines der Mädchen hockte sich auf seinen Schoß und schlug das Buch auf.

»So, alle bereit? Meine fleißige Helferin Sophie auch?« Er sah das Mädchen auf seinen Knien von der Seite an.

»Ja.«

»Dann fang ich mal an.«

»Das Eis aus dem Buch haben wir schon gemacht«, rief einer der Jungs.

»Und? Hat es geschmeckt?«

»Ja. Wir können das auch mal machen«, antwortete er.

»Eine sehr gute Idee, die wir uns für den Sommer aufheben.« Felix sah sich um. »Kann ich anfangen?«

Alle bejahten und er las vor. Mit Leichtigkeit flossen die Worte über seine Lippen, er verstellte seine Stimme bei den einzelnen Figuren. Das machte er offensichtlich nicht zum ersten Mal. Sophie blätterte immer um, sobald er sie antippte. Auch sie schienen ein eingespieltes Team zu sein.

»Es ist schön, wie Felix sich so um die Kinder bemüht. Das ist sehr selten«, sagte eine der Erzieherinnen, die sich zu mir gestellt hatte.

»Es macht ihm offensichtlich viel Freude.«

»Die Kinder lieben ihn. Hoffentlich kommt er jetzt wieder öfter. Sie haben ihn sehr vermisst.«

Felix beendete die Geschichte. Sofort holte eines der Kinder ein weiteres Bilderbuch hervor.

»O nein, jetzt geht es nach draußen für das Spiel. Los, wer mitspielen will, zieht sich seine Jacke und Stiefel an.« Die Erzieherin nahm die Bücher in die Hand und legte sie ins Regal. Felix, die Kinder und ich gingen auf den Hof. Die Größeren hatten sich bereits Inline-Skates angezogen. Die Kleineren und ich spielten ohne.

»Wir haben die Teams schon eingeteilt«, informierte uns eines der älteren Kinder. Auf dem Hinterhof standen die Tore und die Kinderschläger lagen bereit.

»Dann stellt euch auf. Ihr wisst ja, pro Team fünf Spieler und ein Goalie.«

Als wir alle bereitstanden, pfiff Felix laut auf seinen Fingern, noch so etwas, was ich heute über ihn lernte, und das Spiel begann. Es wurde viel gelacht, wobei die Kinder mit großem Ernst und Ehrgeiz dabei waren. Felix achtete darauf, regelmäßig zu wechseln, damit jeder Spielzeit bekam.

Der gewählte Kapitän meines Teams kam auf mich zugerollt, nachdem mir mein Schläger zum fünften Mal aus der Hand gerutscht war. »Du solltest deinen Schläger festhalten, wenn du geschlagen hast, sonst triffst du irgendwann noch einen von uns.«

»Ich versuche es.« Ich sah zu Felix, der mich angrinste.

»Jetzt weiß ich, weshalb du gebeten wurdest, dein Team zu verlassen.«

»Tja, ich überlasse das Spielen lieber anderen.«

Wir bekamen alle rote Wangen im Laufe der Zeit und spielten, bis es dunkel wurde und die ersten Lichter auf dem Hof entzündet wurden. Einige der älteren Kinder, die unterwegs gewesen waren, kamen zurück und gesellten sich zu uns.

»Okay, Schluss für heute, jetzt gibt es Abendessen.« Der Erzieher klatschte in die Hände, musste sich einigen »Nur noch ein bisschen« erwehren. »Verabschiedet euch von Felix und Tyler.«

»Kommst du bald wieder mit?«, fragte mich ein Mädchen leise und scheu.

»Mal sehen, wann Felix das nächste Mal Zeit hat. Ich bin nur noch die nächste Woche in Deutschland, bevor ich nach Hause fliege.«

»Schade. Du könntest uns bestimmt auch vorlesen.«

Ich lächelte. »Ich werde versuchen, nächste Woche noch einmal vorbeizukommen.«

Ein Strahlen breitete sich auf ihrem Gesicht aus. »Dann spielen wir wieder Hockey.«

»Auch das.«

Die Kinder und Erzieher verabschiedeten sich von uns und wir gingen zum Auto.

»Erdet dich das?«, fragte ich Felix, als wir uns anschnallten.

»Absolut und führt mir jedes Mal vor Augen, wie privilegiert ich bin.«

»Total.« Vielleicht sollte ich aus meinem Privatvermögen an Heime in den USA spenden. Nötig hatten sie es bestimmt allemal. Ich startete den Wagen und fuhr los, folgte Felix' Anweisungen zum *Game Time*. »Wenn du es nicht in den Profibereich geschafft hättest, wärst du Erzieher geworden?«

»Auf keinen Fall.« Felix lachte. »Ich würde es keine Woche aushalten. Weder im Kindergarten noch in einem Heim oder SOS-Kinderdorf. Für ein paar Stunden ist es in Ordnung, für mehr bin ich nicht geschaffen.«

»Was wäre es dann geworden?«

Felix überlegte. »Wahrscheinlich hätte ich mich schlicht auf verschiedene Stellen bei uns in der Gegend beworben. Irgendwelche Handwerksberufe oder so. Ich habe keine Ahnung.« Er betrachtete mich von der Seite. »Willst du jetzt über mich herausfinden, was du mit dir anfangen kannst?«

Ich grinste schief. »Vielleicht? Nein, auf keinen Fall.« Ich seufzte und rieb mir den Nacken. »Die letzte Woche hat mir Spaß gemacht. So was in der Art würde ich gerne machen. In einem Verein oder Franchise arbeiten, etwas mit anderen entwickeln, voranbringen.«

»Das ist dasselbe wie dein Unternehmen.«

»Nein, ist es nicht, oder doch schon, trotzdem anders.«

»Gib deinen CEO Job auf und komm hierher.«

Ich blickte Felix kurz an. Ich hatte tatsächlich etwas gefunden, bei dem ich mehr als Spaß hatte, sogar dafür brannte und mich mehr als hundert Prozent einsetzte. Wenn es nur so einfach wäre, wie er sagte. Ich erwiderte nichts darauf, hatte ich doch selbst in den letzten Tagen mit dem Gedanken gespielt und ihn jedes Mal wieder verworfen.

Wie sollte das funktionieren? Noch immer nagte das Gefühl des Verrats an meinem Vater an mir, sobald ich in diese Richtung dachte. Dabei hatten meine Eltern mir bei allem die freie Entscheidung gelassen und mich nie in etwas reingedrängt. Ich sollte machen, was mich glücklich machte, nichts, wozu ich keine Lust hatte.

Die Firma würde nicht untergehen, nur weil ich ausstieg und mir meine Dividende ausbezahlen ließ. Dafür war sie zu groß. Weshalb ließ ich mich von Mason unter Druck setzen?

Ich fuhr auf den Parkplatz des *Game Times*, auf dem kaum ein Stellplatz frei war.

»Ganz schön voll hier.«

»Das will ich auch hoffen, immerhin müssen wir Geld verdienen.« Felix lachte. »Was hältst du davon, wenn wir nur eben Essen holen und es mit nach Hause nehmen?«

»Eine gute Idee.« Bevor Felix jedoch aussteigen konnte, umfasste ich seinen Unterarm. »Danke für heute, dein Vertrauen mir gegenüber. Nicht nur das, es hat mich abgelenkt.«

»Sehr gerne. Du bist ein miserabler Spieler, aber die Kinder hatten ihren Spaß und du hast die ganzen Sprüche ihrerseits großartig aufgenommen, Schwachhand.«

Das brachte mich zum Lachen. Die Kinder hatten mir diesen Spitznamen verliehen, nachdem ich zum x-ten Mal meinen Schläger nach einem Schuss fallen ließ.

»Nicht zu glauben, wie schnell die Zeit vergeht und du nur noch eine Woche hier bist.«

»Psst.« Ich legte Felix eine Hand über seinen Mund. »Sprich es bloß nicht aus.« Er leckte über meine Handinnenfläche. Statt sie wegzunehmen, ließ ich sie dort liegen, obwohl ich sie lieber an der Hose abgewischt hätte. Die Belohnung folgte auf dem Fuß und er drückte mir einen Kuss darauf, bevor er sie packte und wegnahm, um mir einen weiteren Kuss auf den Handrücken zu geben. Im dunklen Wagen fühlte er sich anscheinend sicher genug für diese Art der Zuneigung.

»Wir werden die Woche auskosten.«

»Hoffentlich.« Immer mehr wuchs in mir der Wunsch, hierzubleiben bei Felix, bei den Krakens, mir Spiele anzusehen und mit Felix zu schlafen. Unfassbar, wie schnell ich mich an ihn und seine Gesellschaft gewöhnt hatte. »Lass uns reingehen und nicht an die ablaufende Zeit denken.«

Kapitel 16

Felix

Tylers letzte Woche brach an. Mit fast jedem Teammitglied hatte er gesprochen, das Konzept für den Vorstand stand und einen Termin in Tylers Firma hatten sie ebenfalls. Unser Geschäftsführer Gerald Böhmer flog mit ihm nach Amerika, um die Damen und Herren von unserem Verein zu überzeugen. Wir setzten alle unsere Hoffnungen in die beiden, wobei ich fest daran glaubte.

Sollte es ein Happy End für uns geben, spielte ich auch in der kommenden Saison hier. Der sportliche Leiter hatte es mir gestern mitgeteilt. Mein Agent verhandelte bereits die neuen Vertragsdetails aus. Auch wenn ich Schweden immer noch heimlich nachtrauerte, was ich keinem gegenüber zugab, konnte ich doch in meinem Herzensverein spielen.

Aus den Vertragsverhandlungen hielt ich mich raus, das Einzige, was ich wollte, war Eishockey spielen. Wieder die Kufen aufs Eis setzen, die Kameradschaft der Mannschaft spüren, die Kämpfe mit den Gegnern und die Freude, wenn wir sie ausgespielt hatten, alle trainierten Züge wie ein Zahnrad ineinandergriffen und wir gewannen.

Nun saß ich auf der Heimbank im Trainingscenter, sah zu, wie meine Teamkameraden Schlagschüsse übten. Jeder Muskel in mir wollte dorthin, auch mit ihnen üben. John und Karl korrigierten vor allem bei den jüngeren Spielern die Haltung, aber auch die alten Hasen durften sich ständig etwas anhören.

»Es wird sogar mitten in der Saison an den Basics gearbeitet?« Tyler setzte sich neben mich, hielt genügend Abstand, den ich unbedingt verringern wollte, nur um sein Bein an meinem zu spüren, traute mich allerdings nicht.

»Coach Smith macht das manchmal, um den Druck herauszunehmen, damit wir auf andere Gedanken kommen. Gleich gibt es ein Trainingsspiel.«

»Die letzten zwei Spiele liefen nicht gut. Das hier zu Hause haben wir mit Ach und Krach gewonnen.« Tyler seufzte.

Ich riss mich vom Anblick meiner Teamkollegen los und wandte mich ihm schmunzelnd zu. Er sagte schon wir und zu Hause. Obwohl er noch nicht dazu gehörte, war er bereits ein großer Fan von uns. Er hatte für jedes Heimspiel während seines Urlaubs Karten gekauft, immer denselben Platz.

»Deine neuen Freunde sind bestimmt traurig, wenn du nicht mehr kommst, oder?«

»Einer von ihnen hat vorgeschlagen, mir einen Arbeitsplatz in seiner Firma zu besorgen. In der Buchhaltung dort brauchen die angeblich jemanden. Dann könnte ich weiterhin mit ihnen die Spiele schauen und Ideen ausbrüten, wie man diesen Verein retten kann. Ihre Worte, nicht meine.« Er lächelte und ich konnte das Glück heraushören.

»Die wissen gar nicht, wer du bist? Warum erzählst du es ihnen nicht?«

»Weil ich so einer von ihnen bin. Kein reicher Schnösel über die sie immer herziehen und die sich für etwas Besseres halten. Ich kann schlicht ich sein. Sie haben echt gute Ideen, die ich mit eingebaut habe und die bereits in Planung sind. Gerald spricht im Moment alles mit den Fanbeauftragten und Jana durch, um dafür die Werbetrommel rühren zu können.«

»Ich hoffe, dir fällt das nicht irgendwann auf die Füße. Sie könnten sich von dir betrogen und ausgenutzt vorkommen.«

Tylers Strahlen verblasste. »Ich weiß. Aber wahrscheinlich werde ich das nicht mehr mitbekommen, denn ich sitze in dem großen Büro meines Vaters und werde Stabilität vorheucheln.« Sarkasmus und Resignation trieften aus seinen Worten. Wie gerne hätte ich ihn in den Arm genommen. Aus dem, was er mir erzählte, klang es ständig nach Frust und Müssen, nur nicht nach Wollen. Wie dieser Mason ihn unter Druck setzte, ihn in eine Richtung dirigieren wollte, die er von seinem Vater nicht kannte, war völlig unter der Gürtellinie.

Leider konnte ich ihn hier nicht in den Arm nehmen, ihm nicht versprechen, es würde alles gut werden. Ich kannte sein Leben in den USA nicht, wusste nichts davon, wie es war, solch ein großes Unternehmen zu erben. Ich hatte die Firmenwebsite besucht, mir die Informationen durchgelesen und einige der Medikamente wiedererkannt, die Tylers Firma herstellte. Eines der Schmerzmittel hatte ich zu Beginn meiner Verletzung ebenfalls genommen. Frustriert seufzte ich.

Auf dem Eis wurden die Mannschaften aufgestellt, die Reihen durchgemischt und einige kamen auf uns zu.

»Weshalb ich überhaupt runtergekommen bin: Du bist dran mit dem Interview.«

»Ich dachte schon, ich entkomme dem. Es wird langsam furchterregend. Du erzählst nichts, die Jungs halten eisern den Mund. Das ist total beunruhigend. Fragst du uns nach unseren dunkelsten Geheimnissen aus? Geht es etwas um unser Sexualleben? Das kennst du bereits.«

Tyler lachte leise. »Um zu erfahren, wie das Sexleben einiger Spieler abläuft, muss ich wahrscheinlich nur mehr Zeit in der Umkleide verbringen«, erwiderte Tyler trocken. Er sah mich prüfend an, um seine Mundwinkel zuckte es. »Wenn ich erst einmal die Daumenschrauben anlege, wirst du mir noch mehr als deine dunkelsten Geheimnisse mitteilen.« Er grinste breit. Ich verdrehte die Augen und schüttelte den Kopf. »Vielleicht können wir schon eine Kleinigkeit essen? Bis die Jungs zum Mittag kommen, sind wir durch.«

»Es bleibt geheimnisvoll.« Ich wedelte mit den Händen in der Luft herum. »Wohoo, ich bin Hui Buh, das Schlossgespenst.«

Tyler lachte laut, als wir aufstanden und der Mannschaft Platz machten.

»Hast du dein Gespräch?«, fragte Paul, der wieder mittrainierte.

»Jepp, bin gespannt, was mich erwartet. Wird mir da ein Wahrheitsserum eingeflößt?«

Paul lachte. »Viel Spaß.« Mehr war aus ihm nicht herauszubekommen. Ich folgte Tyler in die Kantine, die wie ein kleines Restaurant wirkte. Die Tische standen in Blöcken im Raum verteilt, große Zimmerpflanzen befanden sich dazwischen und an den weißen Wänden hingen Spielszenen aus den letzten dreißig Jahren. Zwischendrin zwei Bilder, auf der die jeweiligen Mannschaften auf dem Eis posierten mit Medaillen um den Hals und einem großen Pokal vor ihnen. Erst zweimal konnten wir die Meisterschaft erringen.

Ich sah mir die Bilder so gerne an, stellte mir vor, wie es sein würde, den Pokal in die Höhe zu recken. Irgendwann schaffte ich das auch. Entweder hier in Deutschland oder woanders.

»Setz dich.« Tyler ging zum Kühlschrank, der neben den Buffettischen stand und holte zwei kleine Flaschen Wasser heraus. Das Mittagessen war noch nicht aufgebaut. Also mussten wir uns gedulden.

Ich setzte mich an einen Tisch am Fenster, von dem aus man in den Garten hinter dem Trainingscenter sehen konnte, der nur für uns zugänglich war. Im Frühling, Sommer und Herbst verlegte unser Athletiktrainer die Dehnübungen gerne mal nach draußen, damit wir uns nicht nur in der Halle aufhielten. Seiner Meinung nach mussten wir auch mal die Sonne sehen, statt nur unter einem Dach zu trainieren.

Tyler stellte mir ein stilles Wasser hin. So gut kannten wir uns schon. Ich musste unwillkürlich lächeln und Wärme breitete sich in mir aus. Er holte aus seiner Tasche zusammengefaltete Zettel und von einem Nebentisch einen Block und Stift und setzte sich mir gegenüber.

»Also die Fragen über das Sexleben können wir auslassen, das müsstest du ganz gut kennen. Inklusive meiner Vorlieben, die du in den letzten Nächten ausgiebig erforscht hast.« Ich grinste, allerdings war das mehr gespielt, denn echt. Ich griff nach der Wasserflasche, die ich in meinen Händen drehte. Das war hier etwas Offizielles, nichts Privates.

»Ja, das ist notiert. Kommen wir zu den seriösen Fragen.« Ein blankes Blatt Papier lag vor ihm, nirgendwo fand ich einen Zettel mit Notizen. Ich fuhr mir mit einer Hand durch den Nacken. Tyler hielt den Stift links. Er war Linkshänder? Wieso war mir das bis jetzt noch nicht aufgefallen? »Ich mache das hier nicht, weil ich alles durcheinander wirbeln möchte, sondern ein Gefühl für den Verein bekommen will. Du sollst mir nicht erzählen, wer mit wem gut klarkommt, wer Probleme miteinander hat, niemanden anklagen.« Er hielt inne, wirkte auf mich auf einmal einige Zentimeter größer. Seriös wie ein Geschäftsmann, vor dem man Respekt hatte.

Auf einmal konnte ich ihn mir als CEO vorstellen, der seine Mitarbeitenden anleitete, mit ihnen sprach und Anweisungen erteilte. Er sah bestimmt auch in einem Anzug sexy aus.

»Ich möchte nur wissen, warum willst du in diesem Verein spielen? Wie und wo siehst du deine Rolle und wie passt du hier rein? Weshalb sollten sich die Kraken immer wieder für dich entscheiden und dich nicht ersetzen?«

»Ist das hier ein Verkaufsgespräch?« Über diese Fragen dachte ich nie nach. Ich fügte mich ein, sagte meine Meinung, wenn es nötig war und half gerne den jüngeren Spielern, sofern ich nicht verletzt war. Ich war der gute Laune Bär. Na gut, nicht in den letzten Wochen, aber wieder auf gutem Wege dorthin.

»Felix, bitte. Lass unsere private Situation außen vor.«

Ich hob abwehrend die Hände. »Ich habe doch gar nichts in die Richtung gesagt.«

»Hättest du den Kommentar auch abgegeben, wenn wir nicht …« Tyler stockte, schien zu überlegen, wie er uns einordnete. Er hob die Arme und deutete zwischen uns hin und her. »Du weißt schon.«

»Ja, hätte ich.«

Er nickte nur, klickte mit dem Kugelschreiber. »Okay. Dann lass uns starten.«

Ich beugte mich vor, warf einen schnellen Blick zur Tür und horchte nach draußen, aber wir waren alleine.

»Glaube, es heißt Affäre, was wir haben.« Dann richtete ich mich auf, drehte die Flasche, kaute auf meiner Unterlippe und gab genau das wieder, was mir vorhin als Erstes zu seinen Fragen eingefallen war. Er machte sich Notizen, hakte zwischendurch nach.

»Du hast das echt drauf«, platzte ich in einer Pause heraus.

»Was meinst du?«

Ich wedelte mit meinen Händen in seine Richtung. »Na, dieses seriöse Geschäftsding mit Akteuren kennenlernen, damit du weißt, worauf du dich einlässt.«

Leichte Röte schoss ihm in die Wangen. Er räusperte sich, klickte wieder mit dem Kugelschreiber.

»Mason würde das bestimmt anders sehen.« Er seufzte. Draußen konnte ich noch immer nichts hören. Also gab ich meinem Bedürfnis nach, stand auf, umrundete den Tisch und umarmte ihn von hinten.

»Lass das. Wenn einer reinkommt und uns so sieht«, schimpfte er leise. Er schüttelte mich ab. So recht er hatte, strömte doch die Enttäuschung durch mich hindurch.

»Schon gut. Ich wollte dir nur … Ach vergiss es.« Ich setzte mich auf meinen Platz und sah aus dem Fenster. »Weißt du, du bist der Firmeninhaber, der CEO, er ist dir unterstellt. Im Grunde genommen, kannst du machen, was du willst.«

»So einfach ist das nicht, das habe ich dir doch schon mehrfach erklärt.« Tyler warf den Stift auf den Block, lehnte sich zurück und verschränkte die Arme vor der Brust.

»Beim *Game Time* funktioniert es.«

»Willst du jetzt wirklich euer Fast-Food-Restaurant mit einem weltweit operierenden Pharma-Unternehmen vergleichen?« Seine Augen weiteten sich und er ließ seine Handflächen auf die Tischplatte fallen.

»Ja. Ich bin ebenso Unternehmer wie du. Wir haben vor zwei Jahren den Laden eröffnet und er läuft mittlerweile sehr gut. Wir überlegen sogar, einen zweiten auf der anderen Seite der Stadt zu eröffnen, um ein weiteres Einzugsgebiet zu erschließen.« Ich stockte. O du meine Güte, ich klang wie mein Bruder. Mit Mühe konnte ich mich davon abhalten, mir eine Hand vor den Mund zu schlagen.

»Das mag bei euch funktionieren, aber du musst zugeben, welche riesigen Unterschiede zwischen eurem Restaurant und meiner Firma herrschen.«

Nun klang er wie der reiche Schnösel, der er nicht sein wollte, herablassend und kleinredend. Ich versteifte mich. Unser Laden lief, wir hatten einen guten Geschäftsführer eingestellt, der mit einer Hotelfachausbildung begonnen hatte und sich kontinuierlich weiterbildete. Wir hörten auf ihn, trafen die Entscheidungen nach seinen Empfehlungen und das brachte uns voran. Das ließ ich mir nicht kleinreden. Ich hatte es selbst aufgebaut, er nur geerbt. Darauf war ich stolz. Sollte er sich sein Erbe doch sonst wohin schieben.

»Sind wir hier fertig?«, fragte ich kalt und stand abrupt auf. Er sah überrascht zu mir auf.

»Ja.«

Ich ging zur Tür, drehte mich dort noch einmal um. »Das Essen kannst du alleine genießen. Außerdem solltest du heute in deiner Ferienwohnung schlafen, reicher Schnösel.« Ich wartete Tylers Reaktion nicht ab, sondern ging in die Folterkammer, um Fahrrad zu fahren. Langsam und ohne Anstrengung, das konnte ich länger machen, meine Aggressionen abarbeiten, wenn ich sie schon nicht auf dem Eis loswerden konnte.

Kapitel 17

Tyler

Felix hatte sich seit gestern, nachdem er aus der Kantine gestürmt war, nicht mehr gemeldet. Wartete er auf eine Entschuldigung meinerseits? Sollte ich mich melden? Ich konnte Felix Reaktion verstehen, wahrscheinlich hätte ich ähnlich agiert. Doch musste man dann totale Funkstille halten, wenn man sich abgeregt hatte?

Ich wollte nicht so auseinandergehen, nicht im Streit. Im Grunde wollte ich gar nicht fort. Weder von Felix noch von dem Verein. Es zerriss mich innerlich, wenn ich auch nur den Hauch eines Gedanken an den Rückflug und die Rückkehr in mein Büro zuließ. Es waren nur noch zwei Tage.

Holy Shit, wann war das passiert? Wie konnte mir dieser Kerl nur so leicht und schnell ans Herz wachsen? Jede Minute, die wir miteinander verbrachten, machte mein Leben bunter, fröhlicher, schöner und lustvoller.

Ja, ich war gestern unsensibel Felix gegenüber, hatte ihn nicht ernst genommen, mich unmöglich benommen. Er verdiente die Entschuldigung.

Ich tigerte durch die leere Ferienwohnung, die nach nichts roch und jedwede Persönlichkeit vermissen ließ. Felix fehlte mir. Die Nacht fühlte sich kalt, einsam und mies an. Felix hatte zwar wie ein Stein neben mir im Bett gelegen und geschnarcht, trotzdem hatte er Wärme und Nähe ausgestrahlt. Ich seufzte, suchte meine Sachen zusammen und fuhr zur Arena zum Heimspiel.

Viel zu spät kam ich an, quetschte mich durch die Leute in meiner Reihe. Doch von meinen neuen Freunden, Marco, Leif und Norbert war noch niemand da. Wahrscheinlich standen sie beim Getränkestand. Das hatte ich mir verkniffen, als ich die Schlangen davor sah.

Ich setzte mich und starrte auf die Tribüne mir gegenüber, die Plätze füllten sich immer mehr, auf dem Würfel lief Werbung und die Fans um mich herum quatschten miteinander.

All das würde ich in wenigen Tagen zurücklassen, sobald es für mich zurück in mein Gefängnis ging. Zwar ein gläsernes, mit allem was das Herz begehrte, dafür könnte ich höchstwahrscheinlich dem Verein helfen. Es gab bestimmt genügend Menschen dort draußen, die sofort mit mir tauschen würden, hätten sie die Chance dazu. Ja ja, du jammerst auf hohem Niveau, Roth.

Ich blickte hoch zu den VIP-Logen. Irgendwo dort befand sich Felix. Ich könnte ihm schreiben, mich mit ihm treffen und mich entschuldigen. Wir könnten die letzten Abende vor dem Fernseher oder im Bett auskosten. Unsere nie enden wollenden Gespräche wieder aufnehmen. Shit, ich sehnte mich nach ihm, seinem frechen Grinsen, seiner Nähe.

Holy Fuck, war ich etwa dabei, mich in Felix Amsel zu verlieben? Das konnte doch nicht wahr sein, nicht geschehen dürfen.

Ich hielt mir eine Hand vor den Mund, kniff mir auf die Nasenwurzel. Fühlte mich auf mal wieder so allein und einsam wie an den ersten Tagen vor unserem zweiten Treffen.

Doch mal ehrlich, wie sollte das Funktionieren mit uns? Er war nicht mal geoutet, dann ein ganzer Ozean zwischen uns. Sollte der Finanzierung zugestimmt werden, wie könnten wir eine Beziehung führen? Sie müsste geheim bleiben.

Jemand stieß mich von der Seite an und ich wandte mich dem Störenfried zu.

»Hallo Tyler.« Marco lächelte. »Letztes Heimspiel für dich?«

Ich brauchte einen Moment, um aus meinem Gedankenkarussell zu kommen. Doch dann zwang ich mich zu einem Lächeln. »Ja, in wenigen Tagen geht's heim. Ich werde es vermissen. So eine Stimmung haben wir bei uns nur, wenn ein Tor geschossen wird, ein Kampf ausbricht oder Power Play ist. Ihr habt das echt durchgängig.«

Er hob seinen Becher. »Letztes Heimspiel und kein Bier? Das geht nicht.« Er holte sein Phone heraus, tippte darauf herum. »So, Norbert bringt dir eines mit.«

»Danke dir.«

Leif kam dazu, setzte sich und beugte sich vor. »Habt ihr schon gehört? Ich habe es vom Fanbeauftragten, es gibt einen Amerikaner, der uns retten will«, sagte er atemlos. Sein Bier schwappte leicht über, da er es schräg hielt und in seiner Aufregung nicht bemerkte. Mein Lächeln schien auf meinem Gesicht zu gefrieren.

»Wirklich? Weiß man, wer es ist?« Marcos Stimme klang nach einer Mischung aus Freude und Unglauben.

»Nein, das wurde nicht gesagt. Auf jeden Fall werden die Spendenaktionen durchgeführt. Das Abendessen mit dem Kapitän und den Assistenz-Kapitänen, was beim letzten Heimspiel versteigert wird, dann werden ab nächster Woche die Kindertrainings angeboten und so.«

»Die setzen wirklich unsere Ideen um. Wie cool. Die Fanbeauftragten haben das tatsächlich weitergegeben.«

Ich rutschte auf meinem Sitz herum. Meistens war ich schneller gewesen als die Fanbeauftragen, trotzdem freute es mich, wie gewertschätzt sie sich deswegen fühlten. Es war ein hartes Stück Arbeit gewesen, die drei Spieler zu überzeugen einen Abend mit einem Fremden zu verbringen. Auch wenn es Fans sein würden. Am Ende hatten sie im Sinne des Vereins zugesagt. Das war eine der Ideen, die ich gerne für die nächsten Jahre aufnehmen wollte. Es sollten jedes Jahr drei andere Spieler zur Verfügung stehen.

Über uns kam Norbert, der dritte im Bunde, dazu und begrüßte uns. Er reichte mir mein Bier. Auch ihm wurden die Neuigkeiten sofort mitgeteilt. Aufgeregt diskutierten sie über den Spender, welche Veränderungen das mit sich bringen könnte und ob der neue Investor sich in die Führung einmischen würde. Trotzdem schienen sie sich so zu freuen und alle Hoffnungen darauf zu legen. Ich kam mir so schmutzig und hinterhältig vor.

»Ich bin das«, platzte ich mitten in ihr Gespräch hinein. Sie verstummten, sahen mich verständnislos an.

»Du bist schuld an der Handprellung vom Konny, weil er einen schnell und hart geschlagenen Puck mit der Fängerhand gehalten hat?«

Oh, sie waren schon längst weiter. Mir stieg die Hitze den Nacken hinauf.

»Nein, natürlich nicht. Ich … vergesst es.«

»Nee, nee«, sagte Norbert von oben, der immer etwas vorgebeugt saß, um sich mit uns zu unterhalten. »Nun rück raus. Was bist du?«

Ich schloss die Augen. Nun würde ich also meine neuen Freunde höchstwahrscheinlich enttäuschen, weil ich ihnen verschwiegen hatte, wer ich war. Ich blickte mich um, aber um uns herum waren die Fans mit anderen Sachen beschäftigt oder die Sitze noch nicht besetzt. Ich winkte die drei näher, wir stießen fast mit den Köpfen zusammen. Wie Marco und

Leif es schafften, nebeneinander zu stehen, war mir schleierhaft. Norbert hätte ich beinahe abgestützt, da er sich so weit vorbeugte und dabei fast vornüber fiel.

»Der Investor«, flüsterte ich. Drei Augenpaare starrten mich an. Unglaube sprach aus ihnen.

»Hör mal, wenn du dich über uns lustig machen willst, kannst du gehen. Das ist wichtig für uns. Du bist nur noch heute dabei und dann weg.« Marco klang todernst, jedwede Freundlichkeit war aus seinem Gesicht gewichen. Ich holte mein Phone hervor, rief die Seite mit der Führungsriege meiner Firma auf und zeigte sie ihnen.

»Seht ihr? Das bin ich. Tyler Roth, Firmeninhaber von *Roth Pharmacy Corporation.*«

Leif nahm mir das Handy ab, scrollte durch, rief andere Seiten ab.

»Alter, ich habe eure Aspirin zu Hause stehen.«

»Hast du uns ausgehorcht? Unsere Ideen als die deinen verkauft?« Norbert sah mich skeptisch an.

Ich schüttelte den Kopf. »Erst einmal, ich habe es genauso wie ihr erfahren. Später kam die Idee für die Investition. Und ja, im gewissen Sinne habe ich euch ausgehorcht und es als eure Vorschläge verkauft, es gibt nichts wertvolleres als von den Fans selbst zu erfahren, was sie sich wünschen.« Ich holte Luft. Hoffentlich beruhigte sie das etwas und sie fühlten sich nicht ausgenutzt von mir.

Noch betrachteten sie mich skeptisch. »Am Sonntag fliegen Gerald und ich nach Amerika und Montag haben wir den Termin. Aber bitte, behaltet es für euch. Es soll nichts publik werden, solange keine Entscheidung getroffen wurde. Ich vertraue euch.« Die Worte sprudelten nur so aus mir heraus, je länger ich sprach. Es tat so gut, ihnen endlich die Wahrheit gesagt zu haben. Ich hätte es längst tun sollen.

»Ich habe dir sogar einen Job in meiner Firma angeboten.« Marco lachte trocken. Die Plätze um uns füllten sich und die Angst, jemand könnte unser Gespräch mitbekommen, rückte näher.

»Es tut mir leid. Ich wollte nur einer von euch sein. Nicht der Firmeninhaber eines weltweit agierenden Pharmaunternehmens.« Ich ließ den Kopf hängen, nahm mein Phone wieder an mich.

Norbert setzte sich auf seinen Platz, sah nach unten aufs Eis. Die Lichter wurden gelöscht und das Begrüßungsbrimborium startete. Die Spieler wurden aufgerufen, die Nachnamen riefen die Fans laut mit.

Die Vorfreude auf mein letztes Heimspiel in Deutschland war endgültig verflogen. Am liebsten würde ich gehen. Seit gestern lief alles schief. Nun verfluchte ich mich, nicht auf das Angebot der VIP-Lounge eingegangen zu sein, wobei ich dort auch nicht sein wollte. Garantiert saß Felix da und dem wollte ich nicht in der Öffentlichkeit unter die Augen treten, solange nichts zwischen uns geklärt war. Mit ihm hatte ich es mir ebenso verbockt, wie mit den dreien hier auf der Tribüne.

Marco stupste mich an, beugte sich zu mir. »Wenn du das nicht nach Hause bringst, komme ich nach Amerika und zünde dir dein tolles Unternehmen unterm Arsch an.« Er sah mich an, kein Lächeln, kein amüsiertes Zucken um seine Augen, wie ich es sonst von ihm kannte, wenn er einen Witz machte.

»Ich will das hier genauso wie du. Wir haben eine gute Strategie erarbeitet. Es hilft auch sehr, wie die Fans, ihr, hinter uns steht, euch mit einbringt.« Ich brachte das voller Enthusiasmus raus.

Er nickte mir zu. »Genießen wir das Spiel und verdammt sollst du sein, sei einer von uns. Wärst du kein Eishockeyfan und wolltest uns nur aushorchen, hätten wir das längst gemerkt.« Er grinste breit.

Ein riesiger Stein kullerte mir vom Herzen. »Danke.« Immerhin etwas, das ich nicht verbockt hatte. Die Vereinshymne wurde angestimmt, die Fans holten ihre Phones hervor, schalteten die Taschenlampen an und sangen lauthals mit. Diese Stimmung mochte ich am liebsten. In diesem Moment gehörten alle zusammen, ganz egal, wer man war.

Am Ende gab es einen großen Knall, neben der aufgeblasenen Krake am Eingang der Heimmannschaft gingen die Feuer an und die Mannschaft kam unter Applaus und Jubel auf die Eisfläche. Sie stellten sich im Kreis um das Bully in der Mitte auf.

Eine Gänsehaut breitete sich auf meiner Haut aus. Irgendwann wäre Felix wieder dabei. Wie gerne stünde ich ihm nun bei, wenn er seine Teamkollegen sehen musste, wie sie spielen konnten und er dazu verdammt war, nur Zuschauer zu sein. Ich blickte zu den Logen hinauf.

Das Licht ging wieder an, die Spieler verließen das Eis. Unter den Pfiffen der Fans betrat die gegnerische Mannschaft die Fläche und fuhr zu ihrer Bank.

Das Spiel begann. Die Kraken spielten bissig, kontrollierten das Geschehen auf dem Eis, kämpften um den vierten Platz. Ein Team, das in die Playoffs wollte. Wie gern hätte ich Felix mal spielen gesehen.

Ich seufzte, holte mein Phone hervor und rief unseren Chatverlauf auf. Um mich herum stöhnten die Fans laut auf, Marco fasste sich mit beiden Händen an den Kopf, schimpfte über den gegnerischen Goalie, der unbedingt halten musste. Ich sah auf den großen Bildschirm des Jumbotrons für die Wiederholung. Der gegnerische Goalie hatte einen tollen Wristshot von Geller gehalten.

Locker aus dem Handgelenk eine Entschuldigung, die bräuchte ich jetzt.

Ich las mir die Nachricht nicht noch einmal durch, schickte sie ab und steckte das Phone weg. Ich wollte erst nach dem Spiel wieder nachsehen, ob er geantwortet hatte. Nun genoss ich mein letztes Heimspiel in Deutschland.

Wir gewannen das Spiel. Knapp, aber Hauptsache die zwei Punkte blieben hier und wir hielten den vierten Platz. Was unserer Präsentation am Montag nur zugute kam.

»Wir sehen uns nicht mehr«, sagte Marco, als die Reihen sich leerten und alles zu den Ausgängen strömte. Mittlerweile wartete ich, bis die Arena leer war, da gab es kein Gedränge im Parkhaus.

»Wahrscheinlich nicht.«

»Lass dich zum Abschied umarmen.« Marco drückte mich. »Viel Glück nächste Woche. Wir zählen auf dich.«

Überhaupt kein Druck, den er aufbaute. Gar nicht. Ich unterdrückte ein Seufzen. Die Anzahl der Menschen, die all ihre Hoffnung auf mich setzten, wuchs stetig an und die Angst, sie zu enttäuschen, stieg parallel dazu.

»Ich gebe alles.«

Norbert schlug mir von oben auf die Schulter. »Machet jut, Tyler. Du wirst das Kind schon schaukeln.«

Ich nickte nur. Ignorierte das Gewicht der Verantwortung. Leif drängelte sich an Marco vorbei, fiel fast über die Begrenzung zur unteren Reihe.

»Komm gut heim.« Er drückte mich an sich. Ich war ihm so dankbar, da er nichts weiter zu der Investition sagte.

»Danke dir. Ich werde dem Piloten sagen, er soll sich Mühe geben.«

Die Tribünen waren fast alle leer und wir machten uns auf den Weg. Am Ausgang verabschiedeten wir uns endgültig, doch bevor ich in die Dunkelheit mit dem Nieselregen ging, holte ich mein Phone hervor und sah sofort eine Nachricht von Felix auf dem Display, die ich eilig öffnete.

Komm zu mir.

Mehr stand dort nicht. Nur diese drei Wörter. Kein: Ich habe deine Entschuldigung akzeptiert. Oder: In Ordnung, ich vergebe dir.

Ich atmete tief durch. Du wirst schon merken, was er von dir will, wenn du bei ihm bist. Ich eilte durch den Nieselregen zum Parkhaus.

Es dauerte nur eine Viertelstunde, bis ich vor Felix' Haus stand. Mein Puls raste. Aus seinem Wohnzimmer- und Küchenfenster im dritten Stock drang Licht. Ich klingelte, keine Minute später ging der Summer an der Haustür und ich lief die Etagen hoch.

Seine Wohnungstür war angelehnt, von Felix nirgends eine Spur. Also betrat ich die Wohnung, streifte die Schuhe an der Garderobe ab und zog die Jacke aus. Meine Kehle war staubtrocken und in meinem Magen herrschte ein Aufruhr aus Angst, gepaart mit freudiger Erregung, Felix endlich wiederzusehen.

Aus der Küche hörte ich die Abzugshaube und ging dorthin. Im Türrahmen blieb ich stehen, lehnte mich lässig dagegen. Felix befand sich vor dem Herd, mit dem Rücken mir zugewandt.

»Entschuldige bitte meinen Ausfall gestern.« Ich wusste nicht, was ich sonst sagen sollte.

»Weißt du, nur weil ich nicht weltweit agiere und selbst jeden Tag im Restaurant stehe, bedeutet das nicht, mein *Game Time* sei weniger wert als deine *Roth Pharmacy Corporation*.« Er kehrte mir noch immer den Rücken zu, rührte in einem Topf. »Im Gegensatz zu dir habe ich das selbst aufgezogen und nicht geerbt.«

Autsch. Die verbale Ohrfeige saß. Ich konnte nicht mal ein Gegenargument hervorbringen, da es stimmte. Nun drehte er sich zu mir um. Hatte einen neutralen Gesichtsausdruck aufgesetzt. Wie gerne hätte ich das freche Grinsen von ihm wieder gesehen.

»Vielleicht sollten wir uns voneinander fernhalten. Ich habe keine Lust, das in Zukunft ständig von dir vorgehalten zu bekommen.«

»Felix …« Was sollte ich dazu sagen? Ich hatte mich doch entschuldigt. »Das … Nein! Auf keinen Fall. Es tut mir leid, ich habe völligen Mist geredet.« Ich fuhr mir mit den Händen durch die Haare.

»Du warst sauer und hast das Erste gesagt, was dir in den Sinn gekommen ist. Anscheinend siehst du dich doch als was Besseres.« Er verschränkte die Arme vor der Brust. »All dein Gerede von du willst einfach nur du sein und den Quatsch scheinst du nicht ernst zu meinen«, sagte er mit bitterem Tonfall, in den sich ebenso Enttäuschung mischte.

Mir wurde schlecht, ich griff nach dem Türrahmen, um mich festzuhalten. Mehrfach setzte ich an, ihm zu widersprechen, aber es klang alles nur hohl in meinem Kopf. Wörter waren schnell daher gesagt, doch ob er mir glaubte, stand auf einem anderen Blatt. Dennoch musste ich irgendetwas sagen. Nur was? Ich öffnete den Mund, schloss ihn wieder.

»Ich will das hier zwischen uns. Mehr als nur einen Urlaubsflirt oder Spaß.« Mein Herz klopfte so schnell, nachdem ich das ausgesprochen hatte und meine Handinnenflächen wurden feucht. Über Felix' Gesicht huschte Erstaunen und Freude. Doch es ging viel zu rasch vorbei und er hatte sich wieder unter Kontrolle.

Trotzdem keimte ein kleiner Hoffnungsschimmer in mir auf. Vielleicht konnte mehr zwischen uns entstehen. »Mir ist noch keine gute Lösung eingefallen, wie wir das mit dem Teich zwischen uns lösen können, aber ich glaube fest daran, wir bekommen das hin. Andere tun das auch.«

Felix lachte, ein trauriges, bitteres Lachen, das nichts Gutes verhieß und meine Hoffnung fast im Keim erstickte.

»Wir kennen uns doch kaum. Wir hatten Sex, haben ein bisschen Zeit miteinander verbracht. Übermorgen fährst du. Was glaubst du wohl, wie das laufen wird? Ich bin mit Eishockey voll ausgelastet, du bist mit deiner Pillenproduktion beschäftigt und sogar diese drei Wochen hast du dir schwer erkämpft, so wie das geklungen hat.« Felix atmete tief ein.

Ich wollte etwas erwidern, kam allerdings nicht dazu.

»Nein, ich wüsste nicht, wieso ich an etwas festhalten sollte, das nur aus Spaß bestand und ich mich am Ende erniedrigen lassen muss.« Felix drehte sich wieder zum Topf und rührte darin herum. »Außerdem wolltest du das Ganze erst gar nicht, aus Angst, es könnte ein falscher Eindruck im Verein entstehen, sollte unsere Affäre rauskommen.«

»Holy Crap!« Unbewusst ging ich zwei Schritte auf Felix zu, streckte die Hand nach ihm aus, traute mich jedoch nicht, ihn anzufassen und ließ sie wieder sinken. »Ich verliebe mich in dich. Wer kann dagegen etwas sagen? Das sucht man sich nicht aus«, rief ich verzweifelt und schlug mir im selben Moment auf den Mund. Er versteifte sich am Herd.

Ich zwang mich zur Ruhe. Wenn wir die Nerven verloren, kamen wir nicht weiter. »Du bist mir unter die Haut gegangen und ich würde wirklich gerne wissen, wohin das führt. Ich könnte vielleicht mehrere Wochen im Jahr von Europa aus arbeiten oder so. Ich würde alles tun, um dem Gefängnis zu entkommen, in das Mason mich steckt.«

Felix drehte sich um, funkelte mich wütend an. »Wie willst du eine Fernbeziehung führen, wenn du es nicht mal schaffst, Mason deine Meinung zu geigen? Werde erwachsen, Tyler. Irgendwann wirst du den passenden Partner für dich finden.« Er wandte sich wieder dem Herd zu, schenkte mir nur den Anblick seines Rückens.

What the Fuck? Was ging hier ab? In mir wallte Wut und gleichzeitig Verzweiflung auf, wie eine riesige Welle im Ozean bei einem Sturm und schien kurz davor zu stehen, über mir zusammenzubrechen. Fuck, ich kannte den Kerl vor mir nicht mal drei Wochen und trotzdem schaffte er es, mich so zu verletzen.

»Sagt der Mann, der sich nicht vor seinen Teamkollegen outen kann. Du schaffst es nicht mal, ihnen Nein zu sagen, wenn sie dich mit zu Doppeldates schleppen.« Ich schleuderte ihm die Worte an den Rücken. Seine Schultern strafften sich und er rührte lautstark in seinem Topf.

All die Freude über das stehende Konzept, die ausgearbeitete Strategie verflog. Auf einmal konnte ich es gar nicht erwarten, schnell genug aus Deutschland zu verschwinden.

»Es sollte doch eh nur Spaß sein. Sex. Das hatten wir. Ich hoffe, du legst das dem Team und dem Verein nicht negativ aus, wie wir nun auseinandergehen.« Er klang erschöpft und resigniert. Die Wut schien bei ihm verraucht zu sein, eingerührt in das Essen im Topf.

»Ich bin durchaus in der Lage, es zu trennen«, sagte ich mit bemüht kalter Stimme. Felix sollte bloß nicht merken, wie sehr er mir wehtat, wie tief das Messer steckte, welches er mir ins Herz gerammt hatte. »Ich will dieses Team retten, das hat nichts mit der Sache zwischen dir und mir zu tun. Das eine ist privat, das andere beruflich.« Ich schluckte meine Wut hinunter, die Verzweiflung und Enttäuschung über unser Ende blieben und ließen sich nicht vertreiben.

Meine Stimme nahm eine Kälte an, die als Kühlsystem für die Eisfläche in der Arena ausgereicht hätte. »Keine Sorge, das wird sich auch nicht auf eine Verlängerung deines Vertrags auswirken. Das liegt allein in der Hand der zuständigen Entscheidungsträger, zu denen ich nicht gehöre als Geldgeber.«

Wie sehr hatte ich mir gewünscht, der Abend würde anders verlaufen, ich konnte jedoch nichts machen. Ich konnte Felix nicht zwingen. Der schien an seinem Essen im Topf interessierter zu sein, als an mir, denn er wandte sich mir nicht zu. Ich drehte mich um, im Türrahmen verharrte ich.

»Ich hätte nicht mit deiner kleinkindlichen Reaktion gerechnet. Niemand hat dir die Schaufel aus dem Sandkasten geklaut.« Ich wartete auf eine Erwiderung, eine Geste, es kam jedoch nichts. »Nun gut, ist wohl besser, wenn es hier endet und nicht erst später.« Ich konnte den Hauch meiner Traurigkeit nicht unterdrücken.

Er drehte sich zu mir um, funkelte mich wütend an, sein Mund ein Strich.

»Wie hätte sich denn in einer Fernbeziehung etwas entwickeln können, wenn wir uns nie sehen? Da habe ich lieber einen Mann, den ich anfassen kann als ein Traumgebilde.«

»O ja, weil du schon so viele Beziehungen hattest. Du vögelst dich doch lieber durch die Betten namenloser Fuckboys.«

Seine Hände ballten sich zu Fäusten und am Hals pulsierte seine Schlagader.

»Du solltest jetzt gehen, bevor wir beide Dinge sagen, die wir besser für uns behalten. Ich wünsche dir weiterhin viel Glück in deinem Leben.« Damit drehte er den Herd hinunter, trat ans Fenster und starrte hinaus. Zeigte mir eindeutig, wie sehr er mich loswerden wollte. Ich biss mir auf die Unterlippe, drehte mich wortlos um und verließ die Wohnung.

Kapitel 18

Felix

Die Wohnungstür fiel ins Schloss und ich trat einen Schritt vom Fenster zurück, behielt die Straße aber weiterhin im Blick, ebenso das Auto von Tyler.

Das Gespräch hatte mich mental erschöpft und ich fühlte mich ausgewrungen wie ein nasses Handtuch. Da hatte ich lieber ein Playoff-Spiel mit zweimal Overtime hinter mir, als Tyler vorzuspielen, ich wollte nichts von ihm.

Er hätte sich überhaupt nicht entschuldigen müssen. Ich hatte mich gestern wie ein Kleinkind benommen. Allerdings waren ihm die pure Arroganz und Hochnäsigkeit aus jeder Pore gequollen, er hatte wie der reiche, verwöhnte Schnösel, der er nicht sein wollte geklungen und das hatte Wut in mir entfacht. Ich fühlte mich gekränkt und vor allem sein Gerede über das *Game Time* hatte mich verletzt.

Erst später, alleine vor dem Fernseher, dachte ich das erste Mal rational darüber nach. War unser Gespräch in Gedanken durchgegangen. Ich hatte überreagiert, war dann zu stolz, um zum Handy zu greifen und ihn anzurufen. Dabei vermisste ich ihn. Auch jetzt.

Trotzdem war es einfacher, ihn in dem Glauben gehen zu lassen, ich sei kleinkariert und engstirnig. Wie sollte das mit einer Fernbeziehung zwischen uns funktionieren?

Wir hätten miteinander reden können, keine Frage. Allerdings wollte ich nicht auf Nähe und Vertrautheit verzichten. Oder den Sex. Ich würde hoffentlich noch um die acht bis zehn Jahre Eishockey spielen, unsere Zeitpläne wären das reinste Puzzlespiel, das Ganze für ein paar Stunden Zweisamkeit? Zudem, wer gab mir die Garantie, ob es mit uns funktionierte? Ja, es gab den Funken, die Chemie zwischen uns, doch reichte das für mehr?

Warum konnte man dieses verdammte Konzept von Verlieben nicht selbst steuern? Scheiße, wie hatte das überhaupt passieren können? Es sollte doch nur Spaß sein, wann hatte ich mich in Tyler verliebt?

»Verdammte Scheiße!« Ich schlug mit den Fäusten auf die Fensterbank. Die ganzen Tage konnte ich mir etwas vormachen, es auf die Aufregung schieben, wieder mehr machen zu dürfen und keinen Verband mehr zu tragen, doch seit gestern war es vorbei. Ich hatte keinen Appetit, hätte ununterbrochen heulen können. Hatte die Symptome gegoogelt und mir selbst Liebeskummer diagnostiziert. Das erste Mal in meinem Leben.

Lieber jetzt einen sauberen Cut als später, wenn es nur schmerzhafter wurde. Außerdem kroch in der letzten Woche immer mehr die Angst in mir hoch, mich zu verraten, je enger es mit Tyler wurde. Was dann? Würde ich aus dem Team fliegen? Sie kloppten alle große Sprüche zu den Pride-Wochen und der jährlich stattfindenden Pride-Nacht. Aber was waren Worte schon wert? Klar gab es vereinzelt Männer im Team, die garantiert hinter mir standen, was war jedoch mit den anderen? Ich wollte uns nicht zweiteilen. Wir mussten als ein Team funktionieren.

Tyler trat aus dem Haus, überquerte die Straße. Die Blinker seines Autos leuchteten auf, das Licht schaltete sich ein.

Bevor er einstieg, sah er zum Fenster hinauf. Instinktiv trat ich noch weiter zurück. Hob die Hand. »Bye, mein wunderschöner Ami«, flüsterte ich.

Ich drehte mich um, schob den Topf vom Herd. Der Hunger war mir vergangen, dafür fühlte ich mich elend. Traurigkeit überschwemmte meinen Körper.

Er war gegangen. Fort. Genauso, wie ich es gewollt hatte. Ihm die kalte Schulter zu zeigen, war eines der schwersten Dinge, die ich bisher gemacht hatte. Ihm Gleichgültigkeit vorzugaukeln, wenn ich ihm doch am liebsten um den Hals gefallen und ihn in mein Bett verfrachtet hätte. Hinterher hätten wir wieder über Nichtigkeiten gesprochen. Ich mochte die Zeit nach dem Sex bald mehr als den Akt selbst. Wenn wir beide völlig entspannt da lagen, keine Mauern mehr hochgezogen waren und uns alles erzählen konnten. Die Bettdecke wie ein sicherer Kokon über uns lag, der uns einhüllte und Dinge preisgab, die wir bei Tageslicht nie ausgesprochen hätten.

Ich schaltete die Lichter in meiner Wohnung aus und ließ mich schwer aufs Sofa fallen. Statt das Licht anzuschalten, übernahm die Dunkelheit des Abends, in der ich mich für heute verstecken konnte.

⚫

»Nur noch dreimal. Ja, gut. Du bekommst den Arm schon sehr hoch.« Unser Physio Boris trieb mich jeden Tag ein Stück weiter. Aber ich begrüßte das Brennen in meinen Muskeln, hatte es zwei Wochen vermisst, näherte mich meinem Ziel, wieder aufs Eis zu kommen. Dafür würde ich viel mehr Schmerzen in Kauf nehmen.

»Du bist wirklich der Herr über diese Folterkammer«, stöhnte ich, als ich nach dem dritten Mal den Arm sinken ließ und darüber strich. Ich stutzte. Da benutzte ich glatt Tylers Worte. Eine Schlinge um mein Herz zog sich zusammen und zerquetschte es. Er musste hier irgendwo im Haus sein. Sein Auto stand auf dem Parkplatz.

Erst gestern Abend in der Dunkelheit meines Wohnzimmers, allein und verlassen, gestand ich mir ein, wie tief ich in diesem emotionalen Sumpf von Verliebtheit steckte. Selbst das Aufstehen heute Morgen war mir so unendlich schwer gefallen. Wäre nicht der Antrieb gewesen, bald wieder aufs Eis zu kommen, hätte ich mich krankgemeldet und wäre viel lieber unter der Bettdecke geblieben.

»Wie geht's dem Arm?«, fragte Boris und ich sah auf.

»Gut. Kann es nicht erwarten, bis du mich aufs Eis lässt.«

Boris lachte. »Das dauert noch ein wenig. Vielleicht in vier maximal sechs Wochen. Du musst erst deine Bewegungsfähigkeit wieder herstellen.«

Ich schnaubte frustriert. »Aber Fahrradfahren geht.«

»Ergometer stehen auf dem Fleck und du kannst dort gerade sitzen ohne Anstrengung.«

»Hey, auf dem Eis ist das sogar noch besser.«

»Du könntest fallen und der Bruch geht auf. Hör auf zu diskutieren, arbeite stattdessen konzentriert weiter.«

»Bin ja schon ruhig.« Ich wollte so dringend zurück aufs Eis, meinem Team bei Spielen helfen, dennoch hörte ich genau darauf, was die Ärzte und Boris sagten. Auch wenn es mir heute ziemlich schwerfiel und mein Gemütszustand irgendwo im Keller verweilte. Sobald ich auf dem Eis stand, konnte ich so vieles vergessen, den Kopf freibekommen und mich gehen lassen. Das war mir zurzeit genommen worden und ich wusste nicht, wie ich damit klarkommen sollte.

Leise seufzte ich. Boris räumte unsere Trainingsutensilien zusammen.

»Ich werde die Übungen zu Hause wiederholen.«

»Brav.« Boris tätschelte meine gesunde Schulter und entließ mich. Ich ging zum Eis, sog den Geruch des gefrorenen Wassers ein. Von der Mannschaft hielt sich heute niemand hier auf. Sie hatten einen Ruhetag und den nutzten alle.

Oder auch nicht.

»Felix, du Gott des Glücks.« Stannis Stimme hallte durch die Halle.

»Was machst du hier?«, fragte ich ihn und wandte mich dem Eingang zu.

»Dachte mir, du bist bei der Physio und ich hole dich ab. Juli und ich haben uns überlegt, uns heute mit Ulli zusammen zu setzen wegen des zweiten Ladens.«

Das war eine sehr gute Idee und brachte mich vielleicht auf andere Gedanken. »Dann lass uns los. Ich bin hier fertig.«

»Wunderbar. Ich schreibe Juli, er kommt direkt zum Restaurant.« Stanni liebte es, unseren Laden als Restaurant zu bezeichnen. Die Jungs zogen ihn deswegen auf und fragten nach den neuesten Fünf-Gänge-Menüs. Doch er stand darüber, konterte jedes Mal, wie sehr es ihnen bei uns schmecken müsste, ansonsten würde er sie und ihre Familien nicht so häufig bei uns sehen.

»Ich habe mir überlegt, wenn das zweite *Game Time* auch läuft, ob wir uns an einem Restaurant versuchen.« Wir gingen zum Ausgang des Trainingscenters.

»Wir haben doch eines«, erwiderte Stanni.

»Schon klar«, beschwichtigte ich ihn. »Ich meine eines der gehobenen Kategorie. Vielleicht können wir einen Sternekoch anwerben.«

»Die Idee gefällt mir, aber meinst du nicht, wir sollten erst einen Schritt nach dem anderen machen? Ansonsten stolpern wir wie Coach Smith immer sagt.«

Ich lachte. Stanni wiederholte so gerne Weisheiten und Sprüche, ganz egal von wem sie stammten.

»Wir wollen uns nicht verletzen.«

»Genau.« Ich unterdrückte ein Grinsen. Unrecht hatte er nicht. Erst einmal abwarten, ob das zweite *Game Time* läuft, dann konnten wir uns weiter umsehen.

Am *Game Time* angekommen, wartete Juli vor der Tür und wir begrüßten uns. Aus der Jackentasche unseres Goalies guckte wie immer der kleine Teddy hervor, den er von seiner jüngeren Schwester zu seinem ersten Spiel als Kind bekommen hatte. Ursprünglich war es ihr Lieblingskuscheltier, doch sie war damals der Meinung, ihr Bruder könnte es bei seinem ersten Spiel besser gebrauchen.

Der Kopf war laut seiner Aussage bereits dreimal angenäht worden, auch sonst sah der Teddy an einigen Stellen sehr abgegriffen und fadenscheinig aus. Doch Juli gewann sein allererstes Spiel mit ihm als Glücksbringer und deswegen nahm er seitdem den Teddy überall mit hin. Hatte noch nie jemand behauptet, wir Sportler wären nicht abergläubisch. Seine Schwester hatte mir vor einigen Wochen anvertraut, ihr Bruder hätte ihr den Teddy zurückgeben sollen, doch er hatte ihn mit allem verteidigt, was ihm zur Verfügung stand.

»Ich habe Ulli schon gefragt, ob er Zeit hat. Er ist zwar nicht einverstanden mit unseren ständigen spontanen Treffen, aber er meint, in vielleicht zwanzig Jahren hat er sich daran gewöhnt.«

Wir betraten den Laden. Wie immer ließ ich meinen Blick herum schweifen. Auf einem verlassenen Tisch standen zurückgelassene Tabletts, es war nur spärlich besucht, allerdings würde das Mittagsgeschäft erst in einer Stunde starten. Die Mitarbeiter hinter der Theke wischten die Flächen ab oder füllten Stände auf. Wir begrüßten sie kurz.

»Da seid ihr ja. Können wir uns auf feste Termine einigen?« Ulli kam auf uns zu, wie immer in einem Anzug, der perfekt saß. Obwohl er mit Mitte dreißig noch recht jung war, strahlte er eine strenge Autorität aus und wirkte trotzdem wie jemand, mit dem man reden konnte. Er war beliebt bei den Mitarbeitenden. Hinzu kam, er wusste, was er tat und das mit Erfolg, wie unsere Zahlen jeden Monat bestätigten.

»Wir werden es mit der DEL besprechen. Vielleicht passen sie den Spielplan nach unseren Terminen an«, erwiderte ich liebenswürdig. Ich mochte Ulli. Er sagte, was er dachte und sprach uns nicht nach dem Mund.

»Ja, bitte. Ansonsten werde ich mal ein Wörtchen mit denen reden.« Er deutete auf einen Tisch in einer Ecke, am Fenster. Es war genau derselbe, an dem ich mit Tyler gesessen hatte. Sofort strömten die Erinnerungen auf mich ein. »Wollen wir uns dort hinsetzen?«

»Ich mag den Tisch.« Stanni öffnete die Mappe. Er hatte immer alle Unterlagen zur Hand und schickte sie Juli und mir regelmäßig zu. Er machte sich die meiste Arbeit, dabei hatte er die wenigste Zeit von uns mit seinen drei Kindern zu Hause.

»Gut, ich hole uns eben Kaffee, meine Unterlagen und dann setzen wir uns zusammen.« Ulli verschwand in einer Seitentür neben der Bestelltheke.

Kurz darauf saßen wir beisammen, jeder mit einer Tasse Kaffee vor der Nase und legten Ulli in allen Einzelheiten dar, was wir uns vorgestellt hatten, zeigten ihm den Standort und wie wir uns unsere weitere Zusammenarbeit mit ihm vorstellten. Er hörte sich alles an, besah sich die Dokumente und Pläne, die Stanni ihm reichte.

»Was sagst du?«, fragte Juli, der mir gegenüber saß und zwischendurch in seiner Jackentasche den Teddy gedrückt hatte, jedes Mal, wenn Ulli nicht zufrieden aussah.

»Die Idee ist gut. Auch meine kommende Position als Regionaldirektor, so nenne ich sie mal. Der Standort ist allerdings nicht so glücklich. Wenn wir«, er nahm den Stadtplan und zeigte auf einen grünen Flecken, »dieses Grundstück kriegen und die Baugenehmigung erhalten, greifen wir auch die Autofahrer ab, die von der Autobahn kommen oder auf dem Weg dorthin sind.«

Stanni nickte verstehend. »Was müssen wir machen, damit du dich darum kümmern kannst? Wir sind so eingespannt mit Training und Spielen, da verzögert es sich nur unnötig.«

»Mich mit dem Vertrag ausstatten und mir eine vollständige Prokura geben. Das bedeutet zwar im ersten Moment etwas Laufarbeit für euch, doch ich kann kurzfristige Entscheidungen treffen und muss nicht warten, bis ihr wieder hier seid und Zeit habt.« Er trommelte leise mit den Fingern auf den Tisch. »Außerdem lautet die Frage nicht, was ihr machen müsst, sondern ob ihr mir die Verantwortung zutraut und mir vertraut.«

»Auf jeden Fall«, warf ich ein. Die Eingangstür öffnete sich und eine Gruppe Jugendlicher stürmte an die Kassen. Lautstark unterhielten sie sich.

»Definitiv«, warf Juli ein.

»Vielen Dank für euer Vertrauen.« Ulli blickte zur Tür, die sich erneut öffnete und einen weiteren Trupp Teenager hinein spülte. Er rutschte auf seinem Stuhl herum. »Wenn wir durch sind, ich würde gerne nach vorne gehen. Wollt ihr einen Salat essen? Ich lasse sie euch bringen.«

Wir bejahten und verabschiedeten uns schon einmal. Stanni räumte die Unterlagen beiseite und wirkte dabei sehr zufrieden.

»Wir werden reich durch unsere Restaurants.« Stanni lächelte glücklich und rieb sich die Hände. Wir kamen auf das gestrige Spiel zu sprechen und ich hatte keine Ahnung wie, aber auf einmal wandte sich das Gespräch Tyler zu. In dem Moment erhielten wir die Salate und ich atmete erleichtert aus. Lieber sprach ich über die kommenden Spiele, als über Tyler.

»Triffst du dich noch mit ihm heute?«, fragte Juli, der sehr zu meinem Verdruss das Thema wieder aufnahm und sich die erste Gabel Salat in den Mund schob. Mir stockte kurz das Herz. Aber sie war nur folgerichtig. Die letzten zwei Wochen hatten wir jeden Tag etwas unternommen. Oft direkt vom Trainingszentrum aus, zudem hatte er mich jeden Tag mitgenommen, was niemandem verborgen geblieben war.

»Nein. Er fliegt morgen und muss noch Koffer packen.« Ich saugte mir die Erklärung aus den Fingern, stocherte in meinem Salat.

Stanni musterte mich. »Ihr habt euch gut angefreundet.«

Ich zwang mich zu einem Lächeln. Könnten wir bitte das Gesprächsthema wechseln?

»Ja.«

Nun betrachteten mich beide. Mir zog sich der Magen zusammen und ich legte die Gabel beiseite.

»Was?«

Juli und Stanni wechselten einen Blick, der mir die Kehle zuschnürte. Hatten sie etwas bemerkt? Wir waren so vorsichtig gewesen. Doch die beiden gehörten zu meinen besten Freunden. Die meiste Zeit verbrachte ich mit ihnen außerhalb des Trainings und der Spiele.

»Er steht auf dich«, platzte Juli heraus.

Ich riss meine Augen auf. »Was? Wie kommst du darauf?« Mein Puls wurde schneller und mir lief es heiß und kalt den Rücken hinunter.

»Hast du nie die Herzen in seinen Augen bemerkt, wenn er dich ansieht?« Stanni schob seinen leeren Teller beiseite.

Gleich würde ich sterben, garantiert. Im Gegensatz zu den beiden konnte ich keinen Bissen herunterbringen.

Kannten sie mein Geheimnis? Wussten sie, was wirklich zwischen Tyler und mir ablief? Sollte es so sein, dauerte es wahrscheinlich nicht mehr lange und unsere Freundschaft war aufgekündigt. Zumindest war ich mir bei Stanni nicht sicher, wie er dazu stehen würde.

Meine Hand krampfte sich fest zusammen und ich zwang mich, sie locker liegenzulassen. In meinen Ohren rauschte es und ich holte tief Luft, um welche in meine leeren Lungen zu pumpen.

»Augen können keine Herzen haben«, stieß ich schließlich hervor und hoffte, normal zu klingen.

»Hey, das ist doch nicht schlimm«, sagte Juli und pickte sich aus meinem Salat die Tomaten.

»Wir sind nur Freunde«, log ich, denn auch das stimmte nicht mehr, nach meinem Auftritt gestern.

»Das hat auch keiner bestritten.« Juli widmete sich den spärlichen Gurken.

»Was haltet ihr davon, wenn wir fahren?«, schlug ich vor, in der Hoffnung, das würde sie vom Thema abbringen.

»Du hast noch nicht aufgegessen.« Stanni deutete auf meinen vollen Teller, von dem Juli sich sein Lieblingsgemüse mit der Gabel pickte.

»Ich bin satt.«

Stanni runzelte die Stirn. »Du hast überhaupt nichts gegessen. Wie kannst du satt sein? Ein leerer Magen ist ein schlechter Ratgeber.«

Ich schloss die Augen, wollte nur verschwinden.

»Erstens passt das Sprichwort nicht und zweitens ist es kein deutsches, das kenne ich nicht«, warf Juli ein, holte sein Handy hervor und tippte darauf herum. »Wir sind auch

Freunde.« Er stupste mich an, blickte von seinem Telefon auf und ich nickte. »Vergiss das nicht.«

»Natürlich. Nur wegen Tyler vergesse ich euch doch nicht.« Ich saß nur noch steif auf meinem Stuhl und wollte die letzten Minuten streichen.

»Das haben wir auch nicht angenommen.« Stanni sah mich intensiv an. »Du bist nicht allein, Felix.« Ich musste mich zusammenreißen, um nicht auf dem Stuhl herumzurutschen.

»Ha«, rief Juli triumphierend aus. »Stanni, wo auch immer du das aufgeschnappt hast, es ist von Albert Einstein.« Juli wurde zu einem Experten von Stannis Aussprüchen und erklärte sie ihm oft, wenn Stanni die Bedeutung nachfragte.

»Wisst ihr, ich würde jetzt gerne nach Hause und das schöne Wetter genießen. Einen Spaziergang machen, damit ich nicht einroste.«

Stanni verdrehte die Augen. »Herrgott Felix, wir wissen Bescheid.«

Ich hielt die Luft an. Sie wurde viel zu schnell knapp in meinem System und für ein paar Sekunden kroch Schwärze vor meine Augen. Ich krallte mich am Tisch fest.

»Atmen, Felix, du musst atmen.« Juli packte mich, zog mich vom Stuhl und durch die Notausgangstür nach draußen. Ich stolperte hinter ihm her, nahm kaum wahr, wohin wir gingen. »Komm schon. Du bist nicht allein. Wir sind hier.« Er rieb an meinen Oberarmen, hob meinen Kopf und sah mir in die Augen. Wärme strahlte mir aus ihnen entgegen. »Es ist alles gut. Keiner sonst weiß Bescheid. Du kannst atmen.«

Wie sollte ich das tun, mit dem Wissen, meine besten Freunde gleich zu verlieren, sobald ich ihnen bestätigte, was sie vermuteten?

Eishockeyspieler waren nicht schwul. Das passte nicht in ihr Bild von einem starken Spieler, der sich auf dem Eis durchsetzte. Hektisch atmete ich ein und aus, hatte jedoch nicht das Gefühl, die Luft käme in meinem Körper an.

»Was … was wisst ihr?« Meine Stimme war nicht mehr als ein Krächzen. »Woher …?« Ich war doch immer so vorsichtig gewesen.

»Wir haben euch gesehen.« Juli war leise, beugte sich zu mir vor. Stanni musste uns nach draußen gefolgt sein, er legte mir meine Jacke um.

»Ihr … Wann? Wo?« Was hatten wir übersehen?

»Letzte Woche, auf dem Marktplatz. Juli, meine Familie und ich wollten ein neues Restaurant ausprobieren. Wir haben euch gesehen, sogar nach euch gerufen, aber ihr habt uns nicht gehört. Ihr seid in einer kleinen Straße verschwunden.«

Ich erinnerte mich daran. Es war nur dieses eine Mal. Es war dunkel gewesen, bis auf die Beleuchtung in den Hauseingängen und den Straßenlaternen um den Platz herum. Ich hatte mich sicher gefühlt Tyler hinter den kunstvollen Mauervorsprung in der Straße zu ziehen und ihm einen Kuss zu geben. Keiner hätte uns dort sehen können. Dachte ich. Niemals hätte ich damit gerechnet, von meinen Teamkameraden, dazu noch meinen besten Freunden, gesehen zu werden.

Meine Lippen zitterten, mein ganzer Körper bebte. »Na los, sagt es schon.«

»Was sollen wir sagen?« Juli starrte mich verständnislos an.

»Ihr wollt nicht mehr mit mir befreundet sein und werdet es morgen dem Team sagen.« Meine Stimme war tonlos, dennoch straffte ich meine Schultern. »Damit ich der Aussätzige werde oder ich ganz aus der Mannschaft fliege.« Ich kämpfte gegen die Tränen an. Niemals wollte ich das Team spalten, nur weil ich Männer liebte und keine Frauen. Lieber hörte ich auf mit Eishockey oder suchte mir einen anderen Verein.

»Was redest du für eine gequirlte Scheiße?«, fragte Stanni.

»Das ist es doch, was ihr machen wollt, oder?« Verdammt, ich war noch nicht bereit, meine Freunde, mein Team und Eishockey zu verlieren. Was sollte ich ohne Kufen unter meinen Füßen und dem Schläger in der Hand machen? Nur den Heimkindern vorlesen, die mich dann auch als gefallenen Helden ansahen? Was passierte mit meiner Beteiligung am *Game Time*? Was würde meinen Eltern sagen? Könnte ich wohl bei Carsten im Supermarkt unterkriechen? Ich könnte mit Tyler nach Amerika gehen. Ach nein, das ging auch nicht mehr. Der wollte mich bestimmt nicht mehr sehen.

Mir wurde schlecht, Galle schoss mir in den Hals und ich stand kurz davor zu würgen. Das konnte alles nicht wahr sein.

»Felix, hör uns zu.« Stanni schüttelte mich sachte. »Es ist in Ordnung. Dein Geheimnis ist bei uns sicher. Wir sind deine Freunde. Nur weil du schwul bist, sind wir doch nicht weniger befreundet und du weniger du.«

Ich blickte in Stannis Gesicht, der mich besorgt musterte. Hörte seine Worte, doch glaubte sie nicht. »Du bist Russe, Stanni, ich weiß, was bei euch abgeht. Ich habe gehört, was dein Bruder letztes Jahr im Herbst gesagt hat, als er dich besucht hat. Erinnerst du dich? Wir haben unterwegs ein schwules Paar getroffen. Ich werde die Worte nicht wiederholen.«

»Das ist mein Bruder, seine Meinung, nicht die meine.« Stannis Griff um meine Oberarme verstärkte sich, bevor er losließ und einen Schritt zurücktrat. »Gut, es war nicht immer so und ich bin mit demselben Glaubenssatz aufgewachsen. Das schöne ist, man kann sich ändern. Meine Frau arbeitet mit einem Mann zusammen, der mit einem anderen zusammenlebt. Er hat mir vor drei Jahren die Leviten gelesen, das kannste aber glauben.«

»Hey Glücksbärchi, es ist alles in Ordnung. Wir stehen zu dir.« Juli umarmte mich. Sein Teddy drückte sich an meine

Brust. Als er mich losließ, holte er ihn hervor und stupste ihn gegen meine Nase. »Ein bisschen Glück kann jeder von uns gebrauchen.«

Ich sah zwischen den beiden hin und her. Meinten sie es wirklich ernst mit mir? Veräppelten sie mich nicht? Die Angst saß zu tief, jeden Moment lachten sie mich doch aus, oder? Danach beschimpften sie mich oder noch schlimmer, bestraften mich mit Nichtbeachtung und wandten sich ab. Dann würde ich alleine dastehen. Ich trat einen Schritt zurück. Alles lief wie ein Film vor meinen Augen ab.

»Felix, ernsthaft. Keine Ahnung, was das zwischen Tyler und dir ist, aber auch du darfst glücklich sein. Es mögen nicht alle im Team so sehen, doch Stanni und ich stehen zu dir.«

Ich schluckte und nickte nur. Immerhin zwei. Olli und Martin wären zwei Kandidaten, die wahrscheinlich ein Problem hätten. Allein ihre miesen Sprüche und Witze. Geller ging jedes Mal dagegen an, sammelte Strafgelder ein, wenn er es mitbekam. Ein paar weitere im Team riefen sie zur Ordnung. Zu denen gehörten immer Juli und Stanni. Warum war mir das nie vorher bewusst geworden? Ich fuhr mir durch meine Haare.

»Gut, lass uns fahren.« Stanni umfasste meinen Oberarm und geleitete mich zu seinem Auto. Setzte mich auf den Beifahrersitz, sprach kurz mit Juli und fuhr los.

»Da ist nichts«, sagte ich, als wir vor meinem Haus hielten. »Rein gar nichts mehr.« Erneut zog die scharfe Schlinge sich um mein Herz zusammen. »Tyler fliegt morgen wieder zurück und wir werden uns nicht mehr sehen. Er hat sein Leben in Amerika und ich hier. Außerdem kennen wir uns gar nicht.« Es waren die Worte, mit denen ich mich seit gestern vor mir selbst rechtfertigte. Hinter uns hielt Juli. Er klopfte an die Beifahrerscheibe und öffnete die Tür.

»Was ist? Gehen wir nach oben oder bleiben wir hier?«

Das erste zaghafte Lächeln wagte sich wieder auf meine Lippen. Vielleicht meinten sie es tatsächlich ernst.

»Sofort«, blockte Stanni ab. »Er könnte hier arbeiten. Es ist doch seine Firma und seine Entscheidung, wie und von wo er sie führt. Wir lassen auch jemanden anderen unser Restaurant führen und es läuft sehr gut.« Stanni schnallte sich ab. »Fakt ist, wir haben dich noch nie so glücklich erlebt. Außer nach einem Sieg, wenn dir fast einer abgeht.«

»Stanni«, keuchte ich. »Was sagst du da?«

»Stimmt doch. Ich liebe das Spiel, habe aber noch nie jemanden erlebt, der nach einem Sieg so abgegangen ist, wie du.«

Juli grinste. »Los, lasst uns hochgehen.«

Nun brach sich das Lächeln endgültig seine Bahn. Sie meinten es ernst, sie hielten zu mir und ein riesiges Gewicht auf meinen Schultern wurde sehr viel kleiner.

Kapitel 19

Tyler

Ich stand mittags auf dem Parkplatz des Trainingszentrums der Kraken vor meinem Auto, fror erbärmlich, weil meine Jacke auf dem Rücksitz lag, und wartete auf Gerald Böhmer. Wir wollten gemeinsam zum Flughafen fahren. Unser Flug startete am Abend zur Ostküste der USA, wir hatten also genügend Zeit, sollten wir durch eventuelle Staus aufgehalten werden.

Felix war jetzt entweder bei der Physio oder saß in der Kantine. Ich könnte reingehen und es wärmer haben, wollte ihm jedoch nicht über den Weg laufen und die elende Wunde vergrößern. Er hatte eindeutig klar gemacht, was er von mir hielt und ich wollte mir nicht noch mehr Schmerz zufügen, in dem ich ihm über den Weg lief. Ich schlang die Arme um mich, um wenigstens etwas Wärme zu erhalten. Hoffentlich kam Gerald gleich.

Warum musste ich unbedingt eine halbe Stunde zu früh kommen? Doch die Hummeln im Arsch, wie mein Dad gerne sagte, konnten nicht mehr warten, wollten die Ferienwohnung verlassen, worüber ich nicht traurig war.

Schon dort war ich nur auf und ab getigert. Gestern war ganz schlimm gewesen. Es hielt mich nichts in der Wohnung, sie war auf einmal zu eng, zu klein, hatte zu wenig Sauerstoff.

Dennoch fühlte es sich falsch an, Deutschland zu verlassen. Allein die Vorstellung, wieder ihm Büro zu sitzen, löste einen Brechreiz in mir aus.

Ich bebte und meine Zähne schlugen leise klappernd aufeinander. Natürlich hätte ich im Auto warten können, aber da würde ich eine ganze Weile lang genug sitzen. Ich trat auf der Stelle, bis ich Runden um den Wagen drehte und letztlich doch die Jacke vom Rücksitz griff. Noch zwanzig Minuten Wartezeit.

Bevor ich angekommen war, war ich mit dem Auto alle erreichbaren Stationen abgefahren, die ich mit Felix angesehen hatte. Am Waisenhaus hatte ich am Straßenrand geparkt, das Fenster geöffnet und auf Kinderlachen gehorcht, doch nichts gehört, war am *Game Time* vorbeigekommen und hatte mir Essen geholt.

Im Supermarkt, in dem wir das erste Mal aufeinandergetroffen waren, kaufte ich eine Packung Stifte, nur damit ich ein haltbareres Andenken daran hatte. Kurz hielt ich sogar das Waschmittel in der Hand, aber das war mir dann doch zu dramatisch gewesen.

Ich stampfte mit den Füßen auf, da diese kalt wurden und lief zwischen den Autos hin und her. Viel war nicht los. Neben meinem Auto standen nur drei weitere. Die Spieler, die heute zu einem Auswärtsspiel aufbrachen, parkten hinter dem Zentrum.

Garantiert drehte ich zurzeit die tausendste Runde auf dem Parkplatz, als mein Phone klingelte. Mason.

»Hallo Mason.« Die Stimmung zwischen uns hatte sich merklich abgekühlt. Sobald ich mit Mason telefonierte, begann es in mir zu brodeln. Innerhalb von Sekunden stand ein Vulkan kurz vor dem Ausbruch. Immerhin wärmte mich das von innen, ließ mich die Kälte glatt vergessen.

Morgen traf ich den Mann wieder, bis dahin musste ich meine Wut in den Griff bekommen haben. Wie sollten wir sonst miteinander arbeiten?

»Was gibt es, Mason?« Ich lehnte mich gegen mein Auto, fixierte mit meinem Blick die Fenster des Cafés. Entdeckte den Platz, an dem ich mit Felix gesessen hatte. Wehmut überkam mich und ich wünschte mir, die Zeit zurückdrehen zu können.

»Tyler? Hörst du überhaupt zu?«

»Nein.«

Ein Schnauben am anderen Ende, gefolgt von einem tiefen Atemzug.

»Nochmal von vorne. Übermorgen ist der Termin mit dem Board of Directors, ich bin natürlich auch anwesend.«

»Gerald Böhmer ebenfalls.«

»Wer ist das?«

»Lies die Einladung, dann weißt du es.«

»Verdammt, Tyler, hör auf zu spielen.«

Mir entrang sich ein trockenes Lachen. Ich spielte? Was machte er denn seit dem Tod meines Vaters.

»Was ich sagen will, nach dem Termin und wenn du mit deinem neuen kleinen Spielzeug durch bist, müssen wir uns bezüglich der Übernahme zusammensetzen. Das neue Konzept braucht Feinschliff.«

Mir wurde immer heißer, die Hitze kroch mir den Nacken hinauf. »Der Verein ist keine Spielerei, Mason. Wir investieren und ich stehe ihnen bei. Hier geht es um Arbeitsplätze. Und dein Konzept ist noch nicht abgesegnet. Zurzeit halten wir an dem Alten fest.«

Erneutes Schnauben auf der anderen Seite. »Werde endlich erwachsen. Glaubst du etwa, die Mitarbeiter des kleinen Pharmaunternehmens behalten ihre, wenn wir es erst übernommen haben? Das ist romantisches Wischiwaschi, das wir uns nicht erlauben können.«

Ich runzelte die Stirn. »Die Diskussion hatten wir bereits. Du kennst meinen Standpunkt und ich werde davon nicht abrücken. Wir haben uns über die Jahre einen Ruf erarbeitet und den werde ich nicht, nur weil dir das Risiko anscheinend zu hoch ist, auf den Prüfstand stellen.«

»Dein Vater war ein Träumer«, sagte Mason verächtlich.

Ich lief wieder auf und ab und musste mich zusammennehmen, um ihn nicht anzuschreien. Wäre es möglich, würde ich ihn auf der Stelle vor die Tür setzen, doch in seinem Vertrag gab es einen Passus, in dem klar und deutlich formuliert stand, Mason wäre unkündbar. Was mein Vater sich dabei gedacht hatte, wusste ich nicht. Ob er auch vor einem Gericht standhielt ebenfalls nicht. »Das mag in der Vergangenheit funktioniert haben, heutzutage geht das nicht mehr. Jetzt müssen die Leute es zu spüren zu bekommen, wenn sie nicht ordentlich arbeiten. Wir kündigen sie und suchen uns geeignetere Mitarbeiter. Egal in welchem Unternehmen.«

Mir stand der Mund offen, für einen Moment verschlug es mir die Sprache. Dieser Mann erwischte mich eiskalt und schürte den Vulkan weiter an.

»Meinst du damit auch die Mitarbeiter in unserer Zentrale?« Ich griff mir an die Kehle, was ging nur in diesem Kerl ab?

»Alle. Warum glaubst du wohl, sind insolvente Firmen auf uns angewiesen?«, entgegnete er ironisch. »Weil dort über Jahre Misswirtschaft geleistet wurde. Es wird nicht besser werden, wenn wir die Mitarbeiterschaft behalten. Wir werden Neue einstellen, die es verstehen, zu arbeiten. Oder am besten das Unternehmen zerschlagen und daraus Profit schlagen.«

Ich schluckte. »Das ist nicht unsere Philosophie. Außerdem kenne ich niemanden bei uns, der nicht sein Bestes gibt. Tag für

Tag.« Wie konnte mein Vater sich nur so in Mason getäuscht haben? Dies war nicht der Mann, mit dem ich aufgewachsen war, der im Garten mit mir gespielt hatte, sondern jemand völlig anderes. Hatte er sich die ganzen Jahre so verstellt? »Ich denke wirklich, nach dem Meeting mit dem Vorstand werden wir irgendwann reden müssen. Über die Übernahme und unsere jeweiligen Positionen. Außerdem sollten wir schnell einen COO finden, damit du entlastet wirst.«

Mason lachte hämisch. »Junge, du hast nicht mal die Eier in der Hose dich dem täglichen Geschäft als CEO zu stellen und willst mir erzählen, wo ich stehe?« Seine Stimme nahm einen drohenden Unterton an. Mir lief es eiskalt über den Rücken und für einen Moment bekam ich Angst vor diesem Mann. Ich straffte meine Schultern, damit durfte er nicht durchkommen. »Ich habe diese Firma aufgebaut, ohne mich wäre dein Vater nie so weit gekommen. Er wusste ganz genau, was er an mir hatte. Leg dich nicht mit mir an, Tyler Roth, kleiner Emporkömmling, der bisher noch nichts geleistet hat. Du wirst verlieren, du hast keine Ahnung, wie das Leben spielt.«

Ich bebte. Um nichts Falsches zu sagen, biss ich mir auf die Lippen. Als ob mein Vater nicht in der Lage gewesen wäre es allein zu schaffen. Unter seiner Führung wurde das Geld verdient, das *Roth Pharmacy Corporation* groß gemacht hatte. Immer von seinem Bauchgefühl geleitet, wie er mir im letzten Jahr gestanden hatte. Bei dem Gedanken an all unsere Gespräche trieb es mir die Tränen in die Augen. Nie wieder konnte ich mit ihm sprechen.

Ich schluckte den Kloß im Hals hinunter. Mason würde ich nicht die Genugtuung geben und weinen, während er am Telefon war.

»Mach ein Termin mit Mara für Ende der Woche aus.« Ohne auf seine Reaktion zu warten, legte ich auf. Lief auf dem Parkplatz hin und her, musste die Wut loswerden. So konnte ich nicht fahren, auch nicht Gerald unter die Augen treten. Er durfte nichts von den Differenzen mitbekommen und denken, es wäre nur Zeitverschwendung in die USA zu fliegen.

Mit zitternden Händen schob ich mein Phone in die Tasche. Wie konnte ich den Passus in Masons Vertrag umgehen, und ihm kündigen? Es gab nur sehr wenige Ausnahmen wie Betrug, Mord oder anderes in die Richtung. Ich raufte mir die Haare. Es musste doch möglich sein, diesen Mistkerl loszuwerden ohne ihn umzubringen.

Kommt Zeit, kommt Rat, erklang die Stimme meines Vaters in meinem Kopf. *Erst das eine Problem lösen, dann ergeben sich Lösungen für die anderen oft von ganz alleine.*

Ich blickte auf die Uhr. Nur noch fünf Minuten. Ich musste unbedingt ruhiger werden, die Fragen rotierten jedoch in meinem Kopf. Ich sollte mit Jonathan reden, Masons Stellvertreter, und ihn bitten, mir zu helfen. Wir könnten mit den Zahlen beginnen, vielleicht fanden wir dort Unregelmäßigkeiten.

Mitten in meine Überlegungen pingte mein Phone. Eine Nachricht von Gerald. Er verspätete sich, hing noch in einem wichtigen Telefongespräch fest. Ich seufzte. Weshalb lief zurzeit in meinem fucking Leben alles schief?

Meine Runden wurden größer. Als ich aus einer Kurve kam, mit Sicht auf das Trainingszentrum, kam Felix mir entgegen. Sofort stieg mein Puls wieder an. Ich schob meine Hände in die Taschen, weil sie immer noch zitterten. Als er in meine Richtung kam, blieb ich stehen. Er wirkte entschlossen, hob die Hand und winkte mir. Automatisch erwiderte ich es. Je näher er kam, desto besser konnte ich das leichte Lächeln auf seinen Lippen erkennen.

Sein Anblick änderte meine Stimmung. Ich wurde ruhiger, gleichzeitig flatterte es in meinem Bauch und die Schmetterlinge erhoben sich.

Fieser Verräter, dieser Körper. Felix wollte nichts mit mir zu tun haben, wieso hatte er das nicht verstanden? Nur weil der Kerl jetzt lächelte, hatte es nichts zu bedeuten. Die Enttäuschung über unser letztes Aufeinandertreffen übernahm und erstickte die positiven Gefühle ohne Ausnahme.

»Hey.« Felix hatte mich erreicht und riss mich aus meinen Gedanken. Er stand mir gegenüber. So nah, so unfassbar nah.

»Hi.«

Ich ballte meine Hände zu Fäusten. *Ich werde ihn nicht in die Arme nehmen. Was auch immer er von mir will, ich halte auf jeden Fall Abstand.*

»Ihr fliegt heute?«

Ich nickte. »Was willst du?« Es klang kühl, distanziert und löschte das Lächeln aus seinem Gesicht. Es tat mir so leid, doch ich konnte nicht anders, musste mich schützen, um ihm nicht noch mehr zu verfallen.

Statt einer Antwort blickte er auf den Boden. Er hatte keine Jacke an und fror bestimmt gleich.

»Stanni und Juli haben es herausgefunden«, flüsterte er, hob seinen Kopf und fand meinen Blick. In ihm stand so viel Wärme. »Das mit uns. Sie haben uns gesehen, am Marktplatz, als wir …«

»Oh.« Da hatten wir ein einziges Mal Zärtlichkeiten in der Öffentlichkeit ausgetauscht und natürlich sahen uns dabei seine Teamkameraden. »Was haben sie gesagt?«

»Sie werden nichts sagen.« Er schob die Hände in die Hosentaschen.

»Haben sie sich über uns geäußert?« Die Frage brannte auf meinen Lippen.

»Na ja, sie sagen, ich hätte genauso Glück wie jeder andere verdient. Sie haben zwar gefragt, warum ich mich unbedingt in unseren Retter verlieben und dich vögeln musste, doch es ist in Ordnung für sie.«

Ich hielt den Atem an. Hatte ich mich nicht verhört? »Du hast dich …?«

Felix kaute heftig auf seiner Lippe. Ich bekam direkt Angst um sie. Sie waren zu schön, zu weich, um zerbissen zu werden. Instinktiv hob ich meine Hand, strich ihm sanft über die Mundwinkel und stoppte ihn.

»Ja. Ich habe mich in dich verliebt.«

Die Schmetterlinge erholten sich, begannen ihre Flüge wieder aufzunehmen. Was für ein Bad der Gefühle. Wie konnten Himmel und Hölle nur so nah beieinanderliegen, dabei glaubte ich nicht einmal an sie. Ein Lächeln schlich sich auf meine Lippen.

»Kannst du endlich mal was sagen? Das war gerade nicht einfach für mich«, sagte Felix und runzelte seine Stirn. Er streckte seine Hand nach mir aus, ließ sie allerdings auf halbem Weg wieder fallen.

»Holy Crap, mir geht es genauso, das sagte ich doch längst. Felix fucking Amsel, warum konntest du das nicht schon vorher sagen?« Ich wollte ihn zu dringend küssen, sah mich nach einer Ecke um, hinter der wir ungesehen verschwinden konnten. Wie sollte ich ihn verlassen, ohne noch einmal seine Lippen auf meinen gespürt zu haben? Warum nur standen wir mitten auf dem Parkplatz? Gerald könnte jede Sekunde herauskommen und vom Café waren wir ebenfalls gut zu sehen.

»Ich habe eine scheiß Angst davor, was uns bevor steht. Wie wir das schaffen mit dem vielen Wasser zwischen uns.« Er trat einen Schritt auf mich zu. Ich streckte meine Hand aus und legte sie ihm auf die Brust, genau auf sein Herz. Pochte es tatsächlich so schnell und wild oder bildete ich es mir nur ein? »Kannst du wirklich nicht wiederkommen und hier im Verein mitarbeiten?«

»Ich weiß leider nicht, wie es weitergeht, hier und bei *Roth Pharmacy*.« Das konnte nicht sein. Wir wollten es beide und hatten keine Zeit, einen Plan auszuarbeiten, wie wir das ganze schaffen konnten. Ich hätte heulen können. »Noch habt ihr keine Mittel von uns. Es ist alles offen.« Damn, er wusste nichts von Mason und meinem Telefongespräch, meiner Suche nach Möglichkeiten, wie ich ihn loswerden konnte.

Aus dem Hauptausgang sah ich Gerald kommen, unsere Zeit verrann. Ich hätte schreien können. Wieso hatten wir nur den gestrigen Tag verstreichen lassen? Warum war ich nicht hartnäckiger gewesen und hatte mich von Felix abspeisen lassen? Ich wollte ihn so unbedingt küssen. Er sollte sich an den Kuss erinnern, wenn er Sehnsucht nach mir hatte.

Gerald zog einen kleinen Koffer hinter sich her und das Rattern der Rollen kam immer näher.

»Wir haben keine Zeit mehr. Sobald ich reden kann, rufe ich dich an.« Ich sah über seine Schulter. Gerald kam viel zu schnell auf uns zu.

Felix nickte, drehte sich leicht mit dem Oberkörper, folgte meinem Blick.

»Hallo Felix, Tyler.« Gerald war bei uns angekommen und wir begrüßten ihn.

»Willst du schon mal zum Auto gehen? Deinen Koffer verstauen? Ich komme sofort nach, wollte nur noch Felix auf Wiedersehen sagen.«

»Natürlich. Dank ihm bist du erst hier.« Gerald schlug ihm auf die Schulter, was diesen gequält lächeln ließ. Es war die verletzte Seite, was er aber nie zugeben würde. Typisch Hockeyspieler. Die würden sogar noch mit gebrochenen Beinen spielen, wenn die Ärzte sie lassen würden. Ich konnte nicht anders und schmunzelte darüber. Gerald ging weiter und ich schenkte meine Aufmerksamkeit wieder Felix.

»Egal welche Uhrzeit, ruf mich an«, bat er mich.

»Sobald ich zu Hause bin.«

»Vielleicht schläfst du erst ein bisschen.« Er schien sein freches Grinsen wiedergefunden zu haben, das mir jedes Mal weiche Knie bescherte. »Ich würde dich jetzt gerne küssen, aber wir stehen hier wie auf dem Präsentierteller. Von daher belassen wir es lieber bei einer Umarmung.«

Ich verzehrte mich nach ihm, nach seiner warmen, nackten Haut über oder unter mir, wie er mich langsam und beständig streichelte, liebkoste, leckte und jeden Zentimeter meines Körpers küsste, mich vergessen ließ, wer ich war und wollte keine billige Umarmung. Doch das war alles, was wir uns gerade geben durften.

»Das ist gut.« Mein elendes Herz schlug noch schneller, als ich ihn endlich in meine Arme zog und fest an mich drückte. »Bis am Telefon.«

»Guten Flug.« Er ließ mich los und deutete auf das Auto. »Na los, geh schon.«

Ich drehte mich um und ging. Noch nie fiel es mir so schwer, einen Fuß vor den anderen zu setzen. Ich wollte nicht fort von diesem Mann, sondern mich mit ihm unter einer Decke in seinem Bett verstecken und nie wieder hervorkommen. Einfach nur er und ich ohne die fordernde Außenwelt.

»Ach Tyler«, rief er mir hinterher und ich stoppte, wandte mich ihm zu.

»Ja?«

»Es tut mir leid, wie arschig ich dir gegenüber war.« Er lächelte, seine Augen strahlten und ich erwiderte es. Die zunehmende Kälte wurde von einem inneren Glühen vertrieben und ich konnte es nicht erwarten, bis wir in Ruhe miteinander reden konnten.

»Akzeptiert«, sagte ich nur und ging endgültig zum Auto, zog meine Jacke aus, warf sie auf den Rücksitz und setzte mich hinters Steuer. Gerald saß auf dem Beifahrersitz und sah mich prüfend an.

»Echte Freunde gibt es nicht oft auf der Welt«, sagte er.

»Dem kann ich nicht widersprechen.« Ich startete den Wagen und fuhr los. Felix sah uns hinterher und winkte, dann bog ich auf die Hauptstraße und er verschwand aus dem Rückspiegel.

Kapitel 20

Felix

ach der Physio fuhr ich heute sofort nach Hause. Aus dem Team war keiner vor Ort, sie befanden sich auf einem Auswärtsspiel und der mögliche Telefonanruf von Tyler trieb mich nach Hause. Irgendwann in der Nacht waren sie gelandet. Tyler hatte mir eine kurze Nachricht geschickt, als sie im Haus seiner Eltern angekommen waren. Wahrscheinlich schliefen sie nun.

Ich tigerte durch die Wohnung, räumte Dekosachen, die meine Mutter aufgestellt hatte und die ich nur ihr zuliebe stehen ließ, von einer Ecke in die andere. Kochte Essen und stellte es doch wieder beiseite.

Es war eine Kurzschlussentscheidung gewesen, als ich mehr durch Zufall als gewollt Tyler auf dem Parkplatz seine Runden drehen sah. Juli hatte bei mir gestanden und wir wurden gebeten, in den Shop zu gehen, um Fans die Möglichkeiten für Autogramme und Selfies zu geben.

Hin und wieder bat man uns Spieler darum. Es gab den Fans ein Gefühl von Wichtigkeit. Die Geschäftsführung verband damit ebenfalls die Hoffnung, so durch Mundpropaganda den Eishockey Sport bekannter zu machen, weil es bei den Krakens Profis zum Anfassen gab. Was wiederum Verkäufe von Tickets versprach.

Vor ausverkauften Rängen zu spielen war für uns Spieler zudem ein noch größerer Nervenkitzel. Der Adrenalinschub, der einsetzte, wenn man von den Fans angefeuert wurde, war unbeschreiblich. Oft gab es einen erneuten Push zu Zeiten, wenn man erschöpft und müde war. Allein bei dem Gedanken bekam ich eine Gänsehaut.

Mein Handy klingelte im Wohnzimmer. Ich wärmte gerade mein Essen wieder auf. Sofort stürmte ich los, mit einer unbändigen Freude im Bauch, jeder Menge Schmetterlinge, die ein wildes Spiel ablieferten.

Es war leider nicht Tyler.

»Hey Mama, arbeitest du nicht? Warum rufst du auf dem Handy an?« Normalerweise arbeitete sie in einem Bekleidungsgeschäft im Nachbarort. Jeden Tag fuhr sie mit dem Fahrrad dorthin, weil sie nie einen Führerschein gemacht hatte.

»Hallo mein Schatz.« Ihre Stimme klang belegt und nicht so fröhlich wie sonst. Mein Magen zog sich zusammen.

»Was ist los? Ist Papa was passiert?« Bitte sag nichts Schlimmes, betete ich stumm.

»Wir kommen gerade vom Arzt.« Meine Mutter schluchzte. »Die Sehkraft bei deinem Vater hat rapide nachgelassen. Er wird erblinden und darf kein Auto mehr fahren.« Sie waren auf meinen Vater angewiesen. Wie sollten sie in Zukunft zu Ärzten gelangen, einkaufen oder in den Urlaub fahren?

Ich sank schwerfällig auf das Sofa. Wir alle hatten gehofft, die Krankheit würde sich Zeit lassen. Bisher schwebte sie wie eine dunkle Wolke über uns, doch nun wurde es greifbar.

»Soll ich kommen? Ich bekomme bestimmt ein paar Tage frei. Kann eh noch nicht trainieren.«

»Nein, mein Schatz, du musst deine Physiotherapie machen, um wieder fit zu werden.« Sie schniefte, die Stimme meines Vaters ertönte im Hintergrund und meine Mutter flüsterte ihm etwas zu. Ich wartete geduldig, bis sie fertig waren. Normalerweise wurde ich ungehalten, doch heute herrschte eine andere Situation. »Papa will dich sprechen.« Kaum hatte meine Mutter das ausgesprochen, meldete er sich.

»Felix?«

»Ja?«

»Du bleibst schön in deiner Stadt. Wegen der Verschlechterung musst du nicht kommen. Keiner von uns hatte einen Unfall. Deine Mutter und ich müssen uns nur umorganisieren und sehen, was alles möglich ist. Dabei kannst du uns nicht helfen.«

»Okay. Aber Papa, ihr sagt sofort Bescheid, wenn etwas sein sollte und ich komme zu euch, ja?« Meine Stimme klang belegt und ich räusperte mich.

»Natürlich. Deine Mutter will dich zurück. Werde wieder fit. Auf jeden Fall werde ich dich noch einmal spielen sehen, bevor ich es nicht mehr kann.« Seine Stimme brach im letzten Teil und unvermittelt trieb es mir die Tränen in die Augen. Ein dicker Kloß drückte auf meine Kehle, aber ich würde einen Teufel tun und jetzt am Telefon weinen. Ich war ein verdammter Eishockeyspieler. Die heulten nicht.

»So schnell wie möglich, Papa.«

»Gut.«

»Felix, Mama wieder hier.«

Ich musste schmunzeln. Wer hätte es sonst sein sollen?

»Wir werden jetzt Carsten und Lena besuchen und mit ihnen reden. Vielleicht können sie uns in Zukunft fahren.«

Mich überkam ein schrecklich mieses Gewissen. Ich saß hier in meiner Stadt, alleine ohne große Verantwortung, bis auf ein paar Angestellte, und wälzte alles auf Carsten und Lena ab.

»Macht das und grüßt die beiden lieb von mir.« Dieses Jahr musste ich unbedingt in der Sommerpause nach Hause fahren und wir uns gemeinsam zusammensetzen. Irgendetwas konnte ich bestimmt von hier aus auch erledigen. Und wenn ich ihnen ein Taxi auf Lebenszeit bezahlte, das nur ihnen zur Verfügung stand.

»Das machen wir.«

Wir verabschiedeten uns und ich sank im Sofa zurück. Hoffentlich reichte die Zeit bis zum September für meinen Vater. Er sollte mich unbedingt noch einmal auf dem Eis erleben, bevor er erblindete. Früher in meiner Kindheit war er bei fast allen Spielen dabei gewesen, hatte mich angefeuert, sich mit mir gefreut, wenn wir gewonnen hatten oder mich bei einer Niederlage getröstet.

Auf einmal nahm ich einen verbrannten Geruch wahr.

»Scheiße!« Im selben Moment klingelte mein Handy.

Dieses Mal Tyler.

Ich nahm das Gespräch an und flitzte in die Küche. »Hey, warte mal.« Ich legte das Telefon auf der Arbeitsplatte ab, riss die Ofentür auf und Qualm kam mir entgegen, brannte in meinen Augen.

»Scheiße, scheiße, scheiße«, fluchte ich, drückte die Hände auf die geschlossenen Lider. Das war es mit meinem Gemüse.

»Hallo? Felix? Alles gut?«, drang die Stimme von Tyler aus meinem Handy, welches ich wieder aufnahm.

»Ja, ich habe mein Gemüse im Ofen vergessen und jetzt kann ich mir entweder etwas Neues machen oder Kohle essen.« Tyler lachte am anderen Ende, doch er klang müde. Garantiert hatte er nicht genügend geschlafen. Ich nahm einen Topflappen und holte das Blech aus dem Ofen, stellte es auf der Spüle ab und öffnete das Fenster. »Lach du nur, dein Mittagessen ist das nicht.«

»Soll ich dir schnell etwas von der Köchin durch die Leitung schieben?«

»Das wäre doch mal nett.«

»Musst dich nur etwas gedulden. Erst mal macht sie Gerald und mir Frühstück und so in sechs Stunden bekommst du dein Mittagessen. Reicht dir das?«

»Da mach ich mir lieber selbst etwas.« Ich schloss die Ofentür und öffnete den Kühlschrank. »Warum bist du schon wach? Du kannst keine acht Stunden geschlafen haben.«

»Ich bin schrecklich müde, aber ich habe noch die deutsche Zeit in den Knochen.«

Ich gab es auf, gesundes Essen zu finden und öffnete das Gefrierschränkchen. Irgendwo dort hatte ich eine TK-Pizza, die ich den ausgequalmten Ofen packen konnte.

»Bist du aufgeregt wegen des Meetings? Meinst du, ihr bekommt das durch?« Ich durchwühlte das Schränkchen mit einer Hand, bis ich ganz unten die Pizza gefunden hatte.

»Felix, wir sollten reden.« Mir fiel fast die Pizza auf den Boden vor Schreck, so ernst klang Tyler bei dem Satz. Ganz ruhig, er hatte sich für dich entschieden, es ging hier bestimmt um etwas anderes.

»Schieß los.« Ich schloss das Gefrierschränkchen, klemmte das Handy zwischen Schulter und Ohr ein und entfernte die Folie von meinem zukünftigen Essen.

Daraufhin erzählte er mir von dem gestrigen Telefongespräch mit Mason und seine Entscheidung, die er getroffen hatte, was meine Stimmung weiter sinken ließ. Denn wenn er es durchzog, das Arschloch aus der Firma zu schmeißen, musste er bestimmt einiges durchorganisieren.

Meine heimliche Hoffnung schmolz zu der Größe eines Eispartikels zusammen. Tyler könnte wahrscheinlich eh nie nach Deutschland ziehen. Schon allein weil er es als Verrat an seinem Vater ansah, seinen Job als CEO aufzugeben. Warum konnte das Leben so eine Bitch sein?

»Wäre das geschäftsschädigend? Komplette Änderung in der Führung. Die alte Riege tritt ab. Müssten da die Aktionäre nicht erst recht Angst bekommen und die Aktien abstoßen?«

»Filmwissen, oder was?«, fragte Tyler und lachte leise. »Ich weiß es ehrlich gesagt nicht. Ich habe allerdings auch keine Lust, unseren guten Ruf zu verlieren, nur weil Mason Geld verdienen will.«

So wie er das Letzte aussprach, konnte ich mir vorstellen, wie er dabei das Gesicht verzog. Der eine Mundwinkel zog sich nach oben, während der andere nach unten ging und er verdrehte die Augen. Beim nächsten Mal sollten wir einen Videocall machen, damit ich ihn nicht nur in meiner Vorstellung sehen musste.

»Dich dabei ständig unter Druck setzt, das Arschloch. Hast du schon eine Idee, wer seinen Platz einnehmen kann?«

»Vielleicht. Im Flugzeug habe ich mir Gedanken gemacht. Aber dafür müsste ein Director aus dem Board ausscheiden und wir bräuchten einen neuen Finanzchef. Beide kennen das Unternehmen seit Jahren besser als ich und mit Jonathan hat Dad immer vieles besprochen. Er kennt die Denkweise und Philosophie am besten von allen hier.«

»Das klingt nach einem Plan.«

»Hoffentlich.« Er seufzte.

Ich beobachtete meine Pizza im Ofen und setzte mich auf den Boden. Dabei zog ich die Knie an und umschlang sie mit einem Arm.

»Ich habe es noch nicht komplett durchdacht, allerdings rechne ich mit ein paar Einbußen. Andererseits, wenn wir altgediente Mitarbeiter in die neue Führungsspitze setzen, sollte sich das schnell wieder eingependelt haben.«

Ich stutzte. Er redete von mehreren Personen die er irgendwo rein- oder rausholen wollte, so genau hatte ich das System nicht verstanden. Zumindest sprach er von der Führungsspitze, zu der er auch gehörte. Er wollte sich neue Leute dort hin holen. Der Eispartikel wuchs an zu einem mini Eisklumpen, noch nicht groß genug, um damit eine Schneeballschlacht zu starten. Trotzdem, Felix, ganz ruhig, bisher hat er nicht von sich gesprochen, beruhigte ich mich.

»Du wirst dein Pharmaunternehmen mit ihnen gemeinsam führen?«

Tyler räusperte sich. »Je nachdem, wie es sich entwickelt, könnte ich mir auch vorstellen, ab Som…«

»Was genau sich entwickelt?«, unterbrach ich ihn mit schnell klopfendem Herz. Wagte nicht, zu atmen.

»Wie es zwischen uns und bei der Firma weitergeht.«

Ich entließ die aufgestaute Luft aus meiner Lunge. »Aber wie wollen wir wissen, ob es zwischen uns funktioniert, wenn du in den USA bist und ich hier? Wir verbringen keine Zeit miteinander und ich werde im Sommer bis auf ein oder zwei Wochen, die ich bei meinen Eltern verbringe, durchtrainieren, damit ich bis zum Trainingsbeginn fit bin.«

»Wir werden Wege finden. Vielleicht kann ich zwischendurch nach Deutschland kommen.« Er gähnte herzhaft am Telefon.

»Ich lass dich jetzt besser schlafen, du hast später einen anstrengenden Termin.« Ich wollte nicht aufhören zu telefonieren, wollte weiterhin Tylers Stimme hören. Dennoch, stünde ich vor einem wichtigen Spiel, wäre ich darauf bedacht, ausgeschlafen zu sein. Dasselbe musste ich Tyler zugestehen.

»Nein, erst reden wir. Ich möchte das mit uns, egal in welcher Weise. Neulich hätte ich dich nicht davon kommen lassen sollen, sondern mehr darauf beharren, miteinander zu reden.« Er seufzte. »Wir hätten den Tag gestern so gut nutzen können. Es tut mir leid, wie ich in dem Gespräch reagiert habe. Wirklich.«

»Es ist geschehen, lernen wir lieber draus.« Ich breitete die Beine vor mir aus.

»Du solltest endlich deinen Part erzählen, nachdem ich meinen losgeworden bin. Danach bin ich bereit, zu überlegen, wie wir das mit dem Ozean zwischen uns hinbekommen. Ich weiß nun genau, wie groß er ist. Hatte genügend Zeit, mir das vor Augen zu führen.«

Ich lachte leise. Dann begann ich ihm meine Sichtweise darzulegen. Inklusive der Ängste, die mich befallen hatten bezüglich einer Fernbeziehung oder wenn das Team es herausbekam. Es fiel mir unheimlich schwer, es laut auszusprechen, dennoch hatte Tyler Ehrlichkeit verdient.

»Ja, das ist eine Sache, über die wir nachdenken sollten. Ich gebe zu, wenn es mit uns klappt, will ich uns nicht verstecken. Allerdings hängt da einiges dran. Das Team, die Geschäftsführung. Du kennst meine Argumente.« Tyler klang einerseits müde, andererseits auch mitfühlend.

»Machtgefälle, Privilegien erschlafen, blablabla. Jupps, die sind mir noch geläufig.« Worüber ich mir viel mehr Gedanken machte, ob unser Versteckspiel uns den Stecker auf Dauer ziehen würde. Doch das mochte ich nicht laut sagen, aus Angst, es könnte ein böses Omen sein. Was blieb uns allerdings anderes übrig, wenn ich nicht mit Eishockey aufhören wollte?

Es war zum Heulen. Wir steckten in einem Teufelskreis fest und ich fand keinen Ausweg.

Sogar Stanni und Juli hatten, als wir bei mir im Wohnzimmer saßen, behauptet, es käme garantiert nicht gut an, wenn ich mit dem Geldgeber des Vereins schlief. Ich legte das Handy auf den Boden und schaltete den Lautsprecher an. Dann verbarg ich den Kopf in meinen Händen.

»Felix, lass uns doch erst mal anfangen«, meinte Tyler aufmunternd.

»Aber nur übers Telefon?« War das Verzweiflung in meiner Stimme? Meine Güte, ich klang wie ein liebestoller Kerl, der nicht bekam, was er wollte.

»Es gibt Videotelefonie, Telefonsex.«

»Hm«, brachte ich nur heraus. Dann holte ich einmal tief Luft. Ich hatte gestern gewusst, als ich ihm entgegengetreten war, dass es nicht leicht werden würde mit uns. »Das mit dem Telefonsex heben wir uns auf. Erst musst du ein erfolgreiches Gespräch führen.«

Aus dem Ofen strömte erneut der Geruch nach verbranntem Essen.

»Aber das ist mitten in der Nacht für dich.«

Ich hörte die Worte kaum, riss den Kopf nach oben und sprang auf. »Scheiße! Ich habe meine Pizza im Ofen vergessen. Warte mal kurz, ich antworte dir gleich.«

Tylers Lachen drang aus dem Lautsprecher und dröhnte durch meine Küche. Ich öffnete den Ofen, schnappte mir den Teller von der Arbeitsplatte und holte die noch nicht schwarze Pizza heraus.

»Nicht witzig. Dieses Mal saß ich sogar vor dem Ofen.«

Das Lachen wurde lauter.

»Wenn du so weit bist, kann ich dir antworten.« Ich wartete, bis Tyler sich beruhigt hatte.

Tyler räusperte sich mehrfach. »Okay, bin fertig.«

Ich hob das Handy auf, legte es neben den Teller und schnitt meine Pizza in Stücke. »Das wird wohl der Preis sein, den wir zahlen. Solange ich noch keine Spiele habe, verpacke ich das. Danach müssen wir schauen.«

Er seufzte. »Alles klar.« Tyler klang, wie ich mich fühlte. Eine Mischung aus Hoffnung und trotzdem etwas Frust über die Entfernung zwischen uns.

»Versuch noch etwas zu schlafen, damit du fit für heute Abend bist.«

»Werde ich. Wir sprechen uns später.«

Ich legte mein Handy beiseite und starrte noch eine Weile auf das dunkel werdende Display. Meine allererste Beziehung im Leben war also eine über die Ferne. Vielleicht gestaltete sich das sogar einfacher, da wir uns so weniger nerven konnten. Hieß es nicht, der Sex in einer Fernbeziehung sei phänomenal? Nun, das würde ich herausfinden.

Kapitel 21

Tyler

»Bereit?«, fragte Gerald kurz vor elf, die Hand auf der massiven Doppeltür, hinter der der Vorstand meiner Firma saß und auf uns wartete. Wir hatten beide nicht genügend Schlaf bekommen. Dunkle Ringe lagen unter unseren Augen, die Mara vorhin mit etwas Schminke kaschiert hatte.

Mara stand mit den Kopien der Präsentation für die Mitglieder des Boards of Directors neben uns. Wir bräuchten sie nicht, da auch alles digitalisiert war, ich wollte jedoch auf Nummer sichergehen. Mara hatte zwar kurz gelacht am Telefon, als ich sie darum bat, war dennoch meiner Bitte nachgekommen.

Ihr marineblauer Hosenanzug harmonierte mit dem Blau ihrer Augen. Sie lächelte uns zu, schob sich eine Strähne aus ihrem Bob hinter das Ohr. Während meines Urlaubs musste sie sich die Haare gefärbt haben, denn der graue Ansatz war verschwunden.

Sie würde auch gleich das Protokoll schreiben, worüber ich unheimlich dankbar war. So wusste ich zumindest, dass es zu hundert Prozent stimmen würde und nichts hinein gedichtet oder weggelassen wurde.

»Es sollte gleich ein Kinderspiel werden. Wir haben ein bis ins kleinste Detail ausgearbeitetes Konzept«, antwortete ich

Gerald. Es war alles andere als eine Kleinigkeit. Hier standen Arbeitsplätze auf dem Spiel. Ein Verein. So sehr die Fans sich engagierten, sie konnten niemals die benötigten Geldspenden sammeln, um die von der DEL geforderten finanziellen Lizenzbedingungen zu erfüllen. Ich straffte die Schultern. Wir schafften das.

Dennoch konnte ich nicht verhindern, wie mein Puls unter meiner Haut rauschte und ich schwitzte. Ein letztes Mal rückte ich meine Krawatte zurecht. Der Anzug passte genau, erdrückte mich nicht, trotzdem wurde er mit jeder Sekunde enger.

»Also dann.« Gerald trat einen Schritt vor und klopfte an. Er schien viel abgeklärter als ich zu sein. Dabei sollte ich derjenige sein, der die Tür öffnete. Vor allem im Hinblick auf Mason, der ebenfalls hinter der Tür wartete. Ihm gegenüber durfte ich auf keinen Fall eine Schwäche zeigen.

Nun war es zu spät. Gerald war mir zuvorgekommen. Wahrscheinlich bettelte er nicht das erste Mal um Geld. Nein, das war das falsche Wort. Wir bettelten nicht. Wir baten höflich um eine Investition.

Gerald hatte sich ebenfalls bei anderen möglichen Investoren umgehört und setzte nicht alles auf eine Karte. Nur spielte es hier keine Rolle. Wichtig war einzig, das Team zu erhalten und Ende Februar die Unterlagen für die Lizenz einreichen zu können. Es wäre fahrlässig gewesen, sich da nicht weiter umzusehen und alles nur auf eine einzige Karte zu setzen. Allerdings war ich ihr heißestes Pferd im Stall.

Überhaupt kein Druck.

Ich atmete tief durch und folgte ihm, als die Tür von innen geöffnet wurde. Erinnerungen an meine Kindheit stürmten auf mich ein. Während mein Vater mit dem Architekten über diesen Raum gesprochen hatte, war ich über die Balken und

Eisenträger getobt, den Bauarbeitern vor die Füße gelaufen, die mich kurzerhand eingespannt und mich zu ihrem Gehilfen gemacht hatten. Ich lächelte. Diesen Bau kannte niemand so gut wie ich in diesem Raum. Warum auch immer, gab es mir diesen einen Push, der mir noch fehlte und der mir Selbstvertrauen schenkte.

Durch die lange Fensterfront schien die Wintersonne, der Monitor stand für uns bereit. Bilder von Medikamenten hingen an den Wänden und ein großer breiter Konferenztisch mitten im Raum bestimmte das Interieur. Auf einem kleineren Tisch befanden sich Kaffee, Kaltgetränken und Gebäck.

Wie oft hatte ich in den letzten Jahren mit meinem Vater hier gesessen und dem Vorstand Zahlen präsentiert. Hier wurden die wichtigen Entscheidungen getroffen. Allein das ließ mich noch ein paar Zentimeter wachsen. Die nächste würde eine Positive werden, wir mussten nur überzeugend genug sein.

Fünf Augenpaare plus Mason sahen uns entgegen. Er hatte ein überlegenes Lächeln aufgesetzt, das an Häme grenzte. Seine Stimme hatte ich nicht, so viel war klar. Davon ließ ich mich jetzt nicht einschüchtern, es war genau das, was er beabsichtigte.

»Tyler, schön, dich wieder zu sehen.« Der Vorsitzende William Brewster kam auf mich zu und reichte mir die Hand. Sein Haarkranz war noch grauer geworden.

»Ich freue mich ebenfalls, William. Darf ich dir Gerald Böhmer von den Krackersner Kraken vorstellen? Er ist der Geschäftsführer und wird mit mir das Konzept präsentieren.« Ich stellte mein Tausend-Watt-Geschäfts-Lächeln an, welches ich vor dem Spiegel für solche Gelegenheiten in den letzten Jahren geübt hatte. Ich hatte es mir von meinem Vater abgeschaut.

Die beiden Männer reichten sich die Hände. William stellte ihm die weiteren Herren vor, erkundigte sich nach dem Flug und hielt Small-Talk mit Gerald, der das ebenso perfekt beherrschte wie William. Mara indes verteilte die Kopien, was ein Schnauben von Mason zur Folge hatte und schloss meinen Laptop an.

»Gut, wollen wir beginnen?« William blickte sich um. Alle nickten. Gerald würde den Löwenanteil der Präsentation übernehmen, er positionierte sich neben dem Monitor, ich an seiner Seite. Nun zählte es. Mara stellte uns jeweils ein Glas Wasser hin und setzte sich an den Tisch, um das Protokoll zu führen.

»Meine Herren, erst einmal möchte ich mich bedanken für die Chance, die Sie uns hier einräumen«, begann Gerald. Er stand kerzengerade und selbstbewusst vor dem großen Konferenztisch, blickte den einzelnen Personen in die Augen und lächelte zuversichtlich. Er wirkte mit jeder Pore überzeugt von dem, was er gleich erklären würde und das Ganze in akzentfreiem, perfektem Englisch.

Gerald machte regelmäßig Pausen in seinem Vortrag, um allen die Gelegenheit zu geben, Fragen zu stellen. Hin und wieder warf ich eine Ergänzung ein. Alles genauso, wie wir es mehrfach besprochen hatten.

Manchmal sah ich jemanden verhalten nicken. Es lief gut, Gerald sprach laut, deutlich und mit viel Überzeugung und Herzblut. Sie erkannten hoffentlich, wie wichtig der Verein für die Region und als Arbeitgeber war und vor allem, welche Vorteile wir als Unternehmen davon hätten, auch in Europa noch einmal sichtbarer zu sein.

Wir kamen zur letzten Folie und die Anspannung, die sich während der Präsentation in meinem Körper breit gemacht hatte, wich langsam. Wo waren die letzten anderthalb Stunden geblieben? Auf jeden Fall war ich froh, es hinter mir zu haben. Nun mussten wir wahrscheinlich nur noch ein paar Fragen überstehen. Sie würden nicht sofort eine Entscheidung treffen, aber sich hoffentlich auch keine fünf Tage Zeit lassen.

»Tyler«, sprach mich Charles an, ein älterer, grauhaariger Mann. »Warum sollten wir in einen Verein in Deutschland investieren?«

Für einen Moment starrte ich Charles an. Hatte er nicht zugehört? Aus den Augenwinkeln bekam ich mit, wie Mason kaum sichtbar lächelte. Aha, da hatten sich zwei abgesprochen. Bei den beiden überraschte es mich nicht. Sie hatten schon immer viel miteinander abgemacht.

»Wir können gerne noch einmal zurückgehen. Wenn Sie bitte die Seite fünfzehn aufschlagen.«

Das Geraschel von Papier erklang, als alle meiner Aufforderung folgten. Ich selbst klickte zurück, damit wir sie groß auf dem Monitor sehen konnten. Wen hatte Mason noch hinter sich?

»Ich kann die Zahlen lesen, ich habe auch mitbekommen, wie das unseren Stand im Ausland verbessert und unsere Bekanntheit vergrößert. Zumindest in Deutschland. Aber weshalb dort? Wieso nicht in einer Nation, die viel erfolgreicher in Europa Eishockey spielt? Oder warum sollten wir überhaupt in Europa investieren? Weshalb kaufen wir kein NHL Franchise? Die Liga wird auch in Europa immer beliebter.«

Die anderen Vorstandsmitglieder nickten zu dem Einwand und mir sank das Herz in die Hose. Ich überlegte fieberhaft, was ich sagen sollte.

Ich sah auf ein Foto hinter Charles, auf dem ein Footballspieler ein Medikament in die Kamera hielt. »Wie glauben Sie, wird die NFL reagieren, wenn wir auf einmal ein NHL Franchise kaufen?« Ich sah fragend in die Runde. »Sie könnten es falsch auffassen, und denken, wir kürzen das Sponsoring für sie. Somit würden viele Clubs ihre Medikamente bei der Konkurrenz kaufen. Wenn wir uns dem europäischen Markt zuwenden, können wir das Geld von dort nehmen, es reinvestieren und hätten kein Konkurrenzdenken innerhalb der verschiedenen Ligen im eigenen Land.«

Nicken bei einigen Anwesenden.

»Geschenkt. Da reden wir mit den Verantwortlichen, mit einem gehe ich oft genug Golf spielen und das ist erledigt.« Charles ließ nicht locker und mir gingen die Argumente aus. Ich musste mich zwingen, das Lächeln aufrecht zu erhalten und mir nicht die Verzweiflung anmerken zu lassen. Solche Diskussionen hatte ich bisher zu selten geführt und meine Unerfahrenheit fiel mir nun auf die Füße.

»Die Krackersner Kraken sind ein Verein mit Herz. Klar, das behauptet jeder, auch ist es in jedem Verein vollkommen normal, wenn die älteren Spieler sich den Jüngeren annehmen, aber bei uns wird Menschlichkeit groß geschrieben.« Gerald trat näher an den Tisch, beugte sich etwas vor. »Natürlich zählt auch das Geld, ansonsten würden wir heute hier nicht stehen. Doch wir sorgen für unsere Spieler, verkaufen sie nicht sofort, wenn es einmal nicht läuft, sondern arbeiten mit ihnen.« Er sprach voller Überzeugung und strahlte dabei eine Herzlichkeit aus, die bezeichnend dafür war. »Das mag kein schlagkräftiges Argument sein, vor allem nicht, wenn die Wirtschaftlichkeit an vorderster Front steht, doch genau darum geht es auch in diesem Unternehmen. Zumindest habe ich es so von Tyler wahrgenommen und aus vielen Erfahrungsberichten über *Roth Pharmacy* gelesen.«

Mason verzog das Gesicht und schnaubte leise.

»Das kann ich unterstreichen. Ich habe vor Ort mit allen Mitarbeitenden und Spielern gesprochen, sie gefragt, was sie ändern, verbessern würden. Keiner fühlt sich dort als etwas Besseres oder Schlechteres. Es wird mit ihnen statt über sie gesprochen. Wir haben bei den Krakens eine hervorragende Aufbauarbeit, was den Nachwuchs betrifft. Soll das alles aufgegeben werden?« Ich sah mich um. Die Stimmung schien zweigeteilt zu sein. Die eine Hälfte der Herren lächelte mir zu, die anderen sahen verbissen zu mir oder auf die Papiere.

Bis auf die Jugendarbeit konnte unser letztes Argument auf jedes Franchise in Amerika zutreffen. Es war kein besonderes Merkmal und das fuchste mich.

»Die Fankultur in Deutschland ist eine ganz andere Welt als hier in Nordamerika. Vielleicht noch mit der kanadischen vergleichbar. Die Fans selbst ziehen los, sammeln Spenden für den Verein, sie kämpfen mit uns und stehen nicht nur an der Bande und sehen zu.« Das musste ich noch ergänzen.

»Das klingt alles sehr toll, traumhaft und sehr naiv.« Charles lehnte sich in seinem Stuhl zurück, ein zufriedenes zugleich kaltes Lächeln auf seinen Lippen, genau wie Mason.

Dann fiel mir ein weiteres Argument ein, als ich sie betrachtete. »Wie Sie übrigens gerade sagten, Charles, die NHL wird in Europa immer beliebter. Die Liga in Deutschland nimmt allerdings auch an Strahlkraft zu. Mehrere sehr gute Spieler aus Deutschland sind Leistungsträger in verschiedenen NHL Franchises. Zudem gibt es bereits einen US-Amerikanischen Investor in Deutschland. Wollen wir wirklich so lange zögern und hadern, in einen europäischen Verein zu investieren, bis es nicht mehr möglich ist?« Ich machte eine Pause, sah den einzelnen Leuten in die Augen. William nickte zustimmend.

»Wir könnten ebenso Vorreiter sein, die wachsende Strahlkraft der deutschen Eishockeyliga nutzen und unsere Einnahmen in Europa vergrößern.« Ich hielt inne. »Ist es nicht das, was wir alle wollen?«

Es wurde ruhig im Raum, nur das leise Rauschen des Laptops war zu hören. Mason verengte seine Augen, behielt allerdings seinen hämischen Ausdruck bei.

William stand auf und durchbrach die Stille. »Ich danke euch beiden. Wir haben die Unterlagen vorliegen und müssen das abwägen. Gebt uns ein wenig Zeit.« Er kam auf uns und reichte erst mir und dann Gerald die Hand. Ich stöpselte meinen Laptop ab und gemeinsam mit Mason verließen wir den Konferenzraum.

»Wirklich sehr herzzerreißend am Ende, Tyler. Damit hast du nur bewiesen, wie unreif du bist, irgendein Unternehmen zu führen.« Mason hatte sich nicht einmal die Mühe gemacht, seine Worte vor Gerald zu verbergen.

Es gab mir einen Stich, ich versuchte allerdings, mir das nicht anmerken zu lassen. Mason drehte sich auf dem Absatz um und verschwand den Gang entlang zu seinem Büro. Eine tiefe Traurigkeit erfasste mich, da ich diesen Mann nicht mehr erkannte.

»Komm Tyler, lass uns etwas essen gehen.« Gerald klopfte mir auf die Schulter und ging nicht auf Masons Worte ein, wofür ich ihm sehr dankbar war. Ich hatte ihm nur erklärt, welche Position er hier bekleidete, aber nicht, wie wir zurzeit zueinanderstanden und welche Kämpfe wir ausfochten.

Ich setzte ein Lächeln auf, das sich so falsch anfühlte, wie es sicherlich auch aussah, aber Gerald konnte nichts dafür, was zwischen mir und Mason stattfand. Er hatte eine fantastische Präsentation abgeliefert und sich ein gemeinsames Essen mehr als verdient.

»Tyler, warte mal.« Mara kam aus dem Konferenzraum geeilt, gerade als wir losgingen.

»Ich bin gleich zurück, wollte nur mit Gerald etwas essen gehen.« Sie warf Gerald einen Blick zu.

»Ich hole schon einmal unsere Jacken«, meinte dieser und verschwand den Gang entlang. Hoffentlich fand er den Weg bis zu meinem Büro. Die nächsten zwei Herren kamen heraus, nickten uns zu und gingen miteinander redend in die entgegengesetzte Richtung als Gerald.

Mara wartete, bis sie außer Hörweite waren. »Wir müssen über Mason reden«, begann sie leise, damit uns wahrscheinlich auch niemand im noch offen stehenden Konferenzraum hörte, aus dem Stimmen drangen. »Seine Assistentin hat mich letzte Woche aufgesucht und nichts Gutes berichtet.«

»Okay. Sobald ich zurück bin, reden wir.« Das spielte mir perfekt in die Karten. Wenn nun auch seine Assistentin gegen Mason war, konnte uns nichts Besseres passieren. Zufrieden lächelte ich. Gemeinsam gingen wir zu meinem Büro, vor dem Gerald stand und wartete.

»Ich weiß, wo wir essen gehen.« Ich führte Gerald aus dem Gebäude zwei Blocks weiter durch die Kälte zu meinem Lieblingsrestaurant, einem Italiener. Mein Vater hatte es immer liebevoll Kaschemme genannt. Es war in einer Seitenstraße versteckt, der Platz im Restaurant reichte für sechs Tische und das Essen war himmlisch. Die Karte bestand nur aus zehn Gerichten mit Vor- und Nachspeisen, aber diese waren alle hausgemacht.

»Iss nicht zu viel, heute Abend sind wir bei meinen Großeltern eingeladen«, warnte ich Gerald vor, als wir Platz genommen und von den Eigentümern, einem älteren Ehepaar, begrüßt wurden. Das Hallo fiel herzlich aus, da sie mich und meinen Vater sehr gut kannten. Sie fragten mich ausgiebig aus, wandten sich dann Gerald zu, der ebenfalls geduldig jede ihrer Fragen beantwortete. Langsam fiel die Anspannung der letzten Stunden endgültig von mir ab und mein Lächeln war wieder echt.

»Ich bin schon ganz gespannt, deine Großeltern kennen-zulernen. Nach deinen Beschreibungen müssen sie genauso herzlich sein, wie dieses ältere Ehepaar.« Gerald nahm eine Karte und überflog die Gerichte.

Eine Weile saß ich schweigend da und beobachtete, wie er die Zeilen las.

»Was denkst du über die Präsentation?«, fragte ich, weil ich die Frage zum einen nicht mehr zurückhalten konnte und zum anderen immer dasselbe bestellte.

»Warten wir es einfach ab. Zwischendurch dachte ich, wir hätten sie in der Tasche, aber nach dem Ende bin ich mir nicht mehr sicher.« Gerald sah von der Karte auf, strahlte eine Ruhe aus, die mir im Augenblick fehlte. »Dein Schluss war brillant. Sie bei ihrer Ehre zu packen, war eine gute Idee.« Er lächelte. »Lass uns jetzt essen und nicht darüber nachdenken. Das bringt nichts.«

Ich nickte, rutschte trotzdem auf dem Stuhl hin und her. Wie lange würden die Beratungen wohl dauern? Ich bewun-derte Gerald für seine Ruhe.

Er suchte noch immer ein Essen von der sehr kurzen Kar-te. Ich nutzte die Gelegenheit und schrieb Felix, was mich wieder etwas erdete.

Nachdem wir unser Essen genossen hatten, fühlte ich mich ein kleines bisschen besser. Doch die Nervosität vor der Ent-scheidung wollte nicht schwinden. Arbeit würde mich ablen-ken, da war ich sicher.

Während des Essens hatten wir uns über die Arbeit bei den Kraken unterhalten, die einzelnen Bereiche und was alles dazu gehörte. Obwohl ich in den letzten Wochen fast jeden

Tag dort gewesen war, hatte ich nicht einmal einen Bruchteil davon mitbekommen. Es klang nach einem spannenden Arbeitsplatz, der mich reizte.

Der mich reizte. Ich ließ mir das noch einmal auf der Zunge zergehen und setzte mich aufrecht hin. Zum ersten Mal in meinem Leben wollte ich unbedingt eine Arbeitsstelle haben. Dann kickte die Realität ein. Da gab es eine Firma, die einen CEO brauchte, außerdem konnte ich meinen Vater nicht im Stich lassen.

»Alles gut bei dir?«, fragte Gerald.

»Ja, ich bin müde und ich habe die ganze Zeit verdrängt, wie viel Arbeit hier auf mich wartet.« Mara mit interessanten Neuigkeiten, vier Gespräche und jede Menge Papierkram, um genau zu sein. Ich gähnte, der Espresso hatte seine Wirkung noch nicht entfaltet. Ich winkte der Kellnerin, damit wir bezahlen konnten. Wie sollte ich überzeugend auftreten, wenn ich vor den Mitarbeitern saß und gähnte?

»Ja, die Führung eines Unternehmens ist nicht einfach. Ganz egal ob es die Krackersner Kraken sind oder die *Roth Pharmasy Corporation*.«

»Allerdings.« Die Idee, ernsthaft im Verein in Krackers zu arbeiten, fraß sich immer tiefer und nistete sich ein.

»Kannst du alleine vorfahren?«, fragte ich Gerald, als ich meinen Teller zur Seite schob. »Ich muss einige Gespräche führen und meinem Büro einen Besuch abstatten.«

»Klar. Kein Problem. Muss eh noch eine Einkaufsliste meiner Familie abarbeiten.« Gerald lächelte schuldbewusst.

Ich lachte. »Fühl dich bitte später in dem großen Haus wie daheim. Keine Scheu.«

»Notiert. Sollte ich den Safe und den dazu gehörigen Code finden, werde ich ihn ausräumen, türmen und so die Krakens retten.« Gerald grinste mich an.

»Ich wünsche dir viel Spaß dabei. Hoffentlich wirst du nicht enttäuscht sein, wenn du den Safe öffnest.«

In meinem Büro betrachtete ich den Schreibtisch, auf dem die Papierberge seit meiner Abreise angewachsen waren. Unterschriftenmappen lagen ordentlich aufgereiht nebeneinander. Widerwillen gegenüber den Dokumenten und dem Möbelstück auf dem sie lagen, baute sich in mir auf. Ich umrundete den Tisch, setzte mich auf den Stuhl und entdeckte ein Bild meiner Eltern neben dem Bildschirm. Das musste Mara die Tage dort hingestellt haben. Wärme breitete sich in mir aus. Das einzig schöne hier drauf.

»Mara«, rief ich laut. Konnte sie mich überhaupt hören? Ich stand auf und ging zur Tür. Auf halbem Wege wurde sie geöffnet.

»Ja?«, fragte sie amüsiert. »Du könntest auch dein Telefon benutzen. Schont deine Stimme.«

Ich grinste. »Danke für den Hinweis. Ich werde ihn mir merken.« Ich deutete auf das Foto. »Hast du das hingestellt?«

»Ja, ich dachte, das wäre ganz nett. Schöner als ein großes Konterfei an der Wand.«

»Danke dir. Passt es dir jetzt?«

»Natürlich.« Sie schloss die Tür hinter sich, zog sich einen Stuhl vom Konferenztisch zum Schreibtisch und setzte sich mir gegenüber ohne den Tisch zwischen uns. »Du kennst Chloe Wheever, oder?«

Ich sah Mara nur an.

»Selbstverständlich, was für eine Frage.« Sie schüttelte den Kopf und schmunzelte. »Also, sie kam letzte Woche zu mir und fragte, ob wir zusammen zu Mittag essen wollen und ob wir das nicht hier in der Kantine, sondern außerhalb machen könnten. Da wurde ich natürlich neugierig.«

»Natürlich. Wer würde das nicht«, pflichtete ich ihr bei und musste an mich halten, um sie nicht zur Eile zu drängen. Ich wollte endlich wissen, was sie mir zu sagen hatte.

»Also, Chloe will nicht mehr unter Mason arbeiten. Er macht sie für alles verantwortlich, was nicht so läuft, wie er sich das wünscht. Weder begrüßt er noch verabschiedet er sie. Er kommt zur Arbeit, macht sie an, weil sein Parkplatz belegt ist, sie musste deswegen bereits einen Mitarbeiter feuern lassen. Er zerreißt ihre Schriftstücke, weil sie ihm nicht gefallen, schickt sie wie eine …«

»Moment«, unterbrach ich Maras Redefluss. Ich traute meinen Ohren nicht. »Sie musste einen Mitarbeiter kündigen, weil er auf Masons Parkplatz geparkt hat?«

»Ja. Ich könnte ewig so weitermachen. Chloe möchte woandershin. Erst am Freitag hat Mason Rupert Lowel gekündigt, ihren Verlobten. Er entlässt die fähigsten Leute.«

Ich kannte Rupert, hatte gerne mit ihm zusammengearbeitet. Er sagte klar, wie die Dinge standen, dachte mit und machte gute Vorschläge.

»Mara, könntest du bitte alles auflisten, was Chloe dir erzählt hat und vielleicht öfter mit ihr die Pause verbringen? Sie vorsichtig darüber ausfragen, was alles über Masons Schreibtisch geht?«

Maras Augen leuchteten auf. »Du hast was vor.«

»Du kennst seinen Vertrag bestimmt auch. Wir brauchen Beweise etwas handfestes, um ihn loszuwerden. Ich wollte nachher noch mit Jonathan sprechen, ob er eine Idee hat. Wäre nicht schlecht, wenn wir da direkt an der Quelle sind.«

Mara nickte und grinste dabei teuflisch. »Ich werde bei jeder Verschwörung mitmachen, die dafür sorgt, den Mistkerl loszuwerden. Gemeinsam werden wir herausfinden, weshalb dein Vater ihm nicht vertraut hat.«

Ich riss die Augen auf. »Dad hat ihm nicht vertraut?« Das war ganz neu für mich.

»Was glaubst du wohl, wie oft sie in diesem Büro gestritten haben? Julius hat alles überprüft, was Mason getan hat. Ich weiß nicht, was vorgefallen ist, es muss vor meiner Zeit passiert sein, doch es gibt einen Grund, weshalb Mason noch hier ist. Den müssen wir herausfinden.«

»Wow, Mara, das sagst du mir erst jetzt?«

Sie zuckte mit den Schultern. »Ich war mir nicht sicher, was du vorhast und wollte dich nicht noch mehr unter Druck setzen.« Sie legte mir eine Hand auf meinen Unterarm, der auf meinem Oberschenkel ruhte. »Rede mit Jonathan, das ist eine gute Idee. Ich werde beginnen, ein Protokoll zu führen mit allem, was Mason anstellt. Wenn du nichts dagegen hast, werde ich Chloe mit ins Vertrauen ziehen.«

»Nein, Mara, wir sollten nicht zu viele einweihen.« Mir war nicht wohl dabei. Ich kannte Chloe, allerdings nicht so gut.

»Vertraust du mir? Dann lass mich meinen Teil machen und du machst deinen Teil. Morgen planen wir weiter.«

Ich holte tief Luft. »Sie wird Mason gegenüber nichts erwähnen oder einknicken?«

»Glaub mir, die Kündigung ihres Verlobten hat das Ganze nur befeuert. Sie will sich rächen.«

»Gut. Tu mir einen Gefallen und kontaktiere Rupert. Selbstverständlich wird er weiter hier arbeiten.«

Sie lächelte. »Längst geschehen. Er hat morgen einen Termin bei dir.«

»Was würde ich nur ohne dich machen?«

»Hier sitzen und hinter Bergen von Papier verschwinden.«

Wir lachten beide, doch es klang nicht fröhlich.

»Danke dir, Mara, für deine Unterstützung.«

»Immer. Solange du hier bist.«

Ich zog die Augenbrauen hoch.

»Komm schon, du fühlst dich nicht wohl. Dies ist nicht deine Welt. Du wirst sie irgendwann finden.«

Immer wieder vergaß ich, wie gut sie mich ebenfalls kannte. Nicht nur mit Mason war ich aufgewachsen, auch mit Mara, die jeden Tag vor diesem Büro gesessen und meinem Dad den Rücken freigehalten hatte. Ich räusperte mich, bevor es zu sentimental wurde. Ich hatte noch weitere Gespräche vor mir.

»Kannst du mir jetzt bitte nacheinander Andrew, Joseph, Samuel und Dylan reinschicken?«

»Mach ich. In der Reihenfolge?«

»Wie es passt. Kannst du mir auch zu ihnen etwas sagen?«

Mara schüttelte den Kopf. »Tut mir leid, so weit hat Chloe mir nichts mitgeteilt. Aber ich werde mit ihr reden. Sie sollte mitbekommen haben, wen Mason sich gekauft hat und wie.« Sie tippte sich an die Nasenspitze. »Wir bekommen alles mit, ihr wisst es nur nicht.«

Ich schmunzelte. »Ich werde es mir merken.«

Wir standen auf.

»Danke für deine Zeit, Tyler. Der Erste kommt gleich.«

»Danke dir.«

Mara verließ das Büro und ich drehte mich zum Konferenztisch. Der Stapel an Unterlagen dort war ebenfalls angewachsen. Ich räumte auf meinem Schreibtisch die Papiere und Dokumentenmappen zusammen.

Wie sollte ich die Gespräche beginnen? Sie direkt fragen, weshalb sie Masons Vorschlag präferierten? Oder taten sie es nicht und wurden von ihm unter Druck gesetzt? Was hatte er ihnen wohl für ihre Stimme versprochen?

Sie waren nicht ganz unwichtig in dem Team, das sich um die Fusion kümmerte. Unter anderem waren sie für die Zusammenstellung der Finanzen oder dem Neuaufbau vor Ort zuständig. Andrew würde das erste Jahr komplett dort verbringen und stellte seit Monaten seinen Plan zusammen. Er war schon so oft nach Lakewood Ridge geflogen, er kannte sich bald dort besser aus als hier.

Es klopfte und Dylan kam herein.

»Willkommen zurück. Wie war es in Deutschland?« Er kam in seinem schwarzen Nadelstreifenanzug auf mich zu und streckte mir die Hand entgegen, die ich ergriff. Er wirkte müde, hatte kleine Augen und sein Gesicht war blass.

»Sehr erkenntnisreich. Eine schöne Stadt aus der mein Vater kommt, aber in der Größe kein Vergleich zu hier. Und bei euch? Wie läuft es mit dem Baby? Hält es euch auf Trab?«

»Definitiv. Meine Frau versucht zwar, mich schlafen zu lassen, wenn es nachts weint, aber ich wache trotzdem jedes Mal auf.« Er fuhr sich durch seine kurzen Stoppelhaare. »Trotzdem will ich nicht tauschen. Es ist wirklich schön, ein Dad zu sein.«

»Das freut mich für dich.« Ich konnte mir das nicht mal im Ansatz vorstellen. Mal so aushelfen wie Felix im Kinderheim schon eher. Ein Onkel auf Zeit zu sein, aber ein Vater?

»Du wolltest mich sprechen? Geht es um die Fusion?«

Keine langen Spielereien. Wir kamen direkt zum Eingemachten. Gut, damit konnte ich umgehen. Trotzdem war mir mulmig zumute. Solche Gespräche lagen mir im Magen, weswegen ich sie so oft wie möglich umging.

»Wollen wir uns setzen?« Ich deutete auf das eine Ende des Konferenztisches, das noch nicht mit Jahresabschlüssen belegt war. »Ich möchte gerne deine Meinung hören, wie du vorgehen würdest.«

Dylan runzelte die Stirn, als er Platz nahm. »Die habe ich doch neulich im Meeting bereits genannt.«

»War das deine Meinung oder hast du dich von Mason beeinflussen lassen?«, fragte ich betont lässig und versuchte, es nicht vorwurfsvoll klingen zu lassen. Ich setzte mich. »Willst du wirklich einige hundert Menschen auf die Straße setzen und das Pharmaunternehmen stückweise verkaufen?«

»Unterstellst du mir gerade, keine eigene Meinung zu haben?« Er setzte sich kerzengerade hin. In seinen Unterton hatte sich definitiv ein Vorwurf eingemischt.

»Nein, ich wollte nur …« Fragen, ob Mason dir etwas versprochen hat, wenn du für ihn stimmst. »… wissen, wie du dazu stehst.«

»Mir tut es leid um die Arbeitenden, doch wir müssen wirtschaftlich denken.« Er setzte sich wieder bequemer hin, schlug ein Bein über das andere. »Wir können es uns nicht leisten, andere mit durchzufüttern. Kennst du die Zahlen der letzten Jahre? Wir machen zwar unter dem Strich Gewinn, doch der schrumpft. Du solltest die Berichte lesen, nicht nur als Dekoration auf dem Tisch liegen haben.« Dylan zeigte auf die Stapel. Das gab mir einen Stich. Ich kannte die Zahlen.

»Alle Zahlen sind mir durchaus bekannt. Aber danke für den Hinweis.« Fast hätte sich Sarkasmus mit untergemischt. Außerdem musste ich mich ihm gegenüber nicht rechtfertigen. »Du stimmst also dafür, die Philosophie unseres Unternehmens zu ändern?«

»Die ist doch Bullshit.« Er machte eine wegwerfende Handbewegung. Seine Wortwahl und Reaktion trafen mich völlig unverhofft in ihrer Härte. »Was bringt sie uns? Ein Zusammengehörigkeitsgefühl? Ein Ziel, an dem wir alle arbeiten? Hast du dich mal umgehört, wie viele in diesem Gebäude die Philosophie überhaupt kennen?«

»Du …« Mir fehlten die Worte, so eiskalt erwischt hatte er mich. »Warum arbeitest du hier?«

»Damit ich Rechnungen zahlen kann, was denkst du denn, weshalb neunzig Prozent der Belegschaft hier sind?«

Ich brauchte zwei Sekunden, um seine Aussagen zu verdauen. Dylan tippte derweil mit den Fingern auf dem Tisch. »Du bist seit wann – fünfzehn Jahren hier? Immer zuständig für die langfristigen Finanzstrategien, oder?«

»Ja, das weißt du doch. Wir haben zusammengearbeitet. Wozu ist das wichtig?«, fragte er gereizt.

»Nur so.« Ich lehnte mich zurück, er war ein Mason Jünger und ich würde ihn nicht umstimmen können. »Erstelle mir bitte bis übermorgen eine überarbeitete Strategie mit den aktuellen Zahlen, die wir erhalten haben und was wir investieren müssten, um das Unternehmen in Lakewood Ridge nach einer Fusion profitabel wieder auf die Beine zu stellen.«

»Du willst was?« Dylan zog die Augenbrauen zusammen. »Bis übermorgen? Weshalb? Wir benötigen das nicht mehr.«

Ich nickte. »Gut, wenn du nicht möchtest, ist das in Ordnung. Ich kann auch jemand anderen dran setzen. Das Konzept steht, es müssen nur die Zahlen angepasst werden. Es gibt genügend Kollegen, die sich darum reißen werden und sich schnell einarbeiten.« Ich verschränkte die Arme vor der Brust.

»Was glaubst du eigentlich, wer du bist?« Dylan setzte sich wieder auf, funkelte mich wütend an.

Ich lächelte überfreundlich. »Das Baby nimmt dich ganz schön in Anspruch, wenn du das vergessen hast. Der CEO von *Roth Pharmacy Corporation*.« Zum ersten Mal hörte es sich gut an, es auszusprechen, auch wenn es mir nicht gefiel.

Dylan schnaubte, wollte etwas erwidern, doch ich kam ihm zuvor.

»Unser Gespräch ist hiermit beendet. Bis übermorgen oder ich suche jemanden anderen für deine Aufgaben. Danke Dylan.« Ich erhob mich.

Dylan folgte meinem Beispiel, doch ich sah ihm an, wie wütend er war. »Du hast keine Ahnung von deinem Job. Sitzt nur hier, weil die alten Männer im Boards of Directors dachten, es sähe besser aus, wenn der Sohn CEO wird. Aber die Zeiten werden sich ändern.«

Ich wies mit der Hand auf die Tür zu meinem Büro. Dylan stand mir gegenüber und ballte die Fäuste. In seinem Gesicht lag ein kalter Ausdruck.

»Ach ja? Was wird sich denn wie ändern?« Ich ließ meine Hand sinken und verschränkte die Arme vor der Brust.

Dylan presste den Mund zusammen. »Wir sehen uns.« Er verließ eilig mein Büro. Als er außer Sichtweite war, blickte ich ratlos hinter ihm her. Was hatte er gemeint? Gab es etwa eine Verschwörung gegen mich? Ging die von Mason aus? Ich stellte mich ans Fenster, beobachtete den zäh fließenden Verkehr.

Ich musste Mason loswerden. Mit ihm würde die Arbeit zur real gewordenen Hölle werden, nur nicht so heiß. Einerseits setzte er mich unter Druck, damit ich meinen Job hier behielt, andererseits plante er eine Verschwörung gegen mich? Oder hatte ich Dylan nur falsch verstanden? Ging es gar nicht von Mason, sondern von anderen Kräften aus?

»Kann der Nächste kommen?«, fragte Mara von der Tür. Ich zuckte zusammen und drehte mich zu ihr.

»Weißt du von einer Verschwörung? Hat Chloe etwas in diese Richtung erwähnt?«, fragte ich sie.

Mara sah mich überrascht an. »Nein. Allerdings sind in letzter Zeit häufiger Charles, James und Ronald bei ihm ein und ausgegangen.«

Das halbe Board of Directors. »Die planen irgendwas. Dylan hat eben was angedeutet, leider auch rechtzeitig den Mund gehalten.«

»Mistkerle. Ich werde Chloe darauf ansetzen. Vielleicht schafft sie es, von Mason ins Vertrauen gezogen zu werden oder findet etwas in seinen Aufzeichnungen.«

»Gut, danke dir.« Ich fuhr mir durch die Haare. »Schickst du den nächsten, bitte?«

»Klar.«

Sie nickte, lehnte die Tür hinter sich an und wenige Minuten später betrat Andrew mein Büro.

»Hallo Tyler.« Wir schüttelten uns die Hände. Andrew arbeitete erst ein oder zwei Jahre bei uns, ihn kannte ich am wenigsten von allen hier, aber er war engagiert und machte mehr, als er müsste. Vom Alter her war er mir am nächsten. In der Entwicklung fühlte er sich pudelwohl, wie er immer betonte. Mein Vater hatte große Stücke auf ihn gehalten und gehofft, ihn langfristig binden zu können, da er mit frischen Ideen aufwartete, die Hand und Fuß hatten. Ich entschied mich für den direkten Kurs bei ihm.

»Was hat Mason Ihnen geboten, damit Sie bei der Fusion für seinen Vorschlag stimmen?«

Andrew riss die Augen auf, nur um sofort den Kopf zu senken. Seine Wangen liefen rot an. Aha, mitten hinein getroffen.

»Einen höheren Führungsposten.«

Ich nickte. »So einfach sind Sie zu ködern? In Lakewood Ridge könnten Sie ein ganzes Jahr lang dem Geschäftsführer erzählen, was er zu tun hat.« Das war maßlos übertrieben, er würde mit dem Geschäftsführer arbeiten und ihm nichts vorschreiben, doch das interessierte mich nicht. Stattdessen war ich enttäuscht von dem Mann vor mir.

Wir standen mitten im Raum und ich deutete auf den Tisch. »Was hat er noch gesagt? Ich schätze Sie als jemanden ein, der sich nicht so leicht um den Finger wickeln lässt.«

»Wenn ich nicht mitziehe, kündigt er mich.«

»Er ist zwar CFO und COO in Personalunion, doch es gibt auch noch mich. Ich stehe über ihm.«

»Ich weiß, allerdings geht das Gerücht herum, Sie verlassen *Roth Pharmacy* und Mason neuer CEO wird.«

Ich hob die Augenbrauen an. »Ach, das erzählt man sich also im ganzen Haus?« Das hätte Mara doch mitbekommen und mir erzählt. Oder es wurde Andrew so verkauft und er war niemand, der durch das Gebäude lief und sich so etwas bestätigen ließ. »Von wem haben Sie das Gerücht?«

Andrew wand sich unter meinem Blick, doch dann richtete er sich auf. »Mason.«

Ich verstand Masons Vorgehen nicht. Meine Wut auf ihn wuchs weiter an und untermauerte meinen Entschluss nur mehr, ihn los zu werden.

»Ich mag diesen Job. Wissen Sie, wie schwer es ist, einen zu finden, in dem man so selbstbestimmt arbeiten kann?«

Ich nickte, auch wenn ich mich auf dem Arbeitsmarkt weniger auskannte als er. Wir setzten uns und ich schlug die Beine übereinander. Nun war es wichtig, die Oberhand zu behalten.

Andrew sah mich aufmerksam an.

»Was denken Sie über Masons Vorschlag? Sie werden nicht nur vor Ort beratend zur Seite stehen, sondern auch damit betraut, die Produktpalette unter die Lupe zu nehmen und herauszufinden, wie wir uns nach der Fusion dort aufstellen werden.«

»Ich denke, dass Masons Idee Angst unter den Tochterfirmen streuen würde, die finanziell zurzeit struggeln und die Umsätze so noch mehr einbrechen werden. Wir sollten den ursprünglichen Plan verfolgen. Es wäre das falsche Zeichen an die gesamte Branche, wenn wir kurz nach dem Tod des Firmeninhabers unsere Strategie ändern.«

Ich lächelte. »Danke Ihnen für Ihre Meinung. Ich kann nur an Sie appellieren, sollte es zu einer Abstimmung kommen, handeln Sie so, wie Sie es am besten für das Unternehmen halten. Ich werde persönlich dafür sorgen, dass Ihnen diese Entscheidung nicht negativ ausgelegt wird.«

»Danke Ihnen, Tyler.«

Nachdem Andrew das Büro verlassen hatte, informierte ich Mara über das Gespräch, damit sie auf dem Laufenden war und Chloe besser instruieren konnte, was wir von ihr benötigten.

Ich brachte rasch die beiden restlichen Gespräche hinter mich – auch sie bestätigten mir das Gerücht. Dann suchte ich Jonathan auf. Mit ihm hatte ich immer gerne gearbeitet. Er konnte einem die kompliziertesten Vorgänge erklären, als wäre es das Einfachste der Welt.

»Na, du Zahlenfreak? Wie geht's dir?« Ich setzte mich auf den Stuhl vor seinem Schreibtisch, der mal wieder aussah, als ob er nicht arbeiten würde. So sollte mein Schreibtisch auch mal aussehen, statt der Papiertürme darauf.

An den Schläfen wurde Jonathan bereits grau, aber er sah noch immer gut aus. Es gab mal eine Zeit, in der ich heimlich für ihn geschwärmt hatte. Das war lange vorbei und würde nie wieder kommen.

Kurz flimmerte ein Bild von Felix vor meinem geistigen Auge auf. Nein, meinen Eishockeyspieler wollte ich nicht mehr eintauschen. Ich unterdrückte ein Lächeln und richtete meine Aufmerksamkeit wieder auf mein Gegenüber.

»Tyler, du Rumtreiber.« Wir schlugen kurz ein. »Du fehlst hier. Meine neue rechte Hand ist überhaupt nicht fähig.«

Ich grinste ihn an. Er hatte einen der größten Genies an meine Stelle gesetzt. Nur war er noch sehr jung und musste vieles lernen.

»Ach, hör auf. Der Mann ist um Längen besser als ich.« Ich fuhr mir über den Nacken. »Sag mal, wie ist Mason so drauf?«

Jonathan warf mir einen Blick zu, der nichts Gutes verhieß. »Komm, lass uns einen Spaziergang machen.« Er nahm seine Jacke vom Haken und wir gingen zu meinem Büro. »Die Gerüchteküche brodelt heftig. Du willst in einen deutschen Eishockeyverein investieren?«

»Ja.«

»Hätte deinem Vater sicherlich gefallen. Er hat zwischendurch immer wieder von Deutschland gesprochen.«

»Hat er?« Überrascht wandte ich mich Jonathan zu.

»Wenn wir alleine waren, erzählte er gerne aus seiner Lehrzeit. Die müssen in der Schule ziemlich viel angestellt haben.« Jonathan lachte leise. Wir kamen an meinem Büro an und ich holte meine Jacke.

Draußen war es bitterkalt, dunkel und es nieselte leicht.

»Also, was ist los? Du fragst doch nicht nur so. Geht es um die Fusion und Masons neue Ansichten?«, fragte Jonathan, als wir auf dem Bürgersteig unterwegs waren. Er schlug den Weg zu dem nahegelegenen kleinen Park ein. Ich fröstelte und zog meinen Mantel enger um mich.

»Ja. Er ist ein völlig anderer Mensch.« In Kurzform schilderte ich ihm die letzten Wochen und was ich vorhin von Mara erfahren hatte.

»Tja, ich denke, so neu ist das nicht. Er wollte dieselben Ansichten früher schon durchsetzen. Dein Vater hat das jedoch nie zugelassen.«

Ich blieb mitten auf dem Weg stehen und hielt Jonathan am Arm fest, damit er nicht weiterlief. »Warum zum Teufel spricht niemand mit mir? Mara hat vorhin ebenfalls was angedeutet?«

Jonathan blickte erst zu Boden, bevor er mich ansah. Er hatte diesen väterlichen Ausdruck aufgesetzt, den er oft annahm, wenn er mich schonen wollte.

»Jetzt komm mir nicht mit: Dein Vater ist erst gestorben, du musst dich erst einarbeiten, wir wollten dich nicht unter Druck setzen.«

»Aber genau das ist es doch. Ich hätte schon mit dir darüber gesprochen, doch es wäre bis vor kurzem zu viel für dich gewesen. Du hattest genug zu kämpfen mit der neuen Aufgabe, ich wollte dir nicht noch mehr auferlegen.«

Ich schnaubte nur und ging wortlos weiter. Jonathan folgte mir und lief kurz darauf wieder neben mir. Wir kamen in dem kleinen Park an und Jonathan steuerte eine Bank an, die versteckt unter einer großen Weide stand. »Das Kommende bleibt unter uns.« Er setzte sich, ich blieb vor ihm stehen und trat mit den Füßen auf der Stelle, damit mir warm wurde. »Dein Vater ist mit mir vor allem die Zahlen durchgegangen, die über Masons Tisch gingen, also so gut wie alles. Ich kontrolliere sie immer noch. Suche nach Unregelmäßigkeiten oder Zahlungen an Firmen, die uns nicht geläufig sind.«

Ich runzelte die Stirn. »Weshalb?«

»Darüber wollte dein Vater sich nicht äußern. Es gab einen Grund. Finde ihn heraus. Mara kann es über Chloe versuchen, du solltest zu Hause nach Aufzeichnungen suchen.«

Ich musste erst einmal durchschnaufen. Ich stand Mason nicht alleine gegenüber. Mir kullerte gerade ein Stein vom Herzen und es ging mir etwas besser. Das Schreckgespenst Büro wurde umgänglicher.

»Gemeinsam finden wir einen Weg, Mason loszuwerden. Er ist alles andere als beliebt. Führt sich cholerisch gegenüber den Mitarbeitern auf. Von den Kündigungen hat Mara dir bestimmt schon erzählt.«

Ich nickte und rieb mir über den Nacken. »Fuck. Warum nur ist dieses Flugzeug abgestürzt?« Dann würde ich jetzt nicht vor diesem Rätsel stehen. Wieso hatte mein Dad mir nie etwas gesagt? Wo sollte ich anfangen zu suchen? Seit dem Tod meiner Eltern hatte ich ihr Schlafzimmer nur einmal betreten. Sie hatten einen privaten Safe dort. Vielleicht fand ich in dem etwas. Im großen Safe hinter dem Arbeitszimmer meines Vaters lag nichts Auffälliges. Was hatte meine Mutter von allem gewusst? Könnte sie bei sich auch etwas liegen haben?

»Wonach soll ich suchen?«

Jonathan zuckte mit den Schultern. »Lies alles, was du finden kannst. Sobald dir etwas merkwürdig vorkommt, zeig es mir. Wenn wir Mason so weitermachen lassen, wird er derjenige sein, der innerhalb kürzester Zeit *Roth Pharmacys* Ruf ruiniert hat und keiner möchte mehr mit uns arbeiten.«

Ich atmete gegen die Verzweiflung, die sich in mir breit machen wollte an. Obwohl es mir eben schon besser ging mit dem Wissen, nicht alleine zu sein, überforderte mich dies völlig und ich wünschte mich nach Deutschland in das Trainingszentrum der Krakens. Die Probleme dort schienen sich leichter zu lösen, als einen außer Kontrolle geratenen Mason zu bändigen.

»Hast du eine Ahnung, wohin er langfristig will?«

Jonathan sah mich prüfend an. »Ich denke, er ist auf deinen Job aus.«

»Vor ein paar Wochen hätte ich ihm den mit Kusshand überlassen.« Holy Crap, wo stünden wir nun, wenn ich das gemacht hätte? Was war ich froh, es nicht getan zu haben. »Doch jetzt.« Ich trat wieder auf der Stelle. »Dabei predigt er mir immer, ich kann den Posten nicht aufgeben.«

»Es gibt einen Grund, weshalb er nie mit eingestiegen ist und kein CEO geworden ist. Den müssen wir herausfinden und können ihn vielleicht gegen ihn verwenden. William sagte mir kurz nach dem Tod deines Vaters, sie hätten alle die Anweisung erhalten, Mason nicht zum CEO machen zu dürfen. Das mussten sie schriftlich hinterlegen, aufgesetzt von deiner Mutter. Schon vor Jahren.«

Noch mehr Ungereimtheiten. Es wurde immer mysteriöser. Anscheinend hatte Mum Bescheid gewusst oder zumindest einen Teil. »Sollten wir William einweihen?« Ich pustete mir in die kalten Hände. Ich hätte meine Handschuhe mitbringen sollen. Hinter mir hörte ich Schritte vorbeilaufen. Wer joggte bei solch einem Wetter?

»Erst mal nicht. Erst wenn wir etwas in der Hand haben.«

»Verstanden. Am besten fange ich mit …« Ich wurde vom Klingeln meines Phones unterbrochen. Gerald. Mist, ich hatte die Zeit vergessen. »Gerald? Ich bin auf dem Weg.«

»Gut.« Er klang nicht böse, eher amüsiert.

»Ich bin gleich da.« Ich legte auf und steckte das Gerät weg. Jonathan stand auf.

»Lass uns zurückgehen. Du scheinst noch einen Termin zu haben.«

»Nur ein Essen mit meinen Großeltern.«

Jonathan lächelte. »Das ist nicht nur.« Wir kehrten auf den belebten Bürgersteig zurück und Jonathan hielt mich am Arm fest. »Noch eines. Lass uns nicht in der Firma über unseren Plan reden, die Wände dort haben gute Ohren. Entweder machen wir das in Zukunft bei dir oder bei mir.«

»In Ordnung.«

Kapitel 22

Felix

»Wir haben das Geld!« Tyler schrie ins Telefon. Er schien vor Freude durchs Zimmer zu hüpfen oder zu tanzen. Alles war hinter ihm in Bewegung und das Bild hängte sich mehrfach auf.

Ich grinste breit, freute mich so für ihn, nachdem er bei den letzten Gesprächen so bedrückt gewirkt hatte und fieberhaft in jeder freien Minute die Papiere seiner Eltern sichtete. Er gönnte sich kaum Schlaf. »Wohoo!« Seine Freude steckte mich an. Erleichterung überkam mich und ich sprang auf, tanzte mit Tyler durchs Zimmer.

»Weiß Gerald schon Bescheid?«

»Nein, der ist auf dem Rückflug. Aber ich habe ihm auf die Mailbox gesprochen. Sprich mit deinem Agenten, er kann zusagen.« Ich hatte Tyler noch nie so strahlen gesehen.

»Mach ich.« Also blieb ich in Deutschland. Vielleicht ergab sich im nächsten Jahr eine neue Gelegenheit, mich in einer anderen Liga zu beweisen, eventuell sogar die NHL. Dann könnte ich bei Tyler sein, zumindest wären wir auf demselben Kontinent. Nun freute ich mich, überhaupt ab Herbst spielen zu können. »Bist du bei dir im Appartement?«

»Ja. Ich mochte nicht alleine in dem großen Haus meiner Eltern übernachten. Da hängen überall Erinnerungen herum.

Außerdem brauche ich unbedingt Ruhe, dort würde ich nur weitersuchen.«

Er brauchte mir nicht zu sagen, wonach. Die Situation mit Mason schien noch unerträglicher zu sein, seit er zurück in seinem Büro war. Er überhäufte ihn mit Dokumenten, die alle schnellstens durchgesehen werden mussten und Tyler hatte Mühe, sie rechtzeitig zu lesen und zu überprüfen. Ohne Mara, die ihm half, wäre er total aufgeschmissen.

»Ich habe keine Ahnung, was ich mit dem Haus machen soll und ich mag die Hausangestellten nicht entlassen. Meine Großeltern wollen den Palast nicht. Sie sind mit ihrem Häuschen zufrieden.« Er legte sich auf die Couch und hielt das Handy über sich.

»Verkaufen ist keine Option?«

Tyler seufzte. »Ich streite mich noch mit mir. Es muss alles ausgeräumt werden und ich bin mir nicht sicher, ob ich schon so weit bin. Immerhin habe ich mich soweit durchgerungen, die Kleidung meiner Eltern zu spenden. Darum kümmern sich nun die Hausangestellten.« Er legte eine Hand auf seine Stirn. »Ich hoffe ja, sie kündigen aus purer Langeweile. Dann habe ich nicht so ein schlechtes Gewissen. Im Moment bekommen sie ihr Gehalt größtenteils fürs Nichtstun. Das mögen sie auch nicht, haben sie mir gesagt.«

»Warum lässt du sie nicht die Haushaltsauflösung machen, suchst dir raus, was du behalten willst? Das nimmt doch einige Zeit in Anspruch. Sie sind beschäftigt und du kannst dir überlegen, was du mit dem Haus machen möchtest.« Ich war neugierig, es mir mal in real anzusehen. Tyler hatte mir Fotos gezeigt, da wirkte es schon wie ein kleiner Palast.

»Ja, darauf wird es wohl hinauslaufen.« Er war für ein paar Sekunden still, sah am Telefon vorbei und ich störte ihn nicht. Stattdessen legte ich mich selbst ins Bett, spät genug war es mit fast zehn Uhr am Abend. »Lass uns nicht länger darüber nachdenken. Ich will die Rettung der Kraken feiern.« Sein Strahlen kehrte zurück, was mir ein Lächeln auf die Lippen zauberte. »Was machst du gerade?«

»Ich liege im Bett. Wie willst du feiern?«

»Lust auf Sex?«

»Mit dir? Immer. Ich habe nur …« Ich stockte und räusperte mich. »Ich habe noch nie Telefonsex gehabt.« Hitze kroch mir den Nacken hinauf, in meine Ohren und Wangen.

»Es ist ganz einfach. Wir fangen damit an, uns auszuziehen, stellen unsere Phones gut sichtbar auf.« Er pausierte kurz und grinste. »So viel zeigen wie möglich.«

»Okay. Aber ist das nicht eher Videosex?«

Tyler lachte leise. Ich nahm ein Kissen, legte es in die Mitte meiner Bettseite und zog mich aus. Als ich mich hinlegte, um das Handy auszurichten, war Tyler ebenfalls bereit, streichelte seinen Schwanz, der sich aufrichtete. Blut schoss bei dem Anblick in meinen. »Siehst du mich?«

»O ja. Wir müssen an deinem Stand arbeiten.«

Ich lachte, was einem nervösen Kichern näher kam. Meine Güte, Felix, stell dich nicht so an wie ein junger Kerl vor seinem ersten Profispiel. Du hattest bereits Sex mit ihm, kennst den Körper auswendig. Ich griff ebenfalls nach meinem Schwanz und strich locker daran auf und ab.

»Sag mir, was du jetzt mit mir machen würdest.« Tylers Stimme klang rau und ich musste nicht lange überlegen.

»Mit den Lippen, Zähnen und Händen erkunde ich deinen Oberkörper. Vor allem deine Nippel bekommen eine Sonderbehandlung.«

Mit einer Hand griff er nach ihnen, zwirbelte sie, kniff sie zusammen. Dabei stöhnte er leise. Ich fuhr schneller an meinem Schwanz auf und ab, zwang mich, langsamer zu machen.

Nur Tyler zu sehen, wie er an sich selbst spielte, war zu heiß, zu geil und trieb meine eigene Erregung voran.

»Mach so weiter, aber spiel mit deinen Eiern. Dein Schwanz bleibt tabu.«

»Fuck, Felix, was hast du vor?«

»Uns zum Orgasmus bringen, langsam und lustvoll.« Ich ließ selbst meinen Schwanz los, was für ihn galt, musste auch für mich gelten. Er blickte in die Kamera, sah mir dabei in die Augen. Seine waren lustverhangen, er stöhnte erneut, als er seine Eier drückte. Ich selbst war sein Spiegelbild. Wie gerne würde ich ihn jetzt küssen oder schmecken können, seine ersten Lusttropfen von der Spitze lecken.

»Mach deinen Finger nass.« Ich steckte meinen Zeigefinger in den Mund, umkreiste danach meinen Eingang. »Mach dasselbe wie ich.«

Dieses Mal keuchten wir synchron, als ich meinen Finger leicht in mich schob. Das hatte ich bis hierhin noch nie getan. Aber es gab für alles ein erstes Mal.

»Langsam«, bremste ich Tyler aus, der sich selbst auf dem Finger fickte. Der brummte etwas Unverständliches, das sehr nach einem Fluch klang, doch er kam meiner Bitte nach. »Mach weiter.« Ich schluckte, als er einen zweiten Finger dazu nahm. Tyler dabei zu beobachten, wie er verzückt lächelte, sich wand auf dem Sofa, schob bei mir die Lust an, schickte sie wie Elektrostöße durch meinen Körper. Seine Haut nahm an einigen Stellen, vor allem im Brustbereich eine rote Färbung an, wie immer, wenn er erregt war.

Meine Hände verharrten, ich konnte nur noch Tyler zusehen. Sogar meinen steinharten Schwanz, der darum bettelte berührt zu werden, ignorierte ich. Ich genoss es, mich selbst auf die Folter zu spannen, mir Lust zu schenken und es hinauszuzögern, Tyler dabei zuzusehen, wie er sich verwöhnte.

»Deine Prostata«, stieß ich hervor, und versuchte, meine zu erreichen. Schweiß bildete sich auf meiner Haut, während ich mich fickte, schneller wurde, Tylers Stöhnen lauschte und abwechselnd mit meinen Eiern oder meinen Nippeln spielte.

»Bitte Felix, lass ihn mich anfassen«, bettelte Tyler mit belegter, dunkler Stimme. Den Kopf zurückgeworfen. Seine Bewegungen wurden hektischer.

»Schön weitermachen. Von außen massieren nicht vergessen.«

Gequält und gleichzeitig lusterfüllt keuchte Tyler auf, als über seine Prostata von innen und außen strich.

»Ich kann nicht mehr.«

»Du weißt, was ich jetzt machen würde, wenn du ungeduldig wirst.«

Tyler kniff die Lippen zusammen, dann drehte er seinen Hintern zu mir und schlug sich selbst darauf. Das zog mir bis ins Mark, obwohl ich es nicht mal spürte, brachte es mich fast bis an den Rand.

»Nochmal«, befahl ich ihm. Er wimmerte, schlug sich erneut auf den Hintern. »So fest du kannst.« Er holte aus und dieses Mal war ein leichter roter Abdruck seiner Hand zu sehen, der rasch wieder verschwand. »Das reicht. Bleib so liegen und fick dich.«

Tylers abgehackter Atem, unterbrochen von seinem Wimmern und winden, zu hören und ihn auf dem Bildschirm zu sehen, war nicht dasselbe, wie ihn hier im Bett selbst zu bearbeiten, trotzdem war es geil. Wie ein persönlicher Porno nur für mich. Ich fasste mir an den Schwanz, fuhr in atemberaubendem Tempo auf und ab.

»Dreh dich wieder um«, brachte ich stoßweise hervor. Er kam dem Wunsch nach, riss die Augen auf. Sachte drückte er seine Eier. »Na los, fass dich an.«

»Fuck, endlich.«

Ich brauchte nicht lange, schloss die Lider, weil ich es nicht mehr schaffte, mich auf Tyler zu konzentrieren. Dann kam er, laut. Schnell öffnete ich die Augen, hielt inne und sah ihm zu, wie er den Rücken durchbog, sich vollspritzte und rieb, bis nichts mehr kam. Dieser Mann war so wunderschön, wenn er sich in seinem Orgasmus verlor, sich so absolut gehen ließ. Ich hatte noch nie etwas Schöneres gesehen. Zitternd kam er zur Ruhe, sah in die Kamera.

»Bring es zu Ende. Ich will dich sehen.«

Ich ließ mich nicht zweimal bitten und es dauerte nicht lange. Als ich wieder zur Kamera sah, lächelte er glücklich, befriedigt und wirkte völlig frei.

»Wir sollten uns Spielzeuge kaufen.«

Tyler gluckste. »Damit du mich mit einem Plug ins Büro gehen lassen kannst?«

»Bring mich nicht auf Ideen.« Aber mein Hirn raste bereits. »Wir sollten uns intensiver mit diesem Domination und Submission beschäftigen. Es scheint uns beiden zu gefallen. Zumindest beim Sex.«

»Jepp, was ich nicht alles in Deutschland über mich gelernt habe.« Tyler holte ein Taschentuch, um sich abzuwischen.

»Genau, du kleiner, reicher, verwöhnter Schnösel.« Ich lachte und er fiel mit ein. Es tat so gut. Dieses ganze Telefonat fühlte sich so viel näher an als die Letzten. Oft hatte mich nach ihnen die Angst beschlichen, wir könnten es nicht schaffen.

»Nein, im Ernst, ich möchte es wirklich. Nicht nur die kleinen Spielereien während meines Urlaubs in Deutschland, sondern es kennenlernen und Grenzen entdecken.«

»Gut, aber dann fangen wir erst damit an, wenn wir uns live und in Farbe sehen. Ich will das nicht übers Telefon machen oder besprechen.«

»Einverstanden. Wir lesen uns am besten erst ein, damit wir beide wissen, was jeder für sich ausschließt.«

»Ty«, ich griff nach dem Handy, hielt es mir direkt vor das Gesicht. »Ich finde, für meine erste Beziehung läuft das hier doch ganz gut, oder? Wir reden, sind ehrlich, haben Sex.«

Tyler lachte leise und warm. Er zog sich eine Decke über, was mir den Blick auf seinen Körper versperrte. Wobei ich ohnehin von seinen Augen gefesselt war. Er sah mich mit so viel Liebe und Vertrauen an, es trieb meinen Puls wieder in die Höhe.

»Ich gebe dir ein A+.«

Ich nickte stolz. »Danke dir.« Dann grinste ich. »Zeig mir dein Appartement.«

Tyler stand auf, nackt wie er war und ging durch die Zimmer. Er hatte behauptet, es sei nicht groß. Wir mussten unbedingt darüber reden, wie wir groß definierten. In seiner Wohnung hätte mindestens eine Familie mit zwei Kindern leben können. Bei der Wohnungsbesichtigung kamen wir an alten Kinderfotos vorbei, die, wie er berichtete, seine Mutter aufgestellt hatte bei seinem Einzug. Über die Bilder verloren wir uns über Geschichten aus unserer Kindheit.

»Ich glaube, wir sollten aufhören«, sagte Tyler, als ich herzhaft gähnte. »Du musst schlafen und ich noch einmal bei meinen Großeltern vorbeifahren. Grandma besteht darauf, mindestens an drei Abenden in der Woche mit mir zu essen.«

»Das ist wohl besser.« Wir verabschiedeten uns und ich ging ins Bad.

Meine Gedanken weilten bei dem Telefonat mit Tyler, was mir ein irrationales glückliches Lächeln bescherte. In meinem Bauch kribbelte es, wie ich es noch nie erlebt hatte.

Meine Güte, mich hatte es tatsächlich erwischt. Ich schien zu schweben, alles fiel mir so viel leichter, selbst das Warten bis ich wieder aufs Eis durfte. Der einzige Wermutstropfen war die Entfernung, doch daran wollte ich jetzt nicht denken.

Kapitel 23

Tyler

»**W**ir haben uns dazu entschlossen, Mason ans Herz zu legen, in den Ruhestand zu gehen.« William griff nach seiner Kaffeetasse und trank einen Schluck.

»Was?«, fragte ich ihn und ließ meine Hand mit der Tasse wieder sinken, bevor ich überhaupt getrunken hatte. William hatte mich überraschend im Haus meiner Eltern aufgesucht. Nun saßen wir im Esszimmer an der langen großen Tafel. Doch das hier kam noch unerwarteter.

William stellte die Tasse zurück auf die Untertasse. Sie wirkte mickrig auf dem großen hochpolierten Esstisch. Er griff nach einem Cookie, die uns Mia, meine Hausangestellte, bereitgestellt hatte, frisch gebacken von der Köchin.

»Auch wir sehen, was Mason zurzeit anstellt. Die halbe Belegschaft lebt in Angst vor Entlassung oder von Mason zusammengestaucht zu werden. Er hat sich völlig verändert, seit dein Vater nicht mehr da ist. Es ist …« William stockte.

»Als ob eine Mauer gefallen ist, die ihn abgeschirmt hat?«

»Genau.« William hob zustimmend die Hand. »Tyler, als CEO möchten wir dir das letzte Wort geben. Wir haben dich dazu ernannt, weil dein Vater vor allem dich in den letzten zwei Jahren in jede seiner Entscheidungen einbezogen und sie mit dir durchgesprochen hat. Außerdem war es dein Vater, der die Firma aufgebaut hat und es trotz der Corporation in unseren Augen ein Familienunternehmen ist.« William biss von seinem Cookie ab. »Wir können nicht mehr machen als das. Ich werde zusätzlich das Gespräch mit ihm suchen. Sein Verhalten ist nicht mehr tragbar.« Er legte den Keks auf der Untertasse ab und beugte sich leicht vor. »Er testet dich. Will wissen, wie weit er gehen kann. Halte dagegen.«

Ich seufzte. Das war kein Test mehr, was Mason veranstaltete. Er wollte meinen Job und traf Entscheidungen, zu denen er nicht befugt war, kündigte Mitarbeiter, was ich zu spät mitbekam. Mein Vater hatte mich definitiv nicht überall mit eingezogen, wie ich in den Gesprächen mit Jonathan mitbekommen hatte.

»Was wäre, wenn ich meine Anteile verkaufe?«, fragte ich völlig aus dem Zusammenhang gerissen, ohne vorher jemals darüber nachgedacht zu haben. William blies die Wangen auf und sah mich mit großen Augen an.

»Du willst was? Wie kommst du darauf?«

»Seien wir doch einmal ehrlich. Ich brenne nicht so sehr für die Firma, wie Dad es getan hat. Nur seinetwegen bin ich überhaupt noch da und CEO geworden. Es gibt fähigere Leute als mich.« Ich goss mir Kaffee nach. »Also, was würde geschehen?«

»Das wäre fatal.« Er schob die halbvolle Tasse und den angebissenen Cookie von sich. »Wenn solch eine große Anzahl an Aktien auf den Markt kommt, sinkt der Wert. Es sei denn, du hast bereits einen Abnehmer, der alles kauft. Aber es würde dem Unternehmen erst einmal schaden. Willst du das? Das ist das Vermächtnis deines Vaters.«

»Die Anteile meiner Mutter an der Kanzlei habe ich auch verkauft.«

»Weil du kein Anwalt bist. Das ist verständlich.«

Ich starrte aus einem der Fenster, die kalte Wintersonne schien herein und der Staub tanzte im Licht. Ich hatte keine Lust mehr auf Machtspielchen. Alles wäre nicht so angsteinflößend, wenn wir alle an einem Strang zögen. Aber bis auf Jonathan, der hinter mir stand, war ich mir nicht sicher, welche Meinung die Vorstandsmitglieder vertraten.

»Was ist, wenn ich meine Anteile behalte und als CEO zurücktrete?«

William kratzte sich an der Wange. »Dann werden wir einen neuen CEO bestimmen, der die Führung übernimmt. Nur hast du kein Mitspracherecht mehr. Du bist nur Mehrheitseigner und bekommst wie jeder andere Shareholder die Dividende ausgezahlt.«

Ich nickte, griff nach einem Cookie und biss hinein. »Veranlasse das. Ich werde nach Deutschland gehen und bei den Krackersner Kraken mitarbeiten. Somit hast du dort jemanden sitzen, dem du vertrauen kannst.« Die Worte waren schneller raus, als ich denken konnte. Ich hielt inne. Hatte ich gerade eine Entscheidung getroffen?

»Tyler.« William schnappte nach Luft. »Willst du das wirklich? Das Unternehmen ist das Herzstück deines Vaters.«

»Genau, meines Vaters.« Ich hörte in mich hinein, wartete auf das Gefühl des Verrats, doch da war nichts. Ich fühlte mich um Tonnen leichter und hätte die Welt umarmen können. »Ich habe damals nur angefangen, weil ich nicht wusste, was ich machen soll.« Ich hob den Kopf. Trotzdem hatte ich die Zeit genossen. Vor allem das Kennenlernen der einzelnen Abteilungen und die Aufgaben dort. »Ich habe gerne hier gearbeitet, vor allem unter Jonathan, es ist jedoch nicht mehr dasselbe ohne meinen Vater. Die Seele des Unternehmens ist verloren gegangen, die ich nicht ersetzen kann. Jemand anderes, der mit dem Unternehmen verbunden ist, allerdings schon.«

»Aber zu der Person kannst du werden.« William setzte sich aufrechter hin.

Ich schüttelte den Kopf, auch wenn ich verstand, worauf er hinauswollte. »Nein, ich brenne nicht dafür. Nicht so, wie mein Vater. Ich habe bei den Kraken gebrannt. Wir haben zwar nur das Konzept erarbeitet und ich weiß nicht genau, wie die Arbeit werden wird, aber das ist meine Welt.« Außerdem wartete dort ein bestimmter Spieler auf mich. Das verschwieg ich wohlweislich, denn er war nur ein weiterer Grund, nicht der eigentliche. »Ich habe mich in den Verein verliebt und möchte dort mitarbeiten. Gerald wird etwas für mich finden und wenn ich die Wasserflaschen für die Spieler trage.«

»Das ist ziemlich dramatisch ausgedrückt, Tyler«, sagte William trocken, doch ein Lächeln umspielte seine Lippen. »Aber gut, wenn du das wünschst, reich bitte deinen Rücktritt schriftlich ein. Du hast kein Mitspracherecht, wer der neue CEO wird.«

»Nimm Jonathan, der ist mit seinen sechsundvierzig Jahren jung genug, das Unternehmen länger zu führen. Sein Stellvertreter könnte seinen Platz einnehmen. Selbstverständlich bleibe ich, bis die Nachfolge geregelt ist. Und William, halte es unter dem Deckel. Leite bitte schon alles ein, aber kein Wort zu Mason.« Bevor ich ging, sollte alles geregelt sein und Mason nicht mehr in der Firma weilen.

William lächelte. »Ich werde über Jonathan nachdenken und den Vorschlag einbringen. Deine Gedanken bezüglich Mason musst du mir genauer erläutern.«

Ich seufzte. Das würde ich Jonathan später beichten. Begeistert würde er davon nicht sein. Trotzdem berichtete ich William über unseren Plan mit Mara und Chloe und wie wir fieberhaft nach einem Grund suchten, um Mason aus der Firma zu stoßen.

William runzelte seine Stirn. »Wann wolltet ihr uns ins Vertrauen ziehen?«

»Sobald wir etwas in der Hand halten. Ich würde gerne so lange bleiben, bis wir einen Grund gefunden haben, Mason aus der Firma zu entlassen. Er scheint außerdem mit dem halben Boards of Directors unter einer Decke zu stecken. Deswegen solltest du vorsichtig sein, wem du was anvertraust. Irgendwo werden wir Aufzeichnungen finden, die Mason belasten.«

»Gut, ich werde warten. Händige mir das Schreiben aus, ich werde es unter Verschluss halten. Es ist schade, allerdings vertraue ich auch nicht allen im Board. Ihr sucht weiter, aber sobald ihr etwas gefunden habt, informiert ihr mich.«

»Einverstanden.«

Wir standen auf und ich geleitete William zur Tür, an der wir uns verabschiedeten. Dann holte ich meine Sachen und machte mich auf den Weg zum Büro. Ohne das große Gewicht auf meinen Schultern, wenn ich an die Firma und all die Aufgaben dort dachte. Dieses Mal ging ich beschwingt dorthin. Wie lange dauerte es wohl, bis dieser Teil meines Lebens Geschichte war?

Mit sehr gemischten Gefühlen fuhr ich direkt vom Büro zu meinen Großeltern zum Abendessen. In Gedanken spielte ich immer wieder das eben beendete Telefonat mit Felix ab. Ich hatte ihm von meinem Gespräch mit William erzählt und er war ganz aus dem Häuschen. Es tat mir so leid, seine Freude zu bremsen, da ich ihm kein Datum nennen konnte.

Ich musste nur noch den Mut finden, meinen Großeltern davon zu berichten und mir endlich darüber klarwerden, was ich mit dem großen Haus machen wollte. Um es leer stehen zu lassen, war es zu schade.

Was sollte ich Grandma und Grandpa bloß sagen? Am liebsten würde ich sie einpacken und mitnehmen. Auf einmal nagten die Gewissensbisse an mir.

Ich hielt an einer roten Ampel. War es fair, sie alleine in den USA zu lassen? Was, wenn sie Hilfe brauchten? Ich konnte nicht mal eben schnell in mein Auto springen und herkommen. War ich zu egoistisch? Dachte ich nur an mich und mein Glück?

Die Ampel schaltete auf grün und ich fuhr weiter. Quälte mich durch den Verkehr in der Innenstadt zum Außenbezirk, in dem meine Großeltern wohnten.

Ich parkte am Seitenrand und sah zu dem Häuschen. Es erinnerte mich immer wieder an die Märchen aus meiner Kindheit. Es lag zwischen großen Bäumen, die mein Großvater nach dem Bau des Hauses gepflanzt hatte. Meine Mutter war hier aufgewachsen, hatte auf der schiefen Schaukel gesessen. Genauso wie ich. Mittlerweile konnte kein Kind sie mehr benutzen. Jeder wartete nur noch darauf, dass sie umkippte. Es gab sogar eine Wette mitsamt Einsatztopf in der Siedlung und der Nachbar verwaltete ihn.

Auf dem Rasen lagen die restlichen Blätter vom Herbst. Sie waren gefroren und knirschten unter meinen Füßen. Die Schaukel quietschte im Wind.

Dieses Fleckchen Erde hatte für mich immer etwas Heimeliges an sich. Hier war ich viel herumgetobt als Kind, nach der Schule saß ich mit Grandma im Garten oder in der Küche und erledigte meine Hausaufgaben. Auf einen der Bäume war ich immer bis in die oberste Astgabel geklettert und hatte den Nachbarsjungen beobachtet, wenn er sich umzog, entdeckte so meine Sexualität.

Mit meinem Schlüssel ließ ich mich ein. Der Geruch von Mac n' Cheese zog durchs Haus und mir lief das Wasser im Mund zusammen. Es war eines meiner Leibgerichte. Ich durchquerte den Flur, bei jedem Schritt knarzten die Dielen. Dies war ein totaler Kontrast zu meinem Elternhaus, das allen modernen Schnickschnack hatte.

Meine Eltern hatten über mehrere Jahre versucht, meine Großeltern dazu zu bewegen, in ein bequemeres Haus zu ziehen, aber sie liebten ihr altes Eigenheim. Immerhin hatten sie einer Renovierung zugestimmt. Die hatten sie zur Goldenen Hochzeit geschenkt bekommen und konnten es nicht abschlagen.

In der Küche fand ich meine Großeltern am Tisch, beide sahen zum Fernseher, auf dem eine Quizshow lief.

»Hi«, begrüßte ich sie, trat zu meiner Großmutter, um ihr einen Kuss auf die Wange zu geben, meinem Großvater legte ich nur eine Hand auf die Schulter.

»Hallo Ty. Setz dich hin, Essen ist gleich fertig.«

Solange die Show lief, brauchte ich mit nichts anderem beginnen und dankte dem Fernsehgott für die Schonfrist. Fünf Minuten später schaltete Grandpa den Fernseher aus und ich stand mit meiner Grandma auf, um den Tisch zu decken. Sie holte das Essen aus dem Ofen. Mein Magen knurrte vernehmlich, was Grandma ein Lachen entlockte.

»Ich habe auch noch einen Kuchen gebacken.«

»Du bist die Beste.« Ich küsste sie erneut auf die Wange, ignorierte das schlechte Gewissen, das sich wieder einen Weg nach oben suchte.

»Wie war dein Tag?«, fragte Grandpa, als er das Besteck verteilte und auf jeden Teller eine Serviette legte. Ich holte den Untersetzer für die Schale mit dem Essen, die Grandma darauf stellte, und wir setzten uns.

»Gut, richtungsweisend.« Mein Puls beschleunigte sich und ich schwitzte. Lieber wollte ich es jetzt hinter mich bringen, als bis später zu warten.

»Das klingt aber geheimnisvoll.« Grandma schaufelte jedem von uns eine ordentliche Portion auf. Ich holte Gläser und was zu trinken aus dem Kühlschrank.

»Ich werde den Posten als CEO niederlegen. Heute habe ich mein Rücktrittsschreiben für das Board of Directors geschrieben und an William überreicht.« Es war raus. Beide schwiegen. »Es ist Verrat an Dad, oder?« Ich sank schwer auf meinen Stuhl zurück, fuhr mir über den Nacken.

»Das kommt einerseits überraschend, andererseits hatte ich mir schon so was gedacht.« Grandpa legte mir eine Hand auf die Schulter. »Es ist überhaupt kein Verrat an deinen Vater, wenn du deinen eigenen Weg gehst.«

Ich hob den Kopf.

Grandpa lächelte mir aufmunternd zu, zog seine Hand zurück. »Dein Vater wäre stolz auf dich. Glaube mir. Du solltest immer nur deinem Herzen folgen. Er wollte nie einen Weg für dich, dem du nur aus Pflichtgefühl nachgehst.« Grandpa griff nach der Gabel und spießte Käsenudeln auf.

»Meinst du das ernst?« Es beruhigte mich, meine Großeltern hinter mir zu wissen.

»Du bist nicht dein Vater. Er hat schon vor Jahren angedeutet, sich einen Nachfolger zu suchen, da er nicht glaubt, du würdest ihm folgen.«

Ich schob meine Nudeln auf dem Teller hin und her. »Dad hat das gesagt? Zu dir?« Wie gut mein Vater mich doch gekannt hatte.

Grandpa zuckte mit den Schultern. »Er wartete ständig auf deine Ankündigung, einen Beruf gefunden zu haben, den du wirklich magst.«

»Weiß Gott, deine Freunde haben dir jede Menge Ideen vorgelebt.« Um Grandmas Mundwinkel zuckte es. »Was macht der eine nochmal? Ansteher oder so?«

»Das war ein Studentenjob für irgendeinen Lobbyisten für öffentliche Kongresssitzungen.« Das war einer der Jobs, die ich nie im Leben getan hätte. Da hatte ich lieber Karten in der Cafeteria durchgezogen und so etwas zu meinem Taschengeld dazu verdient.

»Aber einer fotografiert doch Leichen, oder?«

Ich schmunzelte. Wie das passieren konnte, war keinem von uns klar. Einer meiner Kommilitonen belegte dieselben Kurse wie ich auf dem College, machte aber im Freshman Jahr einen Kurs in Fotografie. Er behielt das als Hobby bei, seine Fotos schafften es sogar in Zeitschriften. Wie er zum Tatort-Fotograf werden konnte, fragten wir uns noch immer alle. Wahrscheinlich hatte er die Bewerbung als Scherz losgeschickt und wurde wider Erwarten eingestellt. Bestätigt hatte er die Theorie unseres Freundeskreises nie.

»Ja, er fotografiert Tatorte. Klingt spektakulär, kann aber total langweilig sein, behauptet er zumindest.«

»Also ich könnte das nicht. Stell dir nur vor, wie manche Mordopfer aussehen.« Grandpa schüttelte es, trotzdem aß er ungerührt seine Nudeln weiter. Ich lachte und schob mir auch endlich eine Gabel mit Essen in den Mund. Es ging mir schon sehr viel besser. Nun musste ich ihnen nur noch von meiner Auswanderung erzählen.

»Was wirst du jetzt machen?«, fragte Grandma und trank einen Schluck. Ich schluckte, mit einem Mal lagen mir die Nudeln wie Blei im Magen und zogen mich nach unten.

»Ich werde nach Deutschland in Dads Geburtsstadt ziehen und im dortigen Hockeyverein mitarbeiten.« Ich brachte das in einem Atemzug vor, sodass es fast wie ein Wort klang.

»Du … wie bitte? Ich habe dich überhaupt nicht verstanden.« Grandma runzelte die Stirn, auch Grandpa sah nicht besser aus.

»Ich ziehe nach Deutschland in Dads Stadt«, begann ich langsamer, legte die Gabel beiseite. Mir verging der Appetit. So musste sich Felix' fühlen. Vor kurzem hatte er mir seine Schuldgefühle gegenüber seinem Bruder gestanden, der sich alleine um die Eltern kümmerte. Hier gab es niemanden mehr von der Familie, der das machen könnte.

»Nach Krack…« Grandpa brach ab. Bis heute konnte er den Ort nicht aussprechen. Allerdings hatte ich es auch als Kind lange mit Dad geübt, bis ich es auf die Reihe bekam.

»Genau. Es sei denn …« Ich räusperte mich. »Auf euren Wunsch würde ich natürlich bleiben.« Das musste ich hinterher schieben, um mein schlechtes Gewissen zu beruhigen, war sogar schon so weit, doch alles wieder hinzuschmeißen. »Falls etwas passiert. Ich sollte nicht wegziehen, oder?« Ich schob den Teller von mir.

»Ty, ganz ruhig. Du darfst auf keinen Fall dein Leben nach unserem richten. Es ist deines, wir kommen zurecht. Die Nachbarn sind auch noch da. Du kennst doch Maddie und Noah.«

»Ist das wirklich in Ordnung und nicht egoistisch?«

Grandma nahm meine Hand in ihre. »Hätten wir damals auf meine Schwiegereltern gehört, würden wir auf der alten Farm in Wyoming leben, die meistens nicht mal genügend Profit für alle abwarf. Das wurde uns noch jahrelang vorgeworfen.«

Die alte Farm, von der meine Großeltern manchmal erzählten – je älter sie wurden, desto häufiger – hatte ich nie kennengelernt. Ich wusste nicht einmal, ob es dort noch Verwandtschaft gab.

»Werdet ihr nicht alleine sein?«

Grandpa lachte. »Nicht solange wir weiterhin jeden Sonntag zur Kirche gehen und auf die Nachbarskinder aufpassen. Deine Grandma ist in so vielen Clubs und ich habe meine Altherrengruppe. Mach dir darüber keine Gedanken.«

»Außerdem kommst du uns besuchen und dann bringst du deinen Mann mit.« Grandma tätschelte meine Hand und aß weiter. Ich schnappte nach Luft.

»Meinen Mann? Wie …?«

Ein feines Lächeln zeichnete sich auf ihren Lippen ab.

»Du lächelst sehr häufig, wenn du auf dein Telefon schaust. Lebt dieser geheimnisvolle Mann, von dem wir nichts wissen, in Deutschland?«

Ich atmete tief durch. »Ja. Er spielt in dem Hockeyverein, den *Roth Pharmacy* unterstützen wird.«

»In dem du arbeiten wirst?« Grandpa kombinierte eins und eins zusammen. Was zugegebenermaßen in diesem Fall nicht schwer war.

»Ja. Ich freue mich sehr darauf. Gerald hat es mir angeboten, sollte ich auf Jobsuche sein, als ich ihn am Flughafen abgesetzt habe.«

»Ein kluger Mann. Aber nun iss und erzähl uns alles.«

Ich musste lachen. »Grandma, wie soll ich essen und gleichzeitig reden?«

»Das hat dich sonst auch nicht gestört. Wir kommen dich mal in Deutschland besuchen und sehen uns alles an.«

»Das wäre schön. Sobald ich ein Heim habe, kommt ihr.« Erleichtert, wie das Gespräch gelaufen war, griff ich nach meiner Gabel und erzählte ihnen von Felix und dem Verein, inklusive Fotos und Spielszenen von Felix.

Kapitel 24

Felix

»Es spricht nichts dagegen langsam wieder mit individuellem Training auf dem Eis zu starten.« Der Arzt sah ein letztes Mal auf die Bilder auf seinem Monitor.

»Dein Schulterarmkopf ist zusammengewachsen, allerdings noch nicht belastbar. Deswegen musst du dich weiterhin schonen.«

»Ich mach alles, was du sagst, Doc, ich will nur wieder aufs Eis.« Fast wäre ich vor Freude durchs Arztzimmer getanzt. Ich war schon von der Liege gesprungen, hielt inne, als Ulf mich mit hochgezogenen Augenbrauen ansah. Dabei war dieses Behandlungszimmer wirklich groß und alles hinter einer bunten Schrankwand versteckt. »Sorry.« Ich grinste schief, der Doc schüttelte nur den Kopf und murmelte irgendwas mit Sportler und ihre Anwandlungen vor sich hin. »Sind wir fertig?«

Ich konnte gar nicht schnell genug aus dem Krankenhaus und zum Trainingszentrum kommen. Wenn ich ankam, wäre das Team bestimmt mit dem Athletiktraining beschäftigt, somit gehörte das Eis allein mir.

»Einen Moment noch, ich schreibe den Bericht, den du Coach Smith gibst.«

»Natürlich.« Ich hörte nur mit halbem Ohr zu und nickte mechanisch. In meiner Vorstellung stand ich schon auf dem

Eis. Könnte erst alleine darauf und Tyler anrufen, es war zwar noch sehr früh bei ihm, doch meinen gesundheitlichen Fortschritt wollte er bestimmt nicht missen. Wärme breitete sich in mir aus bei dem Gedanken an ihn. Ich hatte jemanden, mit dem ich solche Ereignisse teilen konnte. Erneut lächelte ich breit. Seit Tagen lief ich mit diesem Honigkuchenlächeln durch die Gegend. Stanni und Juli zogen mich schon ständig damit auf.

Der Drucker von Ulf ratterte, er nahm das Papier an sich, unterschrieb es und reichte es mir.

»Wehe, wir müssen wieder ins Krankenhaus, weil du es übertrieben hast. Ich kenne euch Spieler, wenn wir euch nicht vom Eis nehmen würden, würdet ihr mit allen möglichen gebrochenen Gliedmaßen weitermachen.« Er hob mahnend den Zeigefinger und sah mich ernst an.

»Ehrlich, Doc, ich mach alles, was du sagst, solange ich nur wieder aufs Eis kann.«

Ein letzter strenger Blick von ihm und ich war entlassen. Ich eilte durch die Gänge, lief fast und fing mir strafende Rufe des Pflegepersonals ein. Wich Patienten und Besuchern aus, bis ich im Parkhaus bei meinem Auto stand. Auf der Straße überschritt ich alle Geschwindigkeitsbegrenzungen und war froh, als ich nach zehn Minuten am Trainingsgelände ankam und parken konnte.

Ich stürmte in die Folterkammer, in der die Jungs sich zurzeit auf Yogamatten abmühten. Sie lagen auf der Seite, um die Oberschenkel hatten sie Fitnessbänder gespannt. Ich blieb in der Mitte zwischen ihnen stehen, Rainer lief um sie herum und korrigierte zum Teil ihre Haltung. Nun richtete er sich auf, nachdem er bei Paul stehengeblieben war.

»Felix, wirst du jetzt wieder mitmachen?«, fragte Rainer und verschränkte die Arme vor der Brust.

»Nein, du hast mich ganz exklusiv für dich allein.« So sehr ich mich freute, aufs Eis zu können, so froh war ich, noch nicht voll belasten zu dürfen. Diese Übungen waren ätzend und anstrengend. »Ich darf aber wieder aufs Eis«, verkündete ich lautstark, schwenkte dabei Ulfs Schreiben hin und her. »Hier steht es schwarz auf weiß.«

Die Männer unterbrachen ihre Übung und setzten sich auf.

»Das ist mal eine gute Nachricht.« Geller befreite sich von dem Band, stand auf und klopfte mir auf die Schulter. »Aber mit blauem Trikot und individuell, oder?«

Ich seufzte. »Du verstehst es wirklich, mir die Freude zu nehmen.«

Geller lachte, hob abwehrend die Arme. »Hey, ich würde dich sofort zurück in meine Reihe lassen.«

Stanni gesellte sich zu uns, legte mir einen Arm um die Schultern. »Die nächste Saison ist bald, dann stehen wir wieder gemeinsam auf dem Eis und lehren den Gegnern das Fürchten. Kommt Zeit, kommt Rat.«

»Wenn ihr nicht weitermacht, lehrt ihr nicht mal in dieser Saison jemandem das Fürchten. Los, an die Arbeit«, forderte Rainer die Männer auf. Leises Murren kam von verschiedenen Stellen, aber Geller und Stanni setzten sich zurück auf ihre Matten.

»Ey, Glücksbärchi, schön dich wieder auf dem Eis zu haben. Du hast uns gefehlt.« Geller lächelte mir zu.

»Zeig mal bitte das Schreiben.« Rainer streckte seine Hand aus und ich reichte es ihm. Schnell überflog er es. »Weiterhin Physio, leichte Athletik geht auch wieder. Gut, wir sehen uns morgen. Ich spreche mit Boris und Coach Smith, damit wir das kombiniert bekommen.«

»Alles klar. Freue mich darauf.« Nicht. Rainer war verdammt gut in seinem Job, er gab Privatstunden und ließ sich das gut bezahlen. Zusätzlich half er ebenfalls bei der Nationalmannschaft aus, wenn sie jemanden brauchten. Mit ihm arbeiten bedeutete selbst bei leichten Übungen sie tief im Körper zu spüren, allerdings brachte mich jedes Brennen der Muskeln weiter.

Aber jetzt wollte ich nur bei Coach Smith das Schreiben hinterlegen und so schnell wie möglich meine Eishockeyausrüstung und meine Schlittschuhe anziehen, um aufs Eis zu kommen. Seit Tagen schliff ich meine Kufen, tapte meine Schläger und schnitt mir die Griffe zurecht. Manni blieb ständig neben mir stehen und schüttelte den Kopf, weil ich seinen Job übernahm.

»So Leute, entschuldigt mich, ich habe ein eisiges Date.«

»Sollen wir dir eine Stunde alleine geben mit deiner einzigen großen Liebe? Oder bist du schneller, bis dir einer abgeht?« Stanni grinste mich an, als ich an ihm vorbeiging.

»Tja, weißt du, wohl dem, der den Höhepunkt so lang wie möglich hinauszögern kann, um ihn dann voll und ganz auszukosten.«

Die anderen lachten oder pfiffen und Stanni fiel mit ein.

Eine halbe Stunde später stand ich endlich umgezogen und alleine in der Halle. Ich atmete tief ein, sog den kalten Geruch des Eises ein und schloss die Augen. Hierauf hatte ich volle neun Wochen hingefiebert.
Der Doc wollte mich nicht nach den sechs Heilungswochen loslassen, weil er irgendwo noch eine minimale, nur mit der Lupe zu sehende Bruchstelle entdeckte hatte.

Nun konnte ich endlich. Ich wählte Tyler per Videocall an, den er nach nur zweimal klingeln entgegennahm.

»Hi, wie lief dein Termin im Krankenhaus?«

Ich runzelte die Stirn. Er wirkte überhaupt nicht verschlafen, seine Augen blickten zwar etwas müde, aber ansonsten keine verwuschelten Haare oder eine krächzende Ich-muss-noch-wach-werden-Stimme. Dabei dürfte es erst gegen halb sechs am frühen Morgen bei ihm sein.

»Gut. Wie lange bist du schon wach?« Sein Handy wackelte leicht, aber ich konnte den Hintergrund nicht erkennen, weil er, ebenso wie ich, nur sein Gesicht in die Kamera hielt.

»Ach, schon ein paar Minuten. Ich konnte nicht schlafen, musste an dich denken.«

Sofort ging mein Herz auf und ich lächelte. Auf dem kleinen Bildschirm sah es schon lächerlich verliebt aus, ich konnte jedoch nicht anders und es war mir auch völlig egal, wenn Tyler das sah. Er war schließlich schuld daran, außerdem war ich sein Grund für schlaflose Nächte.

»Also, du Süßholzraspler«, sagte ich leicht ironisch, um meine Rührung zu überspielen, was bei ihm ein Lachen zur Folge hatte. »Schau mal.« Ich hielt das Handy weiter von mir entfernt, wodurch meine Montur und das Trainingstrikot zum Vorschein kamen.

»O wow, du kannst wieder trainieren!«

»Ja!« Dann tippte ich auf den Drehbutton der Kamera und die Eisfläche kam in Sicht. »Gehst du mit mir aufs Eis?«

»Auf jeden Fall«, schallte es aus dem Handy. Mein Blick schweifte einmal durch die Halle, blieb an dem Mann in der Tür hängen. Mir stockte das Herz, mein Mund blieb offen stehen und ich erstarrte. Das konnte doch nicht wahr sein!

Wie kam Tyler hierher? Mein Körper reagierte sofort mit rasendem Puls, in meinem Bauch explodierten Schmetterlinge und mein Herz entschied sich, seine Arbeit in einem atemberaubenden Tempo wieder durchzuführen. Wenn der Doc mich jetzt untersuchen würde, entzöge er mir garantiert die Erlaubnis, aufs Eis zu gehen.

Tyler stieß sich vom Türrahmen ab und kam auf mich zu. Wir sprachen nicht, auch wenn wir den Videocall noch hielten – ich wäre nicht dazu in der Lage gewesen.

Vor mir kam Tyler mit einem breiten Lächeln zum Stehen, seine Augen funkelten vor Freude. Er tippte auf den roten Button an seinem Handy, streckte die Hand aus und ehe ich mich versah, versank er in meiner Umarmung. Ich schaffte es noch, das Telefonat zu beenden, bevor ich seinen Geruch aufsaugte und es nur genoss, ihn bei mir zu haben.

»Felix, lass mich am Leben«, bat er leise und lachte. Ich verfluchte innerlich den ganzen Schutz, den ich trug. So konnte ich Tylers Wärme nicht an mir spüren. Wie gerne hätte ich ihn geküsst, doch jederzeit könnte jemand hereinkommen und uns sehen. Diese Umarmung war das Maximalste, das ich mir erlaubte.

»Ich träume nicht, oder?« Ich ließ Tyler wieder los, woraufhin er mir am Ohr zog. »Aua.«

»Siehst du? Ich bin echt.«

»Was machst du hier?«

»Ich habe die Papiere vom Anwalt für den Vertrag erhalten und dachte, ich bringe sie persönlich vorbei. Per E-Mail kann so viel verloren gehen.« Er grinste schief.

»Du musst wieder zurück?« Enttäuschung machte sich in mir breit. Für einen Augenblick hatte ich mir die Hoffnung gestattet, er hätte alles geregelt und würde ab nun in Deutschland leben können. Doch wie hätte er das schaffen sollen? Noch immer durchsuchte er das Haus seiner Eltern nach Unterlagen, die Mason vielleicht belasteten. Er wollte nicht eher kommen, bevor das nicht geregelt war und da war auch noch das Haus seiner Eltern.

»Übermorgen, ja. Aber ich bin flexibel. Habe mir einen Jet gemietet. Das bedeutet, der Flughafen ist näher und ich kann mal wieder Flugstunden sammeln.«

»Jaja, und du bist kein reicher Schnösel«, sagte ich sarkastisch. Das konnte ich mir nicht verkneifen. Ebenso wenig die Augen von ihm zu lösen. Endlich konnte ich die Grübchen wieder live sehen, ihn anfassen und, o du meine Güte, nachher richtigen Sex mit ihm haben. Ein vorfreudiges Kribbeln breitete sich in meinem Körper aus.

»Mehr Zeit für uns, kein unnötiges Hin- und Herfahren. So kann ich den Flughafen hier nutzen. Dieses süße kleine Ding.«

»Zusätzlich die Umwelt verschmutzen.«

»Was ich in einer Linienmaschine auch tue.«

»Aber dort mit vielen anderen.« Felix, was machst du hier? Dich mit deinem Freund darüber streiten, weil er so schnell wie möglich herkommen wollte, um dich zu sehen? Dieses Beziehungsding warf zu viele unnötige Fragen auf. »Du bist mit der Privatmaschine gekommen, weil du mich sehen wolltest, oder?«

Tyler lachte und stemmte die Hände in die Hüften. »Was denkst du denn? Die Papiere sind wichtig, hätten allerdings keinen persönlichen Kurier benötigt und wenn, dann gäbe es dafür auch Unternehmen, die so was übernehmen könnten.«

Das heizte meine elenden Körperfunktionen noch mehr an und mein Bauch würde garantiert platzen, die Adern und Venen schmolzen gleich, so heiß war mir.

Tyler sah sich um, hoch zu den Fenstern, die zu den Büros und Gängen hinausgingen. Dann griff er nach meiner Hand, die feucht war.

»Ich musste dich unbedingt sehen. Wir haben nur zwei Abende.«

»Plus die Zeit davor und danach.«

Wieder lachte Tyler leise. »Davor trainierst du, um so schnell wie möglich fit zu werden. Ich gebe mich nicht der Illusion hin, an erster Stelle zu stehen. Das wird immer Hockey sein, solange du aktiv spielst.«

Ich biss mir auf die Lippen. Wahrscheinlich hatte er recht. Zumindest beobachtete ich das häufig bei meinen Mannschaftskollegen. Die Familien und Freundinnen steckten viel zurück, womit nicht alle umgehen konnten. Die Scheidungsquote unter den Spielern war nicht umsonst erhöht.

Ich erwiderte nichts darauf. Was hätte ich sagen sollen? Ihn anlügen? Eishockey war seit ich von meinem Bruder im Winter als Vierjähriger mit Schlittschuhen zum gefrorenen Wasserauffangbecken geschleppt worden war, mein Leben.

»Das ist in Ordnung, Felix.« Dann deutete er auf die Eisfläche. »Wolltest du nicht fahren?«

Meine Lippen verzogen sich zu einem breiten Lächeln. »Ty, darf ich dir meine Geliebte vorstellen? Das Eis.«

»Hallo Eis, ich verspreche, meine Eifersucht auf dich in Grenzen zu halten.« Tyler winkte dem Eis zu und ich lachte, laut und glücklich. Wie gerne hätte ich ihm in diesem Moment einen Kuss gegeben. Ich drückte Tyler mein Handy in die Hand, setzte meinen Helm auf und zog die Handschuhe an.

Mit dem Schläger in der Hand betrat ich das Eis. Glitt ein paar Zentimeter, bevor der zweite Fuß folgte.

»Wohoo! Ich bin wieder da!« Ich zog langsame Kreise, die in achten übergingen, jubelte erneut, nahm Geschwindigkeit auf, glitt dahin und bremste abrupt ab. Das Eis spritzte und ich lief sofort weiter. Tyler lachte hinter mir.

»Ich sag doch, dem geht einer ab, sobald er wieder auf dem Eis steht. Hallo Tyler.« Stanni war zu Tyler an die Bande getreten und sie schüttelten sich die Hände.

»Arschloch«, rief ich ihm zu.

»Ich hoffe doch, ich bin der einzige, der Schuld daran hat«, hörte ich Tyler.

»Siehst du ihn, wie der abgeht?«

Ich zog die Geschwindigkeit an, bremste direkt vor den beiden ab. Erneut spritzte das Eis auf, dieses Mal gegen die Bande, ansonsten hätten sie eine Ladung abbekommen.

»Könnt ihr bitte nicht hier über unser Liebesleben reden?«, fragte ich leise und deutete zwischen Tyler und mir hin und her. »Am besten redet ihr überhaupt nicht darüber.«

»Schon gut, Glücksbärchi. Dreh deine Kreise.« Stanni bückte sich und als er sich erhob, leerte er einen Eimer mit Pucks auf dem Eis. »Zeig mal, was du noch drauf hast.«

»Wartet, ich komme.« Juli kam in voller Montur im typischen Pinguinschritt durch die Tür, gefolgt von Geller.

»Ich passe auf, damit du dich nicht übernimmst. Nur leichte Schüsse.«

Die beiden kamen aufs Eis, drehten Kreise um mich, bis Juli sich von uns löste und vor eines der Tore fuhr. Ich schnappte mir einen Puck, übte ein wenig Stickhandling, bevor ich einen leichten Schuss auf Juli losließ, der den natürlich parierte. Nun folgte Geller. Ich sah zur Bande, an der Tyler sich aufgestützt hatte und uns beobachtete, Stanni war verschwunden. Ich rechnete fest damit, ihn innerhalb der nächsten fünfzehn Minuten ebenfalls auf dem Eis zu haben.

Wie ich das vermisst hatte. Das Gleiten, anlaufen, Geschwindigkeit aufnehmen, vor allem das Zusammenspiel mit den Mannschaftskollegen. Pures Glück durchströmte mich. Tyler war hier und ich auf dem Eis. Das Leben konnte so wunderschön sein und nicht nur eine unfaire Bitch.

Geller und ich passten einen Puck zwischen uns hin und her, liefen dabei auf Juli zu, der die Scheibe nicht aus den Augen ließ. Dann zog Geller ab, ein Hochschuss, der in Julis Fanghand landete.

»Um mich zu überlisten, muss da schon mehr kommen«, foppte er Geller. Wir übten langsam und vorsichtig einige Spielzüge, bis Stanni ebenfalls auf dem Eis war. Grinsend gaben wir uns ein Highfive.

»Die Reihe ist wieder vereint«, erklang Karls laute Stimme, als er aufs Eis trat. »Keiner berührt Felix.« Die Mahnung war überflüssig, da ich das blaue Trikot bereits übergezogen hatte.

Unter Karls Anleitung schoben wir eine kleine Trainingseinheit ein, allerdings in absolutem Schongang. Die anderen langweilten sich bestimmt. Für sie, die voll im Training standen, musste die Einheit ein Spaziergang sein. Mir dagegen brannte nach fünfzehn Minuten der Oberkörper nach der wochenlangen Trainingspause, in der ich nur meine Beine hatte nutzen dürfen.

»Okay, genug für heute. Geht zum Mittagessen. Ab morgen trainierst du nachmittags mit John, Felix.«

»Haben wir schon morgen Nachmittag?« Ich fuhr um Karl herum.

»Runter vom Eis. Sammelt vorher die Pucks ein.« Er trat hinaus, blieb bei Tyler stehen. »Die sind schlimmer als kleine Kinder.«

Tyler lachte. »Was erwartest du von Eisratten?«

Karl verließ kopfschüttelnd die Halle. Als ob er früher anders gewesen wäre. Wir sammelten die Pucks ein und gingen in die Umkleide. Ich sank bei meinem Platz auf die Bank. Morgen hatte ich bestimmt Muskelkater, aber wen interessierte das schon? Ich lächelte breit.

»Ich bin wieder da.«

Kapitel 25

Tyler

»Guten Morgen, Tyler«, begrüßte mich Gerald, als ich sein Büro am nächsten Tag betrat.

»Guten Morgen.«

Er deutete auf das Sofa, welches seinem Schreibtisch gegenüber an der Wand stand, links und rechts befanden sich zwei Sessel, die ebenso einladend aussahen.

»Willst du die Papiere morgen direkt wieder mitnehmen? Sie sind unterschrieben und fertig ausgefüllt.« Er kam um seinen Schreibtisch herum mit einer Tasse Kaffee und einem Umschlag.

»Sehr gerne. Dann ist das geregelt.«

Beides stellte er auf den Tisch. »Willst du einen Kaffee?«

»Ja, bitte.« Den brauchte ich unbedingt. Zwar hatte ich bei Felix bereits einen, aber morgens konnte man nie genug von dem schwarzen Gold trinken, um wach zu werden. Zudem machte mir die Zeitverschiebung noch immer zu schaffen.

Gerald verschwand aus dem Büro, nur um kurz darauf mit einem großen Becher gefüllt mit der dampfenden und bitteren Köstlichkeit wieder zu kommen. Ich nahm die Tasse entgegen und trank einen Schluck. Wer auch immer hier Kaffee kochte, verstand seinen Job. Stark, kein Bodensee-Kaffee und sehr gute Bohnen.

»Ich wollte mit dir reden, ob ich, hoffentlich ab Sommer, hier arbeiten kann. Wo auch immer du mich haben willst. Ich kann dir leider keinen genauen Zeitpunkt nennen, ab wann, da noch einiges Zuhause zu klären ist.«

Gerald lächelte. »Ich hatte darauf gehofft.«

Freude breitete sich in mir aus. Dieser Mann war einer von den Guten. Er hatte es mir zwar angeboten, doch ich wusste nicht, wie lange er auf mich gewartet hätte.

»Du kannst anfangen, wann immer du möchtest.« Gerald trank einen Schluck Kaffee und holte einige Papiere von seinem Schreibtisch. »Wir, das heißt die Führungsebene, haben uns neulich zusammengesetzt, da es in einigen Abteilungen immer mehr knirscht. Wir müssen uns zum Teil neu aufstellen. Es kommen ständig mehr Aufgaben hinzu und wenn wir unser Konzept umsetzen wollen, bleibt uns nichts anderes übrig. Dies sind erst einmal die groben Vorstellungen.«

Er hielt mir ein Blatt hin, das ich ergriff und überflog.

»Wie du siehst, haben wir Marketing und Kommunikation, darunter fällt alles Digitale, getrennt. Außerdem wollten wir unter den Punkt Kommunikation auch die Zusammenarbeit mit den Fanbeauftragten eingliedern.« Gerald lehnte sich in seinem Sessel zurück und verschränkte die Arme vor der Brust. »Was hältst du davon, wenn du diesen Geschäftsbereich leitest? Du hast gezeigt, wie gut dein Gespür für die Fans und die Stimmung im Verein ist. Innerhalb kürzester Zeit hast du Ideen entwickelt und in Zusammenarbeit mit uns, der Marketingabteilung, des Teams und den Fanbeauftragten umgesetzt.«

Das Lob und Angebot ehrten mich. Es hatte mir unheimlich viel Spaß gemacht, auch die Spieler von ihrer dringend benötigten Hilfe zu überzeugen. Selbst, wenn Geller erst einmal rundheraus das Abendessen abgelehnt hatte.

»Du hast mit mir gerechnet, oder?«, platzte ich heraus. Schon seine Andeutung am Flughafen vor drei Wochen ging mir nicht aus dem Kopf.

»Ich wusste es nicht, hatte nur so eine Ahnung. Jedes Mal, wenn du von deinem Job als CEO gesprochen hast, hat sich dein Gesicht verdunkelt und du hast alles andere als glücklich geklungen. Ich hatte einfach die Hoffnung.«

Ich griff nach meinem Becher, versteckte mich dahinter, als ich einen Schluck trank. Anscheinend hatte Gerald zwischen den Zeilen gelesen.

»Ich habe mein Rücktrittsschreiben eingereicht. Zurzeit noch stillschweigend, selbst im Board of Directors wissen nicht alle Bescheid.« Ich stellte meine Tasse auf dem Tisch ab. »Ich werde solange bleiben, bis ein neuer CEO eingesetzt ist und alle Unklarheiten vom Tisch sind. Ich hoffe sehr, du kannst ab Sommer mit mir planen.«

»Gut, brauchst du Hilfe bei der Wohnungs- oder Haussuche? Unseren Spielern stehen wir da auch zur Seite.«

»Mal sehen, ich gebe dir Bescheid.«

Gerald räusperte sich, musterte mich, schien dann zu einer Entscheidung gekommen zu sein, denn sein Gesicht nahm einen entschiedenen Ausdruck an.

»Es wird kein Problem werden, sollte sich zwischen dir und Felix nicht alles so entwickeln, wie ihr euch das erhofft, oder?«

Ich erstarrte, sah Gerald mit großen Augen an. Mit meiner Reaktion hatte ich jedoch jedwedes Abstreiten null und nichtig gemacht. Ich schwitzte und wischte mit den Händen über meine Hose. Der Schreck ging mir durch und durch.

»Woher …? Wie …?«

»Tyler, jeder der euch zusammen sieht, weiß sofort Bescheid. Ihr bekommt wahrscheinlich gar nicht mit, wie ihr euch anseht. Ich weiß nicht, ob die Jungs das schon mitbekommen haben, aber ich war mir spätestens gestern sicher, als ich an der Halle vorbeikam und euch zusammen gesehen habe.«

»Du hast uns gesehen?« Dabei hatte ich extra darauf geachtet, dass niemand in der Nähe war.

»Ja, wenn man nicht ganz an die Fenster herantritt, ist man von unten nicht zu sehen.«

Das musste ich mir merken. Ich räusperte mich und dachte an Felix. Für mich war ein Outing kein Thema, es wussten wahrscheinlich eh schon alle Bescheid, auch wenn ich es nie zum Thema gemacht hatte. Felix jedoch war da viel vorsichtiger als ich und dann war da die kommende Stellung, die ich hier innehaben würde.

»Du hast kein Problem damit?« Ich sah ihn an und versuchte in seinem Gesichtsausdruck zu lesen. »Es könnten Unterstellungen wie Machtmissbrauch kommen oder Felix würde sich eine bessere Position erschlafen. Dabei ist es das nicht. Wir haben uns vorher kennengel…«

Gerald hob eine Hand und ich verstummte. »Ganz ruhig, Tyler. Es ist alles gut. Man sucht sich nicht aus, in wen man sich verliebt. Das passiert, aber ihr könnt das nicht ewig verstecken und müsst euch darüber klar werden, wie ihr das im Verein kommuniziert. Wenn Felix kein öffentliches Outing wünscht, ist das in Ordnung. Intern will ich klare Fronten. Beziehungen sind kein Problem, sollten allerdings bekannt sein. Gerüchte, Beschimpfungen oder sonst irgendetwas könnten sich auf Felix' Spiel auswirken. Wenn wir im Vorfeld darauf eingehen können, liegt das Narrativ in unserer Hand. Selbst wenn es an die Öffentlichkeit gelangt.«

Ich nickte, verstand Gerald, trotzdem hatte es einen sauren Beigeschmack, der mir schwer im Magen lag. Ja, es könnte zu Unruhe führen, wenn etwas herauskam und einige hinter unserem Rücken tuschelten. Eventuell konnte es zu einem größeren Problem ausarten. Aber hier wurden wir gezwungen, unsere Beziehung preiszugeben, etwas zu dem Felix nicht bereit war.

»Ich werde mit Felix reden.« Ich kratzte mich am Kopf, nicht sicher, wie er darauf reagieren würde. »Stanni und Juli wissen Bescheid.«

»Das ist schon mal ein Anfang und so wie sie mit Felix umgehen, hat er ihre Rückendeckung. Ihr müsst es nicht sofort machen, aber ich möchte es gerne vor dem Beginn der nächsten Saison geklärt haben, damit zu Trainingsbeginn Ruhe im Team herrscht und man sich auf das Wesentliche konzentrieren kann.«

Wieder nickte ich, überlegte fieberhaft, wie ich das Felix erklären sollte. Er hatte solche Angst vor einem Coming-out.

»Gut, sollte es sich zwischen dir und Felix nicht funktionieren, gehe ich davon aus, ihr benehmt euch wie erwachsene Menschen. Es darf definitiv keine Auswirkungen auf den Verein haben.«

Ich hatte zwar keine Ahnung, wie wir reagieren würden, sollte der Fall eintreten, über den ich nicht einmal nachdenken wollte, trotzdem nickte ich. Gerald hatte mich komplett überrumpelt mit seiner Ansprache.

»Ich schätze, das werden wir. Auch wenn ich normalerweise keine Beziehung eingehe, bei der ich überlege, ob sie halten wird. Ich gehe einfach davon aus.«

»Ja, das hat Liz Taylor bei jeder ihrer Hochzeiten bestimmt auch gedacht. Bei einem Mann sogar zweimal.« Gerald schlug sich mit den Händen auf die Oberschenkel. Ein typisch deutsches Zeichen, welches das Ende eines Gespräches einläutete. Wäre ich nicht so angespannt, hätte ich geschmunzelt. »Gut, da wir das geklärt haben, reden wir nicht weiter von Trennungen, garantiert hält es zwischen euch. Stattdessen zeige ich dir lieber dein zukünftiges Büro und fokussiere mich auf das Positive. Komm mit.«

Ich war noch immer geflasht von dem Ende des Gesprächs, starrte auf die Kaffeetasse, als ob sie mich hätte vorwarnen können.

»Tyler, kommst du?«

Ich zuckte zusammen, als Gerald mich ansprach. Er stand bereits an der Tür. Schwerfällig erhob ich mich, das kommende Gespräch mit Felix lag mir schwer im Magen. Wie sollte ich das nur angehen? Garantiert versaute ich uns dadurch den Abend. Müsste ich doch nicht morgen schon wieder zurück. Aber er musste es wissen und ich wollte das persönlich mit ihm besprechen und nicht per Telefon. Außerdem blieben uns so einige Wochen, in denen wir überlegen konnten.

Ich musste noch einmal mit Gerald darüber reden, sobald sich das gesetzt hatte. Vielleicht bekäme ich ihn so weit, zu warten, bis Felix sich bereit fühlte.

Ich streichelte über Felix' nackten Oberarm, kuschelte mich näher an ihn. Nur die kleine Lampe auf seinem Nachttisch brannte, ansonsten war es dunkel. Ich hatte das Gespräch so lang wie möglich hinausgeschoben. Es herrschte beim Essen solch eine ausgelassene Stimmung, die wollte ich nicht zerstören. Doch je später es wurde, desto schwieriger fand ich einen Anfang.

Ich atmete tief ein. Jetzt oder nie. »Heute Morgen hatte ich ein Gespräch mit Gerald«, begann ich in die Stille und ohrfeigte mich innerlich.

»Ich weiß, du hast das Jobangebot bekommen.« Felix’ Brust hob und senkte sich schnell, als er leise lachte. »Was ich ziemlich cool finde.«

»Ja, da war aber noch mehr.« Ich setzte mich auf, rutschte zum Rand des Bettes und suchte nach meiner Boxershorts. Aus irgendeinem Grund konnte ich dieses Gespräch nicht nackt mit Felix führen.

»Was machst du?«

»Mich anziehen.« Ich fand meine Unterhose, stand auf, holte sie und schlüpfte hinein.

»Warum? Musst du noch mal weg?« Seine Stimme klang amüsiert. Ich fand derweil mein T-Shirt, griff es vom Boden und zog es über den Kopf.

»Nein«, erwiderte ich und zwang mich, weiterzusprechen. Das Pflaster mit einem Ruck abziehen. »Folgendes: Gerald weiß auch Bescheid.« Ich blieb vor dem Bett stehen. Ließ Felix dabei nicht aus dem Blick, bereit, sofort wieder zu ihm zu krabbeln, falls er Halt brauchte.

Felix sah mich erst verständnislos an, dann wurde er blass, was ich selbst im Dämmerlicht allzu gut erkennen konnte. »Über uns?« Er klang ungläubig.

»Ja.«

»Scheiße.« Er verdeckte sein Gesicht mit den Händen, blieb still und ruhig liegen.

»Felix, rede mit mir.« Ich setzte mich aufs Bett neben ihn.

»Warum hast du es ihm gesagt?«, fragte er vorwurfsvoll, was mir einen Stich versetzte. Das dachte er von mir, obwohl wir abgemacht hatten, es niemanden zu verraten?

»Wie kommst du darauf, ich hätte es ihm gesagt? Wir hatten eine Abmachung, an die ich mich halte. Abgesehen davon würde ich niemals, nicht mal meinen eigenen Freund, vor jemandem outen ohne seine ausdrückliche Erlaubnis.« Ich klang abweisender als ich wollte, aber seine Annahme hatte mich mehr verletzt als gedacht.

Felix nahm seine Hände vor dem Gesicht weg. »Entschuldigung, das hätte ich nicht sagen sollen«, flüsterte er. »Aber Juli und Stanni haben bestimmt auch nichts gesagt. Wie hat er es herausgefunden?« Er streckte seine Hand aus, strich über meinen Oberschenkel, was mich wieder versöhnte.

»Wir fliegen nicht so tief unter dem Radar, wie wir gedacht haben. Anscheinend haben unsere Blicke füreinander uns verraten.«

»Was?« Felix setzte sich aufrechter hin und zog die Beine an. »Aber wie können die das? Ich gucke dich doch nicht anders an als Geller, Anton oder so.«

»Ähm, du hast noch nie zwei Menschen beobachtet, die mehr sind als nur Freunde, oder?«

Er zuckte mit den Schultern. »Doch, aber die sehen sich an und …« Er stockte. »Es war dieses liebestrunkene, verräterische Lächeln, oder?« Er schüttelte missmutig den Kopf.

»Bereust du es jetzt etwa?« Ging dieses Gespräch in eine Richtung, die ich überhaupt nicht vorgesehen hatte?

»Nein. Es ist nur, es wissen bereits drei Leute im Verein, deine Großeltern und mein Bruder Bescheid. Sobald einer ein Geheimnis weiß, ist es keines mehr.« Er umschlang seine Knie. »Was machen wir denn jetzt? Was hat Gerald gesagt?«, fragte er verzweifelt. Er starrte vor sich hin und mein Herz schmolz bei seinem Anblick. Felix zog eine Decke über sich.

ch bedeutete ihm, ein Stück nach vorne zu rutschen, kletterte hinter ihn, um ihn an mich zu ziehen. Seufzend vergrub ich meine Nase in seinen Haaren. Dann wiederholte ich in knappen Worten mein Gespräch mit Gerald.

»Ich bin nicht bereit dafür.« Sein Körper fing unter meinen Armen an zu zittern. »Das kann ich nicht.«

»Hey, Sweetie, wir haben noch Zeit. Du musst nicht morgen hingehen und es allen sagen. Wir überlegen uns was, es muss nur im Team geschehen, nicht öffentlich.« Langsam wiegte ich uns vor und zurück. Wie gerne hätte ich Felix die Sorge abgenommen. Mit seiner fast schon apathischen Reaktion hatte ich nicht gerechnet. »Wir sind nicht alleine. Gerald, Stanni und Juli werden uns beistehen.« Innerlich lachte ich über das *uns*.

Ich hatte nicht groß über meine Homosexualität gesprochen, allerdings über meine Ex-Freunde. Daraus konnte sich jeder seinen Teil zusammen reimen.

»Was werden Anatoli oder Ibrahim sagen? Oder Martin und Olli? Ich habe erst vor drei Wochen gehört, wie die beiden sich über ein schwules Paar lustig gemacht haben.«

»Sie werden nichts sagen oder machen, was den Frieden im Team gefährdet. Nicht, wenn der Rest hinter uns steht.«

Felix schüttelte den Kopf. »Nein, das geht nicht. Ich werde nicht mehr in dem Team spielen können, wenn sie erst alle Bescheid wissen. Sie werden mich fertigmachen. Nicht offen, nur hintenrum. Du hast keine Ahnung, was die anstellen können, wenn sie einen Mitspieler loswerden wollen.«

Ich wusste nicht, was ich darauf sagen sollte. Ich hatte tatsächlich keine Ahnung, was in einer Kabine abgehen konnte. Allerdings wusste ich, wie hinterhältig und fies Menschen sein konnten. Wie gerne hätte ich Felix die Welt so zurecht gerückt, dass der Mensch mit allem was dazu gehört einfach akzeptiert und respektiert werden würde und unsere Beziehung, ein Outing überhaupt kein Thema wären. Doch das konnte ich leider nicht.

»Was denkst du, sollen wir machen?« Ich wollte die Frage nicht stellen, aber sie musste raus, auch wenn ich Angst vor der Antwort hatte.

»Ich weiß es nicht.« Seine Stimme war tonlos. »Wir sollten schlafen.« Felix befreite sich aus meiner Umarmung, stand auf und verschwand aus dem Zimmer. Kurz darauf hörte ich seltsame Geräusche aus dem Bad und schloss die Augen. Ich konnte ihn nicht alleine lassen, folgte ihm. Er hockte auf den kalten Fliesen vor der Toilette. Ein säuerlicher Geruch lag in der Luft und ich rümpfte kurz die Nase.

»Felix, wir müssen heute nichts entscheiden. Wir haben noch den ganzen Sommer Zeit.« Ich kniete mich neben ihn, strich über seinen kalten Rücken. Er nickte, stand auf und putzte sich die Zähne.

»Lass uns schlafen«, wiederholte er nur und etwas in mir zerbrach. Traf er gerade eine Entscheidung, die ich nicht wollte? Aber als wir im Bett lagen, kam er zu mir unter die Bettdecke, rutschte hinter mich und umarmte mich in Löffelchenstellung. Das ließ meine Bedenken schwinden, doch sie lösten sich nicht in Luft auf.

Kapitel 26

Felix

Seit einer Woche war Tyler wieder in den USA. Bis jetzt hatte er das Thema Coming-out im Team nicht erneut angesprochen, worüber ich sehr froh war.

Seitdem beobachtete ich meine Mannschaftskollegen, verfolgte ihre Gespräche, wog ab, wer wie denken könnte. Wie sollten wir das angehen? Weshalb mussten wir das überhaupt machen? Andere gaben auch nicht bekannt, mit wem sie zusammen waren.

Mein erster Impuls an dem Abend war gewesen, meinen Agenten anzurufen und ein neues Team für mich zu finden. Nur dann hätte ich erneut eine Fernbeziehung mit Tyler geführt.

Ich wusste einfach nicht, was ich machen sollte. Ich steckte in einer Sackgasse fest, aus der ich kein Entkommen fand.

»Felix, hast du mich gehört?« John holte mich aus meinen Gedanken und kam zu mir gefahren.

»Sorry, nein.«

»Wo bist du nur die ganze Woche mit deinen Gedanken? Du machst einfache Anfängerfehler. Ich will an deiner Technik arbeiten.«

Wo ich mit meinen Gedanken bin? Geh doch mal zum Böhmer und frage ihn. Komme bloß nie auf die Idee, mit jemandem eine Beziehung führen zu wollen. Das muss angezeigt werden. Zumindest, wenn es sich um zwei Männer handelt.

»Felix!«

Ich zuckte zusammen. In mir ballte sich Wut. Böhmer schaffte es sogar, mich im Training abkacken zu lassen mit seiner absolut miesen und bescheuerten Forderung.

»Willst du wieder ins Team oder sollen wir aufhören?«

»Nein, ich bin ganz Ohr.« Ich schüttelte den Kopf und konzentrierte mich auf John, der mit mir an meiner Lauftechnik arbeitete, damit ich noch explosiver startete und schneller auf Geschwindigkeit kam.

»Das reicht für heute. Bekomme deinen Kopf frei. Sprich mit Doktor Lucher, Coach Smith oder wem auch immer.«

Ich hatte jede Woche bei Doktor Lucher einen Termin, das änderte dennoch nichts an meiner Situation. Mit ihm sprach ich nicht über mein Privatleben, zumindest nicht über den Beziehungsteil meines Lebens.

Wir gingen vom Eis und ich in die Umkleide. Noch war es ruhig hier, die Jungs befanden sich in einer Besprechung für das morgige Heimspiel, bekamen Analysen der Gegenspieler präsentiert, wie sie welchen Spieler am besten ausmanövrierten, während ich dazu verdammt war, alleine zu trainieren und mich ausgeschlossen fühlte. Dabei konnten sie nichts dafür. In meiner derzeitigen Verfassung half ich ihnen eh nicht.

Ich schnaubte und kehrte zum Übel meiner Wut zurück. Dieser miese Kerl da oben in seinem schicken Büro. Glaubte er etwa, man outete sich mal eben so im Vorbeigehen? Dieses Arschloch hatte überhaupt keine Ahnung. Wie konnte er etwas so Privates von mir verlangen?

Ich schleuderte den ausgezogenen Schlittschuh in eine Ecke, erhob mich und ging auf Socken schnurstracks zum Büro von Gerald Böhmer.

Die Tür stand offen und er saß an seinem Schreibtisch. Ohne zu klopfen, stiefelte ich in voller Montur hinein.

»Haben Sie überhaupt eine Ahnung, was es bedeutet, sich zu outen? Welche Ängste und Sorgen damit verbunden sind? Man stellt sich nicht einfach so hin und sagt: Ich bin schwul«, pfefferte ich ihm entgegen, die Hände in die Hüften gestemmt, zu meiner vollen Größe aufgerichtet. Es gab garantiert Menschen, die nun Angst bekamen, aber Gerald Böhmer nicht. Er stand auf, schloss die Tür und deutete auf das Sofa.

»Setz dich, Felix.«

Ich drehte mich zu Gerald Böhmer um. »Ich will mich nicht setzen und nicht zu einem Outing gezwungen werden. Warum sollte es Unruhe bringen, wenn weder Tyler noch ich einen Ton sagen?«

Er fuhr sich mit einer Hand durch den Nacken. »Was ist, falls es doch herauskommt? Stanislav und Julian wissen bereits Bescheid, ich nehme an Sandro vermutet etwas. Er ist ein guter Kapitän, der weiß, was in seiner Mannschaft vorgeht.«

»Warum?«, fragte ich wieder, ohne auf seine Argumente einzugehen. Er seufzte, verschränkte die Arme vor der Brust und blieb vor mir stehen. Der Regen prasselte gegen das Fenster, das eingeschaltete Oberlicht kämpfte tapfer gegen die Dunkelheit an.

»Weil ich befürchte, es gibt Unruhe im Team, wenn ihr doch erwischt werdet. Kannst du dir vorstellen, wie lange ihr es schafft, eine Beziehung zu verstecken, sobald ihr hier gemeinsam arbeitet? Es wird bestimmt mit der Zeit schwerer werden auf Zärtlichkeiten zu verzichten. Es gibt keinen schnellen Abschiedskuss, keine kurze Berührung im Vorbeigehen.«

»Das wird nicht passieren. Ich habe mich jahrelang versteckt und trotzdem meinen Spaß gehabt«, entgegnete ich.

»Hattest du jemals eine ernsthafte Beziehung, wie du sie nun mit Tyler führst? Oder hast mit demjenigen zusammengearbeitet?«

Ich sah auf den Boden. Damit hatte er mich. Trotzdem brodelte es in mir.

»Das gibt Ihnen noch lange nicht das Recht, mich zu etwas zu zwingen, das kein anderer Spieler machen muss. Oder verlangen Sie etwa von allen Neuen, sich vor uns zu stellen und zu verkünden, mit wem sie zusammen sind?«, schleuderte ich Gerald Böhmer entgegen.

»Es geht nicht darum, mit wem du eine Beziehung führst. Ob Mann oder Frau ist egal, du führst sie mit einem zukünftigen Mitarbeiter in diesem Unternehmen. Das ist der ausschlaggebende Punkt. Würdest du mit Clarissa zusammen sein, hätte ich das genauso gefordert.« Gerald Böhmer hockte sich auf die Seitenlehne des Sessels. »Ich habe das schon erlebt. Ein Paar, Chef und eine der Abteilungsleiterinnen, versteckten ihre Beziehung in der Firma. Monatelang kam nichts raus, dann gingen sie eines Abends davon aus, alleine zu sein und wurden in einer heiklen Situation in ihrem Büro erwischt. Plötzlich wurde überall getuschelt, es war Gesprächsstoff Nummer eins und die Leute haben sich nur noch darauf konzentriert. Die Beziehung ging in die Brüche und die Firma teilte sich in zwei Lager auf.«

»Ich bin keine Abteilungsleiterin und Tyler kein Chef. Sollte es Ihnen um die Trennung gehen, kann es ebenso passieren, wenn alles geheim gehalten wird.«

»In eurem Fall ist es viel schlimmer, du bist ein Spieler, der in der Öffentlichkeit steht und erpressbar ist.«

Ich schüttelte den Kopf. Als ob die Presse sich so sehr für uns Eishockeyspieler interessieren würde. Da lachte ich nur müde drüber.

»Tyler gehören dreiundsechzig Prozent der Firma, die uns das Geld gibt, damit wir am Leben bleiben. Was glaubst du wohl, was daraus entstehen könnte? Würdest du im Shop arbeiten und Tyler nicht der Geldgeber sein, sondern lediglich ein Mitarbeiter in der Marketingabteilung wäre es nicht so schlimm, trotzdem würde ich auf keine Heimlichkeiten bestehen. Da ihr aber nun mal seid wer ihr seid, möchte ich die Situation offensiv angehen, um direkt möglichen Gefahren aus dem Weg zu gehen.«

Ich ließ den Kopf hängen. Wenn er es so ausdrückte, konnte ich ihn verstehen. Dennoch sträubte sich alles in mir, gegen das, was von Tyler und mir verlangt wurde.

»Wir haben die Chance, in der nächsten Saison in die Playoffs zu kommen, ebenso wie dieses Jahr. Aber dafür müssen wir fokussiert arbeiten und uns nicht durch irgendwelche Beziehungskisten ablenken lassen.« Gerald Böhmer stand auf, stellte sich mir gegenüber. »Ich will dich nicht vor der Mannschaft bloßstellen und hätte das nicht verlangt, wenn wir nicht die Situation haben, in der wir nun mal stecken. Glaube mir, hätte ich die Macht, müsste keiner Angst vor einem Coming-out haben. Vielleicht reden du und Tyler erst einmal mit Geller. Sandro geht bestimmt mit euch zu Coach Smith oder ich gehe mit euch dorthin. Wir könnten uns gemeinsam überlegen, wie wir mit der Mannschaft sprechen.«

»Warum muss das nur so aufgebauscht werden? Wieso können wir nicht einfach sein, wer wir sind?«

Gerald Böhmer lächelte mich traurig an. »Weil wir Menschen nun mal sind, wer wir sind. Aber ich werde Homofeindlichkeit ebenso wenig tolerieren wie Rassismus oder Antisemitismus. Ich stehe hinter dir, Felix.«

»Ja?« Leere Worte aus Böhmers Mund. Er glaubte wahrscheinlich sogar daran. »Was wollen Sie denn machen? Stellen

Sie sich vor, Olli greift mich immer wieder an. Ich komme zu Ihnen und melde es. Werden Sie ihn aus dem Verein werfen? Er ist der beste Center hinter Geller und zu Recht in der zweiten Reihe. Oder Martin? Die jungen Spieler hören auf ihn. Er ist der beste Verteidiger, den wir haben. Wir wollen alle Meister werden, sie können die nicht rauswerfen oder suspendieren, wenn wir in die Playoffs wollen.«

»Du hast recht, wir sind auf die Spieler angewiesen. Aber es gibt immer eine Lösung, um sie zu bestrafen.«

Mir entkam ein trockenes Lachen aus der Kehle. »Eine Geldstrafe? Die sitzen sie auf einer linken Arschbacke ab. Ich sehe da ehrlich gesagt keine Möglichkeit, wie Sie das unterbinden wollen.«

»Wir werden eine Lösung finden. Überleg du dir mit Tyler einen Weg, wann und wie ihr mit der Mannschaft reden wollt, und gebt mir Bescheid. Sobald ihr das hinter euch habt, werde ich mich mit Coach Smith und den Co-Trainern beraten, welche Strafen wir ansetzen und das am selben Tag verkünden.«

»Ihr Wort in Gottes Ohr.« Ich trat nicht minder beruhigt wie vorher aus dem Büro und ging zurück zur Kabine. Schon auf dem Gang hörte ich den Lärm. Scherze wurden sich zugerufen. Techno schallte über allem.

Ich schob mich zwischen meinen Mannschaftskameraden zu meinem Platz, der neben dem von Stanni lag. Der unterhielt sich lautstark auf Russisch über etwas, das Anatoli ihm auf dem Handy zeigte. Juli und Konny, unsere Goalies, steckten die Köpfe zusammen und redeten wahrscheinlich über irgendwelche Goalie-Dinge. Es war die typische lockere Atmosphäre vor einem Spiel, bei der man sich gut vorbereitet fühlte.

»Hey, alles klar?« Geller war neben mich getreten. Erstaunt sah ich mich um. Wie lange hatte ich hier gestanden und meine Teamkameraden beobachtet?

Ich rieb mir den Nacken. »Klar, es geht vorwärts. Im Sommer starte ich mit euch Schlappschwänzen wieder gemeinsam ins Training.«

Er nickte. Runzelte die Stirn und mein Magen zog sich zusammen. »Du bist so in dich gekehrt die letzten Tage. Wenn dich etwas beschäftigt, kannst du mit mir reden. Wir gehen essen oder wir treffen uns bei mir.«

Ich nickte dankbar, auch wenn ich mich ertappt fühlte. Unser Kapitän machte das öfter. Er führte jeden neuen Spieler zum Essen aus, sprach mit ihm, gab ihm das Gefühl, willkommen im Team zu sein. Wenn er merkte, jemand brauchte Zuspruch oder es lief zurzeit nicht so gut, nahm er denjenigen ebenfalls beiseite und kümmerte sich um ihn. Er war einer der Guten, der seine Mitspieler im Auge behielt.

»... Pride-Night. Da können wir wieder die bunten Trikots tragen.« Das war Olli, der sich lautstark mit Anton durch die Kabine unterhielt.

»Ich mag die total. Das ist 'ne gute Sache.«

»Wenn ich welche sehe, frage ich mich immer, ob die auswürfeln, wer beim Sex dran ist.« Olli lachte laut. Ich kniff die Augen zusammen.

»Wie ist es denn bei dir? Würfelst du auch aus, ob deine Frau oben oder unten ist?«, warf ich ihm an den Kopf, meine Wut, die ich auf Gerald Böhmer hatte, bekam durch Olli neues Futter. Er wandte sich mir zu.

»Da muss nichts gewürfelt werden.«

»Warum dann bei anderen?« Erneut baute ich mich zu meiner vollen Größe auf, ging ein paar Schritte auf ihn zu. Es wurde still in der Kabine, alle schienen meinen aggressiven Unterton gehört zu haben.

»Was willst du, Glücksbärchi? Das war nur ein Scherz.« Er hob die Hände und lachte, sah sich um, doch niemand ging darauf ein. Jemand hatte die Musik ausgeschaltet und die Ruhe hing wie eine Drohung über uns. Mein Magen fühlte sich an, als läge ein Eisklumpen darin, um den ein Feuer loderte.

»Genauso wie deine anderen arschlochmäßigen Witze, bei denen du nicht weißt, ob du jemanden in der Kabine verletzt oder deinetwegen lieber die Schnauze hält. Laut den Statistiken könnte mindestens einer von uns schwul sein, den du ständig mit deinen *Witzen* beschämst und beleidigst.« Ich ging zwei Schritte auf ihn zu, die Hände an den Seiten zu Fäusten geballt und in meinen Ohren rauschte das Blut. »Schon mal drüber nachgedacht?«

»Wo kommt das denn auf einmal her, Amsel?« Olli kam ebenfalls auf mich zu, die Fröhlichkeit von eben war aus seinen Zügen verschwunden und Überraschung gewichen. Er kniff seine Augen zusammen. »Biste selbst einer von denen?«

Ich antwortete nicht, schob meine Brust raus und verzog grimmig mein Gesicht.

»Okay, das reicht.« Geller stellte sich mit ausgebreiteten Armen seitlich zwischen uns.

»Was? Du antwortest ja gar nicht.« Olli ließ sich von Geller nicht einschüchtern, blieb aber stehen.

»Problem damit?« Das rutschte raus, bevor ich mir auf die Zunge beißen konnte. Das Blut kochte in mir, verbrannte alle Vorsicht, von der ich sonst getragen wurde.

Ollis Gesichtsausdruck veränderte sich, seine Augen wurden groß und in ihnen war die offensichtliche Frage zu lesen, die sich wahrscheinlich gerade jeder in diesem Raum stellte. Mir wurde bewusst, was ich getan hatte, aber nun wich ich keinen Zentimeter zurück. Wenn überhaupt möglich, richtete ich mich noch mehr auf.

»Du bist …?« Olli sprach die Frage nicht zu Ende. Dafür bemerkte ich, wie neben mir Stanni Position bezog.

»Ein falsches Wort und ich zerquetsch dich in so kleine Teile.« Er hob die Hand, mit Daumen und Zeigefinger deutete er einen minimalen Spalt an.

Anatoli stellte sich auf meine andere Seite. »Ich helfe ihm.« Nun wandte ich ihm überrascht den Kopf zu.

Er zuckte die Schultern. »Habe es mir gedacht. Du weichst jedem Date aus, auf das wir dich schicken wollen und schaust beim Feiern keiner Frau hinterher.«

Ein feines Lächeln umspielte meine Lippen. Geller stand noch immer mit ausgebreiteten Armen zwischen Olli und mir, sah von einem zum anderen, als würde er ein Tennismatch verfolgen.

»Nur um das klarzustellen, du stehst auf Schwänze, nicht auf Brüste?« Das kam von Anton, dessen Überraschung nicht zu überhören war.

»Ja«, antwortete ich klar und deutlich. Anton nickte. Nun war es raus. Angst vor dem was noch kommen mochte und trotzdem Erleichterung, es ausgesprochen zu haben, strömten gleichermaßen durch mich.

»Gut, ich werde meiner Cousine absagen.« Er griff nach seinem Handy, tippte darauf herum.

»Seit wann?«, fragte Olli. Ich verdrehte die Augen. War er wirklich von einem anderen Stern?

»Schon immer, du Schnellmerker. Das überlegt man sich nicht mal eben. Vor allem nicht mit solchen Arschlöchern wie dir in der Kabine.« Juli kam zu uns herüber.

Die anderen beäugten mich, ansonsten sagte keiner ein Wort.

»Gut, können wir wieder zum Tagesgeschäft übergehen?« Geller ließ seine Arme sinken.

»Was ist mit duschen und hier? Wie soll ich wissen, ob ich sicher bin?«, fragte Martin und sah mir angewidert entgegen.

Scham darüber wer ich war und wen ich liebte, kroch meinen Rücken hinauf. Kurz dachte ich an Tyler. Und welches Glück ich hatte, mit ihm mein Leben in Zukunft teilen zu dürfen. Dann holte ich tief Luft, straffte die Schultern. Ich war, wer ich war und brauchte mich nicht dafür zu schämen, wen ich liebte.

»Boah, Krüger, es sollte eine Ehre für dich sein, falls Glücksbärchi deinen hässlichen Arsch abcheckt«, meinte Juli und durchquerte den Raum. »Ganz ehrlich, wenn ich abgecheckt werde, egal von wem, fühle ich mich interessant. Da besteht noch Hoffnung, irgendwann eine Freundin zu finden.« Er blieb bei Martin stehen und verpasste ihm mit der flachen Hand eine Kopfnuss. »Das da ist noch derselbe Mann wie vor fünf Minuten. Mit dem du Siege gefeiert und über Niederlagen getrauert hast. Hat er dich da einmal angemacht? Oder dich unter der Dusche gemustert?«

»Er hat mich umarmt.« Martin schüttelte es.

»Wohoo, ich hab dich auch schon umarmt«, entgegnete Juli. »Und jetzt? Hast du Angst, ich könnte mehr von dir wollen?« Genervt schüttelte er den Kopf. »Tut er dir etwa weh, du verficktes Arschloch?«

»Ich will nichts mehr mit dem zu tun haben.« Martin schubste Juli beiseite, warf mir einen Blick zu, der mir übel werden ließ und drehte mir demonstrativ den Rücken zu. Es war, als würde mir jemand die Luft abdrücken. Alles trat so ein, wie ich es befürchtet hatte. Mechanisch griff ich mir an die Kehle, zerrte an meinem Trikot, der Schutzausrüstung, doch sie bewegte sich nicht. Am liebsten hätte ich die Zeit zurückgedreht.

Warum hatte ich mich so von Olli provozieren lassen? Jetzt teilte sich das Team. Mit Sicherheit standen genügend Spieler auf Martins Seite und das würde bedeuten … ich wäre es, der Eishockeyspielen an den Nagel hängen oder sich einen anderen Verein suchen musste.

»Muss ich jetzt etwa immer warten mit Duschen und Umziehen bis die Sch…«, presste Martin durch zusammengebissenen Zähnen hervor.

»Wage es, das Wort auszusprechen und du hast ein Problem mit mir.« Geller wandte sich Martin zu. »Wenn du glaubst, wir sind auf dich angewiesen in dieser Mannschaft, hast du dich geirrt. Du wirst nicht mehr spielen, dafür werde ich persönlich sorgen.«

In meiner Kehle bildete sich ein Kloß. Geller konnte nicht verhindern, wie die anderen von mir dachten. Olli taxierte mich mit seinem Blick, bevor er sich umdrehte.

Martin funkelte Geller an. »Das letzte Wort hat Coach Smith. Wir leben in einem freien Land und ich kann meine Meinung frei äußern.« Damit setzte sich Martin auf seinen Platz, verschränkte die Arme vor der Brust und stierte geradeaus. »Solange der da«, Martin deutete mit einer Kopfbewegung zu mir, »in dieser Mannschaft spielt, werde ich mich weigern, mit ihm eine Kabine oder das Eis zu teilen.«

»Angst vom Schwulenvirus angesteckt zu werden?«, rief Konny, einer unserer Goalies ihm zu. »Mit jemanden wie dir will ich nicht in einer Mannschaft spielen.«

Es wurde immer schlimmer. Nun gingen sie alle aufeinander los und ich war schuld daran. Ich wollte zu meinem Platz, meine Sachen holen und gehen, doch meine Füße schienen an Ort und Stelle festgewachsen zu sein. Konnte es noch unangenehmer werden?

»Wer sucht mehr Ärger? Ich mach euch so klein mit Hut«, rief Stanni und schlug seine Faust in die Hand.

»Stanni«, kam es genervt aus verschiedenen Richtungen. Zwei der jüngeren Spieler wandten sich ab.

»Willst du nachher mit mir essen gehen?«, fragte Geller. Ich schüttelte den Kopf. Mir war alles andere als nach Essen zumute.

»Danke, es geht schon.« Das war gelogen, aber da musste ich jetzt durch. Aus den Augenwinkeln bekam ich eine Bewegung in der Tür mit und sah dorthin. Coach Smith stand dort, nickte mir zu und lächelte. Was hatte er alles mitbekommen?

»Martin, Olli mitkommen. Jeder, der ein Problem mit Felix hat, darf sich anschließen.« Coach Smith' voller Bariton dröhnte durch die Kabine.

»Coach Smith, das ist in Ordnung. Ich komme klar«, sagte ich. Was ebenso gelogen war, wie der Satz zu Geller. Nichts war richtig, auch wenn ich genau diese Reaktion im Team erwartet hatte. Und laut dem Mistkerl Böhmer sollte ich meine Beziehung mit Tyler offenlegen. Was wäre abgegangen, wenn ich das auch noch mitgeteilt hätte? Ich wollte es mir nicht ausmalen. Mir war so schon elend genug zumute.

»In meinem Team muss man nicht gut Freund sein, aber sich zumindest respektieren. Da gehört jeder zu, oder bist du etwa kein Mitglied dieser Mannschaft mehr?«

Sprachlos nickte ich und biss mir auf meine Unterlippe, die verdächtig zitterte. Nicht auch das noch.

Martin und Olli standen auf, warfen mir giftige Blicke zu und folgten Coach Smith aus der Kabine.

Ich drehte mich zu meinem Platz um. Meine Beine waren zu Gummi geworden und ich musste mich dringend setzen. Das Zittern übertrug sich auf meinen gesamten Körper.

Ich hatte keine Ahnung, was die anderen dachten, wollte es auch gar nicht wissen, wenn es in Martins oder Ollis Richtung ging. Mein Blick fiel auf Finn, der für mich als Ersatz ins Team geholt worden war. Ein junger Spieler, der lernwillig war. Er senkte den Kopf, zog sich weiter aus und ging unter die Dusche. Manch einer lächelte mir zu, andere mieden meinen Blick.

»Ach, noch eins, das bleibt alles in diesem Raum. Nichts dringt nach draußen. Ansonsten …« Stanni drehte sich im Kreis, sah ernst aus und schlug erneut mit der Faust in seine geöffnete Handfläche. Zustimmendes Gemurmel. Mit dem Russen, der einen harten Schlag hatte, wollte sich niemand anlegen. Allerdings war dies alles andere als teamfördernd. Spalteten wir uns nun auf?

Ich legte meine Hände auf den Oberschenkeln ab, in der Hoffnung, das Zittern zu verstecken. In meinem Kopf hatte nur noch eine Frage Platz: Was hatte ich bloß dem Team angetan?

Stanni setzte sich neben mich, legte mir einen Arm um die Schultern. »Das wird schon. Mach dir keine Sorgen.«

»Was habe ich getan?« Meine Stimme klang belegt. Nicht wie meine eigene. »Wir sind doch eine Mannschaft.«

»Das sind wir immer noch. Gib ihnen Zeit.«

Ibrahim kam zu mir und hockte sich vor mich. Ich traute mich kaum, ihn anzusehen, doch in seinen Augen lag Verständnis.

»Ich hab da einen Cousin. Er ist nicht geoutet und Single.« Er beugte sich zu mir und sprach leise. »Wenn du möchtest, arrangiere ich da etwas für dich.«

Ich zog meine Augenbrauen zusammen. »Echt jetzt?« Ein Lachen kroch mir die Kehle hinauf, dem ich freien Lauf ließ. Er war einer derjenigen, von denen ich am wenigsten Verständnis erwartet hatte. Aber kaum wussten alle über mich Bescheid, wollte ausgerechnet er mich mit Kerlen anstatt mit Frauen verkuppeln und so wie einige grinsten, die seine Worte gehört hatten, blieben sich einige darin treu.

»Was ist daran so lustig?«, fragte Ibrahim verständnislos.

»Mann, Yelken, raffst du es echt nicht? Du hast ihn nicht mal gefragt, ob er einen Freund hat, willst ihn aber direkt auf ein Date mit deinem Cousin schicken. Glück währt mit den Tüchtigen.« Stanni antwortete für mich, da ich nur lachte. Sein Sprichwort setzte dem Ganzen die Krone auf. Es war ebenso befreiend, wie erleichternd, mich zumindest nicht mehr in der Kabine verstecken zu müssen. »Siehst du, was du angerichtet hast? Jetzt ist er kaputt. Er hört überhaupt nicht mehr auf.« Stanni tippte mir mehrfach gegen den Oberarm, als ob er einen Schalter zum An- und Ausschalten suchte.

»Hast du einen Freund?«, fragte Ibrahim. Ich lachte noch mehr, beugte mich vor. Mir kamen schon die Tränen.

»Es geht ihm aber gut, oder?« Anton trat vor mich, wiegte seinen Kopf mal nach rechts, mal nach links, als könnte er so ergründen, was in mir vorging. Er stupste mich an der Schulter an. »Hey, Glücksbärchi, sag mal was.«

»Könnt ihr vielleicht alle mal aufhören, ihn zu nerven? Er hat sich vor uns geoutet. Kann sich einer von euch vorstellen, wie das ist?« Geller scheuchte Anton und Ibrahim auf ihre Plätze, bevor er mit dem Finger erst auf mich, dann auf sich deutete. »Wir beide, Essen heute Abend. Keine Widerrede.« Ich nickte nur. Langsam bekam ich mich wieder in den Griff, wischte mir die Tränen aus den Augen. Dann stand ich auf.

»Um es ein für alle Mal klarzustellen, nur weil ihr nun Bescheid wisst, brauche ich trotzdem keine Schützenhilfe. Ich habe euch das vorher schon gesagt und das gilt auch jetzt noch: Keine Dates. Keine subtilen Einladungen zu irgendwelchen Essen oder Feiern, auf denen dann auf einmal ein Cousin, Bruder, wer auch immer auftaucht, der zufälligerweise Single ist. Ich will das nicht und brauche es nicht.« Tyler wollte ich lieber noch nicht erwähnen, ohne mit ihm gesprochen zu haben.

»Wir meinten es doch nur gut« oder ähnliche Sätze kamen gemurmelt bei mir an, aber ich ignorierte sie.

»Du bist nicht kaputt.« Stanni klang erleichtert.

»Nein, bin ich nicht.«

Er beugte sich zu mir. »Wann erfahren sie von Tyler?«

»Wenn er hier ist. Geller vielleicht nachher schon.«

»Das ist gut.«

Kapitel 27

Tyler

Ich kniff die Augen zusammen und drückte auf meine Nasenwurzel. Es war unglaublich anstrengend die kleine Schrift auf dem zehnseitigen Schreiben zu lesen. Dazu noch in umständlicher Juristensprache und ich hatte gerade mal ein Viertel geschafft. Damit war ich bestimmt die nächsten zwei Stunden beschäftigt. Die Unterschriftenmappe wartete ebenfalls auf mich. Heute würde ich wieder nicht vor acht oder später rauskommen. Wie hatte Dad das nur über Jahre geschafft? Wobei er und Mum oft gemeinsam die Abende zu Hause gearbeitet hatten. Dort wartete nur niemand auf mich.

Es juckte mir in den Fingern, Felix anzurufen. Seine kryptische Nachricht vorhin löste nichts Gutes in mir aus und trug nicht gerade dazu bei, diesen Mist hier schneller zu verstehen.

Wir müssen reden, bin aber vorher mit Geller beim Captains-Dinner.

Was wollte er mir damit sagen? Hatte er seine Meinung doch geändert und beendete unsere Beziehung, bevor sie überhaupt eine Chance hatte, zu erblühen? Ich bekam schon Muskelkater im Bein, weil ich unablässig mit meinem Fuß wippte, um der innerenUnruhe einen Weg zu geben, meinen Körper zu verlassen.

Ich legte das Papier vor mir ab und gab es auf, es zu lesen. Mir zog sich der Magen zusammen, bei all den weiteren Möglichkeiten, die hinter der Nachricht standen. Wollte Felix mich doch nicht in Deutschland? Reichte es ihm, mich aus der Ferne zu betrachten und hin und wieder in real?

Mich auf meine Arbeit zu konzentrieren, fiel mir noch nie so schwer wie heute. Ich hatte überhaupt keine Ahnung, wie ich es überhaupt schaffte, zu verstehen, was in diesem ewig langen Schreiben stand. Seufzend nahm ich es wieder auf.

Es klopfte an meine Tür und sie wurde direkt geöffnet. Mason. Er trat ein, eine Hand in die Tasche seines teuren maßgeschneiderten Anzugs geschoben.

»Ich kann mich nicht erinnern, mit dir einen Termin ausgemacht zu haben.« Ich sah auf den Ausdruck meines Kalenders für heute. Sofort hielt ich meinen Fuß still, setzte eine kalte, abweisende Miene auf. Ihm gegenüber nur keine Schwäche zeigen. So schwer es mir auch fiel. Er kannte mich von klein auf, wusste, wie er mich reizen konnte. Nur durfte ich ihm keine Gelegenheit mehr dafür geben.

»Soll das jetzt für immer so weitergehen?« Er kam näher in den Raum, blieb am Konferenztisch, mir gegenüber stehen. Sachte hob er fragend seine Arme. »Ich bin ein alter Freund deines Vaters und möchte mich nicht mit seinem Sohn streiten, sondern nur das Beste für die Firma.«

»So siehst du das also?« Ich stand auf, lehnte mich gegen die Seite meines Schreibtisches und verschränkte die Arme vor der Brust.

»Wärst du nicht so verbohrt darauf in alten Strukturen zu denken und würdest du dich öffnen, könntest du dasselbe sehen wie ich.«

Nun wurde mir schlecht. Wie konnte man seinen Weg als den besseren bezeichnen? Angst und Schrecken zu verbreiten, brachte niemanden etwas, außer dem Tyrannen.

»Was hat das mit den Kündigungen auf sich? Weshalb nur dann, wenn ich nicht da bin?«

»Ich habe es dir gesagt, wir benötigen Leute, die arbeiten wollen und nicht nur ihre Zeit absitzen.« Er musterte mich scharf. »Es hilft nicht sehr, wenn du die Personen wieder zurückholst, nachdem ich sie gefeuert habe. Das zeigt nur, wie uneins wir uns in der Führung sind.«

Ich schnaubte nur auf seinen Einwand. Es vermittelte den Mitarbeitenden nur, wie wenig er mit Menschen umgehen konnte. »Hast du eine Ahnung, was für eine Stimmung hier mittlerweile herrscht? Vor allem in den Abteilungen, die dir unterstellt sind?«

Die Spitze traf ihn. Sekundenlang verzog er sein Gesicht, bis er wieder eine neutrale Miene aufsetzte und sich räusperte. Er zog sein Jackett zurecht.

»Jetzt wird wenigstens von den anderen Mitarbeitern gearbeitet und nicht geschlampt, weil sie Angst haben, der nächste sein zu können.« Er lehnte sich lässig gegen einen Stuhl.

»Hörst du dir überhaupt zu?« Es war so widerlich, was er von sich gab. Um mich nicht auf ihn zu stürzen, um ihm eine reinzuhauen, presste ich meine Finger in meine Arme. »Hast du eine Ahnung, was das für die Zukunft bedeuten kann, wenn die Mitarbeiter uns in Scharen davon laufen, weil sie woanders ein besseres Arbeitsumfeld finden? Um es in deinen Worten auszudrücken: Da läuft uns zum Teil jahrelanges Wissen davon.«

»Was willst du Grünschnabel mir überhaupt erzählen?« Mason stellte sich wieder gerade hin. »Bist durch Zufall CEO geworden und meinst mehr zu wissen als ich?« Er lachte hämisch. »Junge, wenn du deinen Job verstehst, können wir uns gerne wieder unterhalten.« Er stieß sich von dem Stuhl ab, kam auf mich zu. »Dein Vater hat gewusst, weshalb er sich einen Protegé zugelegt hat. Jonathan hätte wenigstens die Eier in der Hose ein globales Unternehmen zu führen.«

Obwohl mich sein Kommentar nicht treffen sollte, stach er mitten ins Herz. Mein Vater hatte nie etwas in die Richtung gesagt, er wusste von Anfang an, weshalb ich in seinem Unternehmen arbeitete. In mir wallte die Wut auf, aber ich schluckte sie hinunter. Bloß nicht die Nerven verlieren.

Mason schien nichts von meinen inneren Kämpfen mitzubekommen. Seelenruhig sprach er von oben herab weiter mit mir.

»Nehmen wir unseren aktuellen Streitpunkt: die Fusion. Wer sich am Ende durchsetzen wird, sehen wir morgen. Aber mein Weg wäre der sinnvollere, kostensparendere. Deiner ist geprägt von Nostalgie und altbackenem Denken.«

Ich stellte mich nun ebenfalls aufrecht hin, setzte ein überfreundliches Lächeln auf, da ich ansonsten eine Walnuss mit meinen Zähnen hätte knacken können. Er reizte mich, forderte mich heraus, aber ich ließ mich nicht auf sein Niveau herab.

»Du hast vollkommen recht, die Fusion wird uns zu Anfang Geld kosten, doch ich habe unter Jonathan, deinem Stellvertreter, gearbeitet und kenne die Zahlen. Es braucht seine Zeit, manchmal ein oder zwei Jahre, bis diese kleinen Firmen profitabel aufgestellt sind, allerdings verdienen wir dann mit ihnen Geld. Die Ausbildung und Spezialisierung der Mitarbeiter dauert und braucht Geduld. Das Konzept mag für dich unbekannt sein.« Mein Lächeln wurde breiter. »Ach ja, und es fällt weniger für dich ab. Darum geht es dir doch hauptsächlich.«

Mason schnaubte. »Junge, du …« Er ballte eine Faust. »Wie oft muss ich es dir noch sagen? Wir gehen vor die Hunde, wenn wir nicht anfangen, hart durchzugreifen. Die Zahlen sind rückläufig, die Leute kaufen weniger. Kapierst du das nicht?«

»Die armen Aktionäre bekommen fünfzig Dollar weniger als in den Jahren zuvor ausgezahlt. Meinst du das? Unser Gewinn ist so schrecklich niedrig geschmolzen.« Diesen sarkastischen Kommentar konnte ich mir nicht verkneifen. »Komm schon, Mason, das ändert sich wieder und wir fangen das auf. Die Mitarbeitenden verlassen sich auf uns. Wir haben einen Ruf zu verlieren, wenn wir deine Linie einschlagen. Die Shareholder haben unsere Aktien gekauft, da wir nicht wie andere agieren, sondern ein menschliches Gesicht zeigen. Das macht unseren Erfolg aus.«

»Der uns täglich tausende von Dollar kostet«, rief er aus und beugte sich dabei leicht vor. »Dein Vater hat mich jahrelang klein und an der kurzen Leine gehalten, hat sich selbst zum großen Heilsbringer aufgeschwungen …« Mason war rot angelaufen, seine Pulsader trat an seinem Hals deutlich hervor. Ich presste meine Zähne aufeinander, konnte meine Wut nicht mehr zurückhalten. Ich hatte kein Problem, wenn er mich beschimpfte und durch den Dreck zog, aber nicht meinen Vater, der sich nicht mehr wehren konnte.

»… sich in Magazinen ablichten lassen, als großer Spendengeber, statt das Geld unter uns Aktionären zu verteilen. Genauso wie du mit deinem lächerlichen Verein. Aber nun bin ich am Zug.«

»Es reicht«, sagte ich leise, mit eiskalter Stimme. »Raus aus meinem Büro. Ich weiß nicht, was mein Vater dir angetan hat oder was zwischen euch lief, aber er hat dich als seinen Freund angesehen.«

»Freund?« Mason lachte trocken, noch immer rot im Gesicht kam er zwei Schritte auf mich zu. Fixierte mich mit seinem Blick. »Er konnte mich nicht gehen lassen, weil er genau wusste, was dann passieren würde. Sein großer Traum würde platzen. So heilig, wie du deinen Vater immer hinstellst, ist er nicht.«

»Klär mich doch auf«, presste ich heraus, ließ meine Hand sinken. Bot sich hier meine Chance, endlich etwas herauszufinden? Trotz meiner Wut hielt ich inne.

»Du wirst noch sehen, was du davon hast.« Mason machte auf dem Absatz kehrt, verließ mein Büro und schlug die Tür hinter sich zu.

Fuck, das wäre meine Chance gewesen, aber Mason ließ es nicht zu. Dieses ausgemachte Arschloch wusste ganz genau, was er tat. Es war so frustrierend.

Kurz darauf wurde die Tür wieder aufgerissen und ich zuckte zusammen. »Glaube nicht, ich wüsste nicht, wer das Board of Directors angestiftet hat, mich zu bitten, in den Ruhestand zu gehen. Da wirst du bis zu meinem Tod warten müssen.« Die Tür krachte ins Schloss.

Ich bebte am ganzen Körper, zog meinen Stuhl zu mir und sank darauf. In meinem Kopf wirbelten die Gedanken durcheinander. Was war in der Vergangenheit geschehen? Noch immer hatte ich keine Aufzeichnungen gefunden. Dabei war mein Vater ein fleißiger Schreiber, der vieles für die Nachwelt hatte festhalten wollen. Jeden Abend hatte er ein paar Zeilen in Jahresbüchern aufgeschrieben. Die Akten lagen im Safe, doch beim Durchblättern hatte ich nichts gefunden. Es musste noch weitere Aufzeichnungen geben, denn ich hatte ihn oft genug beobachtet, wie er Notizbücher vollschrieb. Diese konnte ich nirgendwo zu Hause finden. Sie waren wie vom Erdboden verschluckt.

Ich schüttelte den Kopf, musste zur Ruhe kommen und wieder klar denken. Mein Vater hatte bestimmt nichts Ungesetzliches getan. Er bog gerne manches schon einmal zurecht, da gab ich mich keiner Illusion hin. Niemand, der solch ein Unternehmen aufbaute, hatte eine komplett weiße Weste, doch er hatte sich an die geltenden Gesetze gehalten. War sogar mit einer Anwältin verheiratet.

Die Tür öffnete sich nach einem kurzen Klopfen erneut. Mara kam herein. »Na, der war wütend. Hat er was gesagt?«

»Nein, absolut nichts.« Ich sah auf das Bild meiner Eltern. Könnte man doch noch mit den Toten reden, wenn sie schon nicht hier sein konnten.

Mara setzte sich auf einen Stuhl. »Chloe konnte bisher auch nichts erreichen. Er vertraut ihr nicht. Sie hat wohl bei ihm im Aktenschrank eine abgeschlossene Schublade gefunden, die sonst immer offen stand. Aber hat keinen Schl…«

»Mara, nicht hier«, beschwor ich sie und kappte ihren Redefluss. »Morgen in der Mittagspause, wenn wir uns mit Jonathan treffen.«

»Ich kann nicht mitgehen, das ist viel zu auffällig. Haben wir bisher nie gemacht. Wir können allerdings auch nicht mal eben nach draußen gehen, das fällt ebenso auf.«

»Holy Shit«, rief ich leise aus und schlug mit der Faust auf den Schreibtisch. »In was für einer Scheiße stecken wir?«

Mara sah mich mitfühlend an. »Wenn ich doch nur beharrlicher bei deinem Vater damals gewesen wäre. Vielleicht hätte er es mir irgendwann erzählt.«

Ich schüttelte den Kopf. »Das hätte er nie und das wissen wir beide.«

Sie nickte nur. Ich seufzte.

»Also, die Schublade.« Ich rollte mit dem Stuhl bis kurz vor Mara, unsere Knie berührten sich fast.

»Sie kommt nicht an den Schlüssel. Den muss Mason an seinem Schlüsselbund tragen, den er bei sich hat. Er lässt nichts offensichtlich liegen und trifft sich auch nicht mehr mit Charles und den anderen in seinem Büro. Er muss was mitbekommen haben.«

»Fuck.« Ich sah zu Mara. »Sorry.«

Amüsiert sah sie mich an. »Ich kann mit Schimpfwörtern umgehen.«

»Das muss mit William und seinem Gespräch zusammenhängen.« Kurz fasste ich ihr den Streit mit Mason zusammen.

»Ich werde Chloe weiter unterstützen. Auch wenn Mason ihr noch misstraut, sobald er merkt, sie arbeitet ihm zu, ändert sich das vielleicht.« Sie tippte sich mit dem Zeigefinger gegen ihre Lippen. »Sie könnte ihm Informationen zuspielen, die dich zwar angreifbar machen, ihr allerdings Vertrauen einbringen könnten. Wir müssten nur Jonathan und William Bescheid geben.«

»Mara, du entwickelst dich zu einer Spionin.« Ich konnte nicht anders, trotz der Situation grinste ich. »Aus welchem Film hast du das?«

Sie lachte. »Es ist billig, okay, aber einen Versuch wert. Besprich das morgen mit Jonathan.«

»Aye aye, Madam.« Im Sitzen salutierte ich vor ihr, was sie zum Lachen brachte. Das Gespräch hatte mich aufgemuntert, trotzdem hatte ich keine Lust mehr auf den Papierkram hier. »Mara, ich werde nach Hause fahren. Wenn etwas sein sollte, ruf mich an.«

»Alles klar, Tyler. Schönen Feierabend.«

Ob der schön werden würde, zeigte sich noch. Neben den vielen Fragezeichen, die sich nach dem Gespräch mit Mason zu meinem Vater aufgetan hatten, lag mir das kommende mit Felix wie ein Bleiklumpen im Magen. Er meldete sich nicht.

Ich raffte meine Sachen zusammen, ignorierte die Unterschriftenmappe und das kleingedruckte Schreiben über irgendwelche neuen Medikamentenverordnungen. Das Papier lag morgen auch noch da und lief nicht weg.

Auf dem schnellsten Weg fuhr ich zu meinem Elternhaus. Wieder einmal. Ich musste erneut das Büro meines Vaters auseinandernehmen. Vielleicht hatte er die Bücher in anderen Umschlägen versteckt. Oder im großen Safe hatte ich etwas übersehen.

Ich hatte Glück, am späten Nachmittag bildete sich der Berufsverkehr erst und ich kam gut durch.

»Nicht erschrecken, ich bin es nur«, rief ich in die große Halle, wie immer, wenn ich das Haus betrat. Am Treppenabsatz erschien Mia, unsere Hausangestellte, die bei uns als blutjunges Mädchen während meiner Teenagerjahre begonnen hatte. Sie trug ihre Livree, dabei hatte ich ihr und der Köchin mehrfach mitgeteilt, sie könnten sich leger anziehen. Aber für sie gehörte es dazu.

»Schön Sie zu sehen, Mister Roth. Ich bin sofort bei Ihnen und bringe Ihnen einen Eistee.«

»Keine Mühe, ich kann mir den auch selbst holen. Machen Sie weiter.«

Ihre Augen wurden groß. »Mister Roth, noch arbeite ich hier und werde bezahlt. Lassen Sie mich gefälligst die Arbeit erledigen, für die Sie mir das Geld geben.«

Abwehrend hob ich meine Hände. »Schon gut, ich wollte Ihnen nur die unnötigen Wege ersparen. Sie haben doch genug mit dem Ausräumen der ganzen Schubladen und Schränke zu tun.«

Sie eilte die Treppe hinunter, ihre Schritte schluckte der dicke Teppich, den meine Eltern erst im letzten Sommer hatten erneuern lassen. Vor mir blieb sie stehen.

»Ich mache eh zu wenig. Aber es wäre schön, wenn Sie bald Ihr Zimmer ausräumen könnten. Dann sind wir dort oben fertig. Sie wollen nichts behalten? Wir sollen alles weggeben?«

»Ich habe letzte Woche die wichtigen Dinge ausgeräumt.« Mit der Suche nach belastendem Material in der Causa Mason hatte ich ebenfalls angefangen, die persönlichen Sachen meiner Eltern durchzugehen und sie in Kartons und Kisten verpackt. Zumindest in der oberen Etage.

Die untere lag noch vor mir, inklusive der Büros meiner Eltern, vor denen mir graute. Vor allem vor dem meines Vaters. Es quoll über mit Akten und Fachbüchern. Das meiste würde ich in die Firma tragen, doch vorher musste ich die privaten Dokumente heraussuchen.

Immerhin war Ethan zwei Wochen nach dem Tod meiner Mutter ihr Büro durchgegangen, um alles was mit der Kanzlei zusammenhing mitzunehmen. Dadurch blieb nur noch die Hälfte übrig.

Mia verschwand im Esszimmer und ich wandte mich dem Büro meines Vaters zu. Es war im Gegensatz zu dem im Firmengebäude relativ klein und wirkte durch die vielen Regale, dem überbordenden Schreibtisch und den zwei Kommoden überladen. Alles in Weiß gehalten, inklusive der Wände. Es gab nichts Persönliches in dem Büro, keine Bilder oder Gemälde.

»Ich will hier so wenig Zeit wie möglich verbringen. Warum sollte ich es mir also gemütlich machen?«, antwortete Dad mir mal, als ich ihn gefragt hatte, weshalb er nirgendwo ein Foto von uns oder mal einen Sessel stehen hatte. Schräg hinter seinem Schreibtisch befand sich eine unauffällige Tür, die mein Ziel war. Hinter dem Regal daneben holte ich den Schlüssel dafür hervor und schloss sie auf. Dahinter befand sich eine kleine Kammer, in die der große Safe hineinpasste.

Es kam mir immer noch falsch vor, hier herumzuwühlen. Jahrelang war es mir verboten gewesen, den Safe zu betreten oder mir etwas darin anzusehen. Selbst als Erwachsener hatten nur meine Eltern Zutritt. Sie gaben mir zwar regelmäßig den neuen Code, aber reinsehen durfte ich nicht und faszinierender Weise hatte ich mich daran gehalten. Schon als sie diesen begehbaren Schrank eingebaut hatten, zog er mich magisch an. Es erinnerte mich immer an ein Casino oder eine Bank.

»Was für ein Müll, es ist nur ein Safe, nicht mehr und nicht weniger.« Ich musste über mich selbst lächeln. Rasch tippte ich die Zahlenkombination ein.

Quietschend öffnete sich die schwere Tür und ich schaltete das Licht an. In den oberen Fächern lagen die privaten Dokumente meiner Eltern. Der Ehevertrag, unsere Geburtsurkunden, nun auch die Sterbeurkunden von den beiden, das Stammbuch meiner deutschen Großeltern und noch so einiges. Erneut überkam mich die Trauer, doch ich ließ sie nicht zu. Dann wäre ich nicht im Stande, heute etwas zu machen.

Ich wandte mich direkt den Aktenmappen ganz unten zu, griff den hohen Stapel und brachte ihn ins Esszimmer. Mia kam mir mit einem Glas süßer brauner Flüssigkeit, in dem Eiswürfel klirrten, entgegen.

»Danke Mia, ich setze mich an den Esstisch.«

»Wie Sie wünschen.« Sie drehte wieder um und stellte das Glas auf dem Tisch ab. Als sie sich der Halle zuwandte, schaltete sie das Licht an. Draußen begann es zu dämmern. Ich freute mich schon sehr auf den Sommer, wenn die Tage wieder länger hell waren.

Die Akten ließ ich mit einem Knall auf den Tisch fallen und betrachtete sie, bevor sich sie wie einen Fächer vor mir verteilte. Auf allen stand kurz und bündig nur das jeweilige Jahr. Es begann 1992, einige Jahre vor meiner Geburt. Die würde ich mir gleich als Erstes vornehmen und dieses Mal nicht nur überfliegen. Ich kehrte ins Büro zurück und brachte die restlichen Akten ins Esszimmer.

Wieder im Safe betrachtete ich die einzelnen Fächer. Wonach sollte ich nur suchen? Ich klopfte die Rückwände ab. Mit einem leisen Klick sprang eine kleine Klappe in der Wand auf.

»Holy Shit!« Ich sprang zurück. Das hätte ich nie erwartet. Ich zog die Klappe ganz auf. Dahinter befand sich ein weiteres, großes Fach, in dem viele kleine Notizbücher lagen. Mein Herz raste.

»Da sind sie also«, murmelte ich. Ich griff nach dem Obersten, das Datum des letzten Jahres stand darauf, und schlug es auf. Wie in den Akten hatte mein Vater beinahe jeden Tag etwas notiert. Oftmals nur in kurzen Stichpunkten. Hin und wieder, was er mit Jonathan oder mir besprochen hatte, Ideen und mehr.

Im ganzen Körper prickelte es freudig. Ob ich hier fündig wurde? Weshalb sonst sollten sie versteckter liegen? Ich griff den ersten Stapel und brachte auch diesen ins Esszimmer. Die Aktenstapel schob ich beiseite, stattdessen begann ich mit den Büchern.

Nachdem ich alle Notizbücher vor mir liegen hatte – es mussten um die vierzig sein, manchmal hatte Dad zwei oder drei pro Jahr gebraucht – trank ich einen Schluck Eistee und betrachtete das Chaos auf dem Esstisch. Wann sollte ich die ganzen Notizen durchgehen?

Ich griff nach dem ältesten Buch, setzte mich ans Kopfende des Tisches und blätterte es langsam durch. Mein Vater hatte pro Monat eine detaillierte Zusammenfassung seiner Ideen und Aktivitäten auf Deutsch notiert. Nichts Besonderes. Zeichnungen und chemische Formeln, Strukturformeln die ich kaum entziffern konnte. Dies stammte aus der Zeit, als er nur eine kleine Apotheke besaß und im Hinterzimmer begonnen hatte, das erste Schmerzmittel zu entwickeln.

Auf den nächsten Seiten befanden sich grobe Zahlen. Ich runzelte die Stirn. Er hatte keine Rechnungen ausgestellt und ich fand keine Überschrift. Manchmal war eine Zahl in einer anderen Farbe eingekreist. Ich überging es erst einmal und blätterte weiter. Nirgendwo tauchte der Namen Mason auf.

Als mein Phone klingelte, schreckte ich auf. Ich war so vertieft in die Aufzeichnungen. Sofort schlug mein Herz schneller und der Knoten im Magen meldete sich erneut. Ich hatte das bevorstehende Telefonat mit Felix so gut verdrängt.

»Hi Sweetie«, begrüßte ich Felix, der auf dem Display erschien. Er lächelte.

»Hallo Ty, du siehst müde aus.«

Ich rieb mir über die Augen. »Ich hatte eine üble Auseinandersetzung mit Mason, an deren Ende er mir an den Kopf warf, ich sollte Dad nicht nur als Heiligen betrachten. Nun brüte ich mal wieder über den Aufzeichnungen meines Vaters.« Ich rutschte auf dem Stuhl herum und reckte mich. Mir tat alles weh. »Stell dir vor, ich habe ein Geheimfach im Safe gefunden. Wer baut bitte so was in einen Safe, der per se schon verschlossen ist?«

Felix lachte. »Sherlock Holmes ist wieder unterwegs. Hoffentlich findest du endlich etwas.« Er räusperte sich. »Willst du von Mason erzählen?«

Nein, absolut nicht. Ich will wissen, worüber du mit mir reden musst. »Da gibt es nicht viel« sagte ich trotzdem. »Wir waren nicht einer Meinung und zum Schluss habe ich ihn aus meinem Büro geworfen. Noch mehr Futter für seine These, ich wäre ungeeignet als CEO, soll aber gleichzeitig Stabilität vorspielen. Verstehe einer den verdrehten Sinn.« Ich seufzte. »William muss schon mit ihm gesprochen haben. Er glaubt, der Vorschlag mit dem Ruhestand stamme von mir.«

»Das ist echt so ein Arschloch. Aber anscheinend war heute unser gemeinsamer Scheißtag.« Er holte tief Luft. Ich spannte mich an. Was war ihm geschehen? Er hörte sich zumindest nicht an, als ob er das mit uns beenden wollte. »Sie wissen Bescheid.«

»Wer? Worüber? Was ist passiert?« Dann dämmerte es mir. »Wie haben sie es herausgefunden? Wir wollten doch erst darüber reden?«

»Ich bin selbst schuld.« Felix rieb sich über sein Gesicht, gähnte herzhaft. Bei ihnen in Deutschland musste es kurz vor Mitternacht sein, kein Wunder, wenn Felix müde war. »Niemand im Team weiß was von uns beiden.«

Ich schwankte, ob mich das beruhigen oder beunruhigen sollte, da Felix bereits jetzt schon so durch war und die Sorgen um ihn kickten rein.

»Ich bin mit Olli aneinander geraten und, na ja, ich habe nicht direkt gesagt, ich sei schwul, ich habe es allerdings auch nicht abgestritten, als er es mir indirekt vor die Füße geworfen hat. Anton hat die entscheidende Frage gestellt.« Er zuckte mit den Schultern. »Ich habe sie bejaht.«

»Ach Felix.« Es tat mir so leid, dass ich gerade jetzt nicht bei ihm sein konnte. Ihn halten und ihm Rückendeckung geben konnte in dem Maße, das er brauchte und es kotzte mich an. »Ich würde dich jetzt so gerne umarmen und küssen. Wie ist es passiert und wie haben sie reagiert?«

Er fuhr sich mit einer Hand über den Nacken. Nun wusste ich, warum Geller ihn zum Essen ausgeführt hatte.

»Ich war so wütend auf Böhmer, weil er uns dazu zwingt, unsere Beziehung offen zu legen und mich dadurch zum Outing. Also bin ich in meiner vollen Montur in sein Büro gestürmt.«

Holy Crap. Ich hob die Augenbrauen und konnte mir ein Schmunzeln nicht verkneifen. »Du weißt, wie fucking furchteinflößend trainierte Hockeyspieler in ihrer Montur sein können, oder? Dann noch wütend sind, damn. Schade, ich wäre gerne dabei gewesen. Du warst bestimmt heiß.« Ich stellte ihn mir vor, wie er sich in dem Büro vor Gerald aufbaute. Seine Wangen rot vor Wut.

»Ich war in Socken«, erwiderte er trocken. »Glaube, das hat etwas von meiner Einschüchterung genommen. Auf jeden Fall hat Böhmer mir denselben Scheiß von keine Unruhe im Team haben, dass solche Dinge immer rauskommen und das ganze Gedöns runter gebetet.«

»Jepp, den Vortrag kenne ich. Den hat er mir zweimal gehalten. Das erste Mal kurz, beim zweiten Mal mit Begründung, warum er das will, als ich Aufschub für dich erbeten habe. Wie geht's weiter?«

»Ich bin zurück in die Kabine und Olli hat einen seiner Sprüche losgelassen, da bin ich endgültig explodiert. Es war dieses i-Tüpfelchen zu viel.« Felix bewegte sich, im Hintergrund tauchte die Lehne seiner Couch auf.

»Mister Roth, die Köchin hat das Abendessen für Sie fertig.« Mia war mit einem Teller und Besteck ins Zimmer gekommen, hielt aber sofort inne.

Ich winkte Mia heran. »Richten Sie Danielle bitte meinen Dank aus.«

»Mach ich.« Mia stellte den Teller ab und verschwand.

»Was gibt es Leckeres? Warum isst du nicht bei deinen Großeltern?«

»Meine Leibspeise Mac n' Cheese und die haben heute ihren Ausgehabend nur für sich.« Ich grinste breit. »Außerdem muss ich davon noch jede Menge essen, bevor ich nach Deutschland ziehe. Ihr kennt keine Käsemakkaroni. Aber nun erzähl weiter.«

»Na, ich war schneller als Geller, der geht ja immer dazwischen, und habe mich mit Olli angelegt.« Er gab das Gespräch und die Reaktionen wieder.

Ich stopfte derweil die Käsemakkaroni in mich hinein, als hätte ich eine Woche nichts mehr zu essen bekommen. Morgen musste ich unbedingt Connor anrufen und ihn bitten, mit mir ins Fitnessstudio zu gehen. Seit Dezember achtete ich nicht mehr auf meine Ernährung oder ging zum Sport. Das musste sich schnellstens wieder ändern.

»Weißt du, was der Coach zu Olli und Martin gesagt hat?«

Felix sah verlegen aus. »Martin muss zwei Spiele aussetzen. Dabei wollte der Böhmer die genauen Strafen noch mit Coach Smith absprechen. Der ist mit Coach Smith' Entscheidung bestimmt nicht einverstanden.« Er zögerte. »Ich finde es ehrlich gesagt gut. Das ist ein starkes Zeichen an die komplette Mannschaft. Olli hat nur eine Verwarnung bekommen, weil er nicht ganz so aggressiv wie Martin vorgegangen ist.«

»Dir ist das trotzdem unangenehm? Ich finde es gut und Gerald kann das nicht rückgängig machen, ohne die Autorität von Coach Smith zu untergraben.«

»Ich glaube, ich habe das Team gespalten.« Für einen Moment huschte ein trauriger Ausdruck über sein Gesicht. »Aber Geller meinte, ich sollte ihnen Zeit geben, sich daran zu gewöhnen. Stanni übrigens auch.«

»Mach einfach alles weiter wie gehabt.«

»Ja. Immerhin ist es raus. Stanni hat allen Schläge angedroht, die sich gegen mich wenden. Ich will das nicht. Das

Team soll sich nicht meinetwegen prügeln. Das ist nicht richtig, wir müssen an einem Strang ziehen.«

Fuck, ich wollte jetzt bei ihm sein, sehnte mich danach, ihn in den Arm zu nehmen, an mich zu drücken und zu halten. Ich saß jedoch hier in Amerika fest, konnte nicht mal eben in ein Auto steigen und hinfahren.

»Morgen sieht es bestimmt schon besser aus.« Was für eine miese Phrase, nur fiel mir nichts anderes ein. »Du hast das Team nicht gespalten. Sogar Anatoli ist auf deiner Seite.«

»Ibrahim wollte mich mit seinem ungeouteten Cousin verkuppeln, der zurzeit Single ist. Er hat sich später bei mir entschuldigt. Anton, der Sack hatte seine Cousine zu sich eingeladen, weil er sie mit mir zusammenbringen wollte. Hat ihr schleunigst abgesagt.«

Ich lachte. »Haben die alle Angst, du wirst nie jemanden finden?«

»Vor allem will ich das gar nicht. Haben die mal darüber nachgedacht? Eventuell bin ich als Single glücklich.«

»Sweetie, was willst du mir damit sagen?«

»Das war nur ein Beispiel. Ich geb dich nicht mehr her. Das ist einfach übergriffig von denen. Das Schlimme ist, sie wissen es, versuchen es aber trotzdem.«

»Wir sollten ihnen schleunigst sagen, dass wir ein Paar sind.« Ich lächelte.

»Ich weiß noch nicht wie, aber uns fällt schon was ein.«

»Kommen wir zu der wichtigsten Frage des Abends: Wie geht es dir?«

»Erleichtert, wütend, ängstlich, traurig, erschöpft. Von allem etwas. Aber hauptsächlich erleichtert, weil nun alle Bescheid wissen und ich mich nicht mehr verstellen muss. Nur noch meinen Eltern muss ich es erzählen. Dafür habe ich allerdings heute keine Kraft mehr.«

»Ich kann dich verstehen. Schieb es mit deinen Eltern nicht zu lange auf. Dein Bruder steht dir bestimmt bei.«

»Ich weiß. Werde morgen oder übermorgen mit ihnen telefonieren. Sie sollen sich nicht mehr Sorgen machen, als ohnehin schon.« Felix seufzte schwer. »Mann, ich bin immer noch wütend auf den Böhmer, weil er uns dazu gezwungen hat. Das ist auch eine totale Grenzüberschreitung.«

»Bin ganz bei dir, wobei ich seine Gründe nachvollziehen kann. Trotzdem würde ich dich verstehen, wenn du daraus andere Konsequenzen ziehst und den Verein verlassen würdest.« Worüber ich wiederum sehr traurig wäre. Wir würden wieder in unterschiedlichen Städten wohnen. Die Entfernung wäre zwar nicht mehr so weit wie jetzt, trotzdem würden wir eine Fernbeziehung führen.

»Böhmer tut immer so, als wäre er gut Freund mit uns Spielern, am Ende des Tages zählen doch wieder nur die Zahlen und er drückt uns so einen verdammten Scheiß auf.« Felix seufzte. »Geller weiß übrigens über uns Bescheid. Aber er hat es sich schon gedacht. Vor unserem Kapitän kann man echt nichts verstecken.« Er verdrehte die Augen.

»Deswegen ist er euer Kapitän, weil er seine Mannschaft kennt.« Ich schmunzelte. »Also war die ganze Enthüllung heute für ihn keine große Überraschung?«

»Nope. Alles in Ordnung, er ist auch nicht mit Böhmers Entscheidung zufrieden, steht uns aber bei.«

»Geller genießt bei allen Respekt und sie folgen ihm. Vor allem die jungen Spieler.« Ich erlaubte mir ein breites Grinsen. »Ansonsten hast du ja noch Stanni und seine geübte Faust. Hat er wirklich mal mit einem Boxprofi trainiert?«

»Nicht witzig, Ty. Nicht witzig.« Dann kam jedoch sein freches Grinsen, das ich so liebte, zum Vorschein. »Aber ja, das hat er. Sogar zweimal.«

»Das ist eine Type.« Ich schüttelte lächelnd den Kopf.

Unser Gespräch wandte sich von den ernsten Themen des Tages den lustigen Anekdoten mit Stanni zu, die Felix zum Besten gab und er brachte mich ein ums andere Mal zum Lachen damit. Eine willkommene Ablenkung nach dem Tag im Büro. Wie sehr ich es genoss, abends diese Gespräche mit Felix zu führen. Mir seinen Frust anzuhören, ihn aufzumuntern, ebenso wie er das mit mir machte. Ob es meinen Eltern auch so ergangen war? Ich würde es nicht mehr erfahren, aber ich hätte ihnen so gerne Felix vorgestellt.

Felix gähnte herzhaft am anderen Ende, war zwischendurch in sein Schlafzimmer umgezogen. Ihm fielen ständig die Augen zu.

»Schlaf gut, Sweetie.«

Er lächelte müde. »Ja, ein neuer Tag, der mich dir wieder näher bringt.«

Mein Herz schmolz mal wieder dahin. Mein ganzer Körper kribbelte bei diesen Worten. »Bis morgen.« Dann legte ich auf, starrte einen Augenblick lächelnd in die Dunkelheit nach draußen, sah mein Spiegelbild im Fenster und schüttelte den Kopf. Musste ihn wieder frei bekommen, damit ich mich den Aufzeichnungen widmen konnte. Allerdings weigerte sich Felix beharrlich, sich aus meinen Gedanken zu entfernen. Seufzend gab ich für heute auf. Ich brachte meinen Teller in die Küche und verabschiedete mich von den beiden Frauen.

Im Esszimmer blieb ich kurz vor dem Chaos auf dem Tisch stehen. Doch wer sollte es schon sehen? Den beiden Frauen vertraute ich und morgen wollte ich eh weitermachen. Also ließ ich alles so liegen und verließ das Haus.

Vom Auto aus rief ich Connor an.

»Du lebst? Kaum zu fassen. Ich dachte schon, ich müsste das FBI informieren, weil Mason dich vielleicht entsorgt hat.«

»Das habe ich verdient.« Ich verzog das Gesicht, startete den Wagen und fuhr los. Das schlechte Gewissen kickte mal wieder rein. Ich hatte Connor sträflich vernachlässigt in den letzten Wochen.

»Zu hundert Prozent. Ich müsste dir zusätzlich den Hintern versohlen.«

Ich schnalzte mit der Zunge. »Oder lieber nicht?«

Connor hielt einen Moment inne. »Sag nicht, du stehst auf so was? Nein, sag nichts. Ich will es nicht wissen.« Das entlockte mir ein Lachen.

»Du hast gefragt.«

»Okay, Themenwechsel. Was verschafft mir die Ehre deiner Aufmerksamkeit?«

»Wollen wir morgen gemeinsam ins Fitnessstudio? Ich esse zu viel Mac 'n Cheese. Ich muss dir außerdem noch was beichten.«

»Du ziehst zu deinem Spieler, oder?«

Er hatte direkt den Nagel auf den Kopf getroffen. Dies war einer der Gründe, weshalb ich ein Treffen oder Telefonat mit ihm hinausgeschoben hatte. Wir würden uns nicht mehr so oft sehen in Zukunft und ich hatte Angst, wie er es auffassen könnte. An einer Kreuzung hielt ich an, musste zwei Autos passieren lassen.

»Jepp. Bist du böse?«

»Nein. Ich freue mich für dich. Du hast endlich jemanden gefunden, der es mit dir ebenso ernst meint wie du mit ihm. Wie kann ich da sauer sein? Du wirst auch in Deutschland mein bester Freund sein.«

Ich liebte ihn. Er war so unkompliziert, stellte meine Entscheidungen nicht infrage, sondern akzeptierte sie.

»Was wird mit *Roth Pharmacy*, wenn du dich aus dem Staub machst?«

Pragmatisch wie immer. »Ich trete als CEO zurück, sobald wir die Mason Situation geklärt haben.«

»Okay. Erzähl mir mehr. Ich habe deine Mason Storys vermisst.«

Ich brachte ihn auf den neuesten Stand. Bei seinen Zwischenrufen konnte ich ihn direkt vor mir sehen, wie er den Kopf schüttelte, sich in die Haare griff und mich mit großen Augen ansah. So wie immer, wenn ich ihm die neuesten Ausfälle von Mason erzählte.

»Ich kann nicht fassen, was aus dem netten Mann geworden ist, der angeblich mit deinem Vater befreundet war.«

Ich seufzte. »Glaub mir, ich auch nicht. Es wird immer unerträglicher.«

»Wollen wir über deinen Hockeyspieler reden? Das lenkt dich bestimmt ab.«

Ich lachte. Connor erfasste sogar durch das Telefon, wie sehr Mason mir auf die buchstäblichen Eier ging und ich mich nur wieder aufregte, je länger ich über ihn redete.

»Er ist so toll.«

»Wann lerne ich ihn endlich mal kennen? Verrätst du mir bald seinen Namen? Ich muss ihn doch googlen, um zu entscheiden, ob du auch keinen Fehler machst.«

Ich kam zu Hause an und fuhr in die Tiefgarage des Wohnhauses. »Er hat sich heute vor seinem Team geoutet. Völlig ungeplant und es lief nicht gut.«

»Bitte, bitte, bitte. Sag mir endlich, wer es ist.«

Ich stellte den Motor des Wagens aus und lehnte meinen Kopf gegen die Stütze. »Felix Amsel.« Ich schloss die Augen. Hoffentlich hatte Felix nichts dagegen, direkt morgen würde ich es ihm auch sagen. Nun hörte ich Connor zu, wie er auf dem Phone herumtippte. Natürlich suchte er ihn sofort.

»O wow, der sieht gut aus.«

»Lass das nicht deine Freundin hören.«

Connor lachte. »Die wird mich abservieren, wenn sie ihn sieht. Wir müssen morgen unbedingt reden.«

»Machen wir.« Ich schnappte mir mein Handy und verließ das Auto.

»Ich hol dich ab. Selbe Zeit wie immer. Wehe du bist noch im Büro und sagst ab.«

»Du würdest mich glatt von dort entführen.«

»Auf jeden Fall.«

»Bis morgen.«

Nun wussten alle wichtigen Menschen in meinem Leben Bescheid. Es war ein gutes Gefühl, ihre Rückendeckung zu haben und nicht auch noch mit ihnen kämpfen zu müssen. Die Machtspielchen mit Mason erschöpften mich genug, das brauchte ich nicht zusätzlich in meinem Privatleben.

Kapitel 28

Felix

Ich stand an der roten Ampel, musste nur noch über die Kreuzung und etwa vierhundert Meter dahinter links abbiegen zum Trainingsgelände. Allerdings kam mir der Weg unendlich lang vor. Mich gleich in die Kabine wagen zu müssen, bereitete mir Übelkeit.

Hinter mir begann ein Hupkonzert. Die Ampel war auf Grün umgesprungen.

»Ist ja gut, ich fahr schon«, rief ich. Mein Auto schlich eher und brachte den Autofahrer hinter mir weiter auf, der wild gestikulierte. Das Trainingszentrum kam in Sicht, ich setzte den Blinker und bog ab.

Viele Autos standen noch nicht dort. Die der Betreuer und Coaches, dazu zwei Mannschaftskollegen. Vielleicht schaffte ich es, mich schnell umzuziehen und zu Rainer zu kommen, ohne jemandem über den Weg zu laufen.

Sie hatten eine Nacht Zeit gehabt, sich über mich Gedanken zu machen. Ob wohl noch einer was sagen würde? Allerdings waren Stannis und auch Gellers Ansprachen in der Kabine sehr deutlich gewesen. Genauso wie Coach Smith' Zeichen mit der Suspendierung.

Auf dem Weg zur Eingangstür brach mir der Schweiß aus. Das Outing gestern war gar nicht das Schlimmste gewesen.

Sich den Mitspielern heute zu stellen toppte es noch einmal. Herauszufinden, wie sie es alle verarbeitet hatten, schlug das um Längen. An der Tür wischte ich mir die Hände an der Hose ab und öffnete sie mit meiner Karte.

Vorsichtig schob ich den Kopf durch den Spalt, sondierte die Lage. Aus der Kabine drang keine Musik. Nur aus dem Büro von Coach Smith erklangen Stimmen. Garantiert stimmte er sich mit den Co-Trainern für das letzte Heimspiel der regulären Saison ab. Danach gab es nur noch ein Auswärtsspiel und die Playoffs begannen. Den vierten Platz konnten wir uns sichern und ersparten uns die erste Playoff-Runde. Zwei oder drei Spiele weniger.

Ich betrat den Flur und huschte durch bis in die Kabine, in der ich auf Manni, einen unserer Betreuer traf. Seine Haare wurden mit jedem Jahr weißer und die Lachfalten mehr. Aber er war unermüdlich für uns da. Er hängte die Trainingstrikots für den Morgenlauf auf.

»Moin Felix. Kannst es nicht erwarten, endlich wieder zu spielen, oder?« Er lächelte mich an. Vorsichtig erwiderte ich es. Er hatte bestimmt schon von meinem Outing gehört. Manni wusste alles und war zudem verschwiegen. Sollte er jetzt Bescheid wissen, ließ er es sich nicht anmerken und behandelte mich wie immer. Also schob ich meine Unsicherheit beiseite.

»Guten Morgen. Da kannste drauf wetten.«

»Vielleicht schaffst es zu den Playoffs.« Er ging zwischen dem Ständer mit den Trikots und den dazugehörigen Plätzen hin und her.

Die Playoffs wären ein Traum. Neuerdings glimmte sogar die ganz leise Hoffnung in mir, ich könnte es schaffen. Allerdings würde ich einen Teufel tun, es jemandem gegenüber zu erwähnen. Der Doc meinte mindestens zwölf Wochen bis zur vollen Belastung, danach musste ich erst wieder Muskelmasse im Oberkörper aufbauen. Trotzdem, ich war noch jung, vermied beim Essen so viel Fleisch wie möglich, um die Heilungschancen zu erhöhen.

»Ich schätze nicht. Ich darf keine Gewichte heben oder ruckartige Bewegungen machen, die über den gesamten Körper gehen. Aber in der nächsten Saison geht's weiter.«

»Ein Jammer.« Der Ständer war leer. »Du warst der Top Scorer der Liga. Nächste Saison wieder.« Manni schob das Metallgestell zur Tür. »Übrigens, bin ich deinem Freund sehr dankbar. Richte ihm das bitte aus. Er rettet meinen Arbeitsplatz.«

»Meinem Freund?«

»Ja, Tyler. Ich weiß nicht mehr, wer es gesagt hat, es hieß jedoch, er sei dein Partner. Das heißt doch so, oder?«

Ich war baff. Da haute er das mal eben so in einem Nebensatz heraus, als ob es nichts Besonderes wäre und hier alle nasenlang schwule Spieler vorbeikamen.

»Äh ja. Partner oder Freund ist beides richtig. Was haben die denn genau gesagt?« Neugierig trat ich näher zu Manni. Vielleicht erzählte er mir vom Team-Gossip.

»Ach, nichts besonderes. Sie haben sich nur gefragt, ob ihr schon was laufen hattet, bevor er hier aufgetaucht ist oder erst hinterher.« Manni kam näher. »Hör mal, die haben alle kein Problem damit bis auf Martin und Olli. Wirst schon sehen. Am Ende geht es nur um Eishockey. Deswegen sind wir doch alle hier, weil es der schönste Sport der Welt ist.«

Ich lächelte, mit einem kleinen Kloß im Hals. Manni war eine absolut liebe und gute Seele.

»Danke dir, Manni.«

»Wie sagt meine Enkeltochter immer: Liebe ist Liebe, Opa.« Er tätschelte meinen Oberarm. »Nun mach dich fertig.

Ich bring dir einen Kaffee zum Wachwerden, bevor Rainer dich rannimmt.«

Ich nickte nur und er verschwand mit dem Kleiderständer aus der Umkleide. Dafür kam Konny herein.

»Guten Morgen, Glücksbärchi.« Ein müdes Lächeln auf seinen Lippen.

Dieses Mal kam erst gar keine Unsicherheit auf. Ich war, wer ich war und so kannten sie mich. Jetzt sogar noch besser.

»Morgen, Konny. Bist du bereit für heute Abend?«

»Hast du jemals deinen Starter-Goalie nicht bereit erlebt? Ich muss nur meinen Goalie-Space finden.«

»Alles klar.« Goalies waren seltsam. Konny begab sich oft schon vormittags an einem Spieltag in den mentalen Spielmodus und verschwand innerlich in einem Tunnel, den nur er betreten konnte.

Die Nächsten betraten die Kabine. »Guten Morgen«, riefen sie und liefen zu ihren Plätzen, während ich meine Schuhe aufband und herausschlüpfte.

»Morgen.«

»Sag mal Glücksbärchi, wirst du zu den Playoffs wieder dabei sein? Da können wir dich und deine Tore unbedingt gebrauchen«, fragte Devon, einer unserer Verteidiger.

Ich atmete innerlich auf. Anscheinend war dem Team bis auf die zwei Ausnahmen mein Outing von gestern tatsächlich egal. Zumindest behandelten sie mich völlig normal und ein kleiner Brocken von dem Gebirge auf meinem Herzen platzte ab und polterte zu Boden.

»Werde ich wohl nicht schaffen. So gern ich wollte.«

Anton, Juli und Stanni betraten die Kabine und wir begrüßten uns lautstark.

Dann kam Olli herein, sah kurz zu mir, blickte aber sofort weg. Er sagte nichts, kein Hallo oder guten Morgen.

»Beachte ihn nicht. Er wird schon merken, wo er im Team steht, wenn er dich nicht anerkennt«, flüsterte Stanni mir zu.

Ich zog mir eine kurze Hose an. »Aber das stört unser Zusammenspiel. Wie sollen wir gewinnen und eine Einigkeit erzielen, wenn wir einen unserer Teamkameraden schneiden?«

Stanni, der sich ausgezogen hatte und zurzeit seine Schutzrüstung anlegte, richtete sich auf.

»Wir müssen nicht mit allen gut Freund sein im Team. Ich respektiere ihn als Spieler und was er auf dem Eis leistet. Meinen Respekt als Mensch hat er verloren. Es wird sich zeigen, wie er sich auf dem Eis gibt. Auch dir gegenüber. Bin froh, wenn ich mit dir wieder in einer Reihe bin.« Stanni grinste.

Mir bescherte das nur Magenschmerzen. Vielleicht sollte ich mir doch ein anderes Team suchen, damit der Frieden hier wieder hergestellt war. Noch prangte keine Unterschrift von mir unter einem neuen Vertrag. Eventuell konnte mein Agent erneut im Ausland nachfühlen. Nur Tyler wäre dann hier und ich weg. Ich seufzte leise.

Stanni beugte sich zu mir herüber. »Übrigens vermuten hier einige, Tyler ist dein Freund. Keiner traut sich allerdings mehr nach deiner Ansprache gestern, das anzusprechen. Ihr solltet also nicht mehr allzu lange warten und es bekannt geben«, flüsterte er. »Nur so als Tipp.«

»Danke dir.« Ich lächelte Stanni zu.

Geller kam herein. »Guten Morgen, Team. Ein wundervoller Tag zum Siegen, oder was meint ihr? Fokussiert, schnell und sauber werden wir das Spiel heute nach Hause bringen.«

Ein Stimmenchor von Zustimmung antwortete ihm, dabei betete er nur ein paar Phrasen herunter. Ohne jedoch wäre es kein Spieltag und gerade dieser Zusammenhalt pushte uns und ich fühlte mich seit langer Zeit wieder als ein Teil des Teams. Auch wenn ich nur auf der Tribüne Platz nehmen musste. Heute Abend, bevor sie die Kabine verließen, würde Geller sehr viel spezifischer werden, genauso wie der Trainer. Würde jedem Spieler noch ein persönliches Wort mit auf den Weg geben.

Plötzlich wummerte Techno durch die Kabine. Wie sehr ich doch die Musik hasste. Sollte ich in der nächsten Saison hier spielen, übernähme ich das DJ Amt.

»Hey, Juli, mach was Vernünftiges an«, ertönte Anatolis Stimme von der Tür.

»Was, etwa russische Folklore?«, antwortete unser Goalie, der seinen Glücksteddy auf seine Schuhe setzte.

»Das ist gute Musik«, gab Stanni von sich. »Nächstes Jahr werde ich DJ. Am Ende der Saison wollt ihr nichts anderes mehr hören.«

Das brachte ihm Gelächter ein. Nur Olli stand mit verkniffenem Gesichtsausdruck an seinem Platz und zog sich stumm an.

Martin betrat die Kabine. Ich versteifte mich, doch er beachtete mich nicht, begrüßte niemanden, sondern steuerte mit gesenktem Kopf seinen Platz an. Er nahm am Training teil, zum Spiel saß er später unter anderem mit mir in der VIP-Loge des Vereins. Die Anspannung wich aus meinem Körper. Die anderen ignorierten ihn ebenso wie er uns. Somit waren die Fronten geklärt. Was das für unser Spiel bedeutete, würde die Zukunft zeigen.

»Ich gehe mal in die Folterkammer.«

»Bis später, Glücksbärchi.«

Die Männer lieferten ein tolles Spiel. Sie waren konzentriert, spielten den Gegner aus und Konny ließ nichts zu. Es blieben nur noch fünfzehn Minuten im letzten Drittel und er stand vor einem Shutout. Dazu hatten Geller und Stanni für uns getroffen. Genauso, wie Geller es heute Vormittag gefordert hatte. Geller, Stanni, Anton, Poggi und Scotsman lieferten ein tolles Spiel ab, sobald sie mit ihrer Shift an der Reihe waren.

Trotz meiner Freude über den wahrscheinlichen Sieg, wir spielten gegen niemand geringeren als den Tabellenersten aus Betheim, überfiel mich Wehmut. Wie gerne hätte ich dort unten gestanden und geholfen. Wieder diese intensive Teamgemeinschaft aufgesaugt, die es nur auf dem Eis bei einem Spiel gab. Vor allem, wenn einem wie heute alles gelang. Der Endorphinschub bei jedem Tor, der einen voran und zu weiteren Höchstleistungen trieb, sogar noch stärker, wenn man den Tabellenersten schlug.

Nun waren sie wieder auf dem Weg zum gegnerischen Tor. Ein wunderschöner Odd-Man Rush, den sie spielten, das Passspiel zwischen ihnen war perfekt, dann täuschte Anton an und zog ab, genau zwischen das Five-Hole des Goalies, der nach oben gegriffen hatte und es stand Drei Null für uns.

Wie viele andere in der Arena sprang ich auf und jubelte laut. Stimmte mit der Menge unseren Torsong an und wedelte mit meinem Schal. Ich klatschte mit Gerald Böhmer und anderen aus dem Verein ab. Im Moment zählte nur das Tor und nicht, was er von mir und Tyler verlangte. Als Martin sich mir zuwandte, stockte ich kurz beim Jubeln, er blickte sofort in die andere Richtung.

Trotz der unbändigen Freude über dieses Spiel war ich traurig und beschämt. Beides schob ich beiseite. Erst gestern hatte Geller mir eindrücklich gesagt: Es ist nicht mein Problem, wenn andere eines mit mir hatten.

Es war viel leichter daher geredet als getan, das abzuschütteln. Vorgestern hatten Martin ich noch miteinander gelacht, gescherzt, uns gegenseitig gefrotzelt und heute wollte er nichts mehr mit mir zu tun haben.

»Das Ding gewinnen wir«, rief Magnus, unser Finanzchef, griff nach seinem Bier und trank einen Schluck. Ich riss mich von Martins Anblick los, sah wieder auf die Eisfläche. Laute Fangesänge wurden skandiert. Die Arena vibrierte unter der Stimmung der Fans, die bereits den Sieg feierten.

Ich holte mein Handy hervor, öffnete den Chat mit Tyler und erstellte ein Video. Als ich es ihm sendete, schickte ich eine Sprachnachricht dazu: »Vermisse dich hier. Deine Freunde hätten bestimmt mit dir gefeiert.«

Ich schob das Handy wieder in meine Tasche und konzentrierte mich auf das Spielgeschehen. Die zweite Reihe der Offensivspieler lief über das Eis. So kühl sich Olli gegenüber der Mannschaft in der Kabine, beim Training und beim Essen gab, auf dem Eis war nichts davon zu sehen. Er lieferte sein bestes Spiel ab. Es steckte noch genügend Ehrgeiz in ihm zu siegen und seine persönlichen Befindlichkeiten beiseite zu schieben. Zumindest solange ich nicht spielte. Das musste sich noch zeigen, wie er dann drauf war.

In meiner Tasche vibrierte es und ich zog mein Handy hervor. Eine eingegangene Nachricht von Tyler. Mit einem Lächeln öffnete ich sie. Die perfekte Ablenkung zu meinen kruden Gedanken.

Natürlich hätten wir gefeiert, was denkst du denn? Tolles Spiel übrigens, läuft hier heimlich auf dem Phone mit.

Ich schmunzelte. Ein kleiner Lichtblick. Als er NHL-Spiele in seinem Urlaub gesehen hatte, hatte ich ihn erlebt. Er war einer

derjenigen, der zum Trainer mutierte und sich lautstark aufregte, wenn Fehler passierten.

Wie sehr ich mir das ebenfalls wünschte. Diese Entfernung war wirklich Mist, Sex ohne sich anzufassen beschissen und ich konnte es nicht erwarten, bis ich seine Lippen wieder auf meinen spürte. Erneut vibrierte mein Handy. Doch dieses Mal keine eingegangene Nachricht von Tyler, sondern eine Google Alert Information vom *Hockey-Insider*.

Neugierig öffnete ich den Artikel. Die Typen, die hinter diesem Blog steckten, bekamen ständig die neuesten Gerüch-te geliefert, denen man vertrauen konnte. Jeder Verein fragte sich, wer der Maulwurf bei ihnen war. Oft fiel mein Verdacht auf die jeweiligen Geschäftsführer selbst, die etwas geleakt haben wollten, um in einer besserer Verhandlungsposition zu stehen.

Was war es wohl dieses Mal? Unsere Pressemitteilung mit dem zukünftigen Investor *Roth Pharmacy Corporation* war be-reits heute Vormittag erschienen.

Doch bevor ich las, forderte das Geschehen auf dem Eis meine Aufmerksamkeit. Die Fans wüteten, als Anatoli zur Strafbank geleitet wurde. Er handelte sich eine zwei Minuten Strafe ein wegen Stockschlagens. Dafür hatte er den besten

Angreifer der Gegner gestoppt und so ein mögliches Gegentor verhindert. Wobei Konny bei seiner heutigen Performance das garantiert gehalten hätte.

Aber immer noch neugierig, widmete ich mich endlich dem Artikel.

Heute überschlagen sich die Neuigkeiten. Die ersten Wechsel und Rücktritte wurden bekannt gegeben. Eine Pressemitteilung der Krackersner Kraken wurde veröffentlicht, mit der Bekanntgabe des neuen Investors Roth Pharmacy Corporation (siehe hier) und somit auch die Lizenz für die kommende Saison sicher haben sollten. (Vor einigen Wochen berichteten wir über den Rückzug des bisherigen Sponsors, ein Autobauer, der seine Zelte in der Region abbricht und somit ebenfalls das Geld für die Kraken abzieht. Hier nachzulesen.)

Dies mag einer der Gründe für das überragende Spiel der Kraken heute gegen die Betheimer Sharks sein.

Nun erreicht uns eine anonyme Nachricht, die zum Nachdenken anregt. Bekamen die Kraken das Investment nur, weil Felix Amsel mit dem Mehrheitsanteilseigner Tyler Roth eine Affäre hat?

Ich erstarrte. Las die Zeile ein weiteres Mal. Woher wussten sie das? Eine anonyme Quelle? Welches beschissene Arschloch hatte geplaudert? Automatisch sah ich zu Martin, der zum Eis hinunterblickte. Das Spiel, die lauten und singenden Fans, die Gespräche um mich herum, alles war mit einem Mal ausgeblendet.

Ich stolperte zurück, ohne zu sehen, wohin. Stieß gegen einen Sitz und sank darauf. Schweiß brach mir aus jeder Pore aus, mein Herz raste und in meinen Ohren rauschte es. Ich war unfähig, nicht weiterzulesen. Wie ein Voyeur, der nicht zum Unfall auf der Gegenfahrbahn gucken wollte, trotzdem abbremste und hinsah.

Außerdem berichtet die Quelle weiter, wird Tyler Roth, zurzeit CEO bei Roth Pharamcy Corporation, als neuer Direktor des Geschäftsfelds Kommunikation zu den Kraken wechseln. Ein Indiz für die Affäre, die eventuell sogar eine Beziehung ist? Weshalb sonst gibt man solch einen guten Posten in seiner eigenen Firma ab?

Außerdem wird Felix Amsel voraussichtlich bei den Kraken einen Folgevertrag für die kommende Saison unterschreiben. Nach seiner langen Verletzung wurde das Angebot aus Schweden zurückgenommen. Bisher gibt es nichts Konkretes und es bleiben Spekulationen.

Trotzdem drängt sich zu all dem die Frage auf: Wird dies das erste Coming-out in Deutschland und Europa eines Eishockeyspielers in der ersten Liga? Bisher gab es nur eines weltweit und das in der stärksten Liga der Welt, der NHL. Doch dieser Spieler weilt zurzeit noch in einer der Minor Leagues.

Es bleibt spannend. Sobald wir mehr wissen, eventuell sogar ein Statement von Felix Amsel erhalten, melden wir uns. Seinen Agenten haben wir parallel zum Erscheinen dieses Artikels angeschrieben.

Wir bleiben dran, liebe Eishockey Fans.

Euer Hockey-Insider

Ich starrte auf das Display meines Handys. Tausend Fragen wirbelten in meinem Kopf herum, davon keine greifbar. Ich zitterte am kompletten Leib.

Wer wollte mir das antun? Wer um Himmelswillen hatte nur solch einen Hass auf mich? Woher wusste derjenige von Tylers neuem Job, von dem wir nicht einmal sagen konnten, wann er ihn antreten würde und deswegen im gesamten Verein noch nicht kommuniziert worden war?

Auf einmal kniete sich jemand vor mich und schüttelte mich.

»Felix, was ist los? Was ist passiert?«

Ich sah auf und in Gerald Böhmers besorgtes Gesicht. Falten zeichneten sich auf seiner Stirn ab, die Augenbrauen zusammengezogen.

»Du bist ganz blass. Soll ich einen Arzt holen, ist dir schlecht? Du bist auf einmal zusammengesackt.«

Ich entsperrte mein Display und hielt es ihm hin, nicht in der Lage ein einziges Wort zu bilden. Hätte er mein Handy nicht gegriffen, wäre es mir glatt auf den Boden geglitten. Ich barg mein Gesicht in den Händen. Wie konnte das herauskommen?

»Wer war das?«

Ich zuckte zusammen, als Gerald Böhmer das laut und mit harter und kalter Stimme durch die Lounge rief. Ich blickte auf. Er stand ein paar Schritte von mir entfernt, hielt mein Handy mit dem geöffneten Artikel in die Höhe.

»Ich will sofort wissen, wer die beschissene anonyme Quelle vom *Hockey-Insider* ist.« Gerald Böhmer setzte sich neben mich, reichte mir mein Telefon zurück.

Um uns herum brach Hektik aus. Einige verließen die Lounge, das Handy bereits am Ohr. Martin folgte ihnen, zog sich seine Jacke über. Als er an mir vorbeikam, grinste er mich hämisch und gleichzeitig triumphierend an.

Ich sprang auf, stürzte mich auf ihn. »Du mieses Arschloch.« Mit aller Kraft stieß ich ihn gegen die Wand, holte aus und schlug ihm mit der Faust ins Gesicht. »Warum? Was habe ich dir getan?« Erneut hob ich den Arm, konnte allerdings nicht mehr zuschlagen. Ich wurde von ihm weggerissen.

»Sag mal, geht's noch, du Wichser?« Er rieb sich über das Kinn und die Lippe. Ich wehrte mich gegen die Personen, die mich links und rechts festhielten, wollte auf ihn losgehen, meine Wut und Hilflosigkeit gegenüber der Situation an ihm auslassen.

»Lass mich los!« Ich bekam einen Arm frei, riss den anderen frei, trat wieder auf Martin zu und er zuckte zurück. »Warum hat du das getan? Ich bin derselbe wie sonst auch.« Erneut griffen Gerald Böhmer und Magnus nach mir. Ich holte mit dem Ellbogen aus, traf jemanden in weiche Regionen und hörte es hinter mir stöhnen.

»Felix, deine Schulter. Hör auf, oder willst du dich erneut verletzten?«, ertönte Gerald Böhmers Stimme neben mir.

»Das habe ich der falschen Schlange zu verdanken.« Ich tobte, Adrenalin rauschte durch meinen Körper. Nun zogen mich mehrere zurück.

Angewidert verzog Martin das Gesicht. »Ich habe gar nichts getan. Ich beschäftige mich nicht mit dir, du hässliche Ausgeburt einer Brut, die ich nicht kennenlernen will. Dank dir sitze ich hier oben und bin nicht unten auf dem Eis.«

Ich presste meine Lippen aufeinander, riss mich los und ging erneut auf ihn los. Drückte ihn mit aller Kraft gegen die Wand. Er wehrte sich, boxte mir in die Seiten. Ich zwang ihn mit meinem Unterarm an seiner Kehle zur Ruhe. Er riss die Augen auf, schnappte nach Luft.

»Es reicht, verdammt noch mal!« Gerald Böhmer hatte sich neben uns gestellt, sein Gesicht rot angelaufen. »Lass ihn sofort los, Felix, oder du wirst in diesem Verein überhaupt nicht mehr spielen. Martin, du wirst mit Doktor Lucher mitgehen.«

Ich starrte Martin an. Der stierte aus kalten ausdruckslosen Augen zurück, seine Nasenflügel bebten.

»Jetzt sofort«, sagte Gerald Böhmer mit fester Stimme, die keinen Widerspruch duldete. Nur widerwillig ließ ich von Martin ab, knirschte mit den Zähnen. Ich trat zwei Schritte zurück, doch bevor Martin gehen konnte, stieß ich ihn ein letztes Mal gegen die Wand.

»Felix!« Gerald Böhmer stellte sich mir in den Weg. Martin wurde von unserem Teampsychologen fortgeführt. »Setz dich. Ich dulde keine Prügeleien zwischen meinen Spielern. Ich meine es ernst. Noch hast du keine Vertragsverlängerung bei uns unterschrieben.«

Ich setzte mich, mein Puls pochte hart unter meiner Haut. Ich war so wütend auf die Welt und jedermann, auf Martin einzuschlagen hatte keine Befriedigung mit sich gebracht. Zum Sitzen verdammt, kam ich mir vor, wie in einem Käfig gefangen.

»Hast du mich verstanden?«

»Ja«, presste ich zwischen meinen Zähnen hervor. Es klang fast wie das Knurren eines Wolfes, der angegriffen worden war und sich verteidigen wollte.

Gerald Böhmer schmiss alle hinaus, bis nur noch er und ich übrig blieben. Dann wandte er sich mir zu.

»Das wird Konsequenzen nach sich ziehen. Ich werde das mit Coach Smith besprechen.« Er stellte sich vor mich, die Arme vor der Brust verschränkt. »Wir werden herausfinden, wer das geschrieben hat, und wie derjenige an die Infos gekommen ist. Jedoch nicht auf deine Weise, sondern auf meine.« Er zeigte auf sich. »Verstanden? Auf meine. Es hilft niemandem, wenn du wahllos auf den Nächstbesten losgehst, nur weil er mit dir ein Problem hat. Also überlass mir die Sache.«

Ich nickte nur, wippte mit einem Bein und hielt meine Schulter, die zu pochen begonnen hatte.

»Die lässt du untersuchen.« Gerald deutete mit dem Kopf in die Richtung meines Arms. »Sie ist noch nicht vollständig ausgeheilt. Deine Aktion kann den Zustand wieder verschlimmert haben.«

Erneutes Nicken meinerseits. Gerald Böhmer schimpfte weiter mit mir und ich konnte nur dasitzen und es mir anhören, statt in Aktionismus zu verfallen und den Schuldigen zu finden. Nach einer Weile setzte er sich neben mich.

»Wer wusste außer mir von euch?«

Ich atmete mehrfach tief durch. Meine Wut brodelte weiterhin in mir. Doch jetzt musste ich rational denken können.

»Mein Bruder, Geller, Juli, Stanni und seit heute auch meine Eltern.« Wie sehr wünschte ich mir gerade meine Eltern und Tyler herbei. Dieser kindliche Wunsch von ihnen in den Arm genommen zu werden und die Bestätigung zu erhalten, es würde alles gut werden. So kitschig das auch war.

Meine Mutter hatte vor Freude geweint, als sie von Tyler gehört hatte und ich nicht mehr allein sein würde. Wie schnell konnte eine Hochstimmung verfliegen. Nun saß ich hier, hilflos und gleichzeitig so voller Wut.

»Keinem von ihnen würde ich das zutrauen.« Meine Stimme klang brüchig und ich räusperte mich.

Langsam sickerte eine Erkenntnis durch. Die gesamte Welt wusste nun über mich Bescheid, jemand hatte über mich geschrieben, ohne meine Erlaubnis und ohne mir die Chance zu lassen, selbst zu entscheiden, wann und wie ich meine Geschichte erzählen wollte.

»Manni hat mir allerdings heute Morgen erzählt, wie er gestern ein paar Jungs darüber hat spekulieren hören, seit wann etwas zwischen Ty und mir läuft.«

Draußen in der Arena sangen lauthals die Fans. Das Spiel musste längst beendet sein und die Mannschaft auf dem Eis mit ihnen feiern. Ein totaler Kontrast zu der gedrückten Stimmung in der Loge.

Gerald Böhmer zückte sein Handy. »Renate, ich will alle zusammen in der Kabine sprechen. Keiner geht, bevor ich nicht mit jedem selbst gesprochen habe. Alle Betreuer, Koch, Trainer, Spieler.« Er legte auf, steckte es wieder in seine Tasche. »Wir müssen uns überlegen, wie wir vorgehen. Tyler weiß noch nicht Bescheid, oder? Wir müssen uns mit ihm abstimmen, dein Agent will garantiert auch mit dir sprechen.«

Ich rechnete es Gerald Böhmer hoch an, wie er mit mir umging, obwohl ich mich vorhin erst mit Martin geprügelt hatte. Das dicke Ende kam bestimmt noch, doch jetzt wollte er Brände löschen und selbst das weitere Vorgehen diktieren und sich nicht aufdrängen lassen.

Es waren so viele Dinge auf einmal, die in meinem Kopf herumwirbelten. Ich musste sie sortiert bekommen, damit ich wieder klar denken konnte.

Als Gerald die Loge verließ, folgte ich ihm und er führte uns durch die leeren Gänge der Arena zum Trainerbüro direkt neben der Kabine.

In der Umkleide wummerte wie heute Vormittag im Trainingszentrum schon Techno. Durch das kleine Fenster sah ich sie, wie sie sich gegenseitig auf die Schultern klopften, sich auszogen oder noch in voller Montur auf ihrem Platz saßen. Aus der Arena selbst drangen weiterhin vereinzelte Gesänge zu uns hinüber von den Hardcorefans, die bis zum letzten Augenblick warteten. Oft hatten sie Glück und wir gingen noch einmal aufs Eis.

Mein Blutrausch von vorhin hatte sich gelegt und machte einer tiefen Niedergeschlagenheit Platz. Jemand aus dem Verein gönnte mir mein Glück nicht, nur weil ich auf Männer stand und in seinen Augen unnormal war. Gehörte ich dann überhaupt noch hierhin? Ganz egal, was Geller mir versprochen hatte?

»Brauchst du einen Moment für dich? Sprich mit Tyler, danach möchte ich gerne mit ihm reden. Wir müssen ein klares Statement für die Presse formulieren.« Plötzlich schien ihm etwas einzufallen. »Scheiße, die Interviews.« Er eilte aus dem Raum, durch die Kabine hinaus. Geller entdeckte mich, klopfte an die Tür und trat ein.

»Alles in Ordnung? Martin ist mir mit dem Doc entgegengekommen, aber keiner wollte etwas sagen. Wir sollen uns alle in der Kabine versammeln und dürfen nicht raus. Selbst die Interviews wurden abgewürgt. Wir hatten nicht mal die Chance, das Mikro in die Hand zu bekommen.«

Mir schnürte sich die Kehle zu. Kurz und knapp schilderte ich die Vorkommnisse.

»Fuck. Und jetzt?«

»Wirst du zurück zu den Jungs gehen. Sprich mit ihnen, bereite sie darauf vor. Ich komme sofort nach.« Gerald schnaufte, wie nach einem langen Lauf.

»Okay.« Geller verließ das Büro.

»Gut, es kam zu keinen Interviews. Ich werde jetzt die Trainer und Betreuer in Kenntnis setzen und deinen Agenten anrufen. Dann hast du Zeit, mit Tyler zu telefonieren.«

Ich nickte, dankbar für den Raum, den er mir zum Nachdenken gab und um mit Tyler zu reden. Auch wenn uns die Zeit davon lief. Tyler war allerdings der Einzige, mit dem ich sprechen wollte. Erneut sah ich durch das Fenster in die Kabine, in der es voll wurde und trotz der vielen Menschen sehr still. Nur noch Gellers Stimme erklang.

Ich zog mein Handy aus der Tasche. Tatsächlich hatte ich einige verpasste Anrufe meines Agenten inklusive einer Mailboxnachricht. Ich ignorierte sie und wählte Tyler an.

»Hey Sweetie, echt tolles Spiel.«

»Ty, wir müssen reden. Ruf den *Hockey-Insider* auf«, sagte ich mit Grabesstimme. Zusammengesunken saß ich auf dem Stuhl und schabte mit dem Fuß auf dem Boden.

Nebenan wurde es laut. Einige der Jungs beschwerten sich lautstark über etwas.

»Okay. Alles in Ordnung?«

»Lies.« Es wurde still am anderen Ende. Meine Gedanken hatten Zeit abzuschweifen. Müdigkeit und Erschöpfung griffen mit großen Klauen nach mir. Wenn ich gekonnt hätte, hätte ich mich hingelegt und die Augen geschlossen.

»What the fuck? Welches Arschloch war das? Wie konnten diejenigen, die dahinter stecken das veröffentlichen, ohne sich vorher mit dir oder mir abzusprechen? Was sind das für Schweine? Ist etwa jeder Freiwild?«, schrie Tyler durch das Telefon und schreckte mich auf. Ich straffte die Schultern.

»Gerald Böhmer versucht gerade es herauszufinden. Es kann nur jemand aus dem Verein die geheime Quelle sein, wenn du oder Böhmer es nicht selbst sind.« Böhmer. Wieso war ich nicht darauf gekommen, er könnte es gewesen sein. Seine Art und Weise mir mitzuteilen, die Beziehung mit Tyler gegenüber der Mannschaft offenzulegen. So ging er auf Nummer sicher.

»Ich war es nicht. Böhmer auch nicht, das ist nicht seine Art. Ihr liegt ihm wirklich am Herzen und er verteidigt euch wie seine eigenen Kinder.«

Tyler hatte recht. So wütend ich noch auf ihn war, das traute ich ihm nicht zu, wenn ich ehrlich zu mir war.

»Ich habe Martin in Verdacht.« Kurz und bündig schilderte ich nun Tyler, was passiert war. »Böhmer möchte noch mit dir reden, aber vorher sollen wir entscheiden, was wir machen wollen. Meinen Agenten muss ich auch anrufen.«

»Als erstes will ich wissen, wie es dir geht.« Er klang besorgt und am liebsten hätte ich etwas zusammengeschlagen, geheult und geschrien, um meine die ganzen sich in mir überschlagenden Gefühle herauszulassen. Ich war überhaupt nicht imstande, sie in Worte zu fassen. Hätten sie mich vorhin nicht von Martin weggezogen, würde ich wahrscheinlich immer noch auf ihn einschlagen.

Stille kehrte nebenan ein. Die wenigen, die ich durch das Fenster sehen konnte, sahen bedrückt zu mir. Ich wandte mich ab, starrte an die Wand mir gegenüber. Die Laptops der Trainer standen aufgeklappt mit schwarzen Bildschirmen davor auf den Schreibtischen. Eine Taktik prangte auf der Tafel. An der Tür klopfte es und ich drehte mich um. Doktor Lucher steckte seinen Kopf durch den Spalt.

»Wenn du reden willst, ich bin hier«, flüsterte er mir zu und ich nickte verstehend.

»Felix? Bist du noch da?«

»Ja. Ich weiß nicht, wie ich mich fühle. Wütend, weil mir etwas weggenommen wurde? Traurig? Müde. Es ist …«

»Eine große Schweinerei und du brauchst einen ordentlichen Kampf auf dem Eis?«

»Genau das.« Tyler sprach mir aus der Seele. »Was willst du machen? Wir könnten es abstreiten, aber die Medien lassen nicht locker.«

»Warum sollten sie bei euch auch anders sein als bei uns? Mir ist es egal. Im Gegensatz zu dir bin ich schon ewig geoutet. Da die Katze aus dem Sack ist, werde ich auch zu dem Job stehen. Es wird kaum einer hier in Amerika verfolgen, was in Deutschland vor sich geht, von daher halte ich mich hier weiterhin bedeckt. Allerdings werde ich es nicht abstreiten, falls man mich darauf anspricht. Also, was möchtest du? Egal wozu du dich entscheidest, ich stehe hinter dir.«

Ich atmete tief durch. »Kannst du herkommen?«

»Ich würde mich sofort in einen Flieger setzen, wenn es möglich wäre, aber …«

»Schon gut«, unterbrach ich Tyler. Natürlich konnte er nicht alles stehen und liegenlassen. Er war immer noch CEO, die Mason Geschichte nicht geregelt.

»Sweetie, es tut mir leid.« Kurz war es still am anderen Ende, nur Papier raschelte. »Ich könnte am Freitag mit einer Linienmaschine kommen und Montagabend wieder zurückfliegen.«

»Das wird doch ein ziemlicher Ritt. Allein die Zeit auf der Autobahn. Du wirst effektiv nur den Samstagabend und Sonntagvormittag hier sein können.« Trotzdem wärmte es mir das Herz. Er würde nur meinetwegen diese Tortur auf sich nehmen.

»Na und? Du brauchst mich. Wenn ich könnte, würde ich mich sofort zu dir beamen, nur leider hat das noch keiner erfunden.«

Ich lachte leise und richtete mich auf. »Weißt du, Ty, ich bin ein Eishockeyspieler und nie vor einem Kampf zurückgeschreckt. Ich werde jetzt nicht damit anfangen. Dann werden wir das wohl bekannt geben.«

»Wie machen wir das?«

»Keine große Pressekonferenz.«

»Ein Kollege meiner Mutter hatte mal ein Bild von sich und seinem Verlobten gepostet und sich so geoutet. Was hältst du davon, wenn wir es genauso machen?«

»Das finde ich gut. Kein großer Rummel, der trotzdem kommen wird, aber nach dem gezwungenen Outing müssen sie nehmen, was sie bekommen und es fühlt sich nach uns an.«

»Ich werde das Bild im Wald von uns posten.«

»Soll ich dasselbe bei mir machen?«

»Klingt nach einem perfekten Plan. Wann?«

Langsam ging es mir besser. Mit Tyler zu reden tat so gut. Ich wollte noch immer auf etwas einschlagen, doch die Hilflosigkeit verflog. »Ich würde es gerne morgen gegen Mittag machen. Dann haben die Presseabteilung und Böhmer Zeit, etwas auszuarbeiten.«

»Gut, also um zwölf Uhr deutscher Zeit.«

»Aber das ist für dich mitten in der Nacht.«

»Morgens um sechs Uhr und da ich derzeit eh nicht gut schlafe, viel in den Büchern meines Vaters lese, nicht schlimm.«

Gerald kam herein. »Kann ich mit ihm reden?«

»Ty, Gerald Böhmer ist hier, ich reiche mal weiter. Lass uns später noch einmal telefonieren.«

»Alles klar und Sweetie? Du packst das.«

»Ich weiß.« Ich reichte das Handy an Gerald Böhmer weiter und verließ den Raum. Aber kaum setzte ich einen Fuß über die Türschwelle, waren alle Blicke auf mich gerichtet. Die Kabine platzte aus allen Nähten. So voll war sie noch nie gewesen. Es fehlte absolut keiner bis auf Martin. Ich rieb mir die Schulter.

»Wie geht's dir?«, fragte Stanni, der sofort auf mich zukam und mich kritisch musterte.

»Wieder besser. Es war ein Schock, mir ist absolut jede Entscheidungsfreiheit genommen worden, wann und wie ich es selbst öffentlich mache.«

Olli und andere aus dem Team vermieden den Augenkontakt mit mir und sahen lieber auf ihre Füße. Anne, unsere Dame für Social Media kam auf mich zu.

»Stanni, überlässt du ihn mir?«

»Also gut, da keiner hier rauskommt, bis wir wissen, wer Anonymus ist, können wir alle duschen gehen«, rief Geller in die Stille. Er selbst begann, sich auszuziehen, griff nach seinem Handtuch und verschwand in der Nasszelle. Einige folgten ihm.

»Es tut mir leid, was passiert ist.« Manni kam auf mich zu, knuffte mir freundschaftlich in die Seite. »Wenn ich herausfinde, wer das war, dann …«

»Überlässt du das Gerald Böhmer«, warf Anne ein, bevor er aussprechen konnte. »Also, erst einmal, es tut mir schrecklich leid, was dir geschehen ist. Wenn das jemand bei mir getan hätte, meine Frau hätte ihm garantiert den Hals umgedreht.«

Überrascht blickte ich Anne an. »Deine Frau?«

»Ihr fragt nie nach, ansonsten wüsstet ihr Bescheid.«

»Du bringst sie nirgendwo mit hin.«

»Weil sie mit Feiern und Menschenansammlungen nicht umgehen kann.«

Ich nickte und fühlte mich plötzlich nicht ganz so allein zwischen all diesen Leuten. Hier stand eine Person vor mir, die nachvollziehen konnte, was ich gerade durchmachte und so merkwürdig es klang, es gab mir Halt und Zuversicht.

»Gut, was hast du mit Tyler besprochen und stimmt es? Ich habe bereits mit deinem Agenten gesprochen. Wir werden uns ganz nach deinen Wünschen koordinieren. Er steht hinter dir, soll ich dir ausrichten.«

»Danke dir. Auch für die Kommunikation mit ihm.« Ich fuhr mir über den Nacken. »Ja. Wir sind zusammen.« Ich erzählte ihr, was wir uns überlegt hatten.

»Klingt gut. Nichts Großes, kein Klimbim, einfach, wie jedes andere Paar auch. Gefällt mir.«

Die Ersten kehrten aus der Dusche zurück. Leise Gespräche erfüllten die Kabine. Ich setzte mich auf einen freien Stuhl. All das hier nur meinetwegen. Das hatte ich nicht gewollt. Deswegen hatte ich mich all die Jahre versteckt. Nun, jetzt nicht mehr. Am liebsten wäre ich in mein Auto gestiegen, nach Hause gefahren und hätte mich im Bett verkrochen.

Nach einer halben Stunde kam Gerald aus dem Büro und gab mir mein Handy zurück.

»Ich glaube, deine Eltern versuchen die ganze Zeit, dich zu erreichen. Es scheint zwar nicht in den Nachrichten zu kommen, aber sie müssen es irgendwo gelesen haben.«

Bei Böhmers Worten zuckte ich zusammen. Scheiße, scheiße, scheiße. Ich wollte meinen Eltern nicht noch mehr Sorgen machen, als sie ohnehin schon hatten, und tippte ihnen nur eine kurze Mitteilung, dass es mir gut ginge und ich mich später bei ihnen melden würde. Am Ende schickte sie Carsten wieder los, was ich zurzeit überhaupt nicht gebrauchen konnte.

»Ich werde nun zur Pressekonferenz gehen, hinterher darf der Schuldige sich bei mir melden. Er kann mir eine Nachricht per Handy schreiben, egal wie, ich will heute noch wissen, wer das gemacht hat. Wie ich bereits sagte, es ist das eine, wenn Felix sich innerhalb des Teams outet, etwas ganz anderes, wenn jemand es öffentlich macht und dazu seine Beziehung zu Tyler Roth und dazu Vereinsinterna, die noch nicht offiziell sind.« Böhmer wandte sich mir zu. »Tyler hat mir gesagt, was ihr vorhabt. Wir werden den Beitrag morgen teilen und dir unsere volle Unterstützung versprechen.«

Gerald verließ die Kabine. Mehrere griffen nach ihren Handys, tippten auf den Displays herum. Nun hieß es, zu warten, bis derjenige sich traute, sich zu erkennen zu geben. Gerald Böhmer hatte ihm eine Hintertür gelassen, um sich nicht vor uns allen zu outen, wobei ich ihm das gewünscht hätte. Warum sollte es dem Arschloch besser als mir ergehen?

Wenn das hier beendet war, wartete noch das Krankenhaus auf mich. Das Pochen der Schulter hatte nachgelassen und es war garantiert nichts passiert, doch ich würde mich nicht gegen Gerald stellen.

Der Abend wurde mit jeder verstreichenden Minute anstrengender. Juli kam zu mir, platzierte mir seinen Teddy auf den Schoss und lächelte mich an. Vor Rührung trieb es mir die Tränen in die Augen, ich blinzelte sie jedoch schnell fort, bevor sie jemand entdecken konnte.

Vorsichtig umfasste ich das alte Plüschteil, welches schon so unendlich viele Eishockeyspiele auf dem Netz von Julis Tor verbracht hatte. Er setzte sich zurück auf seinen Platz und Stille kehrte ein. Diese Ruhe herrschte normalerweise nur, wenn wir ein Spiel verloren. Aber genauso fühlte es sich gerade an. Als ob ich auf ganzer Linie verloren hätte.

Kapitel 29

Tyler

Ich brütete erneut über den Notizbüchern, das Jahr 1995 lag vor mir aufgeschlagen. Auf meinem Tablet lief die Aufzeichnung der Pressekonferenz nach dem heutigen Spiel.

Leider hatte ich die PK live nicht mitbekommen, weil ich zu der Fusionsabstimmung musste. Ein gutes hatte der Tag. Mason war mit seinem Vorschlag nicht durchgekommen und somit erhielten wir Arbeitsplätze.

»Herr Böhmer, was ist an den neuen Gerüchten dran, Roth Pharmacy Corporation investiert nur, weil der derzeitige CEO Tyler Roth und Ihr im Moment verletzter Spieler Felix Amsel eine Affäre haben, wie es im Hockey-Insider steht?«

Ich schob die Gedanken an Mason beiseite, stattdessen konzentrierte ich mich auf die Pressekonferenz. Die Journalisten drucksten nicht lange herum, sondern kamen direkt zum Punkt.

»Roth Pharmacy Corporation investiert ihr Geld bei uns, weil sie das Konzept, das ich selbst dort vorgestellt habe, überzeugt hat. Es stimmt, der Kontakt ist über Felix Amsel zustande gekommen. Allerdings möchte ich betonen, als Tyler Roth den Vorschlag für die Investition das

erste Mal vorgetragen hat, er mit der kompletten Mannschaft unterwegs gewesen ist. Soweit ich es beurteilen kann, kann und wird Herr Roth nicht mit allen Spielern eine Affäre haben.«

Aus dem Hintergrund erklang Gelächter. Eine gute Antwort von Gerald, er ging es offensiv an, so wie wir es besprochen hatten. Auch wenn es nicht die normale Gangart war, denn solche Interna sollten nicht unbedingt preisgegeben werden. Der Pressesprecher deutete auf einen anderen Journalisten.

»Stimmen die Gerüchte um Tyler Roth und Felix Amsel? Das saugt sich doch keiner aus den Fingern und kommt die anonyme Quelle aus dem Verein?«

Schrecklich neugierige Bande. Konnten diese Medienvertreter uns nicht in Ruhe lassen? Sie wurden schließlich auch nicht danach befragt, mit wem sie ins Bett gingen.

»Ich werde mich zu keiner weiteren Frage äußern, die nicht mit dem heutigen Spiel zu tun hat und bitte Sie davon abzusehen, Felix Amsel oder einen anderen Spieler und Mitarbeiter aus dem Verein zu belästigen. Wir werden es intern klären und sollte es einen Grund geben die Medien zu informieren, werden wir sie in Kenntnis setzen. Gibt es noch Fragen zu dem wirklich guten Spiel heute?«

Genau, Gerald, würg sie im Kern ab und gehe erst gar nicht darauf ein, feuerte ich ihn in Gedanken an. Dabei hattest du uns selbst unter Druck gesetzt, damit wir es dem Team sagen. Ich konnte seine Beweggründe nachvollziehen, war sogar im Gegensatz zu Felix nicht mal wütend, doch gab es ihm das Recht, unsere Beziehung vor versammelter Mannschaft zugeben zu müssen?

Ich bekam den Schluss der Pressekonferenz nicht mit, nur noch wie Gerald Böhmer aufstand und verschwand. Der Pressevertreter des Vereins erklärte die PK für beendet, da keine Fragen zum Spiel kamen.

Ich schaltete das Tablet ab. Dann griff ich zum Eistee und trank einen Schluck. In dem Moment klingelte es an der Tür. Mia eilte zur Haustür und öffnete sie.

»Ist er hier?«, ertönte Connors Stimme aus der Halle.

Damn. Ich hatte Connor vergessen. Rasch stand ich auf und ging ihm entgegen.

»Es tut mir leid. Es ist so viel passiert.«

»Du Arsch.« Er hieb mir mit der Faust gegen die Schulter und ich fasste überrascht dorthin. Connor und ich hatten natürlich Auseinandersetzungen in der Vergangenheit gehabt, ich hatte ihn jedoch selten wütend erlebt. »Muss ich in Zukunft ebenfalls extra Termine mit dir ausmachen? Ich war an deinem Appartement, bei dir in der Firma, sogar bei deinen Großeltern. Dein Phone ignorierst du oder der Akku ist leer. Das ist beschissen, weißt du? Ruf deine Großeltern an.«

»Sorry. Wirklich. Es ist einiges passiert.«

»Das ist mir egal. In deinem fucking Leben geschieht ständig was. Bei mir auch, wann hast du mich das letzte Mal gefragt, was bei mir los ist?«

Ich schluckte meine Erwiderung herunter. Fuck.

»Es tut mir leid. Du hast recht. Ich … Holy Shit, es ist so viel los in letzter Zeit, da vergesse ich total, was mir wichtig ist.« Ich zog Connor in eine Umarmung und drückte ihn fest an mich. Sein angespannter Körper wurde weicher und er legte seine Arme um mich.

»Deinen Spieler vergisst du nicht«, murmelte er an meiner Schulter.

»Was gibt es denn Neues bei dir?«

»Nichts. Das hätte ich dir längst erzählt. Ruf deine Großeltern an.«

Ich ließ Connor los, holte mein Phone aus der Hosentasche, das seit dem Meeting auf lautlos gestellt war. Tatsächlich: Grandma hatte es mehrfach versucht. Ich rief sie rasch zurück und beruhigte sie. Connor schlug derweil das ein oder andere Notizbuch auf.

»Erzähl, was ist nun wieder los?«, fragte er schließlich, nachdem ich aufgelegt hatte.

»Felix wurde öffentlich geoutet, unsere Beziehung und mein neuer Job geleaked. Wir wissen nicht, wer es war, das will Gerald, der Geschäftsführer, jetzt herausfinden. Ich hocke noch an den Notizbüchern von Dad und komme nicht weiter. Mason ist ein Arsch und macht was er und wie er will und ich möchte endlich ein stinklangweiliges Leben ohne Probleme.« Meine Schultern sanken hinunter.

Connor schlug das vor ihm liegende Notizbuch zu. »Heftig. Hast du schon mit Felix gesprochen?«

»Ja. Er ist mies drauf und ich hänge hier fest. Ich würde so gerne einen Scotch trinken, es ist nur so merkwürdig an Dads edle Sammlung ohne ihn zu gehen.«

»Ich hole uns mal zwei Drinks. Setz dich hin und erzähl mir alles.« Connor ging zur Anrichte und richtete uns zwei Tumbler Whisky her, während ich seufzte und schließlich alles auf den Tisch legte. Ein Glas stellte er vor mich und setzte sich auf den Platz neben mir. Dabei unterbrach er mich kein einziges Mal.

»Cheers«, sagte er, als ich geendet hatte. Wir stießen miteinander an.

»Das ist echt so hinterhältig was mit Felix gemacht wurde.« Er trank einen Schluck vom Whisky. »Ihr wisst nicht, wer es gewesen ist?«

»Leider nicht. Felix hat einen Verdacht, einer der Spieler, der ihn seit gestern meidet. Er hat sich vorhin schon mit ihm geprügelt.«

»Fuck. Was für eine riesen Scheiße.«

»Ich sags dir. Würde gerne nochmal mit Felix reden, aber er ist noch im Krankenhaus oder er schläft schon.«

»Lass ihn schlafen.«

»Mach ich, Dad.« Als Felix und ich vorhin erneut in Ruhe telefoniert hatten, kurz bevor er ins Krankenhaus gefahren war, sah und klang er tief erschöpft. Ich sehnte mich so sehr nach ihm, es tat mir fast körperlich weh. Wie gerne würde ich ihn gerade heute halten wollen, ihm versichern: Alles wird gut. So klischeehaft das auch war. Vor unserem Telefonat hatte Felix ein langes Gespräch mit seinen Eltern geführt, die erneut darauf bestanden, mich unbedingt kennenzulernen.

»Gut, brauchst du Hilfe bei den Notizbüchern?«

»Du willst mir helfen?« Kurz erhellte sich meine Laune. Dann fiel es mir ein. »Leider kannst du kein Deutsch.« Ich trank einen Schluck. Der rauchige, leicht vanilleartige Geschmack des Whiskys breitete sich in meinem Mund aus. Manchmal lohnte sich doch ein ordentlicher Drink zum Entspannen.

»Das nicht, aber die Akten sind auf Englisch. Je schneller wir was finden, desto eher kommst du zu deinem Spieler. Wehe, du lädst uns nicht nach Deutschland ein.«

Ich lächelte. »Auf jeden Fall. Ich zahle dir und deiner Freundin den Flug und die Unterkunft.«

»Das nehme ich sehr gerne an.«

Ich wies Connor ein und wir begannen zu lesen. Es wurde ruhig im Esszimmer. Nur das Rascheln des Papiers und das Klirren der Eiswürfel in unseren Gläsern war zu hören, wenn wir einen Schluck tranken.

»Dein Dad liebte Aufzeichnungen.« Connor stöhnte laut, blätterte in den einzelnen Reiter. »Er hat jeden Furz aufgeschrieben.«

Ich lachte. »Jepp, definitiv.«

»Warum nochmal wollte ich dir helfen?«

»Wegen eines kostenlosen Urlaubs in Deutschland.«

»Ach ja, genau.«

Mia kam herein. »Kann ich noch etwas für Sie erledigen?«

»Nein. Alles gut. Wollen Sie nicht Feierabend machen?«

»Wir sind auf dem Weg. Sie haben alles?«

»Klar, bis morgen. Schönen Feierabend.«

»Ich hole uns noch einen Whisky.« Connor stand auf, füllte die Gläser nach und stellte sie wieder hin.

Ich vertiefte mich erneut in das Buch, machte dabei Musik an, damit es nicht allzu ruhig wurde in diesem riesigen Haus.

Fast hätte ich es überlesen, aber im April stand es: Zulassungspapiere betuppt.

Ich griff sofort nach meinem Phone und googelte das Wort betuppt.

BETUPPEN – hinters Licht führen, betrügen

Mein Vater hatte die eingereichten Papiere verändert, damit sie ein Medikament schneller auf den Markt bringen konnten? Mein Puls beschleunigte sich. Das konnte nicht sein, so was würde er nie machen. Er war mit einer verdammten Anwältin verheiratet gewesen, hatte das Gesetz zwar immer zu seinem Vorteil genutzt, jedoch nie gebrochen. Was zum Henker hatte Mason damit zu tun?

Hektisch überflog ich die Zeilen erneut, doch es stand nichts weiter dort. Ich blätterte die nächsten Seiten durch, bis ich auf die gefalteten original Untersuchungsergebnisse der klinischen Phase von Probanden in Phase eins, zwei und drei stieß. Dahinter befanden sich die Kopie der eingereichten Zulassungsunterlagen inklusive des Vertrags mit einem Unternehmen, welches die klinische Phase zum ersten Mal für *Roth Pharmacy Corporation* übernommen hatte. Darunter ein Vermerk: Mason rechtzeitig stoppen können.

»Ich glaube, ich habe was gefunden, obwohl da wohl was verhindert wurde.« Ich übersetzte Connor das Geschriebene und erklärte ihm die Papiere.

Es ging um ein Schmerzmittel, an dem mein Vater schon in seiner kleinen Apotheke geforscht hatte, welches im Laufe der Jahre von uns weiterentwickelt worden war und immer noch auf dem Markt für Krankenhäuser und Arztpraxen zu kaufen war. Ich blätterte die Papiere mehrfach durch, aber fand nichts Anstößiges, alles war haarklein dokumentiert und in Ordnung.

»Welches Jahr ist das?«, fragte Connor und ich schaute auf den Umschlag und nannte es ihm. 2001. Sofort nahm er die entsprechende Akte zur Hand und blätterte sie durch. »Es ist nichts Ungewöhnliches zu finden hier.« Mit dem Finger tippte Connor sich abwesend gegen die Nasenspitze, während er las. »Aber weißt du was?« Rasch nahm er die bereits durchgeschauten Akten zur Hand. »Es wurden immer wieder kleine Kunstwerke gekauft, ausgestellt und verkauft.« Er legte die Dokumente nebeneinander hin.

Ich stellte mich neben ihn und er zeigte darauf.

»Dein Vater war doch kein Kunstliebhaber, oder? Kann mich jedenfalls nicht erinnern.«

Wir sahen uns an. In einem unserer Kurse auf dem College hatte es einen kleinen Exkurs in die Abgründe der Geldwäsche gegeben, inklusive der gängigsten beweglichen Wertgegenstände. Sofort griff ich nach den Folgejahren und sah sie durch. Immer wieder tauchten Gemälde oder Statuen in den Zahlen auf, die verkauft worden waren.

»Ob Dad früher doch Kunst gut fand? Haben sie es vielleicht genutzt, um die Leute in die Apotheke zu holen?« Mit einem Grinsen skandierte ich: »Schauen Sie die wertvollen Gemälde an, während Sie Medikamente kaufen.«

Connor brach in Lachen aus. »Gehe lieber nicht ins Marketing.« Er nahm sich das nächste Jahr vor und blätterte es durch. »Hier ist nichts mehr. Dafür wurde das Medikament zugelassen und die Zahlen explodieren.« Er zeigte auf die einzelnen Papiere und fuhr mit dem Finger darüber.

»Merkwürdig, brauchten sie jetzt keine Kunstausstellung mehr?« Ich ging wieder zu den Stapeln mit Notizbüchern und suchte das entsprechende Jahr heraus.

»Sag mal, woher haben die überhaupt das Geld dafür? Das ist doch eine ziemliche Menge.« Connor legte die Akte auf die anderen und griff nach seinem Whiskyglas.

Ich zuckte mit den Schultern. »Aus den Apothekeneinnahmen?« Rasch überflog ich die ersten Zeilen, bis ich bereits auf der zweiten Seite auf einen Eintrag stieß. »Fuck«, entfuhr es mir und ich blickte auf. Unser Verdacht hatte sich bestätigt. »Das Geld wurde gewaschen.« Mir lief es kalt den Rücken hinab und ich erschauderte.

So hatte er also alles finanziert am Anfang und als sie zu groß und es zu heiß wurde, wurde Dad sauber. Connor kam zu mir herüber, las laut mit völlig falscher Ausdrucksweise die zweite Seite vor.

»Ich verstehe es nicht. Was steht da?« Connor stieß mich an und ich erwachte aus meiner Starre.

Ich suchte die entsprechenden Zeilen heraus. »Geldwäsche eingestellt. War viel zu auffällig. Ab jetzt nur saubere Buchhaltung mit Kontrolle.«

»Holy Shit!« Connor riss mir das Buch aus der Hand, dabei verstand er die Sprache immer noch nicht. »Hat er mehr dazu geschrieben?«

Mit erzwungener Ruhe überflog ich die anderen Zeilen. In mir brodelte es allerdings. Dad hatte sich mir gegenüber ständig als ordentlicher Geschäftsmann aufgespielt, dabei war sein Vermögen, sein gesamtes Unternehmen auf Lug und Betrug aufgebaut worden. Diesem Mann hatte ich vertraut.

Mason musste ihm dabei geholfen haben, denn er hatte die Akten geführt. Sie waren in seiner und nicht Dads Handschrift geschrieben.

Mir wurde schlecht. Ich griff nach dem Scotch, trank einen großen Schluck und verzog das Gesicht, als die Flüssigkeit in meinem Hals brannte.

»Ganz ruhig, Tyler.« Connor legte mir eine Hand auf die Schulter. »Das beweist bisher nichts.«

»Es steht doch schwarz auf weiß hier! Erst dadurch konnte Dad seine Forschung für Krebsmedikamente aufbauen«, rief ich außer mir, warf das Buch, in dem ich nichts weiter fand, auf den Tisch und sank schwerfällig auf den Stuhl. »Ich muss Jonathan anrufen. Mason steckt bestimmt mit drin.« Ich griff nach meinem Telefon, stellte die Musik aus. Mein Finger schwebte über dem Anrufbutton. Nur war es nicht besser, hier erst William Bescheid zu geben? Jonathan konnte auch nur zu ihm gehen.

Kurzentschlossen rief ich William an und wählte den kürzeren Weg. Jonathan und auch Mara würde ich später aufklären. Wie würden sie es aufnehmen? Mara hatte meinen Vater verehrt, ihm lange Jahre gedient.

»Tyler, arbeitest du etwa noch? Du bist wie dein Vater, unermüdlich für die Firma tätig.« William lachte jovial und mir wurde nur noch schlechter.

»William, ich bin auf einen Betrug aus den 90ern und frühen 2000ern gestoßen. Mein Vater und wahrscheinlich auch Mason haben Geldwäsche betrieben. Ich nehme an, um an die Gelder zu gelangen, die sie für die Forschung und Herstellung gebraucht haben.« Die Übelkeit verging nicht, wurde nur stärker, je mehr die Erkenntnis in mir durchsickerte. Vor allem, da ich es nun laut ausgesprochen hatte. Ich leerte mein Glas, Connor nahm es und füllte es auf.

»Bitte was?« William klang so fassungslos und überrascht, wie ich mich fühlte. »Das ist ein schlechter Scherz, oder?«

»Leider nein.«

»Bist du in deinem Elternhaus?«

»Ja.«

»Ich bin in zwanzig Minuten da.« Er legte auf.

»William kommt vorbei. Du solltest dann besser nicht mehr hier sein.«

»Weil ich Firmengeheimnisse gesehen habe, was der gute Vorstandsvorsitzende nicht wissen soll?« Connor grinste mich an. »Schade, gerade wurde es spannend.«

»Sorry.«

»Schon gut. Ich verschwinde.« Connor trug sein verräterisches Glas in die Küche und kehrte zurück. Er wusste genau, dass er von mir den Rest hören würde, sobald alles durchgestanden war.

»Es gibt wahrscheinlich eine logische Erklärung dafür. Dein Dad hat bestimmt nichts damit zu tun, sondern es nur aufgeschrieben.«

Wir gingen zur Eingangstür. »Danke für die Aufmunterung.« Ich glaubte nicht daran. Wir umarmten uns zum Abschied und Connor verschwand in der Dunkelheit.

Konnte dieser Tag noch schlimmer werden? Wäre Dad nicht gestorben, hätte er mich je eingeweiht? Was hatte Mum alles gewusst? Hatte sie deswegen die Schriftstücke für das Board of Directors aufgesetzt, um Mason nie zum CEO zu wählen? Mum, die immer gegen die großen umweltverschmutzenden Konzerne angekämpft hatte. Was für ein Hohn, wenn sie mit einem Mann verheiratet gewesen war, der selbst nicht sauber gearbeitet hatte.

Das Klingeln der Türglocke holte mich aus meiner Apathie, in die ich mich in den wenigen Minuten des Wartens geflüchtet hatte. Ich fand mich noch immer im Flur stehend wieder und öffnete die Tür.

»Zeig es mir.« William hielt sich nicht lange mit reden auf. Ich führte ihn ins Esszimmer und deutete auf die Dokumente. Er setzte sich auf meinen Platz und begann sie zu lesen. Ich starrte in die Dunkelheit hinaus.

Hinter mir raschelten die Blätter, wenn William umblätterte. Bei den Notizbüchern übersetzte ich ihm die entsprechenden Stellen.

Innerliche Kälte traf mich unvorbereitet, begleitet von Wut und Unglauben. Wie konnte ich mich nur so in den Menschen geirrt haben, denen ich in meinem Leben so verbunden war? Die mich aufgezogen und getröstet hatten, die mich aufmunterten, als mein großer Hockeytraum der NHL platzte.

»Die Kunststücke wurden der Apotheke gespendet zur freien Verfügung. Sie wurden ins Inventar aufgenommen und später wieder verkauft. Der Erlös floss natürlich in die Apotheke und damit in die Arbeit deines Vaters. Sein Eintrag im persönlichen Notizbuch ist da schon sehr viel besser als die glatt geputzten Zahlen. Aber leider wird dort nichts weiter ausgeführt.«

Ich drehte mich zu William um, der mich völlig neutral anblickte. Wie konnte ihn das so unbeteiligt lassen? Hier ging es um den Ruf meines Dads.

»Mein Vater war bestimmt kein Heiliger, er ist oft genug am Gesetz entlanggekratzt, allerdings war ich mir nicht bewusst, wie bereit er war, Mafiamethoden einzusetzen.«

»Warten wir erst einmal ab und versuchen aus Mason mehr herauszubekommen. Wie sehen deine Termine für morgen früh aus?«

Entmutigt zuckte ich mit den Schultern.

»Verlege alles. Ich bestelle Mason um acht Uhr hierher. Räum alles beiseite. Ich will ihn unvorbereitet erwischen. Da steckt er bestimmt mit drin.« William schüttelte den Kopf, starrte traurig auf die Unterlagen und zeigte endlich eine Regung. »Mason ist hinterhältig, liebt es, seine Macht auszuspielen, dem traue ich eher solch ein Ding zu als deinem Vater.« William klang geheimnisvoll, als würde er etwas vor mir verbergen. Intensiv betrachtete ich den älteren Mann, dessen Stirn tiefe Falten aufwies. Allerdings hatte ich nicht mehr die Kraft, nachzuhaken. Ich wollte nur aus dem Albtraum erwachen und zu Felix, der seinen ganz eigenen durchstand und ich konnte ihm nicht beistehen.

»Ich begreife es nicht. Wie konnte er das machen? Nur um das Geld zu bekommen, damit er endlich seine Krebsforschungsabteilung eröffnen konnte?«

»Wir werden morgen hoffentlich die Wahrheit erfahren. Leg dich schlafen, du siehst fertig aus.«

Wie sollte ich schlafen, bei all der fucking Scheiße, die heute auf mich eingebrochen war? Ich wollte zu Felix, mich an ihn kuscheln und die Welt aussperren. Einfach die Jalousien herunterlassen und mich nicht mehr mit Problemen herumschlagen.

Aber das behielt ich für mich. Stattdessen straffte ich die Schultern und nickte. Ich sollte stark wirken, obwohl ich mich im Moment klein und geschlagen fühlte.

»Da gibt es noch etwas. Jemand hat in Deutschland meine zukünftige neue Position bei den Kraken geleaked. Ich weiß nicht, inwieweit es Wellen hier in den USA schlagen wird. Nur damit du darauf vorbereitet bist.«

»Gut oder auch nicht. Wenn jetzt Mason zurücktritt, einen anderen Weg sehe ich nicht, sollte er mit in der Sache verwickelt sein, und du aufhörst, könnte das die Aktionäre verunsichern.« William tippte mit dem Zeigefinger auf den Tisch. »Wir halten Jonathan heraus. Ihr habt zwar gemeinsam nach einer Möglichkeit gesucht, doch ich möchte das hier erst unter uns regeln.«

»In Ordnung.« Maras Beteiligung erwähnte ich mal lieber nicht, am Ende wurde William sauer, weil noch mehr Personen involviert waren.

»Bis morgen, Tyler.« William lächelte mir aufmunternd zu, dann verließ er das Haus und ließ mich allein zurück. Ich verräumte die Akten und Notizbücher, trank meinen Whisky aus, bestellte mir ein Taxi und fuhr nach Hause.

Kapitel 30

Felix

Ich saß in der Kantine, änderte zum gefühlt hundertsten Mal die Caption für den Post ab. Um mich herum summte es wie in einem Bienenstock. Die Mannschaftskollegen unterhielten sich und warteten auf das Essen. Wie immer saß ich mit Geller, Stanni und Juli an einem Tisch, die leise darüber spekulierten, wer der Verräter war. Bis jetzt hatte sich noch niemand gemeldet. Ich hörte nicht zu, war schon völlig überfordert mit dem Text für den Post.

Erneut las ich die Caption. Alles klang nach Rechtfertigung, nur war es das Letzte, was ich wollte. Ich musste mich nicht dafür entschuldigen, eine Beziehung zu führen. Immer noch ein ungewohnter Gedanke.

Müde rieb ich mir die Augen und sah aus dem Fenster. Die letzte Nacht war kurz gewesen, ich hatte mich nur hin und her gewälzt und fühlte mich nun völlig gerädert und durch den Fleischwolf gedreht. Erst in den frühen Morgenstunden waren mir die Augen zu gefallen. Drei Stunden bevor mein Wecker ging.

Zum ersten Mal in meinem Leben war ich froh, nicht mit der Mannschaft auf ein Auswärtsspiel fahren zu müssen. Sie brachen am späten Nachmittag nach dem Training auf. Da durfte ich wieder nach Hause und mich dort verkriechen. Wir hatten gestern ewig in der Kabine gesessen, dann noch Krankenhaus, immerhin war der Schulter nichts passiert. Sie war nur etwas gereizt und ich sollte heute weniger machen und sie schonen. Glück im Unglück gehabt.

»Komm schon, Glücksbärchi, so schwer kann das nicht sein.« Juli griff nach meinem Handy, das ich ihm bereitwillig überließ. Stanni beugte sich zu ihm und sie lasen den Müll, den ich geschrieben hatte.

»Nee, so kannst du das nicht schreiben«, entschied Stanni. Er tippte auf dem Handy herum. Sollten sie meinen Post doch erstellen. Schlimm genug, ihn überhaupt verfassen zu müssen, obwohl ich gar nicht wollte. Wie ich damit umgehen würde, wenn negative Kommentare kommen würden, musste ich mir noch klar drüber werden. Vielleicht ließ ich mir nur die guten, positiven Antworten vorlesen.

Stanni hielt mir das Handy hin. »Lies mal. Gefällt dir das besser?«

Er hatte einfach nur *My Love* getippt und ein Herzemoji eingefügt.

»Das reicht«, sagte Stanni, was mich unheimlich erleichterte. Es passte perfekt. »Keinen geht es an, was und wie lange das zwischen euch läuft. Anders machen wir das auch nicht.«

»Definitiv. Lass es so.« Juli beugte sich vor und sah mich intensiv mit seinem Goalie-Blick an.

»Gut, dann sende ich das so ab.« Mein Finger schwebte über dem Button. Ich hielt die Luft an, als ich drauf drückte. Nun war es offiziell.

»Felix, kommst du bitte zu Gerald hoch?«, rief plötzlich seine Assistentin Renate in die Kantine. Ich sah zu ihr, nickte und biss mir auf die Lippen.

»Vielleicht erfährst du endlich, wer an dem ganzen Scheiß Schuld ist«, meinte Stanni. »Die Strafe wegen der Prügelei mit

Martin teilt dir bestimmt Coach Smith mit. Der macht das doch immer.«

»Wir werden sehen.« Auf jeden Fall würde ich ihm noch einmal meine Gefühle hinsichtlich seiner übergriffigen Forderung Tyler und mir gegenüber in vernünftigem Ton erklären. Vor allem, weil ich einen Teil meinerseits preisgeben sollte, zu dem ich noch nicht bereit gewesen war. Vielleicht hätten wir dann nicht die Situation, wie sie gerade herrschte.

Ich folgte Renate hinauf, dieses Mal mit Schuhen an den Füßen und nur im Trainingsanzug.

Seien wir mal ehrlich, der Rückzug des Sponsors und die drohende Insolvenz waren ein größeres Erdbeben als die Beziehung zwischen Tyler und mir, die eher zu den Peanuts zählte. Es hätte Unruhe gegeben, trotzdem hätten wir garantiert nicht so katastrophal gespielt, wie nach der Ankündigung des eventuellen Jobverlustes.

»Felix, schön, dich hier zu haben.« Gerald Böhmer stand in der Mitte seines Büros, ging zur Tür nachdem ich eingetreten war und schloss sie.

»Ich wollte sowieso mit Ihnen sprechen. Es geht noch einmal um …«

Gerald Böhmer hob die Hand und ich brach mitten im Satz ab. »Später. Jetzt möchte jemand mit dir reden.« Er deutete mit dem Kinn zum Sofa und ich drehte mich überrascht um. Dort saß Finn, zusammengesunken wie ein kleines Häufchen Elend. Ich runzelte die Stirn. Hatte er nicht eben bei den jungen Spielern in der Kantine gesessen? War er erst gar nicht mit in die Pause gegangen? Ich schüttelte den Kopf.

»Warum …?« Dann ging mir ein Licht auf und es begann erneut in mir zu brodeln. Zugleich wuchs eine riesige Enttäuschung über Finn in mir. Er war einer der wissbegierigsten und lernwilligsten jungen Spieler, die mir in den letzten Jahren untergekommen waren. Immer höflich, freundlich und bereit den einen Schritt mehr zu machen, egal worum es sich handelte. »Du warst das?«

»Ich … es tut mir leid.« Er sah auf.

»Wieso hast du das getan? Weshalb hasst du mich?«

Er stand auf, schob die Hände in die Hosentaschen. »Ich hasse dich nicht.« Mit Schwierigkeiten hielt er meinen Blick. Ständig senkte er den Kopf und hob ihn sofort wieder. Seine gesamte Körperhaltung drückte Bedauern aus, doch das konnte mich nicht besänftigen. Die Konsequenzen hätten ihm vorher bewusst sein müssen.

»Deswegen schreibst du eine Mail an den *Hockey-Insider* mit Infos, die du dir zum Teil zusammengereimt hast.« Ich verschränkte die Arme vor der Brust, richtete mich zu meiner vollen Größe auf und überragte ihn. Der Vulkan in mir drohte auszubrechen und nur mit Mühe und Not hielt ich mich zurück, um nicht auf ihn loszugehen und ihn laut anzuschreien.

»Ich habe durch Zufall mitbekommen, wie Herr Böhmer und Tyler miteinander gesprochen haben.«

»Das ist der Grund, weshalb du eine anonyme Mail geschrieben hast?« Meine Stimme war kalt, ich ballte meine Hände in den Armbeugen und drückte zu. Ansonsten konnte ich nicht garantieren, nicht die nächste Schlägerei mit einem Mitspieler zu verursachen. Meine Faust in Finns Gesicht war im Moment sehr verführerisch. Nur dann hätte ich endgültig bei Gerald Böhmer verspielt nach dem Fiasko gestern mit Martin. Scheiße, Martin. Ich hatte ihn völlig zu Unrecht beschuldigt.

»Scheiße Mann, ich will doch nur dasselbe wie du«, brach es aus ihm heraus. »Ich bin für dich ins Team gekommen, aber nur in der vierten Reihe statt der ersten. Dabei hieß es, ich wäre dein Ersatz, nur ist der Tiroler das geworden. Alle sind eine Reihe aufgerutscht und ich bin hängengeblieben. Dabei habe ich alles gegeben, um besser zu werden, höher zu kommen.« Seine Lippen zitterten. In ihm steckte so viel, doch er war noch so jung, ihm fehlte es an Erfahrung, definitiv nicht an Ehrgeiz und Wille. »Und wenn ich mich geoutet hätte, wäre es bestimmt nicht so glimpflich abgelaufen. Mir stünde kein Stanni zur Seite oder Juli, der miese Sprüche pariert.« Tränen standen ihm nun in den Augen. War er neidisch oder sogar eifersüchtig auf mich?

Ich lockerte bewusst meine Haltung, schluckte die Wut hinunter, die uns nicht weiter half.

»Glimpflich, ja? Was ist mit Martin? Selbst Olli kann mich kaum mit dem Arsch ansehen. Meinst du wirklich, es ist so einfach für mich? Wir hätten dir beigestanden!« So locker, wie ich mich geben wollte, kam das leider nicht heraus. »Ich habe mir den Respekt der Mannschaft, meine Position im Team und auf dem Eis erarbeitet. Das kam nicht von heute auf morgen«, begann ich, hörte selbst die unterdrückten Aggressionen heraus. Mein Ton war so scharf wie ein Messer, das glatt durch Fleisch schnitt. »Wenn du schwul oder bi bist, dann weißt du, wie schwer es mir fiel, in der Kabine zu stehen und das vor euch allen zuzugeben. Davon abgesehen, wie es ist, unfreiwillig in der Öffentlichkeit geoutet zu werden. Was glaubst du wohl, wie du dich fühlen würdest, wenn ich das mit dir machen würde?« Das mit dem Unterdrücken der Wut klappte nur so semi. Mit jedem Wort wurde ich lauter, breitete sich Hitze in mir aus und ich trat einen Schritt auf Finn zu, der vor mir zurückwich. Unsanft plumpste er auf das Sofa.

»Es tut mir leid. Ich konnte nur daran denken, was ich wollte.« Er krallte sich in die Sofakante, lehnte sich zurück, als ich mich mit geballten Fäusten zu ihm vorbeugte. Die nackte Angst war ihm ins Gesicht geschrieben.

Gerald Böhmer zog mich zurück. »Pass auf, was du machst, Felix.«

Ich riss mich los, trat allerdings hinter den Sessel. »Mir ist es nicht egal. Mir wurde die freie Wahl genommen, die du noch hast«, brüllte ich ihn an. Garantiert hörten sie mich bis in die Büros am anderen Ende.

»Felix. Du hast allen Grund, wütend zu sein, allerdings wird es das dennoch nicht rückgängig machen, wenn du Finn verprügelt würdest.«

»Aber Erleichterung«, presste ich zwischen meinen Zähnen hervor.

»Finn, sag, was du Felix mitteilen möchtest, dann setz dich bitte mit deinem Agenten in Verbindung. Es wird alles unter uns bleiben, was wir besprochen haben. Du wirst das morgige Spiel nicht mehr bestreiten und für die Playoffs wieder zurück in dein altes Team in der zweiten Liga gehen.«

Finn, der nur fünf Jahre jünger als ich war, nickte. Seine Lippen zitterten. Er stand auf, sah aber auf den Boden.

»Es tut mir leid, was ich getan habe. Mir ist erst hinterher aufgegangen, was ich vor lauter Neid auf dich getan habe. Ich dachte, es ist nur eine Mail, das wird schon nicht so groß. Wir sind nicht die NHL.« Er schwieg, schien alles gesagt zu haben.

»Danke Finn. Du kannst gehen.« Gerald Böhmer ging zur Tür, öffnete sie und wartete, bis er gegangen war. »Finn wird ab nächster Saison in einem anderen Verein unter Vertrag stehen. Ich habe bereits mit einem Kollegen telefoniert, die in den letzten Wochen Interesse an ihm gezeigt haben.«

Meine Wut verrauchte langsam. Immerhin musste ich ihn nicht länger sehen müssen.

»Es wird unter uns bleiben, wer die Mail versendet hat.« Böhmers Ton war eindringlich und duldete keinen Widerspruch. Immerhin musste er dem Team erklären, weshalb

Finn nicht wiederkam. »Du kannst natürlich mit Tyler darüber sprechen, ich möchte dich jedoch bitten, es keinem weiteren zu sagen.«

»Er kommt besser weg, als ihm zusteht. Die anderen können sich eh denken, wer es war, da er nicht mitfährt.«

»Mag sein, solange wir allerdings den Mund halten, wird nichts bestätigt. Finn ist jung, hat einen Fehler gemacht. Er wird daraus lernen.« Gerald setzte sich auf einen Sessel. »Setz dich, ich will dir etwas sagen.«

Ich blieb stehen, sah auf Gerald Böhmer hinab. »Das war es jetzt? Er kommt in einen anderen Verein und fertig? Er ist jung, hat einen Fehler gemacht?« Die Wut wallte wieder in mir auf. Das war nicht gut, wenn ich vernünftig mit Böhmer reden wollte. Vielleicht sollte ich das verschieben, bis ich alles aufgearbeitet hatte.

»Was hast du denn erwartet?«

»Wie wäre es mit einer Geldstrafe? Eine Anzeige wegen Rufmords!«

»Felix, das war kein Rufmord. Du hast es heute selbst bestätigt mit deinem Post.«

Mein Post, ich hatte keine Ahnung, was da gerade online ablief. Hatte mein Handy auf leise gestellt und auch ein wenig Angst nachzuschauen, was dort überhaupt passierte.

»Bitte setz dich. Ich möchte dir noch etwas sagen, das ich Tyler ebenfalls mitteilen werde.«

Ich atmete tief ein, setzte mich allerdings auf den Sessel ihm gegenüber, auch wenn sich in mir alles dagegen sträubte und ich viel lieber aus dem Raum gestürmt wäre. Immerhin schien ich mein Strafmaß nicht aufgebrummt zu bekommen, wenn es Tyler und mich betraf.

»Ich möchte mich bei dir entschuldigen. Es war falsch von mir, das Outing von dir zu verlangen.«

Er erwischte mich eiskalt. Ich hätte mit vielem gerechnet, nur nicht damit. Sprachlos sah ich ihn mit großen Augen an. Wäre ich auf dem Eis, ich wäre in voller Fahrt in die Bande gekracht.

»Die letzten zwei Tage haben mir gezeigt, wie persönlich das Thema ist. Für mich ist es schwer nachzuvollziehen, welche Ängste dahinterstecken, auch wenn heute alles selbstverständlich sein sollte. Als ich dich gestern Abend erlebt habe, habe ich meinen Fehler erkannt und bin durchaus in der Lage das zuzugeben.« Er stand auf, kam zu mir herüber und streckte mir die Hand entgegen. Ich starrte auf sie, erhob mich und ergriff sie.

»Danke.« Mehr konnte ich dazu nicht sagen. Auch wenn jetzt alles zu spät war, beim nächsten Mal wusste er es besser.

»Du kannst auf jedwede Unterstützung unsererseits setzen. Wir gehen gegen Hass und Homofeindlichkeit auch in der Arena vor. Notfalls mit lebenslangen Sperren und Anzeigen. Ich weiß, ich habe das schon einmal erwähnt, aber ich meine es ernst.«

»Ich werde Sie beim Wort nehmen.«

»Das hoffe ich. Rück mir ruhig den Kopf zurecht, wenn es sein muss. Ich verspreche, dann besser zuzuhören. Mit Schlittschuhen wäre dein Auftritt übrigens noch eindrucksvoller gewesen.« Er lächelte.

»Das werde ich mir merken.«

»Eines noch. Martin hat darum gebeten, nach der Saison aus seinem Vertrag entlassen zu werden. Er wird die Playoffs spielen und sich vernünftig verhalten. Geht also miteinander um wie Erwachsene. Nach dem Auswärtsspiel wird er wieder zum Team stoßen. Bis dahin haben sich eure Gemüter hoffentlich beruhigt.«

»An mir liegt es nicht. Er hat das Problem mit mir.«

»Dessen bin ich mir bewusst. Für eure gestrige Prügelei zahlt ihr eine Strafe in die Mannschaftskasse ein. Die Höhe legt Sandro mit Coach Smith fest. Wende dich also an sie.«

»Danke.« Mehr sagte ich nicht dazu. Martin und ich waren besser weggekommen als gedacht. Trotzdem gab es mir noch immer einen Stich. Martin wollte den Vereinswechsel, weil ich schwul war.

Ich ging an Gerald Böhmer vorbei in Richtung Kantine. Auf dem Weg holte ich mein Handy hervor und wählte Tylers Nummer. Ich war noch nicht bereit, Instagram zu öffnen und mich den Hasskommentaren zu stellen, die garantiert neben den vielen Positiven standen. Ich wollte nur Tyler hören, mit ihm sprechen. Leider meldete sich nur seine Mailbox.

»Hey Ty, hier Felix. Melde dich, wenn du Zeit hast.«

In der Kantine war in der Zwischenzeit das Essen aufgebaut worden. Mit einem vollen Teller setzte ich mich auf meinen Platz zu Stanni, Juli und Geller.

»Worum ging es? Weißt du schon was wegen deiner Strafe? Oder Martins? Wurde dir gesagt, wer die Mail geschickt hat?« Stanni überhäufte mich mit Fragen.

»Ja.« Sie beobachteten mich. »Mehr werde ich nicht dazu sagen.« Den Blick zu Finn, der neben Anatoli an einem anderen Tisch saß, vermied ich.

»Dir wurde ein Maulkorb verpasst?« Juli blickte sich um. »Also wirklich einer von uns.«

Ich schnitt mir ein Stück Fleisch ab und schob es mir in den Mund. Wie mit Böhmer besprochen, würde ich kein Wort darüber verlieren, nur zu Tyler.

»Hast du schon gesehen, wer alles deinen Post geliked hat?« Geller schob seinen leeren Teller von sich fort und lehnte sich zurück. Ich war ihm dankbar für den Themenwechsel, obwohl auch das nicht zu meinen bevorzugten gehörte.

»Nein«, antwortete ich mit vollem Mund.

»Viele Spieler aus der ersten und zweiten Liga wünschen euch alles Gute und sogar Max Mai aus der NHL hat euch gratuliert«, fasste Stanni zusammen. »Dein Post geht ab.«

Ich holte mein Handy hervor und öffnete die App. Nachrichten sprengten mein Postfach, unter der Caption gab es jede Menge Antworten. Viele mit Herzen. Ich scrollte durch.

Meine Hand mit der Gabel sank auf den Teller. Wie konnte ein einfaches Foto mit zwei Worten so abgehen? Tyler selbst hatte ebenfalls geantwortet, meinen Post geteilt und mir eine Reihe Herzen und Kussemojis hinterlassen. Ich lächelte, das Gebirge auf meinen Schultern löste sich endgültig.

»Wie soll ich das jemals alles beantworten?« Ich sah durch die privaten Nachrichten. Fast nur Spieler. »Da werde ich Wochen dran sitzen.« Völlig überwältigt von der Reaktion der vielen Leute legte ich das Handy beiseite.

»Mach eine Story, in der du dich bedankst und um Geduld bittest.« Geller zuckte mit den Schultern. »Was bleibt dir anderes übrig?«

Ich lachte laut los.

»O nein, gehst du wieder kaputt?« Stanni sprang auf und kam zu mir herüber.

»Stanni, nur weil ich lache, bin ich nicht kaputt«, japste ich und lachte einfach weiter.

»Doch, wenn du hysterisch wirst und nicht mehr aufhörst, schon.« Kritisch betrachtete er mich, hielt mir eine Hand auf die Stirn. Ich wehrte ihn ab.

»Hör auf, Stanni. Mir geht's gut.« Das tat es tatsächlich. Zum ersten Mal in meinem Leben konnte ich sein, wer ich war. Konnte mit Tyler Händchen halten, wenn ich wollte, ihn in aller Öffentlichkeit küssen und müsste keine Angst vor einem unfreiwilligen Outing haben. Das hatte ich hinter mir.

Eine lange Achterbahnfahrt der Gefühle lag hinter mir und eine mentale Erschöpfung legte sich über mich.

Auf einmal tat Finn mir leid. Er stand alleine da, so wie ich bis vor ein paar Tagen.

»Wenn ich verarbeitet habe, was passiert ist, werde ich jedem da draußen versprechen, für ihn da zu sein, der in derselben Lage steckt wie ich die letzten Jahre. Ob durch Gespräche oder Hilfe beim Outing, ganz egal, wie.«

Geller lächelte. »Eine gute Idee. Wenn jemand weiß, wie es ist, dann du. In allen Facetten.«

Ich griff wieder nach meinem Handy, suchte den Post von Tyler, der dasselbe geschrieben hatte, wie ich. Ich antwortete auf dieselbe Weise, wie er bei mir. Es hatte doch wenigstens etwas Gutes.

Kapitel 31

Tyler

Ich war nicht in der Lage Felix' Anruf entgegen zu nehmen, sondern musste mich auf das Gespräch mit Mason vorbereiten. William hatte um Punkt sieben Uhr auf der Türschwelle gestanden und besprach seine Taktik mit mir, als Felix versuchte, mich zu erreichen. Mason war jetzt meine Priorität, so sehr es mich auch schmerzte nicht mit Felix zu sprechen. Ob Williams Strategie aufgehen würde, hing von Mason ab und wie er darauf einging.

William sah so müde aus, wie ich mich fühlte. Ich hatte mich die ganze Nacht nur hin und her gewälzt, gegen vier Uhr das Schlafen aufgegeben, war in mein Elternhaus gefahren und hatte das Esszimmer für später hergerichtet. Die Papiere versteckt, damit wir sie sofort zur Hand hatten, sobald sie gebraucht wurden. Danach hatte ich mich im Büro meines Vaters verschanzt. Ich ging die Notizbücher der weiteren Jahre durch, begleitet von der Angst, noch mehr zu finden.

Mia hatte ich fürchterlich erschreckt, als sie zum Dienst gekommen war. Trotzdem stellte die gute Seele mir danach eine große Kanne Kaffee und Donuts hin. Dank ihr fühlte ich mich nun einigermaßen wach.

»Mason ist vorgefahren.« William hatte am Fenster des Esszimmers Stellung bezogen. »Bist du bereit?«

»Ja.« Nein, überhaupt nicht, doch ich brauchte Gewissheit. Ich hatte erst einen Bruchteil der Aufzeichnungen meines Vaters geschafft und nichts weiter gefunden. Aber wer wusste schon, was sich noch alles in den Zeilen verbarg?

Es klingelte an der Tür und ich kam Mia zuvor, um sie zu öffnen.

»Hallo Tyler. Schön mal wieder hier zu sein. Wirst du jetzt hier einziehen?« Mason kam in den Flur und ich schloss die Tür hinter ihm.

»Wahrscheinlich nicht. Komm rein.«

Wir betraten das Esszimmer. Mason stockte kurz, verharrte einen Sekundenbruchteil mitten in der Bewegung seinen Mantel abzulegen, als er William erblickte, doch dann lächelte er, zog ihn aus und legte ihn über eine Stuhllehne.

»Hallo William.« Die beiden Männer schüttelten sich zur Begrüßung die Hände. »Also? Warum treffen wir uns hier? Wird das hier eine Bekanntgabe? Ich habe gehört, du verlässt uns, Tyler? Hast eine Liebschaft mit einem deutschen Spieler begonnen? Ich hätte dich für professioneller gehalten.«

William räusperte sich. »Eine Verkündung könnte man das auch nennen«, antwortete er. »Wollen wir uns setzen?«

Auf dem Tisch standen Tassen und Kaffee bereit, daneben ein Teller mit frisch gebackenen Cookies.

»Mason, Sie sind fast seit Beginn der Firma mit dabei«, begann William, als wir alle saßen und Kaffee in den Tassen vor uns dampfte. »Sie haben mit Julius die Apotheke geführt, mit ihm den ersten Wissenschaftler eingestellt, jahrelang die Finanzen geleitet und aus der kleinen Zwei-Mann-Apotheke ein florierendes, führendes Pharmaunternehmen gemacht.«

Mason sonnte sich in den Worten. Sein Lächeln wurde breiter und er nickte wohlwollend. Ich trank einen Schluck und griff nach einem Cookie, in den ich herzhaft hineinbiss.

»Das ist richtig. Wir haben hart gearbeitet und am Ende ist unser Traum wahr geworden.«

»Ich habe alte Aufzeichnungen meines Vaters gefunden, in denen die Geschichte, damit natürlich auch eure, gut dokumentiert ist«, sagte ich und stellte meine Tasse wieder ab. Sein Lächeln wurde schmaler. »Milch? Zucker?« Er hatte noch nicht von seinem Kaffee getrunken. Also schob ich beides in seine Richtung.

»Nein, danke.« Er zog das Gedeck vor sich. »Das ist bestimmt spannend. Vieles habe ich garantiert vergessen. Was schreibt er denn so? Er hat jeden Tag dokumentiert, ich habe die Aufzeichnungen allerdings nie zu Gesicht bekommen.«

»Oh, sie sind chronisch wunderbar nach Jahr aufgeführt. In Akten und Notizbüchern. Ihr müsst eine wundervoll kunstvolle Apotheke gehabt haben.« Ich setzte mich aufrechter hin, ließ mir nicht anmerken, in welchen Höhen mein Puls hämmerte und dass mir der Schweiß ausbrach.

»Darf ich die mal sehen?«, fragte Mason, eine Spur blasser als noch beim Betreten des Raumes.

»Natürlich. Ich nehme an, Sie hoffen auf Tylers Posten, sobald er ausscheidet. Da fände ich es sinnvoll, wenn Sie sich um die Chronik der Firma kümmern würden.« William lächelte, stand auf und entnahm einer Schublade des Sideboards die Unterlagen. Sie lagen auf dem polierten Silberbesteck. Mia war heute Morgen überhaupt nicht begeistert gewesen, als sie es entdeckt hatte.

William breitete die einzelnen Dokumente mit den aufgeführten Kunststücken vor Mason aus, und setzte sich wieder. Der wurde eine Spur blasser.

»Das sind Kunststücke, na und?«, sagte er lapidar. »Sie wurden uns geschenkt oder geliehen, damit wir sie ausstellen oder auch verkaufen konnten.«

Ich hob die Augenbrauen. »In einer Apotheke? Mason, das glaubst du doch selbst nicht.«

»Wo kommen wohl die meisten Menschen aller Klassen vorbei? Für angehende Künstler ist es eine Möglichkeit gewesen, Bekanntheit zu erlangen und gesehen zu werden.«

»Die Kunstwerke waren allerdings nicht von Unbekannten. Wer sich in der Kunstszene nur ein wenig auskennt, erkennt mit einem Blick, dass das wertvolle Kunstgegenstände waren. Ihr habt sie auch zu einem ordentlichen Preis verkauft.« William lehnte sich zurück und verschränkte die Arme vor der Brust.

»Was wird das hier? Werde ich angeklagt, weil Julius und ich einen ungewöhnlichen Weg gewählt haben, um Geld zu verdienen?« Mason schob die Blätter von sich und starrte uns kalt an. »Ich muss mich euch gegenüber nicht rechtfertigen.«

»Du hast recht, Mason.« Nun stand ich auf, holte aus einer weiteren Schublade die zwei Notizbücher hervor, in denen mein Vater das mit dem versuchten Medikamentenbetrug und die Geldwäsche erwähnt hat. »Aber vielleicht kannst du uns dazu etwas sagen.« Ich schlug ein Notizbuch auf, legte es vor ihn hin und übersetzte ihm die Zeile. »Mason rechtzeitig gestoppt.« Danach tippte ich auf die Kopien des Antrags. »Die kannst du sicher selbst entziffern. Was hattest du vor?«

Alle Farbe wich aus seinem Gesicht. Er blätterte die Seiten durch, während ich mich wieder setzte, das andere Notizbuch noch in der Hand. »Woher hast du das?«, fragt er schließlich tonlos.

»Aus dem Safe meines Vaters.«

Mason blickte mich direkt an.

»Woher hast du die Kombination? Die hinter dem Regal versteckte funktioniert nicht mehr. Dein Vater hatte die Aktuelle immer dort bei dem Schlüssel.«

»Mir war nicht klar, wie viel du weißt.« Ich lehnte mich zurück, verschränkte die Arme vor der Brust.

Er zuckte mit den Schultern. »Durch Zufall, als deine Mutter den Safe geöffnet hat, weil sie mir Unterlagen geben musste. Sie hat sogar gescherzt, sie müssten sich jetzt ein neues Versteck suchen.« Mason winkte ab.

Überrascht setzte ich mich auf. Er gab es so freizügig zu? Und noch schlimmer …

»Wann hast du versucht, an den Safe zu kommen?« Ich fröstelte. Mason schlich ohne mein Wissen in diesem Haus herum? Hatte er wohl die Dokumente gesucht, um sie zu entfernen?

»Ich habe mich nach etwas umgesehen. Kurz vor Julius' Tod haben wir eine Berechnung für die neue Übernahme angestellt, die mir fehlte.«

Ich nickte, nicht überzeugt. Er sah wieder auf die Papiere.

»Mason, wie sollen wir Ihnen weiterhin vertrauen, bei solch einem eindeutigen Beweis? Einige der Papiere deuten einwandfrei auf Fälschung hin. Sie wollten die dritte Phase verkürzen, damit das Medikament schneller zugelassen wird, oder?«, fragte William ernst. Mason kniff die Lippen zusammen. Er blätterte weiter in dem Notizbuch, doch er würde nichts verstehen, da er kein Deutsch konnte. Danach kehrte er wieder zu den kopierten Zulassungsdokumenten zurück.

»Das scheint ein Betrug zu sein, den Julius offensichtlich mir in die Schuhe schieben wollte. Seine Unterschrift prangt schließlich darunter.«

»Wollen Sie mir etwa weismachen, Sie hätten keine Ahnung davon? Sie haben Julius damals bei den Unterlagen unterstützt. Erst neulich auf der Beerdigung haben Sie mir erzählt, wie viel Kopfzerbrechen es Ihnen früher immer bereitet hat, als es keine Abteilung gab, die das übernommen hat.«

»Mit diesem Schmerzmittel habt ihr eine Menge Geld verdient«, mischte ich mich ein. »Erst zwei Jahre später hat die Konkurrenz ein ganz ähnliches Produkt auf den Markt gebracht.« Die Information hatte ich aus den Aufzeichnungen meines Vaters. Wir haben einfach Glück gehabt, schneller als sie gewesen zu sein.

»Ich habe …« Mason brach ab, als er zu William blickte. »Ja, ich habe Julius dabei unterstützt. Er war immer lieber im Labor und hat mit den Wissenschaftlern gearbeitet. Papierkram war nie seine Stärke.«

Abrupt stand ich auf, beugte mich vor und legte ihm nun das zweite Notizbuch vor. Das Blut raste schneller durch meine Adern und begann zu kochen. Ich tippte auf diesen einen Satz, der die Geldwäsche zugab und übersetzte ihn. »Wenn du die Finanzen geleitet hast und ihm den Papierkram abgenommen hast, kannst du mir bestimmt erklären, was das zu bedeuten hat, oder? Hängt das mit den Kunststücken, die normalerweise nicht in einer Apotheke zu finden sind, zusammen?«

»Mason, ich kenne Ihren Hintergrund. Haben Sie die Apotheke genutzt, um Geld zu waschen? Ein Teil des Erlöses ging der Apotheke zu, den anderen haben Sie Ihren Geschäftspartnern ausgezahlt?« William hatte sich nun auch aufgesetzt und schob seine Tasse von sich.

Völlig überrascht wandte ich mich William zu. Seinen Hintergrund? William wusste Bescheid, worüber mein Vater mir gegenüber immer nur abgewunken hatte, wenn ich nachgefragt hatte?

Mason kniff die Augen zusammen. »Wollen Sie mir jetzt etwa die Unfähigkeit Julius' vorwerfen, Geld zu verdienen? Wir haben kein Geld für irgendwen gewaschen. Das waren alles saubere Transaktionen. Sie stehen sogar in den Büchern.« Er tippte auf die Blätter über den Notizbüchern.

Ich kniff die Augen zusammen. Mein Vater war unfähig gewesen, Geld zu verdienen? Er war es, der mir das Lesen von Geschäftsberichten beigebracht hatte, der gemeinsam mit seinen Mitarbeitern Ideen umgesetzt hatte, die sogar noch gewinnbringend gewesen waren. Auf jeden verdammten Penny hatte er geachtet und mir als Kind den Umgang mit Geld erklärt und mit mir geübt.

»Mason, was hast du getan? Von welchen Geschäftspartnern spricht William?« Ich sprach leise, dennoch war meine Stimme hart wie Stahl. »Ich kann mir nicht vorstellen, dass er die Zulassungspapiere gefälscht haben soll. Warum hätte er sie selbst stoppen sollen, wenn es doch zu seinem Vorteil gewesen wäre? Dasselbe mit der Geldwäsche.« Ich stellte mich ganz auf, schob dabei den Stuhl nach hinten und stemmte die Hände in die Taille. Mein Hemd klebte mir am Rücken, so sehr schwitzte ich.

»Weil dein Vater mir absolut nichts gegönnt hat«, entfuhr es Mason ebenso kalt wie mir. »Ich war zwar das Finanzgenie, das zählte jedoch nicht und reichte laut deinem Vater nicht an seine Genialität heran. Für ihn war ich immer nur der kleine Gangster aus dem Viertel, der klein gehalten werden musste. Gott bewahre, einer könnte deinem Vater ebenbürtig sein.« Mit einer Brutalität in der Stimme, die mich zusammenzucken ließ, warf er mir die Worte entgegen.

Warum hielt mein Dad Mason für einen Gangster? Was wussten er und William von Mason, was mir vorenthalten wurde?

»Das stimmt nicht, Mason und das wissen Sie ebenso gut, wie ich.« William holte tief Luft. »Er hat Ihre Arbeit immer sehr schätzend erwähnt.«

»So ein Bullshit. Er hat mich komplett kontrolliert, wollte nicht, dass ich auch nur einen Cent ohne seine Zustimmung ausgebe. Was bin ich denn? Der CFO? Sollte ich nicht dafür zuständig sein und das Budget planen?« Masons Gesicht lief rot an und er schlug mit der Hand auf den Tisch. Die Tassen klirrten leise.

»Warst du es, Mason? Hast du das alles getan?« Mir kam ein weiterer Gedanke. »Du hast die Unterschriften meines Vaters gefälscht, richtig? Was ist vorgefallen, dass er angefangen hat, dich zu kontrollieren?«

Mason wandte sich mir zu. Seine Lippen aufeinander gepresst.

»Wie ist er Ihnen mit den gefälschten Zulassungsdokumenten auf die Schliche gekommen? Sollten Sie von der FDA geprüft werden?« William sprach ruhig. Wenn er innerlich aufgewühlt war, ließ er es sich nicht anmerken.

»Wie ich schon einmal sagte, Julius wollte mir das unterschieben«, antwortete er gepresst.

»So ein Müll, du hättest einfach gehen können, wenn er das versucht hätte und ihn anzeigen können. Du hängst da mit drin. Jetzt sag endlich, was geschehen ist.« Nicht mehr lange und ich verlor meine Fassung. Ich musste ganz dringend wieder herunterkommen, ansonsten würden wir überhaupt nichts mehr erfahren, weswegen ich mich setzte.

»Ihr habt nichts gegen mich in der Hand. Nirgendwo steht mein Name und wenn ihr die Finanzen aus der Anfangszeit prüfen lassen wollt, reitet ihr euch genauso mit rein.« Mason stand auf, die Hände immer noch geballt, doch seine Gesichtsfarbe hatte sich normalisiert.

»Das ist nicht richtig, Mason. Auf den Dokumenten ist Ihre Handschrift. Sie hängen ebenso mit drin. Außerdem bestand die Firma damals nur aus Ihnen und Julius, die zwei Wissenschaftler lassen wir mal außen vor, sie waren nicht bei uns angestellt. Somit wären nur Sie haftbar.« William faltete seine Hände im Schoß und blickte Mason ernst an. »Also, was ist damals genau geschehen? Sie müssen sich gegenseitig in der Hand gehabt haben, ansonsten gäbe es keine Anweisung von Debra, Sie niemals zum CEO zu ernennen, egal was geschieht. Wir sind da vertraglich gebunden.«

Mason lief wieder rot an. »Die gibt es also? So weit ist der Schweinehund gegangen?« Er bebte vor Wut und ich bekam Angst, er könnte auf der Stelle explodieren. »Das wollt ihr doch gar nicht wissen.« Mason sah mich kalt an. Er wischte über die Unterlagen, einige Blätter flatterten zu Boden. »Das ist nur Gewäsch. Niemand hat was Handfestes gegen mich in der Hand.«

»Sollten Sie übrigens versuchen, die Verträge zu zerstören, es gibt beglaubigte Kopien in zwei weiteren Anwaltskanzleien, die als Zeugen unterschrieben haben. Julius und Debra wollten absolut sichergehen.«

»Sollen wir eine Untersuchung einleiten, Mason? Dann wird alles auf links gekrempelt. Irgendwo lässt sich immer was finden. Selbst im Geldwäschehandel.« Allen im Raum war klar, es könnte Jahre dauern, bis etwas nachgewiesen werden konnte.

»Ich muss Ihnen nicht sagen, was passiert, wenn Ihre …« William machte eine Pause und schien zu überlegen. Seine Stirn legte sich in Falten und er betrachtete Mason. »… ehemaligen oder noch aktuellen Geschäftspartner Besuch vom FBI oder einer anderen Finanzbehörde erhalten, oder?«

»Das wagen Sie sich nicht!«

William zuckte mit den Schultern, holte sein Phone hervor und tippte auf dem Display herum.

Mason starrte William an. »Ihr wollt also alles wissen. Dafür müsst ihr auch mit den Konsequenzen leben.« Er begann auf und ab zu laufen. »Ich habe versucht, die Dokumente für die Zulassung zu fälschen. Dein Vater wollte unbedingt diese Krebsforschung, uns fehlte das Geld. Die Konkurrenzfirma schien schneller als wir zu sein. Sie waren größer, hatten mehr Gelder zur Verfügung, bekamen mehr Forschungsgelder zugesprochen als wir, die uns fehlten. Ihr Mittel beruhte auf demselben Wirkstoff. Wir wären nicht erledigt gewesen, aber das Medikament hätte nie dieselbe Durchschlagskraft gehabt, wenn sie vor uns auf den Markt gegangen wären.«

»Deshalb hast du gedacht, du fälscht mal eben die Dokumente, reichst sie ein und ihr verdient das dicke Geld? Immerhin hast du ebenfalls davon profitiert. Hat mein Vater davon gewusst?« Ich konnte nur mit dem Kopfschütteln.

»Was denkst du denn? Natürlich nicht. Auf der Suche nach irgendetwas in meinem Büro, ich weiß nicht mehr was, ist er darüber gestolpert. Normalerweise hat er sich nie mit dem Papierkram beschäftigt. Es war ihm völlig egal.« Ein boshaftes Grinsen erschien auf seinem Gesicht. »Sein Englisch war oft nicht mal so gut, dass er die ganzen Dokumente verstand.«

»Meine Mutter hätte ihm geholfen«, entgegnete ich giftig.

Mason blieb stehen, lachte nur trocken. »Debra hat sich nur für ihren Scheiß interessiert und ihre Anwaltskanzlei aufgebaut.«

Das stimmte nicht, in mir begann es wieder zu brodeln. Doch ich durfte es nicht nach außen zeigen, wie sehr es mich traf, wenn Mason über meine Eltern herzog.

»Ich habe das Geld besorgt, damit wir alles finanziert bekommen. Habe Briefkastenfirmen gegründet, abgelaufene Medikamente auf dem Schwarzmarkt verkauft und das Geld reinvestiert. Mir Investoren geholt, die uns ebenfalls geholfen haben.«

»Mit Investoren meinen Sie Drogenhändler, oder? Die brauchten ihr Geld gewaschen, Sie haben es übernommen.

Die Briefkastenfirmen haben die Kunststücke gekauft, Ihnen als Spenden überlassen und beim Verkauf später eine höhere Summe zurückerhalten. Ein Teil ist in die Firma geflossen?« William schien den Nagel auf den Kopf getroffen zu haben. Ein Grinsen erschien auf Masons Gesicht.

»Sie haben sich tatsächlich gut über mich erkundigt.«

»Nur, dass ich damals noch nichts von der Geldwäsche gewusst habe.«

»Was hat mein Vater davon alles gewusst?« Was Mason hier erzählte, war auf seinem Mist gewachsen und er wollte es Dad zuschieben, dieser Mistkerl.

»Er hat sich gefreut über meine Idee, eine Kunstapotheke aus dem kleinen heruntergekommenen Laden zu machen, dadurch mehr Kundschaft anzuziehen und sogar Geld zu verdienen.« Ein boshaftes Lachen erklang von Mason, das mich nur noch mehr anheizte. »Er war so blauäugig, hatte von nichts eine Ahnung.«

»Er hat es nicht gewusst?« Vor lauter unterdrückter Wut zitterten meine Hände. Ich stand auf, stellte mich hinter den Stuhl, weil ich nicht mehr sitzen konnte und hielt mich an der Stuhllehne fest.

»Natürlich nicht.« Mason wurde lauter. Seine Halsschlagader pulsierte heftig. »Glaubst du im Ernst, dein Feigling von Vater hätte das zugelassen?« Sein Ton war herablassend, sobald er über meinen Vater direkt sprach.

»Wie ist das Geschäftsgebaren aufgefallen?«

Mason musterte William, als wäge er ab, was er sagen sollte oder was William genau von ihm wusste. Er griff nach seinem Mantel, legte ihn sich über den Unterarm. »Einer meiner Geschäftskunden, der nicht so hoch in der Hierarchie stand, kam eines Tages ins Büro und forderte sein Geld ein.« Mason wurde ruhiger, je mehr er sprach. »Ich hatte es ihm noch nicht ausgezahlt, weil erst die Großen drankamen, das Arschloch jedoch ging zu Julius. Er hielt sich für so klug.« Mason sah nicht einmal betreten aus. Mir wurde schlecht, wie er da stand und völlig abgeklärt von seinen Machenschaften erzählte. Ich kam mir wie in einem falschen Mafiafilm vor.

»Wie ist es weitergegangen?«, fragte William, der nun ebenfalls aufstand, sein Phone noch immer in der Hand.

Mason zuckte mit den Schultern. »Was soll ich sagen? Ich kam rechtzeitig dazu. Er drohte deinem Vater, alles auffliegen zu lassen, daraufhin erschoss ich ihn vor Julius.«

Ich schnappte nach Luft. »Mason!« Wie eiskalt musste der Kerl vor mir sein? Er schlug einen Ton an, als ob er uns vom Essen gestern im Restaurant mit einer seiner Eroberungen erzählte. Der halbe Cookie, den ich vorhin gegessen hatte, wollte wieder hochkommen.

»Mason, das ist …« William schienen ebenfalls die Worte zu fehlen.

»Kriminell? Wollen Sie mich anzeigen?«

»Warum hat Dad dich nicht der Polizei gemeldet?«

»Er steckte schon viel zu tief mit drin, wie er noch am selben Tag feststellte.« Mason lachte dreckig. »Ihm wurde an dem Tag klar, was er alles ohne es zu wissen, unterschrieben hat. Während ich die Leiche entsorgt habe, arbeitete er sich durch die Papiere. Seitdem Tag waren wir abhängig voneinander. Dein Vater hat mich ab da streng kontrolliert, mir keine Freiheiten mehr gelassen.«

Ich fuhr mir durch die Haare. Musste erst einmal verarbeiten, was ich soeben alles erfahren hatte. In mir wirbelten die Gedanken durcheinander.

William musterte Mason. »Das ist auch der Grund, weshalb Sie nur einen Bruchteil der Aktien halten und nie richtig eingestiegen sind.«

Mason antwortete nicht. Sein Kiefer mahlte und an seinem Hals pulsierte die Schlagader. Es schien noch an ihm zu nagen, immer nur abgespeist worden zu sein und nie wirklich in die Position gekommen zu sein, um mitzureden.

»Du warst in einer Gang, oder? Wie hast du es daraus geschafft?«, fragte ich nun vollkommen aus der Reihe. Ich wollte unbedingt Masons Geschichte erfahren, um alles besser einordnen zu können.

»Ein Highschool Lehrer hat mir geholfen, ein Stipendium für ein College zu erhalten, was vor allem meine Freunde und Familie gut fanden. Ich konnte schon immer gut mit Zahlen umgehen. Ab da habe ich ihre Finanzen geregelt.«

»Hast sie wohl eher für deine Zwecke genutzt. Bezahlst du sie noch immer?«

»Nein, wir haben nichts mehr miteinander zu tun.«

Ich war gleichzeitig entsetzt und doch wieder nicht. »Du hast dich die ganzen Jahre verstellt.«

Nun grinste Mason erneut. Er kam mir immer gefährlicher vor, je mehr er aus seiner Vergangenheit preisgab. Hatte der Mann kein Gewissen? Ich lief auf und ab, musste mich bewegen, brauchte es, um alles besser zu verdauen.

»Mord verjährt nicht«, sagte William kalt.

»Wollen Sie mich etwa der Polizei melden?«

»Sie haben eben einen Mord gestanden. Vor zwei Zeugen. Es ist meine Pflicht, das zu tun.«

»Das können Sie nicht machen«, rief Mason laut und ehe ich mich versah, hielt er eine Waffe in der Hand. Seinen Mantel ließ er fallen. Ich erstarrte, ebenso wie William. »Meinetwegen sind wir überhaupt erfolgreich. Setz dich gefälligst hin, du Möchtegern-Samariter und leg dein Phone beiseite.«

»Mason, wollen Sie das wirklich?«, fragte William und ich bewunderte seine Tapferkeit. Ich stand nur da, konnte vor lauter

Angst nichts sagen. Was könnte ich schon tun? Sollte ich mich vor William stellen? Er hatte eine Frau, zwei Kinder und fünf Enkelkinder.

Mason verengte seine Augen. »Leg es weg.« Er wedelte mit der Waffe zum Tisch. »Jetzt.«

Langsam legte William das Telefon dort ab.

»Nun gehe zur Seite. Schön aus der Reichweite.«

Auch dem kam William nach. Dann richtete Mason die Waffe auf ihn und schoss.

Ich schrie laut auf. Bebend stürzte ich zu William, der zusammensackte und hart auf den Boden aufschlug. Leise stöhnte er und griff nach der Wunde am Oberschenkel, aus der Blut durch den Stoff der Hose sickerte.

»Damit das ganz klar ist, ihr werdet mir nichts anhängen.« Mason sah uns aus kalten Augen an. Seine Stimme hätte Wasser zum Gefrieren bringen können. »Deinen Vater konnte ich nicht ermorden, dafür waren wir zu groß und er zu wichtig für das Unternehmen. Bei euch beiden interessiert es niemanden.« Mason trat näher zu uns, die Waffe auf uns gerichtet.

Ich starrte auf den Lauf und konnte nichts mehr machen. Felix schob sich vor mein inneres Auge, wie er vor mir stand und schief grinste. Wie gern hätte ich ihn noch einmal in den Arm genommen. Meine Kehle verengte sich. War dies jetzt mein Ende? Erschossen von einem missgünstigen Mann, der seine Fähigkeiten immer für die falsche Seite eingesetzt hatte?

Erst ein Schmerzenslaut von William holte mich zurück und ich sah auf seinen Oberschenkel. Aus der Wunde quoll nun schnell Blut und breitete sich auf dem Anzugstoff aus, tropfte auf den Teppich im Esszimmer.

»Was soll das?«, brüllte ich Mason an, völlig außer mir. Ich drückte mit einer Hand auf die Wunde, um den Blutfluss zu stoppen.

»Ich stelle nur klar, wer hier jetzt das Sagen hat.« Mit der freien Hand deutete er auf sich. »Wirklich schade, Tyler, wie du nur auf die Idee kommen konntest, Schießen als neues Hobby auszuprobieren.«

Ich riss die Augen auf, als Mason nun die Waffe auf mich richtete.

»Wer hätte schon ahnen können, wie ungeschickt du damit bist? Kannst sie nicht mal reinigen.« Mason wandte den Blick William zu, der mit schmerzverzerrter Miene zurück starrte. »Tja, und William, du wirst wohl als vermisst gemeldet werden. Ich werde neuer CEO, ganz egal, welches Schriftstück existiert und kann endlich die Firma so leiten, wie es sich gehört.« Mason kam einen Schritt näher. »So viele Jahre, in denen dein Vater mich kleingehalten und meine Ideen zerschlagen hat. Nur weil wir uns gegenseitig in der Hand hatten. Das ist nun vorbei.«

Blut quoll durch meine Finger. William stöhnte, schloss die Augen und atmete heftig. Mason kam noch näher. Holte aus seinem Jackett eine kleinere Waffe gewickelt in ein Tuch heraus. »Los, nimm sie.« Er hielt sie mir hin.

»Nein, das werde ich nicht tun.« Ich hatte solche Angst vor dem, was noch passieren würde, doch auf keinen Fall würde ich mich selbst erschießen. Wenn musste er das machen.

Eiskalt richtete er seine größere Waffe wieder auf William. »Nimm den Revolver!«

»Nein!«

Ohne zu zögern, schoss Mason mit kalter Miene ein weiteres Mal auf William. Traf ihn dieses Mal in der Schulter. William schrie, bäumte sich auf. Ich war gelähmt vor Angst. Mason war ein emotionsloser Killer, den es nicht juckte, wen er umbrachte. Er trat mir gegen den Oberkörper.

»Nimm gefälligst die Waffe.«

Ich konnte nicht sprechen, nur mit dem Kopf schütteln.

Plötzlich nahm ich eine Bewegung hinter Mason war. Alles ging so schnell, auf einmal brach er zusammen und stieß einen überraschten Schmerzensschrei aus. Ein Schuss löste sich aus einer Waffe. Ich schrie, da sauste erneut ein rundes Holzstück geführt von Mia auf Mason hinab. Ein drittes Mal schlug Mia zu, bis Mason sich nicht mehr rührte. Mia atmete heftig, William stöhnte. Ich sah an mir herunter, schien unverletzt geblieben zu sein, hatte nur Williams Blut an mir.

Adrenalin schoss durch meinen Körper. »Rufen Sie den Notruf und kümmern sich um William. Er ist zweimal angeschossen worden.«

Mia ließ das Nudelholz fallen, im Flur stand Danielle, die Köchin, die sich abwandte und schnell davonging. »Die sind bereits unterwegs und müssten gleich da sein.«

Ich war noch nie in meinem Leben so froh über meine Unfähigkeit, Mitarbeiter zu entlassen. Mason schien die beiden völlig vergessen zu haben. Vielleicht war ihm nicht klar gewesen, dass sie sich auch im Haus befanden, da er sie nicht gesehen hatte.

Vorsichtig griff ich nach den zwei Waffen und brachte sie außer Reichweite von Mason. Dann tastete ich an seinem Hals nach seinem Puls. Er lebte noch, hatte allerdings eine Platzwunde am Hinterkopf. Blut breitete sich auf dem Boden aus, sickerte in den Teppich. Mia kniete neben William, Danielle kam angerannt, hatte Verbandsmaterial dabei.

»Wo wurde er verletzt?«, fragte sie, als sie zu uns kam.

»Hier«, rief Mia und winkte sie zu sich. Ich suchte nach einem Seil oder anderen Möglichkeit, Mason zu fesseln, fand nichts und nahm kurzerhand einen Verband aus dem Kasten. Damit band ich Mason die Hände auf dem Rücken zusammen. Dann sank ich neben William, Mia gegenüber auf den

Boden. Sie bandagierte die Oberschenkelwunde. Die Köchin drückte mit einer Mullbinde auf die Schulterwunde.

Da hörten wir schon die Sirenen näherkommen. Ich erhob mich und ließ die Rettungskräfte und die Polizei hinein.

William und Mason wurden so schnell wie möglich in ein Krankenhaus gebracht. Mason wurde von mehreren Polizisten begleitet. Die Detectives blieben und vernahmen Mia, Danielle und mich. Die beiden Frauen wirkten ebenso so verstört wie ich.

Zitternd saß ich auf einem Stuhl, musste immer wieder den Blick vom Blut auf dem Boden abwenden. Ich brach während der Vernehmung zusammen und weinte hemmungslos. Gleichzeitig schämte ich mich dafür. Stockend erzählte ich, was Mason uns heute eröffnet hatte. Es klang so unfassbar, solche Dinge geschahen in Filmen, aber nicht im realen Leben. Schon gar nicht unter der Führung meines Vaters.

⬤

Stunden später verließ ich das Haus meiner Eltern und fuhr in mein Appartement. Dort schmiss ich meinen Anzug in den Müll und stellte mich unter die Dusche, schrubbte mich, bis die Haut ganz rot war.

Wie sollte ich meinen Großeltern erklären, was vorgefallen war? Ich sank auf den Boden der Dusche, nach einer langen Weile wurde das warme Wasser kalt. Wieder begann ich am ganzen Körper zu zittern. Ich brauchte Felix.

Mit letzter Kraft schleppte ich mich aus der Dusche, trocknete mich grob ab und vergrub mich unter meiner Bettdecke. In dieser Geborgenheit wählte ich Felix' Nummer.

»Ty, meine Güte, alles gut bei dir? Ich habe mehrfach versucht, anzurufen. Du gehst nicht an dein Handy, im Büro hat dich heute keiner gesehen, was zum Teufel ist los bei dir?« Er klang so besorgt und brüllte fast ins Telefon.

»Ich …« Ich konnte nicht reden.

»Ty, du machst mir eine scheiß Angst. Was ist passiert?«

»Er hat auf William geschossen.«

»Was? Wer? Mason? Wo bist du? Bist du verletzt?«

»Ich bin in Ordnung.«

»Ty.«

Mir rannen die Tränen übers Gesicht. »Mason ist ein eiskalter Killer. Felix, er kommt ins Gefängnis.« Ich merkte selbst, wie wirr ich sprach.

»Bist du angeschossen worden? Wo bist du?«

»Zu Hause in meinem Appartement. Ich kann nicht mehr in mein Elternhaus. Da hat Mason auf William geschossen, es ist ein Tatort.«

Am anderen Ende wurde es still.

»Was zum Henker ist bei dir passiert?«

»Mason hat über unsere Firma Geld gewaschen. So haben sie Kapital generiert und das Unternehmen aufgebaut. Ich habe keine Ahnung, was das im Nachhinein für die Firma bedeutet.« Holy Crap, welcher Rattenschwanz hing noch alles daran? Garantiert hatten wir jede Menge Finanzbehörden und das FBI am Hals. »Ich habe mir Sorgen gemacht, meinen Vater zu verraten. Dabei hat er jahrelang einen Mord gedeckt. Mason hat vor seinen Augen jemanden erschossen, der sein Geld bei Dad aus den krummen Geschäften eingefordert hat.«

»Ty, soll ich kommen? Der nächste Flieger, der mich zu dir bringt, ist meiner.«

Ich schloss die Augen, wie gerne hätte ich ihn jetzt bei mir. Erst gestern noch wollte ich zu ihm, um ihm beizustehen, nun hatten wir die Rollen getauscht.

»Nein, bleib wo du bist. Ich klär die Scheiße hier.« Dann erzählte ich ihm endlich von Anfang an, was überhaupt geschehen war.

»What the fuck!«, stieß er am Ende aus. »Wie geht's dir? Bist du wirklich nicht verletzt?«

»Ich habe nicht mal einen Kratzer abbekommen. William werde ich morgen im Krankenhaus besuchen. Seine Frau hat angerufen und gesagt, es gehe ihm den Umständen entsprechend gut.« Ich seufzte. Nun musste vieles geklärt werden. »Ich weiß nicht, wann ich nach Deutschland kommen kann.«

»Das ist überhaupt nicht wichtig. Hauptsache dir geht es einigermaßen gut.«

»Felix, ich vermisse dich so sehr.« Meine Stimme war so voller Schmerz und Sehnsucht. »Es tut mir so leid, was wir zurzeit durchmachen und nicht beieinander sein können.«

»Du fehlst mir auch.« Er holte tief Luft. »Ich liebe dich, Tyler Roth. Komm nach Deutschland, sobald es dir möglich ist und ich komme zu dir, sobald ich kann.«

Das ließ mir erneut die Tränen über die Wangen laufen.

»Ich hatte, je länger der Tag dauerte und ich dich nicht erreichen konnte, immer mehr Angst um dich. Ich dachte schon, dich verloren zu haben. Ich will nicht mehr ohne dich sein. Wir stehen die ganze Scheiße durch. Gemeinsam.«

»Fuck, Felix. Ich liebe dich auch. Du wirst das erst wieder sagen, wenn wir uns sehen.«

Felix lachte leise. Es schien das erste freundliche Geräusch am heutigen Tag zu sein.

»Versprich mir was, Ty.«

»Was?«

»Nimm dir Hilfe, um das zu verarbeiten.«

Unvermittelt lächelte ich. »Das werde ich machen. Wenn sogar der knallharte Hockeyspieler zum Psychologen gehen kann, bekomme ich das erst recht hin.« Außerdem würde es mir bestimmt helfen, die ganze Geschichte mit meinem Vater zu verarbeiten. Auch wenn er zum größten Teil unschuldig war. Garantiert hätte er nachweisen können, nicht in die Betrüge und Fälschungen verwickelt gewesen zu sein. Er war mit einer verdammt guten Anwältin verheiratet gewesen.

»Worüber willst du reden?«, fragte Felix und ich war ihm dankbar, dass er versuchte, mich abzulenken.

»Über unser Leben in Deutschland. Was wir alles machen werden, wohin wir in Urlaub fahren. All die schönen Dinge.« Ich brauchte das jetzt. Es musste doch auch noch die guten Seiten im Leben geben.

Irgendwann mitten im Gespräch schlief Felix ein und ich lauschte seinen gleichmäßigen Atemzügen durch das Telefon. Es half mir, selbst endlich zur Ruhe zu kommen, auch wenn ich die zweite Nacht in Folge kaum die Augen schloss.

Kapitel 32

Felix

»Dieses Land hier könnten wir kaufen.« Ulli umkreiste eine Wiese nahe der Hauptstraße auf einer Straßenkarte, die ausgebreitet auf seinem Schreibtisch lag. »Der Bauer will das Grünstück loswerden, das wäre kein Problem. Wir könnten uns auf 23,40 € pro Quadratmeter einigen, das mal dreitausend etwa.«

»Du klingst, als käme da noch ein Aber.« Stanni sah Ulli aufmerksam an, während er kerzengerade da stand und sich kaum bewegte. Beim letzten Spiel vorgestern hatten die Verteidiger es auf ihn abgesehen und er hatte einige blaue Flecken davon getragen.

»Es könnte schwierig werden eine Baugenehmigung zu erhalten. Der Bauer selbst hat es bereits öfter versucht für eine Maschinenhalle, ist jedoch nie durchgekommen.«

»Mist, das Stück wäre perfekt, direkt an der Hauptstraße, aber noch etwas in der Stadt. Aber wenn der Bauer schon für eine Maschinenhalle keine Genehmigung bekommt.« Ich beugte mich näher über die Karte. »Welches Grundstück käme denn noch infrage?«

Ulli deutete auf ein Grundstück in der Nähe. »Das gehört zurzeit der Stadt und sie wollen es loswerden. Das Problem hier, es steht ein Haus drauf, das abgerissen werden müsste.

Das bedeutet mehr Anträge, Zeitverlust und natürlich mehr Kosten. Das würde ich nicht empfehlen.«

»Nee, mag ich auch nicht«, sagte Juli. »Hast du weitere Vorschläge, Ulli?«

Der nickte. »Allerdings bin ich mir nicht sicher, ob er euch gefallen wird.« Er breitete einen Plan der benachbarten Stadt aus. »Das hier. Ist auch voll erschlossen.«

»Wir sollen in Lemerswik bauen? Dann musst du aber ständig hin und her fahren.«

»Das müsste ich doch sowieso, Stanni. Da sind die paar Kilometer mehr nicht schlimm. Die Stadt ist zwar sehr viel kleiner als diese, jedoch müssten die Lemerswiker nicht mehr so weit fahren, um bei uns zu essen. Außerdem bekämen wir die Autobahnfahrer vielleicht doch mit, da sie hier entlang müssen. Denke, das würde sich lohnen.« Ulli zeigte auf die Hauptstraße, die parallel zur Straße entlang lief, an der das zu verkaufende Grundstück lag.

»Wie viel Bedenkzeit haben wir?«, fragte ich, noch nicht überzeugt davon, einen Laden im Nachbarort zu eröffnen. Ich hätte gerne Tylers Meinung dazu gehört, wollte ihn allerdings nicht mit meinen Pillepalle Problemen belasten. Er hatte zurzeit genug am Hals. Sie hatten ein Krisenmanagement eingerichtet, ganz kurzfristig einen PR-Manager angestellt und Tyler hatte direkt einen Tag nach dem Debakel eine sehr gute Pressekonferenz abgehalten, auf der er versprach, die Vorgänge der Vergangenheit aufzuarbeiten.

Stanni schubste mich an. »Hör zu.«

»Sorry, was hast du gesagt, Ulli?«

Ulli lächelte mich an. »Schon gut. Bei dir ist zurzeit bestimmt einiges los. Zwei Wochen habt ihr Zeit. Ich habe hier die Zahlen für euch einmal zusammengestellt.« Ulli überreichte jedem von uns eine Mappe.

»Gut, dann wollen wir dich nicht weiter aufhalten. Es ist Samstag und gleich Mittagszeit. Du willst alles im Blick behalten.« Juli lächelte, rollte die Mappe zusammen.

Wir verabschiedeten uns und traten durch eine Seitentür nach draußen auf den Parkplatz. Eisige Kälte schlug uns entgegen, der sich die Sonne entgegenstellte. Trotzdem richtete sie nichts gegen den Frost aus, der sich über die Bäume legte und weiß im Licht schimmerte. Der Winter hatte anscheinend beschlossen, den Frühling noch warten zu lassen, wobei ich durchaus mittlerweile für mehr Wärme empfänglich wäre.

»Ich bin dafür nach Lemerswik zu gehen«, sagte Stanni. »Wir breiten unsere Herrschaft aus, bis wir in Wanheim ankommen. Dann zeigen wir es den Tigers. Die können nur Eishockey spielen und das gerade einmal mittelmäßig, wir sind auch Geschäftsmänner.«

Juli und ich lachten laut. Eine Familie, die auf dem Weg vom Auto zum Eingang war, sah zu uns herüber.

»Das sind kleine Miezekatzen und keine Tiger. Können nicht mal einen ordentlichen Schuss aufs Tor loswerden.«

»Wie geht es Tyler?«, fiel Juli total aus dem Zusammenhang gezogen ein, als wir zu seinem Auto gingen.

»Sehr interessante Gedankengänge. Du hast Wanheim und Tyler miteinander verknüpft. Das werde ich ihm mit Freuden berichten.« Ich grinste Juli breit an.

»Das sind Goalie-Gedanken. Das verstehen wir nicht«, winkte Stanni ab. »Also? Was ist mit ihm? Hat er wieder alles im Griff?«

Ich seufzte. »Ich wünschte, ich könnte zu ihm fliegen. Anscheinend werden jetzt die ersten Jahre von Behörden und Polizei genau überprüft und auseinandergenommen. Die Aktienkurse sind stark gefallen, aber seine Pressekonferenz hat ein wenig aufgefangen.« Wir gingen zu den Autos. »Vielleicht kommen sie einigermaßen unbeschadet da raus. Ist natürlich alles rausgekommen mit Masons Vergangenheit und so. Die Reporter und Behörden sind da gnadenlos.« Trotzdem zerriss mich innerlich die Sehnsucht nach ihm. Vor allem nach den schweren Tagen.

Tyler hatte in der letzten Woche kaum Zeit zum Telefonieren. Wehmütig dachte ich an die drei Wochen zurück, als wir mehrere Tage hintereinander nebeneinander aufgewacht waren, ich ihn anfassen, küssen und in den Arm nehmen konnte. Als sein Dad noch der große Held gewesen und sein Denkmal nicht vom Sockel gestoßen worden war. Nicht mehr lang und er wohnte hier. Daran hielt ich mich fest. Auch wenn wir nicht wussten, wann das genau sein würde.

»Bist du die Pressefuzzis endlich los?«, fragte Stanni, der mir eine Autotür öffnete.

»Selbstverständlich nicht. Sie wollen immer noch ein Interview mit mir. Nur dreht es sich jetzt um Tyler und nicht mehr um mein Outing. Sie haben doch glatt die Frechheit, mir sogar hinterher zu fahren.«

»Arschlöcher«, sagte Juli.

»Ich bin einfach so lange durch die Stadt gekurvt, bis sie aufgegeben haben.«

»Alles nur für eine Schlagzeile.« Stanni machte eine wegwerfende Handgeste. Ich stieg ein, die anderen folgten mir.

»Was anderes. Wollen wir essen gehen?«, fragte Juli.

»Nee, da laufen wir nur Gefahr, irgendwelchen Journalisten zu begegnen«, wehrte ich ab. »Setz mich zu Hause ab.«

»Wir bestellen uns Essen, verbringen den restlichen Samstag bei dir auf dem Sofa und schauen NHL-Spiele. Wir sollen uns nach dem Morgentraining ausruhen für die Playoffs ab morgen.«

»Gute Idee.«

Juli fand einen Parkplatz direkt vor dem Haus.

»Darf ich mit rein?«

Ich wirbelte herum. Der Schlüssel war erst halb gedreht im Schloss der Haustür.

Ich schlug die Hände vor mein Gesicht. »Tyler? Was machst du denn hier? Du hast doch zu Hause so viel Ärger.«

Da stand er, mit dicker Mütze auf dem Kopf, eingemummelt in einen Schal und die Hände tief in den Taschen seiner Jacke vergraben. Seine Nase stach rot aus dem bleichen Gesicht heraus, aber in seinen Augen blitzte es glücklich und auf seinen Lippen lag ein Lächeln, obwohl sie leicht zitterten. Allerdings konnte er die Schlaflosigkeit der letzten Nächte nicht verhehlen, die Ringe unter den Augen verrieten ihn.

»Ich wollte unbedingt einen bestimmten Hockey-Spieler in die Arme nehmen.«

Stanni und Julie grienten, doch ich achtete nicht weiter auf sie. Mein Körper erwachte aus der Erstarrung, pumpte das Blut schneller hindurch, in meinem Bauch wurde es ziemlich flatterig und ich warf mich ihm an den Hals. Trotz der Kälte wurde mir warm. Ich zog ihn dicht an mich und küsste ihn. Ausgiebig, seine Lippen waren trocken und eiskalt, trotzdem harmonierten sie wie immer perfekt mit meinen. Wie hatte ich nur so lange darauf verzichten können?

»Meine Güte, bist du kalt. Wie lange wartest du schon?«, fragte ich ihn, als wir uns lösten. Ich rieb seine Arme.

»Fast anderthalb Stunden.«

»Warum hast du nicht angerufen?«

»Dann wäre die Überraschung verflogen. Können wir reingehen? Mir ist echt arschkalt. Bei euch bricht im März der Winter aus.«

Ich zuckte mit den Schultern. »Shit happens.«

»Schließ endlich auf«, beschwerte sich Stanni, der rhythmisch mit den Füßen aufstampfte. Ich hatte ihn und Juli schon wieder völlig vergessen.

»Das von einem Russen.« Ich brach in Lachen aus, drehte mich zur Tür und öffnete sie. Stanni grummelte hinter mir irgendwas mit Klischee.

In meiner Wohnung empfing uns angenehme Wärme.

»Willst du baden, um wieder aufzutauen?«, schlug ich Tyler vor, der völlig durchgefroren sein musste.

»Nur wenn du mitkommst. Alleine ist doch langweilig.« Er grinste mich müde an und brachte mein Herz noch schneller zum Schlagen, als es eh schon tat.

»Glaube, das ist unser Stichwort, zu fahren.«

Erneut hatte ich Stanni und Juli völlig vergessen. Das schaffte nur Tyler und ich grinste breit.

»Das müsst ihr nicht«, hielt Tyler sie auf.

Doch, schrie ich innerlich. Damit ich diesen perfekten Kerl auspacken, mit ihm in die Wanne steigen und ganz für mich haben konnte.

Warte, mein erster Gedanke galt nicht dem Sex, wie sonst, wenn ich einen heißen Typen sah? Was war mit mir los? Ich sah zu Tyler hinüber, der sich mit Stanni und Juli unterhielt. Dabei pellte er sich aus seiner Kleidung. Den Sex wollte ich definitiv, doch Tylers Wohl war mir wichtiger. Das nannte man dann wahrscheinlich Beziehung. Ich steckte voll drin und liebte alles daran.

Es war so schön, Tyler wieder nahe zu sein und für ihn da sein zu können. Das könnte die miesen Gedanken der letzten Woche vielleicht für eine kurze Weile vertreiben. Mit ihm reden zu können, ohne einen Ozean zwischen uns zu haben. Ihn berühren zu können, wann immer ich es wollte.

»Was hattet ihr denn vor? Ich könnte ein wenig Normalität gebrauchen«, meinte er nun.

»Essen bestellen und Eishockey schauen.«

Tyler lachte. »Dreht sich bei euch alles um Hockey?«

»Nein, bei mir auch um dich.« Ich schmiegte mich an ihn.

»Wir haben unser Restaurant«, warf Stanni ein. »Außerdem gibt es da meine Familie und Juli hat seinen Teddy.«

»Vielleicht verlegen wir die Party ins Wohnzimmer und bleiben nicht im Flur stehen«, schlug ich vor, ergriff Tylers Hand und zog ihn mit mir. Ich platzierte ihn auf dem Sofa und wickelte ihn in die Decke ein. »Damit dir warm wird. Einen Tee bekommst du auch noch.« Stanni und Juli setzten sich zu ihm. Ich ging in die Küche und besorgte Getränke für uns.

»Was willst du denn essen, Glücksbärchi?«, erscholl Julis Stimme aus dem Wohnzimmer.

»Pasta mit irgendeiner Sauce«, rief ich. Stellte den Becher mit dem Früchtetee, Gläser und Wasser auf ein Tablett und ging zurück. Dann hockte ich mich neben Tyler und reichte ihm die Tasse.

»Was ist mit uns?«, fragte Stanni.

»Ihr könnt euch selbst nehmen.«

»Kaum hat er einen Freund, sind wir nur noch Nebensache«, maulte Stanni, grinste dann allerdings.

»Müsstest du dich nicht um deine Familie kümmern?«, konterte ich.

»Na, Mama ist da wegen der Playoffs und will mir ständig Tipps geben, wie ich spielen soll. Natürlich finden meine Kinder das toll und fallen mit ein. Irina sitzt nur dabei und lacht. Da bin ich lieber hier und habe meine Ruhe.«

»Essen ist bestellt. Stell den Fernseher an«, warf Juli ein.

Ich kam dem Wunsch nach, richtete meine Aufmerksamkeit dann aber wieder auf Tyler.

»Kannst du überhaupt hier sein? Habt ihr nicht die Übernahme der anderen Firma diese Woche?« Ich kuschelte mich ins Sofa und zog Tyler an mich.

»Ich habe vom PR-Manager ein paar Tage Auszeit erhalten, um aus dem Blickfeld der Medien zu verschwinden. Wir haben alles getan, was nötig war. Demnächst stellen Jonathan und ich uns gemeinsam der Presse und verkünden den Wechsel.« Tyler kuschelte sich an mich. »Angeblich ist es gar nicht schlecht, wenn ein neues Gesicht CEO wird, weil dadurch ein Neuanfang suggeriert wird. Mit mir würde man ständig an meinen Vater und was er zugelassen hat, erinnert werden.«

»Wie geht es William? Er liegt noch im Krankenhaus, oder?«

»Ja, leider, aber jeden Tag wird es besser. Er ist nicht mehr der Jüngste und braucht wohl einige Zeit, bis er wieder komplett hergestellt ist.« Tylers Miene verdunkelte sich und ich strich ihm über seine Haare.

»So ein Scheiß, wirklich.«

»Wie lange bist du hier?«, fragte Stanni. »Ich könnte zwischendurch einen Babysitter gebrauchen, wenn Irina und Mama mit auf die Auswärtsspiele kommen. Die Kinder können nicht mit, weil sie zur Schule und in den Kindergarten müssen.«

»Stanni«, rief ich, doch Tyler lachte nur.

»Am Donnerstagmorgen fliege ich zurück. Freitag ist der Termin der Übergabe. Das findet trotz allem statt.«

»Bist du wieder umweltignorierend mit Privatjet hergeflogen oder mit Linienmaschine?«

»Dieses Mal ganz normal in der Ersten Klasse. Gestern Nachmittag losgeflogen und am frühen Morgen gelandet.« Tyler zitterte leicht unter der Decke.

»Dir ist immer noch kalt.«

»Das macht die Müdigkeit.« Er stellte die Tasse ab und es dauerte keine Minute, da fielen ihm die Augen zu.

Stanni und Juli grinsten zu uns hinüber, aber das war mir egal. Ich hielt meinen Tyler in den Armen und nur das zählte. Nicht mal auf das Spiel im Fernseher konzentrierte ich mich, sondern achtete auf Tylers gleichmäßige und tiefe Atmung. Auch das Zittern verging und eine noch nie gekannte Ruhe kehrte in mich.

Zum ersten Mal in meinem Leben fühlte ich mich voll und ganz zugehörig. Angekommen und vollkommen glücklich, trotz all der Probleme. Ich wollte dieses Gefühl in Flaschen abfüllen und trinken können, sollte es jemals verschwinden.

Epilog

Tyler

Ich weilte nach der Übergabe und der Pressekonferenz mit Jonathan wieder in Deutschland. Mit Glück würde ich es in den spielfreien Tagen im Sommer schaffen, in den USA den Rest zu klären was die Firma betraf und das Haus meiner Eltern zu verkaufen. Behalten wollte ich es auf keinen Fall mehr und sobald alles geklärt sein würde, nach Krackers ziehen. Ich konnte es nicht erwarten, bis es so weit war.

»William, du machst das, was für dich am besten ist«, sagte ich in mein Telefon und versuchte, mich wieder auf das Gespräch mit ihm zu konzentrieren, trotz der Unruhe um mich herum. »Ruh dich zu Hause aus und sprich mit deiner Frau. Wenn du nicht zurückkommen willst, ist das vollkomen in Ordnung. Jonathan versteht das bestimmt auch. Werden eh noch einige Wochen oder Monate, wie Ethan mir erklärt hat, auf uns zukommen, bis der Prozess gegen Mason irgendwann los geht.« Natürlich hatte William mich erreicht, als Felix und ich gerade an der Arena für das entscheidende sechste Halbfinalspiel des Best-of-seven Modus' der Playoffs gegen die Dullerstorfer Frosty Falcons angekommen waren.

»Ich kann mir gar nicht vorstellen, wie es sein wird, wenn ich Zeit habe und nicht mehr täglich arbeiten muss. Doch der Gedanke ist verlockend«, antwortete William.

»Dann mach es. Du hast jahrelang in der Firma hart gearbeitet, nun ist die Zeit gekommen, das Geld wieder auszugeben. Macht eine Weltreise oder kümmert euch um eure Enkel.« Ich warf einen Blick auf Felix, der mit gesenktem Kopf und Cappy herumlief. Die Sonnenbrille konnte ich ihm ausreden, die wäre zu auffällig geworden. Die Leute hätten garantiert erst recht geschaut. Noch wurde er nicht erkannt.

William lachte. »Das kommt von einem Jungspund. Ich werde es mal mit Martha besprechen. Gib Bescheid, wenn du wieder in den USA bist.«

»Das mach ich. Wir sehen uns und erhol dich weiterhin.«

»Danke dir.« Wir legten auf. Die Schlangen vor den Ständen wurden weniger und ich stellte mich an.

»Du willst noch länger hierbleiben?«, flüsterte Felix mir zu. »Ich dachte, wir gehen sofort zu den Plätzen.« Er fühlte sich alles andere als wohl in seiner Haut, hatte allerdings zugestimmt, sich heute zu mir und meinen neuen Freunden auf die Ränge zu setzen.

»Nur etwas zu trinken und essen holen. Alles gut.«

Wir mussten nicht lange warten und ich besorgte uns Popcorn und je ein Bier, drückte Felix seine Sachen in die Hand und wir betraten die Halle. Die Reihen füllten sich und wir quetschten uns an den bereits Sitzenden vorbei.

Leider wurde Felix auf die kurze Distanz nun doch häufig erkannt und er musste ständig stehenbleiben, Autogramme verteilen und für Selfies posieren. Wobei seine Stimmung sich dabei merklich hob. Er lächelte, trotzdem wirkte er noch verkrampft.

Mal ein oder zwei Fans im Shop zu treffen oder bei den vorbereiteten Fan-Events bereitete ihm keine Probleme. Seit seinem Outing mied er allerdings jede Art solches Aufeinandertreffens.

Es gab immer wieder Fans, die online forderten, er sollte aus dem Verein verschwinden. Denen wollte er im realen Leben aus dem Weg gehen. Hier konnte er jedoch erleben, wie der Großteil hinter ihm stand und ihnen egal war, ob er einen Mann oder eine Frau liebte. Sie wollten ihn nur wieder spielen sehen. Viele drückten ihre Freude über seinen Verbleib im Verein aus.

»Ich werde nie wieder mit dir hier stehen«, flüsterte er mir böse zu, als er sich von den Fans kurz vor unseren Plätzen lösen konnte.

»Nur dieses eine Mal. Versprochen. Ich hoffe ja, dich bald auf dem Eis bewundern zu können.«

Ein Grinsen entfleuchte ihm bei den Worten. Er blickte sich um, beugte sich dann nah zu mir.

»Du darfst gerne noch ganz andere Dinge an mir bewundern.« Seine Lippen streiften die Haut hinter meinem Ohr, die nicht vom weiß blauen Schal der Kraken bedeckt wurde.

Wir gingen weiter, bis wir endlich bei meinen Freunden ankamen.

»Na schau mal an, wer da kommt«, rief Leif begeistert. »Der Retter selbst. Dachte nicht, dich noch einmal hier zu sehen, geschweige denn so schnell in Deutschland, bei dem, was bei dir gerade abgeht.«

Natürlich hatten sie auch hier verfolgt, was in meiner Firma abging. Wahrscheinlich vor allem die Fans, doch Gerald hatte erst gestern eine Pressemitteilung darüber versendet, dass die Investition nicht gefährdet war.

Ich breitete meine Arme aus. »Was? Du kränkst mich in meiner Ehre. Mit wem sollte ich denn sonst über Hockey reden, wenn nicht mit euch?« Den letzten Teil des Satzes ignorierte ich. Jetzt wollte ich Normalität und den fucking Rest vergessen.

»Habe gehört, du hast dir da einen Spieler an Land gezogen. Kennt der sich etwa nicht aus?«

»Der hat so wenig Ahnung, das glaubst du kaum«, sagte ich und lachte, mir Felix Anwesenheit deutlich bewusst. »Ist halt ein Spieler, der weiß, wie man sich auf Kufen hält und die Scheibe von A nach B bekommt, aber da hört es schon auf.«

Leif lachte laut, während Felix mich von hinten knuffte. Das hielt mich nicht davon ab, Leif zu umarmen. Marco und Norbert wurden ebenfalls auf mich aufmerksam.

»Mensch, sieh mal an, der Tyler.« Marco drückte mich auch. Felix blieb im Hintergrund. Norbert, der wie immer seinen Stammplatz hinter unseren Stühlen hatte, beugte sich gefährlich über unsere Rückenlehnen vor und klopfte mir auf die Schulter.

»Ich habe mir schon eine Dauerkarte für die kommende Saison für diesen Platz reserviert. Ihr bleibt doch hier, oder?«

»Natürlich«, riefen alle drei gemeinsam.

»Musst du dir eine Dauerkarte kaufen? Du arbeitest doch demnächst hier.« Norbert runzelte die Stirn.

»Nö. Aber als echter Fan fühlt sich das viel besser an. Ich hoffe nur, ich schaffe es, die mal in Anspruch zu nehmen.«

Die drei lachten. Ich wandte mich Felix zu, der versuchte, sich so klein wie möglich zu machen, wirkte allerdings wie eine Kuh, die sich hinter einem Hund verstecken wollte.

»Ich war so frei, meinen Freund mitzubringen. Hoffe, ihr habt kein Problem damit.«

Ihre Augen wurden groß, als wir uns an ihnen vorbei zu unseren Plätzen schoben.

»Mensch, was für eine Überraschung.« Marco hielt Felix die Hand hin, die er ergriff. Sie stellten sich vor und wechselten ein paar Worte mit ihm. Innerlich bat ich sie still, nicht wie andere nach Autogrammen oder Selfies zu fragen. Doch sie hielten sich zurück. Stattdessen verwickelten sie ihn ein Gespräch über das kommende Spiel und diskutierten mit ihm die Chancen der Kraken, es zu gewinnen.

Die Dullerstorfer Frosty Falcons hatten es gerade so in die Playoffs geschafft. Aber seitdem spielten sie dominant auf. Schmissen in nur vier Spielen souverän den amtierenden deutschen Meister raus.

Unsere Jungs taten sich bisher schwer. Es stand drei zu zwei für die Falcons in dieser Spielserie. Wir mussten dieses Spiel gewinnen, wenn wir eine Chance auf die Finalrunde haben und uns ins siebte entscheidende retten wollten, um die Halbfinalserie noch zu schaffen. Heute hatten wir immerhin Heimrecht. Mit den Fans im Rücken ließ es sich viel leichter spielen, behauptete Felix.

Langsam entspannte er sich neben mir. Seine Schultern wirkten lockerer und nicht mehr so hochgezogen und das aufgesetzte Lächeln wich einem echten.

»Wirklich schade, dich heute nicht dort unten zu sehen. Wir hatten die Hoffnung«, sagte Marco, grinste dann. »Dich hier zu haben, ist allerdings ebenfalls nicht schlecht.«

»Ich hätte auch lieber gespielt«, erwiderte Felix bedauernd. Es zerriss ihn innerlich, nicht auf dem Eis zu stehen, wie er mir gestern Nacht gestanden hatte. »Ich kann nur leider nicht voll trainieren und mir fehlt die Wettkampfhärte. Das werde ich im Sommer nachholen und ab September stehe ich wieder da unten.«

Ich lehnte mich leicht gegen ihn, merkte wie sein Körper sich erst versteifte, nach zwei oder drei Sekunden jedoch entspannte.

»Die Trainer hätten ihn fast suspendiert, so sehr ist er ihnen in der letzten Woche auf die Nerven gegangen. Dabei konnte er seinen Körper wieder voll belasten.«

Meine Freunde lachten. Felix sah sich, obwohl er sicherer wurde, immer wieder um.

»Wenn du normal stehenbleibst und dich wie die anderen benimmst, fällst du weniger auf, als wenn du dich ständig umschaust«, flüsterte ich ihm zu und drückte ihm einen Kuss auf den Hinterkopf. Wieder versteifte er sich kurz. Er übte das noch mit der Öffentlichkeit, wurde allerdings immer besser.

»Du bist lustig. Im Gegensatz zu mir stehst du nicht als Spieler inmitten der Fans, die dich dort unten sehen wollen.«

»Aber ist es nicht schön, wie sehr sie dich verehren und auf dem Eis vermissen? Wie egal es ihnen ist, weil du mich liebst und keine Frau?«

Er wandte sich mir ganz zu. Unsere Blicke fanden sich und auf einmal standen wir alleine hier. Die Fangesänge verblassten, das Gespräch meiner Freunde wurde leiser. Es gab nur noch ihn und mich.

»Ja, ist es wirklich. Ich liebe dich dafür, wie sehr du mir das zeigen willst. Trotzdem muss ich mich erst daran gewöhnen.«

Ich lächelte. Holy Shit, er durchschaute mich bereits und wie sehr ich es liebte, wenn er die drei magischen Worte sagte.

»Ich liebe dich auch.« Wärme breitete sich in meinem kompletten Körper aus. Felix griff um meine Taille, zog mich zu sich und küsste mich. Vor allen Leuten auf den Mund. Mein Herz klopfte so schnell, als müsste es ein Rennen gegen den Flügelschlag eines Kolibris gewinnen.

Die Fangesänge nahmen wieder zu, über uns pfiff bestimmt Norbert und ich lächelte.

»Ich verspreche dir, dich nie mehr mit auf die Tribüne zu nehmen, außer natürlich, du willst es.«

Felix grinste. »Das klingt gut.«

»So schnell wirst du mich nicht mehr los. Egal, ob auf dieser Tribüne, auf dem Eis oder in der Loge.«

»Ich werde mir das merken und dich daran erinnern. Meine Eltern auch.«

Musste er sie jetzt erwähnen? Mir lag der bevorstehende Besuch schwer im Magen. Ein weiteres Indiz, wie ernst es zwischen uns war. Wie würden sie mich aufnehmen? Ob ich ihnen überhaupt gefiel?

»Hey, keine Sorgen machen. Lass uns das Spiel sehen. Meine Eltern lernst du früh genug kennen.«

Die Lichter gingen aus und die Musik kündigte den Einlauf der Spieler an. Es wurde ernst und die Fans raunten.

»Leute, ab jetzt heißt es Daumen drücken«, rief Marco zu uns herüber. Er klang aufgeregt, allerdings erging es mir nicht anders. In meinem Bauch kribbelte es, was dieses Mal nichts mit Felix, sondern ausschließlich mit dem kommenden Spiel zu tun hatte. Retteten wir uns ins siebte Spiel und hofften aufs Finale oder flogen wir heute raus?

In etwa zwei Stunden wussten wir Bescheid.

Bereits den ersten Bully gewannen die Dullerstofer Frosty Falcons und liefen zielstrebig auf unseren Goalie zu. Anatoli ließ sich locker ausspielen, was sonst nicht seine Art war. Immerhin konnten wir uns auf Konny verlassen. Hoffentlich blieb es so.

Felix neben mir schien völlig vergessen zu haben, wo er sich befand. Keine Sekunde saß er auf seinem Platz. Wie ein HB-Männchen hüpfte er neben mir auf und ab, schrie den Spielern auf dem Eis zu, was sie tun sollten, dabei konnten sie ihn überhaupt nicht hören.

Ich beobachtete mehr Felix als das Spiel. So entging mir, wie das erste Tor für die Falcons fiel. Felix rastete so aus, ich bekam fast Angst, er würde sich jemanden zum Prügeln suchen. Seiner bescheidenen Meinung nach wurde Konny behindert und das Tor dürfte nicht zählen. Ich stand neben einer Naturgewalt, die sich viel lieber dort unten statt hier oben befinden wollte. Nicht mal ansatzweise konnte ich mir vorstellen, wie es für ihn sein musste, nicht in das Geschehen eingreifen zu können.

Für uns Fans war es schon nicht einfach, und es gab Spiele, die wollte ich erst sehen, wenn ich das Ergebnis kannte. So wie dieses. Allerdings diktierte Felix normalerweise das Spielgeschehen mit. Verdammt zu sein, alles nur zu beobachten, musste eine harte Strafe für ihn sein.

»Ihr Arschlöcher dort unten, fickt euch gefälligst. Das war Stockschlag gegen Geller! Warum gibt es dafür keine Zeitstrafe?«, rief er in diesem Moment, riss sich das Cappy vom Kopf und beugte sich mit geballter Faust nach vorne.

Marco warf mir hinter seinem Rücken einen Blick zu. »Ich liebe diesen Mann«, sagte er zu mir. »Er muss unbedingt wieder aufs Eis.«

Ich lachte.

»Genau Geller, geh zum Ref und besprich das mit ihm.«

»Felix, die hören dich dort unten nicht«, rief ich ihm über den Lärm in der Halle zu. Er starrte mich entgeistert an. Ich musste ein Lachen unterdrücken.

So wichtig dieses Spiel für uns war, mit dieser elektrisierend aufgeladenen Stimmung in der Arena, Felix war der Burner. So fucking heiß und ich musste aufpassen, nicht hart zu werden, nur weil ich ihn beobachtete.

»Mann, du weißt schon, worum es hier geht, oder? Jetzt ein Powerplay mit einem Tor bringt frischen Wind in das Spiel. Die zweite Luft und Auftrieb.«

»Wir müssen später sofort nach Hause«, erwiderte ich nur. Er sah mich verständnislos an, seine Stirn komplett in Falten gelegt, die sich sogar auf seiner Nasenwurzel bildeten, als er seine Augen zusätzlich verengte.

»Das geht nicht. Wir müssen zum Team.«

Stünden wir nicht inmitten von Fans, hätte ich seine Hand auf meinen Schritt gelegt, so aber drückte ich mich nur leicht an ihn und seine Augen wurden groß. Er schien meinen halbsteifen Schwanz unter den Stofflagen zu spüren.

»Überzeugt.« Er hauchte mir einen Kuss auf die Lippen und widmete sich wieder dem Spielgeschehen.

Nach fast dreieinhalb Stunden fielen wir erschöpft auf unsere Sitze. Die Teams hatten es ziemlich spannend gemacht. Zweimal waren wir in die Verlängerung gegangen, bis die Falcons in der zweiten Over Time nach fünfzehn Minuten den Sudden Death erzwungen hatten. Wortwörtlich dieses Mal. Unsere Spieler schleppten sich erschöpft und mit hängenden Köpfen vom Eis, während die Falcons feierten.

Felix barg seinen Kopf in den Händen, schien sich verstecken zu wollen, als ob er Schuld an dem verlorenen Spiel hatte. Ich legte einen Arm um ihn und zog ihn zu mir. Sein schwerer Körper lehnte gegen mich.

»Das war's.« Marco verschränkte seine Hände am Hinterkopf und sah traurig aus. Die Halle wurde von den feiernden Falcon Fans beherrscht, die Ränge auf unserer Seite blieben still, die meisten Fans saßen fassungslos auf ihren Plätzen. Trauer legte sich wie ein Schmierfilm über uns. Niemand rührte sich vom Platz.

Nachdem die Falcons das Eis verlassen hatten, kamen unsere Spieler noch einmal heraus. Lautes Klatschen erhob sich. Sie hatten bis zur Erschöpfung gekämpft.

Geller hielt ein Mikrofon in der Hand und bedankte sich bei den Fans für die Treue. Felix stand auf.

»Ich muss da runter.« Er zwängte sich an Leif, Marco und all den anderen Fans vorbei. Ich folgte ihm, winkte meinen neuen Freunden zu, deren Telefonnummern ich mir in einer der Pausen endlich mal hatte geben lassen. Er lief die Treppen nach unten, wandte sich dort den Katakomben zu, rannte durch die fast leeren Gänge zu einer versteckten Tür. Ich kam kaum hinterher, so schnell war er. Schnaubend kam ich bei ihm an, als er laut und anhaltend gegen eine Tür klopfte. Erst als sie sich öffnete, hörte er auf. Der Sicherheitsmann erkannte ihn sofort.

»Ich muss zum Team.« Er griff nach meiner Hand und zog mich mit sich.

»Dann aber schnell«, rief der Mann uns hinterher.

Bei der Heimbank angekommen, ließ er mich los und trat aufs Eis. Gerald Böhmer hielt eine Ansprache an die Fans. Verabschiedete offiziell Finn, um den ich nicht traurig war. Als Felix mir mitgeteilt hatte, Finn hätte uns verraten, wurde ich genauso wütend auf ihn wie Felix. Mittlerweile tat er mir leid und ich hoffte, er lernte aus seinem Fehler.

Martin erhielt ebenso seinen Abschied, um den ich noch weniger trauerte. Nicht einmal jetzt schaffte er es, Felix anzusehen. Wie es sich mit Olli entwickelte, würde man sehen. Er fügte sich in die Mannschaft ein, auch wenn er Felix mied. Bisher hatte er noch keine Wechselabsichten geäußert.

Als Felix entdeckt wurde, klatschten die Fans erneut und er winkte ihnen zu. Er stellte sich zu Stanni, Anton und Geller. Anton trug momentan Felix' A für Assistenzkapitän auf der Brust. Ab dem Sommer prangte es wieder auf Felix' Trikot.

Die Mannschaft rollte ein Banner aus, auf dem in großen Lettern in zwei Zeilen stand: Danke für eine tolle Saison. Bis zur Nächsten.

»Liebe Fans, wir werden die letzten Monate aufarbeiten und ab Sommer gestärkt in eine neue Saison starten und erneut angreifen«, rief Gerald Böhmer ins Mikrofon und die Menge jubelte ihm zu. So enttäuscht und traurig sie waren, und bestimmt die nächsten Tage noch sein würden, es gab eine nächste Saison.

Die Mannschaft drehte eine letzte Runde mit dem Banner und ging vom Eis. Felix nur in Straßenschuhen immer mittendrin. Er wirkte viel kleiner und verletzlicher als die Spieler auf ihren Kufen und in voller Montur, trotz des Trikots, das er trug. Hinten drauf stand allerdings Kuznetsow.

Als Stanni gestern gehört hatte, Felix würde mit mir auf die Tribüne kommen, hatte er gelacht und es ihm in die Hand gedrückt.

Felix hielt bei mir an, die anderen gingen weiter in die Kabine. Er sah mich mit einer Mischung aus Traurigkeit, Stolz und Vorfreude an. Die Trainer und Betreuer liefen an uns vorbei, folgten den Spielern. Die Ränge leerten sich in einer Geschwindigkeit, die ich den Fans nicht zugetraut hätte.

Auf einmal standen nur Felix und ich in der Arena. Vorhin war es nur eine Vorstellung, nun die Realität.

»Nächste Saison greifen wir gemeinsam an«, sagte er, stellte sich dicht vor mich. »Es ist so großartig hier, oder? Der Geruch, die Fans, das Eis. Wir.« Auf einmal berührten seine Lippen die meinen. Er küsste mich hart, verlangend. »Das *Wir* hat längst begonnen«, flüsterte er gegen meinen Mund. Das leichte Vibrieren löste Schauer in mir aus.

»Dem kann ich nicht widersprechen.« Dann küsste ich ihn, nicht minder hungrig auf ihn wie er auf mich.

»Hast du etwas dagegen, wenn wir doch mit dem Team ausgehen und erst später nach Hause?«, bat er mich. »Wir gewinnen gemeinsam und wir verlieren gemeinsam.«

»Nein, überhaupt nicht.« So gerne ich mit ihm allein gewesen wäre, das konnte ich ihm nicht verwehren. Es gehörte zu ihm wie die Luft zum Atmen, würde es immer und wahrscheinlich musste ich mich daran gewöhnen, die zweite Geige hinter dem Hockey zu spielen. Aber das tat ich gerne, solange ich nur mit ihm zusammen sein konnte.

Er griff nach meiner Hand, verschränkte unsere Finger miteinander. »Danke dir.« Er drückte mir einen Kuss auf meinen Handrücken. Ich mag kein gefeierter Hockeyspieler in der NHL geworden sein, dafür hatte ich den für mich besten Spieler der Welt an meiner Seite.

Danksagung

Zum Schluss ein paar kurze Sätze. Nun ist die Geschichte von Tyler und Felix bereits wieder vorbei, aber keine Sorge, die nächsten Geschichten aus Krackers oder vielleicht einer anderen Stadt stehen in den Startlöchern.

An dieser Stelle möchte ich meiner Eishockey-Fee ganz herzlich danken für die unermüdliche Unterstützung, mich zum Eishockey-Fan zu machen. Vielen lieben Dank ebenfalls für das Testlesen.

Außerdem möchte ich natürlich meiner Lektorin danken, ohne deren Hinweis Tyler den Krackersner Kraken nicht hätte helfen können, was zur Insolvenz der Kraken geführt hätte. Dank ihr werden meine Bücher jedes Mal besser und gefühlvoller.

Zum Schluss möchte ich vor allem dir, lieber Leser, danken. Ohne dich wäre meine Geschichte nur eine weitere unter vielen. Sie hat dir hoffentlich gefallen.

Solltest du noch nicht genug von Tyler und Felix haben, kannst du dich auch gerne bei meinem Newsletter anmelden unter www.nellabeinen.de/newsletter. Dort wartet ein Bonuskapitel auf dich.

Neuer Lesestoff

Meine Zukunft in deinen Händen (Polarherzen 1)

Wie heilt man ein gebrochenes Herz?

Nach dem Tod seines Mannes will Stefan nur weg. Weg aus Hamburg und der Wohnung, in der ihn die Erinnerungen zu erdrücken drohen. Seine Flucht führt ihn in den eisigen Norden Norwegens – und zu dem attraktiven Hotelbesitzer Henrik, der ihm nicht nur eine Unterkunft anbietet, sondern ihn kurz darauf aus einer gefährlichen Situation rettet. Zwischen Schlittenhunden und Polarlichtern kommen sich die beiden Männer bald näher. Doch während Stefan noch trauert und sich aus Angst vor einem weiteren Verlust auf niemanden mehr einlassen will, fürchtet Henrik, sein Herz an einen Mann zu verlieren, der in wenigen Wochen wieder aus seinem Leben verschwindet.

Gibt es für die beiden Männer eine Chance auf eine gemeinsame Zukunft? Oder ist die große Liebe etwas, das man nur einmal im Leben findet?

Meine Vergebung in deinen Händen (Polarherzen 2)

Was bist du bereit, zu verzeihen?

Kleinstadtarzt Luca liebt sein Leben im Norden Norwegens, genießt das Vertrauen seiner Patienten und hat den besten Freundeskreis, den man sich wünschen kann. Seine Sehnsucht nach einem Partner verbirgt er hinter einem charmanten Lächeln und lockeren Sprüchen, aus Angst, erneut verletzt zu werden. Dann steht Kristan, der ihm vor sieben Jahren das Herz gebrochen hat, plötzlich in seiner Praxis. Luca verhilft ihm zu einer Wohnung, ist aber fest entschlossen, ihn nicht noch einmal an sich heranzulassen – selbst wenn das bedeutet, nie die wahren Gründe für ihre Trennung zu erfahren. Auch Kristan hält ihn auf Abstand. Zu groß ist das Risiko, dass Luca ihm den Neuanfang verbaut, den er nach seiner Haftstrafe so dringend braucht. Doch das Feuer zwischen ihnen ist nicht erloschen und stellt sie bald vor die Frage, ob sie bereit sind, ihrer Liebe eine zweite Chance zu geben.

Können die beiden Männer einander den Halt geben, nach dem sie schon so lange suchen? Oder verhindert ihre Vergangenheit eine gemeinsame Zukunft?

Hildes Regenzauber

Ein Ausflug ins Wolkenschloss

Endlich Sommer! Cora fährt mit ihren Eltern und Oma Hilde in den Urlaub. Sie freut sich auf Sonne, Strand und Meer, doch stattdessen regnet es ganze drei Tage lang. Bis Oma Hilde eine ihrer berühmten Ideen hat: Der Zauber der Familie Birnenpflaum soll helfen.

Und tatsächlich! Cora und Oma Hilde landen im Wolkenschloss. Doch um den Regen abzustellen, müssen sie erst ihrem neuen Freund helfen. Denn der liebt Eiscreme über alles!

Na, hast du das Buch wiedererkannt? Coras und Omas Ausflug ins Wolkenschloss, das Felix den Kindern im Heim vorliest gibt es wirklich. Es ist im Novel Arc Verlag erschienen und es gibt noch zwei weitere Abenteuer von Cora und ihrer Oma Hilde.

Du kannst die Bücher, sowie weitere schöne Kinderbücher im Shop beim Novel Arc Verlag entdecken.